妃不侍寝

上

帝国兔子 著

重庆出版集团
重庆出版社

图书在版编目（CIP）数据

妃不侍寝 / 帝国兔子著. – 重庆：重庆出版社,2013.5

ISBN 978-7-229-05673-5

Ⅰ. ①妃… Ⅱ. ①闲… Ⅲ. ①言情小说 – 中国 – 当代 Ⅳ. ①I247.5

中国版本图书馆CIP数据核字(2012)第207504号

妃不侍寝
FEIBU SHIQIN
帝国兔子 著

出 版 人：罗小卫
丛书策划：李 子
责任编辑：罗玉平
责任校对：胡 玲
装帧设计：八牛设计

重庆出版集团
重庆出版社 出版

重庆长江二路205号 邮政编码：400016 http://www.cqph.com
重庆升光电力印务有限公司印刷
重庆出版集团图书发行有限公司发行
E-MAIL:fxchu@cqph.com 邮购电话：023-68809452

重庆出版社天猫旗舰店
cqcbs.tmall.com

全国新华书店经销

开本：710mm×1000mm 1/16 印张：39.75 字数：776千
2013年5月第1版 2013年5月第1版第1次印刷
ISBN 978-7-229-05673-5
定价：54.80元

如有印装质量问题，请向本集团图书发行有限公司调换：023-68706683

目录

第一章　逼她下嫁

北苍国，冬。

地牢深处，囚着一名女子，如墨黑亮的长发挡在额上，隐约可见的侧颜姣好得不可思议。

此刻她被锁于铁架之上，身上白衣沾满鲜血，手臂上满是鞭痕……

据闻，她生得半张丑颜，却是当今皇帝独宠了整整半年的妃子。

近日不知犯了什么事触怒龙颜，交到了刑部手中，皇上口谕：一日不认罪便日日鞭刑伺候。

两个看守的狱卒正对着牢房的桌边喝着小酒，其中一个一直色迷迷地看着她，这都鞭打了三天三夜，她硬是连口都没张过一下，又怎么会求饶认错？！

这么下去反正也是一死，不如就让他尝尝这丑女到底有多销魂味美到可以迷得一国之君流连不知返吧！

狱卒酒壶一甩就冲了过去，可就在他一手掏出钥匙之际，刷的一声一支毒镖从他的身后刺入，从心口而出，带着一腔黑色的血飞溅半空。

“救”字还含在口中，那身子已经倒在了地上一动不动了。

“老大！！”

眼见惊悚一幕，另一个狱卒以为是有人劫狱，拔剑就冲了过去，“大胆狂徒，竟敢暗杀狱卒，拿命来！”

狱卒双腿都还没跨开步，那人手中的一把冷剑已经架在了他的脖子上——

一双醉意的眸子猝然一亮，嗬！这来人竟是……

狱卒忽地跪倒在地，抓着那男人的裤腿儿求爷爷告奶奶，“御大人，饶命，求御大人饶奴才一条狗命啊！！”焦急间，腿间竟是撒出一泡急尿。

男人生得朗眉星目，好不俊俏，身着一袭绣着皇室青瓷金色底儿的锦服，谁人不知他就是当今圣上的贴身禁卫、杀人如麻的御景秋。

一脚踢开那肮脏的杂碎，“开门。”

“是。”

狱卒迅速打开牢房大门，男子如疾风般来到那女子身边，出众的脸孔上始终没有一丝表情，“解开。”

狱卒不敢怠慢地立刻给她开了锁，虚软的身子没了依托猛地向下坠落，男子一把揽腰抱她打横入怀，“娘娘，臣带你回殿。”

冷寒的语调绽起一方温情，女子满是血痕的额搭在他的肩头，黑亮半睁的眸子瞥了他一眼，嘴角跟着微扬——

她是在笑，不过是哂笑，因为那一声“娘娘”，她不是娘娘，从不是……

龙景宫，灯火摇曳着明黄香木榻上那两道春色旖旎的影子。

妖媚的女子如无骨的蛇一般窝在身段健硕的男子怀中，含羞的双眸迷离地半睁半闭，“皇上，人已带到。”

宫外有人通告，榻上的男子精眸一顿，似是等待良久。

“皇上……”

女子吃味地纤臂搂住他的脖颈，修长的十指捧着那张俊美如神祇的脸庞看向自己，妖艳的眼眸是在诱惑他，只能看着她一个——

呵，漂亮的女人总是心胸狭隘，“进来！”男人抓住女人的下巴就印下一记热吻。

御景秋推开门就见那激情一幕，一手搂着怀中站不稳的伊人，“娘娘……”

“留我一人，即可。”

女子也看到了那一幕，眼眸受伤地侧开。

榻上春色盎然并未停歇，男人有意无意地同那怀中的女子亲昵着，就像一场故意做给她看的戏——

还记得有人曾在枕边对她亲昵：这一世都将只爱她一人，此刻是多么地可笑，因为她曾相信过。

女子索性合上眼，但那微小的动作逃不过榻上男人的眼——

男人忽地狠狠地推开怀中的女子，直视着榻下的她，“嫁还是不嫁？”

心口深处的那根弦儿被狠狠拨痛，女子只字不语，炯亮的黑眸透着丝丝缕缕的湿发瞪着他。

恍然间，男人的眼前闪现与她初遇的那一眸，她就像她的名字——

念沧海，清冷孤傲，顿空一切。

这样的眼神寓意着什么，没有人能再左右于她，包括他——端木离？

端木离抓起床头的锦袍披上一跃下床，随即凌空打了个响指——

念沧海身后的大门被人推开，一具不知是死是活的身子扔在她的身边，浑身血迹斑斑，数不清的鞭痕不亚于她身上的，“小幽！！”

念沧海不知哪来的力气，飞扑到那消瘦的小身影边，眼泪转瞬涌落眼眶……

面颊贴着冰冷地砖的小脸动了动，一双明亮的大眼眸半睁眨了眨，硬是挤出一缕笑意，“小姐……小幽……幽……没事。”

端木离，你毁尽了我对你最后的一丝期冀！

“嫁。”

念沧海咬着牙怒目朝向端木离，从这一刹那起她对他彻底情断意绝。

那个男人，曾说在这世上他最爱她，可前些日子突然逼她下嫁北域王端木卿绝，她不从，他便将她收入地牢，严刑鞭打。她以为大不了就是一死，可没想到他竟是如此狠毒，连小幽也不放过。小幽可是与她相伴十年的贴身侍女，虽是主仆，但她们情同姐妹，发誓要生死相伴。

念沧海眼睛一眨不眨瞪着那高高在上的端木离，他何曾见过哪个女子敢用这样的眼神对视他，她忘了他是一国之君，她就不怕单凭这一记眼神就足以招致她主仆身首异处？！

“海儿，你变了……”

端木离猝然薄唇一张。

修长的腿迈过她的身边，他面朝当空明月，傲冷的身影染着月光的清冷，煞是清寂。

谁也不知道这一刻他心里在想着什么……

她答应嫁了，原本他该是高兴，可为何他的心竟是如此苦涩。

他悄悄睨了眼身后的念沧海，朦朦胧胧的光笼着他，笼着他的心，也笼着那个不能说的秘密。

念沧海知道他在看她，她阻止着自己回眸过去，身子却明显抗拒着心，只是就在转过头的那一刹，一轮皎白的月光直射心房，眼前一片顿白，耳边落下的是他又再冷冰的声音：“送娘娘回宫。”

合欢宫——北苍皇室千百年来，只有皇帝最宠爱的妃子才能入住的宫殿。

念沧海眼神空寂地望着房梁，此刻想来是多么的可笑，她甚至连一个名分都没有，竟然堂而皇之地在这里住了足足六个月。

“姐姐作何独自欢笑？”

一双穿着金履的脚突然迈了进来，那女子噙着来者不善的笑：“怎么了，见本宫而来很意外？”

说话之人正是方才龙榻上的女子，也是她念沧海同父异母的妹妹念雪娇。

“刚才妹妹叫得那样惨烈，姐姐还以为妹妹会三天三夜下不了榻！”

念沧海挖苦道，当即激怒了念雪娇，她三两步逼至榻前，故意一把拽起那受伤严重的左臂，“念沧海，你此话何意？！”

念沧海痛得只能咬着牙：“我念沧海是您雪妃娘娘的亲姐姐，一个姐姐担忧妹妹的身子，妹妹又何必如此激动？！”

姐姐？

这称呼让人恶心，念雪娇不屑一顾，从小她就讨厌她，就连爹爹都不愿多瞧她一眼，所以从她出生起就被爹爹幽禁在深院——

整整十六年，除却那个和她一样脏兮兮的小幽做伴外，就再无他人会靠近那里。

“那是妹妹误会姐姐了，不过姐姐也不能责怪妹妹，妹妹是听到了一个好消息，太为姐姐感到高兴了，才兴冲冲地跑来想要告诉姐姐……”

哼，眼下皇上已经丢弃了她，她也不必再和她争风吃醋，念雪娇活脱一条变色龙，转而热络地握住了念沧海的手。

“知道么，方才皇上已经亲笔拟旨将姐姐你赐婚北域王，不日昭告天下。”

她朱唇翕动，念沧海却听到了心儿狠狠碎裂的声音。

“姐姐……听说那北域王可是个会吃人的鬼，妹妹在此祝姐姐好运，‘长命百岁’！”

钻着念沧海走神的空子，念雪娇俯首贴近她的耳边低咒，随即张开艳红的双唇猖狂大笑。

谁料正欲起身，一只手却猛地攥住她的手腕，“是么，那姐姐岂不成了鬼夫人，小心姐姐以后夜半回宫敲妹妹的门呢。”

摇曳的烛光下，念沧海青丝凌乱散开，一双幽亮凛然的黑眸衬着那淌着血的手臂，像极了炼狱而来的鬼！

"你——！"

念雪娇被吓得脊梁骨一冷，整张脸猝然僵直——

该死的丑妇！不过才这么一会儿工夫就寻不到先前半点痛苦的痕迹，她当真不在乎皇上随手就丢弃了她？！

多日过去，下嫁北域的日子已迫在眉睫，身为主角，念沧海一点都不在乎自己未来要嫁的夫婿到底是何等人也。

直到小幽喋喋不休在耳边碎碎念，她才一点点感到此次远嫁必将凶多吉少——

北域王：前朝九皇子，当朝九王爷，封地北域，封号修罗。他的出身是个谜，十岁被先帝从民间带回皇宫，独占先帝宠溺，却生性怪僻，整日戴着诡异的面具，无人见过他的真面目。他从不笑，只露出慑人的眼，眨瞳刹那便能杀人于无形，十五岁那年率千人横扫十万敌军，一夜血洗百座城池，浮尸遍地，神鬼都要敬畏他三尺。据说，先帝原本有意将皇位传于他，可当年身为太子的太上皇看出先帝的意图，便痛下杀手，弑父在先，又篡改了先帝的遗诏，夺走了帝位。之后朝政内便谣言四起，说北域王是个被妖魔附身的邪，将他驱赶到了北域。可北域王聪明过人，短短几年间就将北域开拓成足以和北苍比拟的大国，登基后的太上皇见势不妙，便派遣了不少大臣前去北域同他和议，但每一个的下场不是死就是疯，疯的那几个只要一听到北域二字就惊叫失控，口中还喃喃自语说那个男人就是嗜血的魔鬼——

他以饮处子血为生，以杀戮人命为乐。

红墙金顶的王府之中，深长的回廊由鲜红的血液铺成，壁面上是一具具被抽干血液的女尸。

夜色下，皎白的月光打在血色的池面上，一朵朵盛开的血莲会食人。

寒凉惊悚的狼嚎响彻天际，毒蛇盘旋在梁上，豺豹垂涎在屋外，动一步，走一寸都是死。

这世上当真有这么恐怖的人？

念沧海不免忧心，若那些流言传闻都是真的，那这一去绝对是有去无回。

所以她打算半路上放了陪嫁的小幽，但小幽誓死相伴，两个姑娘便悄悄说好了出嫁之日便是出逃之际。

谁想这番话竟被无意来到屋外的御景秋听得一清二楚，他当即告诫念沧海万万使不得，同时还将一个“秘密”告诉了她——

原来端木离早猜到她不是听之任之的主儿，所以事先在小幽的身子上下了一种叫做“六月榴花散”的毒，御景秋给了她六颗解药，说是需每月服下一颗，才能阻止毒气攻心。

可这解药并不是真正的解药，只是能暂缓毒性发作六个月，真正的解药只有端木离才有。

念沧海本想去找端木离，却被御景秋拦下，他说端木离让他转告她，只要她能从北域王那里偷得“一样东西”，那六个月后，他自然会将解药给她。

而且他还要她为他守身如玉，断不能被北域王染指半分。

这简直是不可能完成的任务，可念沧海没有选择的权利。

出嫁当日，清晨卯时，龙景宫外，杵立着一袭明黄色的高大身影，他深凝着眉头，似乎在畏惧着什么。

“皇上，这么做，当真不会后悔？”

有人幽幽来到他的身后，端木离回首瞧了一眼，微嗔的瞳眼就如锋利的匕首，似暗似明的光芒下更平添杀气，那人便不再问了。

“跟着她。”

“是。”

卯时一刻，出嫁的车队已经等候在宫外，念沧海一袭大红嫁娘衣衫，登上马车，小幽陪同在旁，没人看到那红盖头后的脸庞是悲是喜，龙景宫外那道身影犹在，直到十数辆马车缓缓消失于眼帘还久久不能收回……

马车里，车身摇晃，盖头下本已被红瘢覆盖半脸的容颜整个涂得黝黑，更加地丑陋。那是端木离叫人给念沧海的特制胭脂，他要她扮丑，说是为了不让那个男人对她动了色心。

念沧海只觉可笑，他还真会保护属于自己的东西，他以为这个世上除了他还有哪个男人会对她这个丑八怪动心？！

马车夜以继日地赶路，选的路都是偏僻小径，根本没有风光远嫁的痕迹。

北域同北苍的交界处是一片狼林，听闻野狼丛生，毒蛇盘踞，活人进，就必当横尸出。

穿越狼林的那一天，天空突然阴云密布，暴雨赫然倾下，马车被吹得东倒西歪，掀得车轱辘腾空起来，马儿进一步是退三步，场面相当混乱。

“小姐，你瞧大家都乱了阵脚，不如我们就趁这个时候逃吧！”

小幽眉眼一亮，可这话才撂下，一道霹雷而下，“啊！！”马儿受惊嘶鸣，高高仰起前蹄，马车一下子前仰后翻，“小幽！”念沧海只顾两手紧接住她，耳边却是轰隆一声，马车一角猝然向下塌陷，身子冷不防向后仰倒，猛烈的撞击力就这么生生将她甩出了马车——

“小姐，你有没有事？！”

一手捋去沾了满面的泥泞，念沧海只是摇摇头，渐明晰渐模糊的眼帘中——

马儿惊的惊，乱的乱，车轱辘断了一个又一个……

侍卫和马夫们在雨中和畜生们交战，脚下泥水横流，凶猛如兽。

逃，该往哪儿逃？小幽的命还握在她的手里呢，“张大人，丢下马车，我们步行穿过狼林！”

情势险峻，张大人应允了念沧海的请求，可即便二三十人抱作一团步行进入狼林，也没有一个是不害怕的。

林子里，高大的枝叶紧密相贴将天拢得严严实实，只闻雨声中夹杂着四周而来的“嘶嘶”声，仿佛条条毒蛇盘旋在脚下，让人不觉畏缩紧了身子。

突然，人群中爆出一声惊叫，回头一个马夫被毒蛇缠绕，那条毒蛇粗壮如人身，张开猩红的蛇口露出倒钩状尖牙便是一口咬下，鲜红的血由脖颈间飞溅而出，只是个眨眼，那人儿已倒在地上被蛇身一圈圈缠绕，隐约只能看到一双死不瞑目的眼——

“救命啊！救命啊！！”

几个马夫被吓得魂飞魄散，瘫倒在地上抽搐失禁。

“保护念姑娘！”

独有张大人保持冷静，高呼下一群侍卫围在念沧海身周，却是在抽出腰间剑的片刻，个个双手打颤，只听“嘶嘶”声向这里逼近，数不清的黑蛇缠上他们的腿——

“不要，不要！”

嘶叫着，挥舞着手中的剑，朝着自己的腿，自己的手，自己的身，鲜血一道又一道地飞溅过念沧海的眼——

侍卫们害怕得丧失理智，蛇未咬，却个个死在自己的剑下。

“念姑娘，快逃！”

张大人一声高喝，一把剑飞刺而来，正中她脚下差点缠上她腿的黑蛇，那可怕的蛇身被剑砍成两段，瞪着眼的蛇头却还在向她逼近，“小幽，快跑！”念沧海一个激灵回了神，抓起早已惊呆的小幽转身就跑。

暴雨中浇灌着耳的是撕心裂肺的呻吟，她想要救那些人，但是她知道，她救不了。

从天明跑到天黑，再也听不到“嘶嘶”的声音，却是迷失了方向，“小姐……小幽……跑不动了……”

小幽软了腿跌坐地上，脸色苍白得可怕，一整日未进半口食粮，念沧海自己也是体力枯竭，可想要稍作停留，耳边却灌入蚀骨的“呼呼”声，回头竟是数十匹眼泛绿光，龇牙咧嘴的——野狼……

念沧海生生吞着口水，保持着一份沉着，正要悄悄扶起小幽伺机逃跑，但那轻轻一触却教小幽惧得大叫，双腿狂踢着地上，挑起半干半湿的泥土不偏不倚地袭向了那些不好惹的畜生！

“小幽，不可啊！！”

念沧海的阻止已经来不及，被砸中的野狼们发出愤怒的磨牙嘶吼，眸子凶残得泛红，后腿扒着地，猛弓一跳，齐齐扑了过来——

五六头身强体健的野狼龇着獠牙咬住念沧海双臂，她奋力甩手却连半分力都使不上，眼看小幽还愣在原地动也不动，她索性用整个身子挡在她的身前，“起来，快跑！”

“小……小姐？！”

瞳孔中映现出五六匹狼凶狠的眼珠子，它们死死地咬着念沧海，“不要碰我的小姐，你们这些畜生，滚——滚！！”

小幽从惊恐中醒了过来，捡起地上的树干就打向那一匹匹该死的野狼，但狼儿发出悚人的怒吼，狼口紧咬着不放，还向后拖扯，念沧海不敌，一个踉跄瘫倒在地被拽出好几米远，手上，后背，双腿被划开无数道口子，鲜血染红了地。

艳红的红衣被撕扯得碎碎零零，“小幽——小心身后！！”

她已顾不上自己的性命，杏眼凤眸圆睁，只瞧早在小幽身后伏击的另六七匹饿狼扑了上来就咬住了小幽，“不要，小幽！！”

“小姐！！”

小幽一个转身还来不及举起树干就被群狼扑倒在地，血腥的狼口大开，朝着她的脖子就——

两道悲吟冲天嘶鸣，两只纤细的手使劲地向着对方伸出，却怎样也无法紧握在一起，走到这一步，谁都知道在劫难逃，然而就在此时——

笛声……

突来的笛声震天悠扬，布着夜空诡异撩人，荡漾着，似近似远，时而悦耳如歌时而悲凉低唱。

路的尽头，那一轮朦胧的月光勾勒出唯美唯俏的影子，他吹着笛，身穿白色锦服肩披墨色斗篷，月光仿若是他的奴仆，独为他照亮前路——

念沧海傻傻地看着那个人走过来，分不清是地狱而来的鬼差，还是天国而来的仙人……

他止步于她的眼前，玉笛一挥，周身迸出一股寒气，狼群们倏地耷拉着耳朵夹着尾巴，乖乖发出臣服的哀嚎一哄而散。

白色的身影俯身而下，一双大掌细长如柳却相当有力，他扶起念沧海，两片菲薄如玉的唇一咧，“救驾来迟，还望王妃降罪。”

唇瓣间夺目缭绕的弧度教人不禁忽略了他说了些什么，“多谢公子搭救，敢问公子姓谁名甚，日后定当以命相报。”

“呵，王妃言重了，鄙人——醉.逍.遥。”

“不要靠近一个叫做‘醉逍遥’的人，更不要相信他的笑。”念沧海耳边乍现御景秋临别前对她的警告。

只怕这醉逍遥定是个不可招惹的主儿。

醉逍遥掌心明显感觉到念沧海手臂一颤，虽然她掩饰得很好，脸上依旧带着淡淡感激的笑，但眼眸里已布满深不见底的戒备——

流眸一眯，漂亮的长指轻轻解开身上的披肩为她披上，“天色已晚，马车已经在林外等候，王妃请随逍遥而来。”

顺势一个对眸——

这男人每一个表情，每一句话脸上都带着笑，神神秘秘，柔柔暖暖，一个笑眼就能摄入人的心扉，好似能将人心看得一清二楚，然后攥在掌心，随意把玩。

念沧海被他搀扶起身，就在这个时候，死趴在地上的小幽听到了有人在说话，突然跳起身，“小姐，小姐我们没有死么？！”

她抓着念沧海的手，又喜又惊，可这触感怎么有点奇怪——

骨架子有点大，指节有点长，低头一瞧，自己抓着的竟是只男人的手？！

“喂，你是谁，谁许你轻薄我家小姐！”

小幽不问三七二十一就把扶着念沧海的醉逍遥给狠狠推开，“小幽，这位是醉大人，不可无礼！”

“什么醉大人？”小幽追着醉逍遥就要打，回头摸不着头脑地嘟嘴嘀咕，念沧海拧了拧眉头，朝着她使了个眼神，她便机敏地点点头不再问了。

“王妃，这边请……”

醉逍遥倒也没生气，拍拍被小幽弄乱的衣衫，礼貌地保持着距离，攫着绝美的笑脸，走在她们之前为她们引路——

明明还是先前那危险丛生的狼林，可毒蛇见着他们避而绕行，野狼畏惧得躲避起来，一切皆因这个男人，仿佛他一笑间就射出致命杀气，即便是冷血无情的畜生见着，都不自觉地惧怕。

醉逍遥，你究竟是个怎样的角儿……

走出狼林，马车的确已经备在了那儿，显然，比起北苍送嫁的马车，这一辆更是寒酸得让人心凉。

一路上小幽骂骂咧咧，还给醉逍遥取了个雅号“醉王八”，说他并非真心相救，指不定是想要她们命丧狼口之下。

念沧海对此一笑置之，北域向来与北苍敌对，醉逍遥敢这么做只怕也是受了那人的指令。

那人睿智多谋，会不会也猜到了她下嫁来北域是另有目的的吧……

三天三夜不停不休，一路颠簸，加之周身的伤势，念沧海一直浑浑噩噩半梦半醒，听到马车外熙攘嘈杂才知道是到了帝都。

落地抬眸，那一座威严耸立的宫殿气势恢弘得叫人顿然清醒，这儿已不是能用王府可形容，明明就是一座皇宫。

醉逍遥不见了踪影，改由一宦官领路。

迎面清风拂过，到处是小桥流水，绿意盎然，不禁让人心情舒展，四周假山湖泊萦绕，杨柳绿叶摇曳，百花齐放绽香，根本找不到丝毫炼狱的气息，倒是有几分世外仙境的味道——

不知走到了哪儿，不远处传来阵阵女子们嬉戏打闹的笑声，念沧海侧目望去，一座偌大的凉亭里，七八个美人儿身系各色纱裙，池塘边扔食喂鱼。

池塘上，三四个美人儿游船泛舟，杨柳长指舀着水嬉戏，那灵动的一幕幕美得就似天仙下凡的水墨图，且不说个个燕姿群芳的姿色，就那身段，也没一个不是细柳蛮腰，丰韵玲珑的。

只是刹那间，一双双媚眼如丝的眸齐刷刷地朝向池塘对岸的念沧海看来——

“喂，你不是说北域王见着女人就喊打喊杀的么，瞧瞧，那一个个妃子活得风生水起，有滋有润的，是怎么回事？”

念沧海瞟了眼小幽，小幽瘪瘪嘴，随口扯道：“也许都是男人扮的呢！”明明传闻就说北域王是个断袖癖，怎么宫里就那么多的美人呢。

“呵，你就瞎编吧。”

要说这里的女人，比美貌，比身段，比起那北苍的后宫是有过之而无不及，就连妒忌的眼神都更胜一筹。

走了很长一段路，宦官的脚步终于在一座幽禁偏远的宅子前停下，说这儿便是正王妃的寝宫，然后没有多一句的交代就转身离开了。

其实说这儿是寝宫简直能笑掉人大牙，门前一堆丛生的杂草，窗门不是破就是关不上，若不知是身处王府，定以为这是荒郊野外被弃用的废屋。

小幽刚随念沧海进屋，正拍着床榻上厚厚的灰尘，几个嬷嬷就凶神恶煞地冲了进来要将她带走，因为奴仆不得与主子同屋。

小幽自然不从，便被嬷嬷们训了一通。

所幸念沧海眼明手快，从怀间拿出一锭银子就塞入嬷嬷的掌心才让嬷嬷们倏然和颜悦色。

“小幽年纪小，很多事不懂，还望嬷嬷多加提点。”

“王妃不用担心，张嬷嬷我会好生教导她的。”

小幽被嬷嬷领走后，念沧海才坐在床榻上舒了口气，下意识地摸了摸挂在脖颈间的锦囊，可这一摸，那里面就剩端木离给她的特制胭脂，却不见小幽的那瓶解药。

她惊慌地推门而出，竟和醉逍遥撞了个满怀。

原来那解药竟是被他给拾到，“王妃如此慌张，莫非是在找这个？”

开口就这么问她，莫非他是知道了这药是派什么用场的？！

“方才逍遥在屋外捡着这东西，心想会不会是王妃的，看来是逍遥失礼了，还望王妃见谅。”

醉逍遥说着就将手中的药收了起来，“不，这是我的！”念沧海迫于心急，伸手就从他的掌中将药瓶夺了过来，气氛因此变得微妙起来。

“呃，我出发前感染了风寒，这些是风寒药，很管用的，日后一定还有用，多谢醉大人帮我找到了。”她临时找了个合适的借口。

“原来是这样，那王妃得好好收藏起来，以免日后需要又找不见了，那可就得坏了事了。”

菲薄的唇弯起神秘的弧度，那笑怎么看都让人心里发毛。

“知道了。”

念沧海点头应道，匆匆就要关上门，但醉逍遥杵在那儿，玉笛从袖口中一抽打在门上，那力道不大，却足以让她合不上门，“对了，王妃的身子可安好？”

“已无大碍，未被狼儿咬伤筋骨，并没伤及实处。”

“那就好，大婚定在今晚子时，修罗王特意为与王妃的大婚选的黄道吉日，吉时。到时会有人来为王妃引路的。”

子时大婚？！

念沧海心底一怔，再过几个时辰就将见着那个闻者丧胆的魔鬼？可等一下，谁家大婚会是定在大半夜的？！

杏目一扫，就见着梳妆台上摆着一本皇历，翻开二月初九那一页，上面竟然写着“忌喜宜丧”四个大字。

原来坐等时辰流走也能磨死人。

一小宦官来接她为她引路，夜色下的王府与白日全然不同，处处阴森寂寥。

来到一座宫殿前，小宦官扔下她，泥鳅似的就不见了踪影，念沧海傻愣愣地处在原地，只觉身后一股不祥阴气逼来，蓦地转身，一座空灵的宫殿扑入眼帘，那匾额上赫然写着三个大字——“义庄阁”。

义庄？

诡秘的两个字在念沧海的心头无限放大，殿内微弱的暗火摇摆，像是在命令她走入内。

踏在冰冷的地上，鞋底儿摩擦出嚓嚓的声响，试想夜游义庄的感觉，两排梁柱上白纱飘飘，悬梁缠着一条白绫，正前方摆放着一张棺盖大开的棺材，什么都齐了！

深处，烛台上点着两支蜡烛，暗橘色的光影摇摇曳曳，一阵怪风吹来，灭了两支烛火——

“谁？！”

“自缢抑或活埋，孤王让你选一个！”

一道浑厚低沉，苍劲有力的声音袭来，暗色下就像从地府里钻出来的召唤，教人毛骨悚然。

殿外微弱的白光照映出一轮傲姿云天的身影，那人攫着蚀骨不留痕的气魄向殿内而来。

就像真是从阴曹地府而来索命的鬼差，念沧海拔腿想跑，才发现双腿竟似长了根似的连如何迈步都给忘了。

浑身的毛孔不由得张开，手儿紧握，手心渗出密密细汗。

她明明不是个胆小的人，即使被端木离毒打行刑，她都不曾皱一下眉，可现在，不安攀到了极致。

不能被吓倒，怎能不战而败！

念沧海一个狠心转过身去，却一鼻子撞上那坚挺的人墙，这人竟足足高她两个头？！

傲然的身躯魁梧挺拔填满两只惊呆的眼，她抬首向上，冷不丁地向后退了两步，明明碰不着他的身子，却逃不开他的影子，始终被紧紧地拢着，叫她都要喘不过气来——

视线缓缓攀上他的脸孔，一张摄着寒气的面具遮着大半张脸，逼得人倒抽口凉气。

面具的形状像极了狼，只露出一张嘴两瓣唇，小半点儿的左颊，左眼睑下好像还有着什么奇奇异异的图形，但脸部轮廓却是好得惊人，挑不出丝毫瑕疵。

明明殿内是伸手不见五指的黑，她竟顺着那轮廓想象面具下的五官，心口因此悄悄地漏了一个拍子。

猛地，那凹陷的眼窝镂空处迸出妖冶诡异的金芒，犹若目露凶光，顶峰之狼，一下子就摄住了人的魂魄。

念沧海都不敢相信那是人的眸子，眼瞳是金色的，却绽放着绝世罕有的冰蓝色，像覆着一层极冷的寒冰，深处又好像是一片荒漠，蕴着沉寂千年的孤独和苍凉。

念沧海怔怔地扫着端木卿绝的容颜，不知他亦蹙着眉打量着她——

虽然早早知道她的容貌奇丑无比，可也未曾想到丑到如斯田地，叫人过目都难忘。

一身黝黑如炭的肌肤，右颊还有块大红瘢，五官平庸无显都被融在了那丑陋之中，独独那双眼，还算是明亮。

这身子骨消弱无肉，前胸贴着后背，没半点曲线可言，若是去掉这一身红衣，换上素服，倒是和阉人无差。

"回答。"

冰色的唇翕动，口气咄咄逼人，挺拔的身子跟着倾下，肩上耷拉着什么毛茸茸的东西，触到了她的鼻尖，痒痒的，吓人一跳！

回答什么?

念沧海脑海里傻傻地跳出几个字，完蛋了，她竟忘了他这是在逼她自缢!

头上是白绫，身后是棺材，怎么着也是个死，“王爷，这婚是皇上钦赐的，王爷可知抗旨不遵的后果?”

念沧海脱口而出，她本想是好好与他商量的，可这男人看着像是能好好商量的样子么?

“人头落地，斩首大罪。”

答得那个轻巧，唇勾起优哉的弧度，似笑非笑。

不是说他从不笑的么，笑起来竟是这么……好看……

“白绫自缢死得快，痛苦少，活埋一时半会儿断不了气，还要忍受潮湿阴气，毒虫滋扰，怎么样，打定主意了么?”

长指幽幽地指了指顶上的白绫。

念沧海头皮一阵发麻，这男人敢情拿她的威胁当空气，连个眉头都不皱一下，还好心地给她建议。

“多谢王爷提点，妾身选定了。”

灵眸一转，一个鬼主意在心下打定，念沧海欠身行礼，脸上丝毫没点儿惧怕的痕迹，倒是让面具下的眉一拧，弄不出清楚她这是在玩什么把戏。

“选哪个?”

念沧海指了指棺材，端木卿绝便要开口应允，岂料她打断的时机相当妙，“王爷就不想知道妾身为何要选棺材?”

杏眼凤眸在暗色下明亮得特别，端木卿绝一个走神，竟脱口而问:“为何?”

“因为棺材能睡下两个人，白绫挂两个怕是会断了，得不偿失。”

“两个?”

“王爷和妾身啊，难道不是王爷厌世嫉俗不再留恋人世了么?夫妻乃是同林鸟，妾身得皇上令嫁于王爷，便是王爷的人，在生与君共伴，死时与君共眠，既然妾身嫁来得不是时候，妾身也认了。”

“哈哈哈哈——”

哀怨的话音一落，邪狂怒张的笑声就填满整座空寂的大殿，冰色的眸子如狼兽紧攫着念沧海，别说她这张脸极度丑陋，这小嘴倒是厉害得可以，他要她死，她倒敢拉着他一道做伴，翻来覆去不就是为了个活口，那小杂种送来的女人倒是有点意思。

端木卿绝长袖一挥，行步如飞，一个眨眼过半就一手攥住了念沧海的后领，就跟拖着小鸡一样，朝向棺材而去，“王爷，你这是做什么？！”

“呵，咱们躺棺材闹洞房啊……”

第二章　大婚之夜

长腿如飞，几步便已到了棺材旁边，念沧海根本连个说“不”字的机会都没，后背轻轻触及冰冷的棺侧，浑身就打了个激灵，而他双臂一用力就要将她腾空抱起扔进棺材——

骗子！他根本就只想活埋她一个！

念沧海悄悄没入左袖的右手果断抽出根什么东西，夜色下折射出一道刺眼的银光，不明寒气教端木卿绝警觉地眼向怀内一扫，下一刻，张着的唇赫然一顿，“女人，你！”

整个伟岸魁梧的身子跟着呆滞原地，一只纤细如枝的巧手从他后肩松开，只瞧有根银针屹立不倒地刺在他的背上。

哼，想要她死——没门儿！

念沧海一个灵兔脱逃，从那如囚狱般的怀中脱开，不禁得意地拍拍手就像打了场漂亮的仗，眉微挑扫了眼那诡异吓人的面具脸，眼窝深处迸出的怒光是说不出的凶残。

哎呦，她这是一步踏错，踩了魔鬼的尾巴了呢。

得好好想想如何自圆其说才行，要说原本这针她是为了洞房时用的，还不是那端木离要她守身如玉，她才想要悄悄麻醉他，以防被他染指。

谁想他那么猴急，一见面就要她死，她也只好情急下用针点穴拦住他，不过这传言中比鬼神都厉害的修罗王，是不是也太弱了点？

“王爷，消消气，妾身如此做并未有恶意，好死不如赖活着，有什么烦恼，无妨和妾身说说，地府也不缺人报到，咱们就别给阎王添乱了，好么？”

念沧海打着趣，想要缓和下气氛，可听着的人却不愿笑。

“王爷，妾身真没想伤你，妾身这么做全是为了王爷你。”

念沧海眼珠子转得快，诚恳的语气倒是勾起了端木卿绝眼中的好奇，“哦？！”

“当然！王爷你想想这婚是皇上御赐，要是新婚夜妾身就枉死，皇上定会大怒，要是因此大动干戈起兵攻城，王爷岂不是得不偿失？！”

念沧海察言观色，双目毫不心虚地对着端木卿绝，她就是在和魔鬼玩一个很危险的游戏，赌注是自己的命，一个闪失肯定竖着进横着出。

嘴皮子果然利索，端木卿绝轻哼一声，冷冰冰的表情稍显柔和了一点。

念沧海瞄准时机，就是现在——

“王爷，妾身一人死不打紧，可要是连累北域千万百姓陪葬，是何等的罪孽深重？其实吧……”

她拖长了尾音，神秘兮兮地对上他的眸，似乎还有什么更容不得她死的理由要说，只瞧她踮起脚附上他的耳边压低声音：“妾身知道王爷不爱女人。”

端木卿绝瞳眸蓦地一收。

念沧海权当他的惊诧是被点到了软肋，“妾身知道王爷的难言之苦，知道这婚的确是皇上为难王爷了，可妾身也想王爷知道，妾身不介意，妾身性子随和，与世无争，不求富贵荣华，只求北域国泰民安，只要不受战乱滋扰，妾身愿为大家牺牲小我，就算王爷要妾身做小都可以，妾身绝不会干涉王爷半点儿的私事。”

呵！唇角点点勾起，诡异的光影下，是说不上来的邪魅。

端木卿绝目光“赞许”地对上念沧海的眸子，这双凤目除了明亮之外，倒是还有几分狐狸的狡黠与妖媚。

他是在思量放了她吧？！

端木卿绝的沉默激起念沧海无比的期冀，一颗心扑通扑通地跳着，全身凝注地睨着那高深莫测的双目，可——

“即使北苍起兵攻城又如何，你以为端木离那小杂种能耐孤王如何？！”

面具下的眼猝然幽幽眯起，在讪笑，在哂笑，在嘲笑，笑她甚是可笑，蠢不可言。

他骂端木离是小杂种？

是她听错了，还是她看错了，究竟是哪个王八龟孙子说这个男人不会笑的？！

她看他不仅会笑还会“说笑”，啧，莫不是他立马就要杀了她，所以让她见着也不打紧？！

一个激灵从脚心蹿了上来，“难道王爷就一定要逼出个你死我活？”

“正是。”

没半分犹豫，这男人是打定主意要弄死她！

“那王爷可是逼妾身玉石俱焚，可别怪毒针无眼！”手从袖口一抽又夹出三根银针，念沧海作势扎向他的脖子，“呵，你要敢杀了孤王就下手啊，还磨磨蹭蹭做什么？”

他不慌不忙，瞅着她只说不动的手，洒脱得就像在看耍猴戏，气得念沧海满面羞红……

哪有人在生死之间那么笃笃定定，真是个怪胎！

念沧海指间三根银针一动，不差分毫地落在三个穴位上，其中之一便是哑穴，端木卿绝当即就出不了声。

唇角得意一勾，要怨可别怨她，是他逼上梁山，叫她覆水难收，即使跪地求饶他也不会放了她。

“端木卿绝，听着，姑奶奶不爱玩自缢的游戏，这就不奉陪了！”

念沧海顽劣的小性子起来，抡起插着火烛的银烛台，就要砸上端木卿绝的脑袋，都撕破脸皮了，不把他打晕了实在难解心头之气。

可一双眼愣生生对上那张冰冷的狼面具，手中的烛台扑通就这么掉在了地上——他……竟在笑？

念沧海转身拔腿就跑——

“王妃，这是要去哪儿？”

魔鬼的笑音赫然灌耳，端木卿绝内力一运，冲破被封穴位，双臂不过一张一揽，便将那仓皇乱窜的小兔子牢牢桎于怀内——

周身一怔，浑身的血液都一瞬凝固。

被端木卿绝从后揽着，双手交叉攥着她的双腕，如蛇紧绕，身上每一寸的肌肤都张开了毛孔，一股股阴气渗入其中，转瞬便麻痹了心，仿佛连跳动都给忘却了。

是她失策，是她小瞧了这人神皆惧的魔鬼，他早就能动了不是？

他一直在做戏，在嘲笑她的愚蠢！

他定会狠狠惩罚她，是抬头的白绫，还是身后的棺材？“哼，成王败寇，妾身无话可说，要杀要剐悉听尊便。”反正死到临头，跪地求饶也无济于事了。

呵，她倒是洒脱，他“喜欢”！

“爱妃，游戏是你开始的，但结束可不由你说了算！”

一声爱妃冻彻心骨，他想要做什么？！

"孤王以为，王妃是喜欢玩刺激的。"

刺激的？

他在耳边声声落下她听不懂的词汇，不出眨眼半刻，死寂如墓的殿内闪出十多个黑衣人，轻而易举就将她绑在了柱子上。

不是用麻绳而是用铁链，肩膀，腰间，腿脚，圈圈绕绕，牢牢的紧紧的，动都别想动一下。

他究竟要对她做什么？

忐忑惊恐，不安惧怕已缠满念沧海整个心头，她就这么被绑在柱子上，脚前身侧，绕着柱子堆起一圈柴火。

她俨然就是祭祀台上待火烧的祭物，"端木卿绝，你——！！"

食人魅影逼近，他举着火把，眼中散开冷漠的笑，直直扔入火堆，动作不带一丝停顿和犹豫，火焰一下子从柱子四周燃起，越燃越烈——

他是要活活烧死……她？！

柱子旁的白纱依旧在飘，一个不小心带起火星就会擦过她的身子，直接将她焚烧。

他比想象中更魔鬼，更灭绝人性。

摇曳的光将他的身影拖得深长，犹若鬼魅，似鬼如魅。

肩上耷拉着银白相间的皮毛，前后垂地而下，就似一条雪狼的尾巴，仿佛张着双双寒戾的眼睛叫人望而生畏。

端木卿绝立在那儿如同阴曹的鬼君。

初见，她遐想他面具下许是张举世温柔，倾世俊朗的脸孔，而这一刻忽暗忽明的火光交映在那张面具上，的确，他比黑暗中看到的轮廓更为惊艳，但即便那下面真装着绝美容颜，也必定只是个披着兽皮的人面禽兽。

念沧海满眸子瞪出憎恶的火光，胜过身前圈圈盛然的火焰，"端木卿绝，想要我死，就给个痛快点的！"她扫了一眼他身周三个黑衣人手中的剑，"来呀，一剑了结我，如你所愿！"

她动了一下，挑衅道。

与其被火慢慢烧死，尝尽一寸寸被吞噬的痛楚，她宁愿一剑毙命。

可有人当即好心提醒她，"小心踢着火，火星子可不长眼。"

火星子？！

灵眸晶亮一闪，勉强能动的脚丫子踢上火圈，带起一个小火星就这么冲向那"好心"的黑影，"九爷！！"近身护卫一个挥剑将火星挡去，那身手那动作之快叫人称绝，而令念沧海心生余悸的却是——

那抹杵立的黑影连一小步子都没挪，面具下的脸也未露出半分惊吓，他就这么游刃有余地攫着悠悠的笑，一动都没动过。

那冰色的眸子深得像是看不到底儿，没有畏惧，或许是不懂畏惧，就跟个没有心的人一样。

"胆敢伤九爷，拿命来！"

手腕一转，掌心向上握着剑柄，护卫一个用力，手中剑脱手刺向念沧海，她猛地闭上眼，等待那一剑穿心而过，"唔唔！！"

惧怕间，鼻下泛出丝丝呻吟，可……为何一点都不痛呢？！

眼睛挣扎着张开，心口并无血无伤，再一个抬眼，只瞧那把剑横于半空，端木卿绝双指夹着剑身，未用半分力道的样子，剑身却在猛烈地颤动，突然哐锵一声，剑断两半，坠落在地。

"请九爷降罪，是奴才自作主张，以下犯上。"

护卫猛地双膝跪地，厉声请罪，即使黑布蒙住整张脸，念沧海也能从那眼中看到他为命不保的惊恐。

皇宫里的规矩她清楚得很，主子还没发话，奴才又怎能随意动手？！

"都退下。"

浑厚又磁然的声音符合极了魔鬼二字，端木卿绝的命令染着慑人寒戾幽幽散开，从没人敢违背他，退下的不止跪地的那个护卫，还有身后的两个黑衣人，和隐匿在黑暗中的所有暗卫。

殿宇里，这一次是真的空静死寂，就只剩下他和念沧海两个人，隔着火，仿佛一阴一阳处在永世不可及的两界之中……

莫名地，闪动的杏目觉得这样的场景是如此……熟悉……

熟悉只是一轮微弱的涟漪，还未来得及在心湖荡漾开来，就已被疑惑所取代——

他到底要怎样，想要杀她，又救了她？！

念沧海觉得自己就像是条砧板上垂死挣扎的鱼儿，那双冷血凶残的眼中根本没有半分的怜悯和仁慈，他暂留她一命一定有别的目的。

"武艺是谁教的？"

果然，熊熊火光下，幽幽的质问传来，念沧海对着端木卿绝的眼，他在怀疑什么，以为她知道用针点穴就当她是江湖高手，抑或……

"沧海不过一介弱质女流罢了，学个一招半式防身，王爷就那么惊讶么？"

斜睥一瞟，念沧海放出套，那么想要知道答案是吧，可得先给点好处！

“爱妃言下之意，会点穴不过是‘纯属巧合’？”

眼眸猝然沉得寒戾，她知不知道她是在和谁玩把戏——

手快无影，一颗银珠不知从哪儿射入熊熊火焰，当即激起一股火焰蹿起，如同张着血口的猛兽直扑向念沧海——

“啊！！”只听惊叫冲梁而上，紧跟着散开的却是森冷阵阵的笑音，圈圈层层将人收拢，“端木卿绝，你不是男人！”

杏眼怒睁得瞪圆，整个身子气得生生颤动，右肩被火苗擦过，烫出一块血红，可恶！！她差点被他烧死，他竟无心无血地狂肆大笑？！

“哦？”狐媚的眼角眯眯，弹指作势又一动，念沧海快一步地扫到他掌中的银珠，“你究竟想要知道什么？！”

聪明！

他从未见过这么聪慧过人的女人，只是一个动作，她就英明地选择了投降，早前也这么乖的话，她也不会白白挨罪了，“孤王从不听废话！”

“没有人教的，会点穴不过是读过些医书，自己学的罢了。”

“当真？”金芒暗闪，冰眸中仍有怀疑。

涂得赤黑的两瓣唇勾起自嘲的弧度：“若有假，妾身就不会被绑在这儿了吧，王爷？！妾身要是真师出名门，那只怕王爷这会儿定不能这么悠然自得地喘着大气！”

小小地挑衅着，愤愤地暗怒着，那杏目闪闪熠熠，有着说不出的灵气。

那股狡黠不认输的劲儿竟让端木卿绝一个晃神，好像，和某个人好像，被记忆封存，以为早已抹去的那个人——

“九皇子又怎样，以为板着一张脸就能吓唬人，我才不怕你呢，想要我认输，打赢了我才算！”耳边响起那道久远又调皮的声音。

“莫离……”

唇动，情不自禁地轻轻吐落两个字，那失神的表情，异常地温柔……

“喂，你在说什么？”

念沧海轻轻一问，某人不露声色地抹去脸上所有神色，只剩冰寒无情，逼近一步，“端木离为何选择你赐婚于我？”

隔着火，他的表情有些朦胧。

问她端木离为何选择她，她倒是也想知道，“因为妾身脾性好，骂不还口，打不还手，这样才和王爷般配，任打任骂，才能与君相伴到老呀。”

脾性好？

那小嘴真是会编，刚才是谁眼泛杀意，抡起烛台恨不得杀了他！

“那皇侄儿为了孤王还真是煞费了一番苦心，孤王要是就这么让王妃入了土，岂不是太辜负皇侄儿的一片好意？”

念沧海狐疑地扫着端木卿绝变化无穷，捉摸不定的脸孔，他的心究竟在酝酿着什么？

“王妃是觉得可惜了？莫不是孤王会错了意，要知道那白绫和棺材，依旧为你准备，只要你想，随时都可以……”

“不劳王爷费心！好死不如赖活着，妾身愿做牛做马活着侍奉王爷。”

念沧海急急抢过端木卿绝的话，魔鬼难得仁慈一回，她又岂容机会白白溜走，管他是不是有心下套，设圈套挖陷阱的，眼下最重要的就是逃过这一劫。

面具下的唇淡淡张开，似笑非笑。

脚步迈开，向着她，越过熊熊火焰……

一双眼瞳生生镇住，他就这么脚踩火焰走过，就像再也普通不过的石板路，火焰都惧怕得为他让开了道，他安然无恙，毫发无损地逼至她的跟前。

怎么……会有人可以活生生穿过火焰，是这一身迥异的衣衫庇体么？！

“死罪可免，活罪难饶。”

端木卿绝扣起念沧海的下颌，惊诧错杂的双眼对上他，“活罪……？”

“呵，你伤了孤王，可想就这么算了？是谁说，打不还手，骂不还口的？！”

他记性可真好！

念沧海是哑巴吃黄连，有苦说不出。

到底是哪个乌龟孙子说这男人沉默寡言的，就没见过哪个魔鬼这么能言善道的，那口牙就像打了蜡一样溜。

“烦请王爷降罪，妾身领罪便是了。”

屈服是最聪明的选择，念沧海低着头默默认错，可某人并没有答，径自垂着眸，眼神星星点点地落在她玉色通透的白颈之上，莫名地，那眼神有点危险，有点……燥热。

他倒是说话啊，干吗干吊着。

念沧海不耐烦地微微抬首，视线就这么不巧和他撞了个正着，整张脸竟是滚滚烧烫起来。

为什么这样看着她？！

脖子不自觉地扭动起来，可越是逃避，他的眼神就越是如胶似漆，紧紧缠绕。

心是怎么了，狂跳个不停，拜托，他可是个不折不扣的魔鬼，还是个沉迷男色的断袖癖！

心啊心啊，你乱跳个什么劲儿啊！

可直到现在，那些个传闻也没一个靠谱的，莫不是连他喜欢男人也只是个障眼的谎言罢了？

念沧海不觉地岔了神，就在这时端木卿绝忽然握住她的左臂，推起她的袖子，白璧纤细的藕臂昭然入目，“呃，你……王爷，你这是……？”

臂上传来冰火两重天的触觉，念沧海这才惊得恍过神来，却是猝不及防地口齿凌乱，不知端木卿绝睨着她的臂膀是在寻找着什么。

难道他……

守宫砂，女子点朱砂的位置通常都在左臂，他不让她死就立刻检查起她是不是处子？！

可她并没有朱砂痣……

“我非处子。”

她淡定言曰，深潭冰眸亦平静如水，仿佛一切早已在预料之中，“呵，你倒老实。”

他给她褒奖一笑，不乏嘲讽，“不过这要试过后才知道。”

眸子诡异地眯起，不可言喻的鬼魅，就这么一句话又勾起某人心脏暴乱，跳动得简直负荷不住，可那下一句，却又冻得她心脏麻痹，“这些伤是怎么来的？！”

念沧海发现这男人的思虑总是很跳跃。

扫了眼臂膀上还未消去的鞭痕，她无奈一笑，真是糗大了，他是个只爱男人的男人，又怎么会关心她是不是处子？平白当了傻瓜，原来他只是好奇这些罢了。

“地上磨的。”

轻描淡写地带过，握在臂上的五指立马来了个猛然收力，念沧海痛得好像听到骨头断裂的声音。

“我没撒谎！”

她瞪着他，这男人的眼睛是什么做的，怎么每一次都能看出她在撒谎？！

可她绝不能让他知道她是被端木离严刑鞭打逼来的，端木离交代得清楚，要她偷偷找到那样东西，偷偷离开，她又怎能还没得手就先露出了破绽。

端木卿绝仍旧不说话，握着她手臂的力道也没松开。

一双眸子迸出灼热的芒，魁梧的身子冲她下倾，靠近，不断地靠近，就连温润的鼻息都感觉得一清二楚，教她每一寸肌肤都滚滚燃烧起来……

“你这是不打自招！”

两片唇瓣似有若无地张开，隔着极近的距离在她的眼前游走，念沧海僵直得不敢动一下，这视线这动作简直逼得人走投无路。

他戳穿了她的谎言却不再说下去，就这么看着她，一个眨眼，一个翕唇，就好像他是动了情——

双颊越发通红，不禁泛起含羞的红彩，他靠得越近，念沧海就越不敢睁眼，忽地，“你以为我想吻你？”

嘲弄的笑音散在耳边，激得一双杏目羞然瞪圆：“怎会，妾身岂敢忘了王爷是——不对着男人就硬不起来的呢！”

某人眼底掠过一抹可怕的青色，“送王妃回阁。”

听得出，他在发怒。

怎么，被人戳破了软肋，丢面子了？！

念沧海还没来得及得意，就见那两瓣唇悠悠地勾着：“爱妃喜欢撒谎，孤王了了，不过孤王定会让你好好改改这个毛病！”

他笑得鬼魅，笑得妖娆，笑得被他视线触及的地方又都灼烧起来，“端木卿绝，你要做什么？”

慌乱下，她忘了自个儿是戴罪之身，不顾礼数地直唤出他的名讳。

“一男一女，新婚之夜，爱妃说——孤王是要做什么？！”

眼眯眯，唇勾勾，原来魔鬼笑起来那么美，是因为它——致命。

念沧海连捆带绑，蒙着眼被人抬到了一座殿宇中。

待有人解开眼罩，松开她身上绳索，周遭空无一人，而映入眼帘的一切将念沧海生生吓傻——

明黄色的幔帐，紫檀木的摆设，身前的香炉，飘然整个屋子的龙涎香……

这里不是那间废屋，这里奢华雍容到足以比拟端木离的龙景宫，这里有那个男人独一无二的“味道”，一双杏目悻悻地扫向身下床头雕龙的榻，可别说这是那魔鬼的床！

念沧海一个跃身唯恐不及地跳下，匆匆跑到外间，就听大门推开发出吱呀的声响，心猛地一记跳动，是他来了？！

“王妃吉祥，妹妹们给姐姐沐浴更衣。”

入眼的十来个美若天仙的女子，她们分作两排齐齐向她躬身行礼，细细一打量，那不就是午后在池塘边看见的那些女子？

只是近看竟是个个身材高挑，几乎每一个都高出她半个头。

“你们让开，我不需要！”

“姐姐，侍寝前怎能不沐浴更衣？”

十来个人齐声同道，念沧海愣神之间，有人已将浴桶送入屋内，温水氤氲，花瓣漂浮，“姐姐，更衣吧……”

屏风拉开，大有逼上梁山的架势，念沧海欲哭无泪地凝望身前浴桶——

难道她注定被那魔鬼玷污？

小不忍则乱大谋，失身又如何，总比丢了命强！

一个心狠，念沧海背过身解开身上衣衫，但身上涂满的黑色胭脂虽遇水不化，可沾上温水就会彻底走样！

她要支开那些女人，只是耳后却传来窸窸窣窣的声音，回头一瞧，那十来个美人儿正解开自己的衣服——

一具具白璧无瑕，细嫩如雪的胴体落入眼帘，美得教人震惊，只是她们竟是个个——平胸？！

念沧海的心不觉一颠，视线顺着那些柳枝蛮腰往下看去，不对劲，那里，那双腿之间——她们竟有女人没有的那东西！

“也许都是男人扮的呢！”脑中迅猛掠过小幽的那句话，难道——

“你们都是——男人？！”

十来个赤裸美人撇下遮体衣衫，扬起倾城诡笑：“姐姐，无需紧张，妹妹们只是伺候姐姐沐浴更衣。”

他们齐步靠近上来，念沧海心神错乱地连退十步，一屁股坐到榻上，“滚！”

鬼才信他们仅仅是要为她更衣，他们分明就是要对她——

“不过这要试过后才知道。”

面具下那双鬼魅的眸闪现眼前，她终于明白那唇角漫溢的邪恶的笑寓意着什么。

该死的混蛋！

他救她不过是为了羞辱她，他自个儿不能人道的残废，自己不行，就让他的男宠们来给她“验身”！

“姐姐，不要怕，一会儿就好，妹妹们绝不会伤着你的。”

一个晃神，十多个裸男已经围堵床前，个个露出色欲本性，抬腿压上，一只只手犹若触角伸了过来，“不要！！”

一道道撕心裂肺的呻吟盘旋印月阁上空，染着凄惨的哭声占满整片天际……

修罗殿内亦听得一清二楚，端木卿绝幽幽地小啜了口杯中茶，仿佛飘绕耳边的惨叫是首动听的小曲儿。

“哟，今儿个是什么日子，九哥竟独自偷笑？”

深长走廊中，某人开着玩笑，谁想前腿刚迈进屋子，一支毒镖就飞了过去，所幸他机敏地从袖中抽出玉笛一挡，才躲过一劫。

“少在那儿给我贫嘴，再有下次，定砍了你的手脚腌在缸里！”端木卿绝放下茶杯，面具下的眸光冷血得不掺假。

哟，九哥是来真的呢！

还在气他没去狼林给念沧海收尸，反倒是带了活口回来，还逼得他不得不和她拜堂成亲？

“九哥，这你可不能怪我，要是你气我救了她一命，可九哥自己不也饶了她一命。”

桃花眼委屈地眯眯，飘向印月阁的方向。

他也不是诚心要救那个女人的，当初守在狼林外，他只是好奇才走了进去，然而就是这么一个好奇，他看到那个女人被狼群撕咬，竟然眼神毫无畏惧，还奋不顾身地保护自己的奴仆，所以他一个晃神就出手救了她。

“谁说我饶了她，过了今夜，她会自己动手。”

冰眸涌动着诡秘的芒，眼前晃过那张奇丑无比的脸庞，临死前赐她十个男人，她也该谢谢他的大恩大德，让她做了个快活鬼！

“好歹曾经也是皇帝的女人，算起来也是九哥的皇侄媳，九哥的心还真是狠呢！”

醉逍遥眉眼挑挑，眸子里都是对他的幽怨和指责。

端木卿绝敛起眼中笑靥，狐疑地扫着他：“你在为她心疼？”

“若是心疼，九哥能将她赏赐给十弟么？”

醉逍遥笑得神秘，某人瞳光当即沉下，他是说——真的？

“九爷，九爷，大事不好了，印月阁起了大火！”

一宦官突然慌慌张张地冲了进来，端木卿绝眉头一锁，口中低咒：该死的女人！

他和醉逍遥一前一后奔至印月阁，漫天的大火像食人的巨兽扑满眼帘，越来越多的人提着水桶而来，场面轰鸣嘈杂，但阁里却是静得诡异，连个求救嘶鸣都没有！

端木卿绝没个停顿就扑入大火，众人身后惊呼，谁想醉逍遥也紧随其后，只留下一句话：“谁都不准进来！”

冲进殿宇，端木卿绝才知那火根本就没有蔓延到殿内，脚步敏捷地来到屋外便听到阵阵淅淅沥沥的啼哭声。

"念沧海！"

他喝道，推开大门。

没有人应他，他步步朝向里屋，越过倒在地上的屏风，越过仍旧冒着氤氲的浴桶，满屋子盈着沁人心脾的花香，却又掺着刺鼻血腥的气味。

榻上幔帐垂下，帐内那轮娇小的身影畏缩，抓着锦被瑟瑟发抖，一道晶莹的泪从眼角滑落……

端木卿绝不觉地捋起幔帐，只瞧念沧海衣衫撕裂，黑发凌乱散开，露出的肌肤上，红印紫痕深深浅浅，这模样就像是被……

"你……"

端木卿绝竟一个语塞，话到嘴边愕然无声，怎会这样？！

那些个玩宠常年嗑药，即使他们见着女人兴致勃发，也没可能伤得了她，可眼下这情景，她定是被他们……

"该死！！你不是很厉害么，竟会输给那些个手无缚鸡之力的废物？！"

端木卿绝坐到床边，心竟狠狠一绞，生出股难抑的气愤，双手攥握住那消瘦的双臂，恼怒得阵阵颤动。

念沧海只觉骨头就要被捏得断开，双目愤愤地瞪着他："王爷这是在唱的哪一出？假慈悲，伪怜悯？这不就是王爷想要的么？！"

是啊，他是施虐的主儿，干吗一副不舍的样子！

端木卿绝手一甩，念沧海重重倒在榻上，后背猛地生疼，耳边却跟着落下他的奚落："何必摆出贞节烈女的模样，这残破的身子我皇侄儿不止享用了一次，只怕他不在身边，你也寂寞，孤王不过体恤你，你该跪地叩谢孤王的大恩大德，破鞋就该破脚穿！"

冰锐的目光打在满是伤痕的娇躯上，激起念沧海浑身的激灵——

不仅长着一张冷酷无情的脸，就连心也是凶残冷血的，"好个破鞋就该破脚穿，王爷莫不是忘了，妾身是破鞋，那王爷现在就是这破鞋的主人，哪个更丢脸，王爷比妾身更清楚！"

小嘴真是厉害，都这个时候还有心思顶嘴！

不对，她的眼神很不对头，那股傲慢性子，倔强劲儿没被削弱半分，倒是变本加厉，更诡异的是，他竟寻觅到那深处藏着洋洋得意的诡笑。

端木卿绝扫了一眼四周，"那些人呢？"

"什么人？"

念沧海回了一句坐起身，动作悠悠地披上外袍下了床，那步伐那口气，端木卿绝一双眸死死地瞅着，她竟还有气力走路？！

端木卿绝冲上前一把攥住念沧海的手臂，那满面的阴霾像是要将人生吞活剥，“念沧海，你究竟对他们做了什么？”

她一弱质女流能做什么呀，不过就是——

“铿隆咚！铿隆咚！！”

衣柜子里连连发出碰撞的声音，醉逍遥就站在柜旁，好像听到里面有人在嘶吟，抽出袖中玉笛轻轻一碰锁着柜门的销子，“啊呜呜！！呜呜……”

柜门一松，十来个男人，衣衫残缺，泪流满面地从里面滚了出来，他们个个被堵着嘴，手脚被五花大绑，身子蜷缩得就好像一只只大肉粽。

“呵呵呵，呵呵呵……”

灵巧的杏眼水眸一弯，爽朗的笑声如叮咚清脆的清泉，“你干的好事？！”攥着手臂的力道跟着一紧，端木卿绝实难相信眼前这一幕，他分明将她袖口内暗藏的银针都给收走了。

“哼，他们以下犯上，活该被罚！”

不可置信什么？好在她够远见，在肚兜里也藏了些针，不然方才定被那些个禽兽扑倒，生不如死。

念沧海昂着头愤愤地对着那双斥责的眸子，他凭什么怒呀，对她做尽那么无耻的事，她不过是还他两三分而已，不舍了么？

还是在担心，她伤了他们不该伤的地方？！

“王爷放一百个心，妾身不过不小心扎错针，让他们吐了几口血，但没伤及‘那儿’，不碍日后‘伺候’王爷！”

杏眼扫过某人下身，扑哧一声笑得鄙夷。

“你——！”

某人被激得铁青了脸，生生气结。

醉逍遥悠然地一旁观战，不顾脚边十来个痛哭流涕的男人哀求他解开绳子的眼神，桃花眼微眯着，独独绕着念沧海打量——

有意思，能让九哥哑巴吃瘪的女人，她还是头一个！

端木卿绝不懂，不懂这女人的胆子是从哪儿借来的，她到底凭何笃定他每一次都会仁慈地放过她？

“既然他们以下犯上，那你就下手更绝一点，更狠一点，这样才能避免后患！”

了无痕迹地抹去眼中怒气，转而阴森地冷笑。

那话是什么意思？

好看的柳眉拧起，那倒映眼瞳中的人心领神会地读懂她的心思，“你不杀他们，他们也不会感恩于你。”

面具下的脸在笑，每一次笑都让人冷得毛骨悚然，念沧海竟忘了他攥着她手臂的痛，他要做什么，为何他一句话就能挑起她心脏不安地颤动。

“拖下去，统统扔入蛇坛！”

一声高喝，没有半点犹豫、半分的怜悯。

十来个男人闻言立刻惊恐地挣扎起来，朝着端木卿绝爬过来，朝着地上猛力地磕着头，碎衣堵着他们的嘴喊不出声，但那哭啼悲鸣却撕心裂肺地从里面挤出来，仿佛在一声声地哀求他饶命。

他竟要将活人扔入蛇坛？！那四个字不停在念沧海的脑海里放大，伴随着马夫被巨蛇生生吞噬的血腥画面一幕幕地重演，“不可以，你怎能如此残忍？！”

“不是爱妃说他们以下犯上，胆敢染指孤王的女人，罪该当诛！”

闪着金芒的眸冷得慑人，他眼中的狠毒，是深不见底，就像没感情的行尸走肉，又或许这躯体里当真就没有心，没有血！

念沧海杵杵地瞪着他，这一招真是高！他将始作俑者推给她，将罪名推给那些人，而他置身事外，扮起了义愤填膺的好人。

端木卿绝眼神幽幽妖冶，旋着诡秘缭绕的金芒睨着表情愤慨又郁塞的那张脸孔。

一点点靠近，又一点点逼近，当他的唇几乎碰上她的唇，念沧海一个侧首，邪佞地低喃落在她的耳边，“这可都是你造下的孽，你若不想他们死，方才就该乖乖配合，在他们的身下鱼肉之欢——啪！”

话还未完，一声巨响惊呆了一屋子的人——

念沧海抬手就是一巴掌，可惜那掌心还没贴上冰冷的面具，手腕就被端木卿绝如蛇紧攥。

好痛！

那腕间暴起青筋，可见他用力之大，对着那双暗怒的眸子，念沧海一下子吓傻了，她竟然敢怒不敢言，生怕再说一个字，他就会折断她的骨头。

满屋子的痛哭嘶鸣，十来个人每一个都磕破了头，鲜血滑过脸颊混着泪水道道淌下。

任谁看了都会起怜悯之心，可独独被求的人无动于衷，一双眼冷得像冰。

有一个人不小心用流着血的额头碰到了他的腿，只是那么一霎，念沧海甚至没看清端木卿绝做了什么动作，他眉头嫌恶一蹙之际，那人已倒在地上，口吐鲜血，浑身一抽没了呼吸——

“拖下去！”

“是。”

温润如玉的俊脸微微笑着，没有惊没有诧，平常得仿佛这不过是一出皮影戏。

念沧海怔怔地看着醉逍遥，身子僵硬得都忘了该如何才能动，那满地艳红的鲜血，一双死不瞑目的眼睛，一条人命就这样没了，没了？！

这儿的人都疯了，这儿的人都是人面兽心的魔鬼！

只听凌空一道响指声响，一群侍从齐刷刷地从外面跑了进来，醉逍遥只是使了个眼神，他们就拖住地上统统被吓傻不再哭闹的八九个男人，就好像拖着待宰的畜生一样简单。

午后他们还是衣衫绝美的仙子，这一刻一双双哭到红肿、布满血丝的眼绝望地看向念沧海，仿佛在无声地向她忏悔，向她求救！

“不要这样……不可以这样……”念沧海低低地念着，步子已经跟随那些侍从跑去，可她忘了手腕还被那男人攥着，她才动了一下，身子就被猛力一拽，一个冷不防整个扑入他的怀内——

“王爷，王爷！！妾身求你放过他们！”

一双小手紧攥着他的胸膛，曲起的长指用力得仿佛就要穿透他的衣衫，他的皮肉，几乎是哀求，不，是哭求，泪水不知几时润湿了那双总是傲慢无礼的眼——

端木卿绝的心莫名被勾起几缕异样的波动，眸子闪着错杂的暗光：“你凭何求？假慈悲就留着下地狱去骗阎王吧，现在与其担心他们，不如先顾好你自己。”

冷怒地一把拉开她的双手狠狠一推，就像被什么脏东西碰了一样，面具下的容颜堆满不悦与憎恶。

念沧海脑中一片空白，不自觉地向后退了一步。“呵，怕了？下一个就是你！”

某人翻脸比翻书快，阴霾一扫，竟是邪肆狂笑，一步又一步向她逼近……

那伟岸的身子就像一座倾倒的大山向着自己压下，念沧海双腿不听使唤地往后退，不过忠于本能地躲避，可这屋子里哪儿有真正的避难所？

“砰”的一声，后背重重撞上床柱，一股冰凉刺入肌肤，心被震得到嗓子眼。

炭黑的小脸吓得青紫，某人因此笑得明媚灿烂，一手故意大力地抵在床柱上，倾身将她包裹其中，念沧海猝不及防地侧过脸，尽可能地拉开这危险的距离，可他的脸孔越来越贴近，一个呼吸就能灼烫她的肌肤。

该死！混蛋！魔鬼！疯子！

要杀要剐，来个痛快点的！念沧海瞪了端木卿绝一眼，却又被他凶狠的眼神吓得嘴皮子发软，半个字都骂不出声。

念沧海啊念沧海，你太没出息了！死算什么，怕什么？！

可是怕，真的怕。

现在，这一刻，她才算是明白什么是真真正正的惶恐，从未感觉到死亡是离自己那么近，他轻易地将她逼至地狱玄关，再一步就是十八层炼狱万劫不复。

炭黑的小脸青紫到僵直，冰色的眼瞳瞅着她，愉悦不已地闪着鬼魅妖芒。

她就是一匹难以驯服的小烈马，而越是烈他就越想要驯服。

每一个细微的惊恐表情都如甜美的佳肴惹得人胃口大开，诱人的舌径自舔过绝美的唇，端木卿绝左手幽幽抬起，修长的手指在她裸露的颈项游走，就指尖那么一触，恍如一股洪流从脚底蹿上，念沧海并非本意地红起脸。

脖子本能地一动，却又立刻收住，要是这么侧过头，必定对着他的脸，而她的唇必定碰上他的……唇。

她可不会那么傻，平白再被他逮着机会，好说她是在勾引他！

可某人的手扣住她的下颌就扳正她的脸孔，没有一瞬逃避的空隙，只瞧那张银色面具俯首而下，一张口两瓣唇跟着就要触及她的唇前，“不……你……唔……”

念沧海机敏地咬住唇，唇鼻间发出好笑的呻吟声。

还真是够贞节烈妇！

端木卿绝眉眼一弯，“这样的脸孔配着这样的身段，皇侄儿的口味还真是变差了……”

嘲弄的目光扫着念沧海看不出曲线的胸前萦萦绕绕，那万恶的手还在她的身子上肆意游走，时上时下，似有若无地拂过私密的边缘——

“就算皇上的口味再怎么差，至少也比不举强！”

抛开胆战心惊，念沧海双手拉紧肩上的袍子将裸露的肌肤都包裹起来。

“当真？！”

端木卿绝倒是没怒，大手揽过她的后腰，猛地将她的下身贴入他的怀内，那儿——炙热的硬物抵着她的小腹，只听妖冶的哂笑吻在耳边：“孤王‘举’——还是‘不举’？！”

举！很举！非常举！

原来是男人都讨厌被说“不行”，可他凭什么用这种“身体力行”的法子告诉她——她才不稀罕知道啊！

“回答。”

冷沉的声音攫着强势的威迫，腰后的手使坏地又是一个用力，那抵着小腹上的炙热滚烫得惊人，简直要钻入人的肌肤。

念沧海惊羞得整张脸时红时白，“举……举……举……”舌头没出息地打着颤，口齿不清地好不容易从嘴巴里挤出来那么一个字，只听一声邪肆的冷哼跟着落在眼前，杏眸随即又怒又羞地对着那张得瑟的面具，恨不得咬断自己的舌头。

她真是疯了，疯了，干吗要回答他！

念沧海大起胆子，双手攀上了端木卿绝的胸口轻轻推搡着，可那魁梧的身子猛然一个压近，将两具躯体贴合得没有一丝空隙，“喂——你！”

是可忍孰不可忍，念沧海大力地挣扎起来，“不是早被开了苞么，这是在装哪门子的矜持？”

黑亮的瞳子瞪着端木卿绝，恼得就要冒出火星，“妾身还没和王爷拜过天地，按照礼数，王爷不可碰我。”

这张嘴真是勇气可嘉，无论什么时候都这么伶牙俐齿。

端木卿绝扣起那尖俏的下巴，鬼魅的眼神闪闪，他喜欢她的倔强，她的傲慢，喜欢得他心烧烧，牙痒痒：“外面的火是你放的，不怕引火自焚么？”

他故意俯首而下，唇轻轻擦过她的面颊，滑向她的唇瓣，“唔唔……！”念沧海发出躲闪的嘤咛。

可恶！她又不是傻子，放火烧自己！

“若是惹火上身，妾身葬身火海，不是正好了了王爷的愿？！”

“那倒是。”

“你——！”

胸口憋得好堵，端木卿绝爱极了她这样“可爱”的表情：“不过孤王还有件事没做，不舍得爱妃现在就死。”

不舍得？

那暧昧的口吻听得念沧海作呕，警戒不屑地挑着眉：“王爷想要做什么？！”

“想要圆房啊。”

“……”

念沧海一个晃神又猛然回魂，只因小腹上的炙热越发危险……

“妾身知道王爷‘行’，‘很行’，‘非常行’！可妾身不是男人，就不劳王爷为妾身破戒了，何况妾身那么丑，又不是处子，只怕会脏了王爷的身子。”

“可孤王以为，爱妃应该赞孤王‘不挑食’。”

下身恶意地顶了她一下，因为那堆满嫌恶的眉头触痛了端木卿绝的心，一个丑妇竟还敢嫌弃他，又或是……她在为那小杂种守身如玉？！

怀疑一旦种植脑中，很快就会萌芽窜起——

端木卿绝很不痛快，从没有送到他手中的祭品还有胆奢望安然无恙地回去，即使她一开始就已残破零缺，可他会让她一品何谓残垣断壁再无回头之路的痛！

“妾身知错了，妾身不该挑衅王爷威严，不该质疑王爷能力，妾身……”

念沧海恍如热锅上的蚂蚁，她是真的惹恼他了，她方才醒悟这后果是多么严重，她要推托，她绝不能躺于他的身下，可——

“够了！你以为孤王不知道端木离在玩什么把戏？！”

浑身猝然一个激灵，某人暗怒冷喝——

对着那双面具下的眼眸，它们美轮美奂得就像一对冰色的琉璃珠子，闪着妖冶的金芒，诱人沉沦，却又凶狠得叫人战栗。

言下之意，他定是知道端木离逼她来是为了偷——那个？！

念沧海满眸写着震惊二字，嘴巴张得半开，想要解释的词儿统统卡在喉间，因为她根本不知道该如何解释。

果然被他猜中了！

端木离送她而来定有其他目的。

端木卿绝睨着她，那眼神就像头卯上猎物的猎鹰，她的嘴巴不老实，可她的眼神从不会说谎，只要那么一个表情，他便无需再追问答案。

揽在腰后的手臂一动，另一手臂托起她的腿便将她打横抱起，那一霎他才知她竟是如此轻盈，又或者说骨瘦如柴。

不过几步路，念沧海就已被放倒在榻上，而她的脑海里是一片空白——

那跟着压下的身影要做什么？！

“不要！！”

“阿离！”

念沧海痛苦地嘶叫起来，压着她的躯体猛然僵直，那双眸子凶狠地像暗夜里的狼，那眼角哀切的泪刺得他的心犹若一团火在烧。

“咚！！”

握紧的拳头粗暴地擦过念沧海的脸侧，狠狠砸入床板应声凿出了个洞，正如他的心也被那一声“阿离”凿出了个洞，沾着血，染着痛的洞！

叫得这般亲密，这般刺耳，就和十六年前那女人在他耳边喊得不差分毫。

可笑的是，这一刻身下的这个女人和那个女人比起来，是如此丑陋，叫人恶心厌恶，而他竟有那么一刹，真的想要她！

端木卿绝翻身如风地跃下床，双眸怒瞪着布满猩红的血丝，所有的欲望被无形的冰水泼身荡然无存——

“女人，和孤王玩下去，孤王准你活着，孤王倒要看看你究竟可以活多久！”

粗粝的吼声震得整个屋子都在颤，仿佛要将床上的小人儿撕成碎片，端木卿绝捏着念沧海的下颔狠狠一甩，随即是他摔门而出的巨响。

她就这么怔怔地看着屋梁，脑海一片混沌，他恨她，恨得那么深，那么痛，仿佛就像是恨着另一个人。

脖子僵硬地扭动，念沧海侧头看着那脸侧的那个洞，他的拳头若是再偏一点点，那床板的下场便是她脑袋的下场……

劫后余生的惊恐点点吞噬念沧海逐渐拉回的理智，手抚上心口，还有跳动，她还活着……

夜，是这么静，而哭泣，怎样都停不下来……

第三章　北域邪王

几日后，西苑旧院

念沧海找来小幽，问她有没有找到地形图，她说没有，但是听说奴婢们居住的翠园旁就是藏书阁，通常地形图这类东西都会放在那儿——

但是平日里没什么人能靠近那儿，小幽不会武功不方便去，所以念沧海打算亲自去找，她拉着小幽来到桌边，铺上纸摆上墨，让小幽画了张藏书阁的方位图给她，决定今晚去一趟。

东苑正中，湖水湛蓝，明媚的日光照耀下，泛着轮轮金色璀璨的涟漪。

湖上架着一座长桥，桥的尽头连接着一座凉亭，亭下杵着道魁梧伟岸的身影，肩上银白相间的雪狼尾随风飘摇，威严高贵得像从天而降的神祇。

醉逍遥轻步而来，那是因为早前端木卿绝派他去调查念沧海的底细——

“半年前端木离昭告天下，宣念元勋长女入宫，封其为妃。不过那女子进宫第二日，端木离就又派人上念府偷偷接走另一位女子，那女子名叫‘念沧海’，但其出身不详，户部并无她的户籍记录，端木离将她赐婚给九哥时，名义上用的是念元勋的幺女，可念元勋只得两个女儿，长女念雪娇，次女念雪蕊，皆是妾室上官凌蝶所生，并未有第三个孩子，但是探子打探到，在妾室之前，他曾娶过一位正妻，那女子为他生下过一个孩子，只是孩子降生的一夜，念府灯火通明，全城名医都被招入府中，不知是发生了什么，最后那孩子好像是夭折了，而那一夜究竟发生了什么事就好像一个惊天秘密，探子打探不到半点儿的风声，那些去过念府的大夫不是死就是失忆，全都口径一致地说不记得那一夜的事了。”

端木卿绝细细地听着并没有说话，总觉得那女人的身上藏着很多……很多的秘密。

“确定被端木离之后召入宫中的女子就是她？”

“确定。宫中眼线回报，端木离当初也是因为误以为她是念家长女才下错了圣旨，封错了念雪娇为妃，才在之后将她接入宫，听闻他怜她惜她，将她视为掌中至宝，碰不得伤不得，宠幸她整整半年，与她形影不离，破例留宿合欢宫日日温存，夜夜不归，难分难舍，有一次还为了她未上早朝，惹来不少大臣非议。”

日日温存，夜夜不归，难分难舍……

端木卿绝的脑海里一遍遍细嚼慢咽着这些个“甜蜜”的词汇，面具下的眼锐利地微眯起来，迸出的冷光是深若寒潭。

“果真是他的女人……”

语调深沉得能溺死人，随即却是一记浅笑拂面，脑海里略过那张丑陋的脸孔，难怪那夜她会声嘶力竭地喊出那杂种的名字，原来两人竟是如此“相爱”……

用美男计换一个为爱飞蛾扑火的女人？

呵，端木离这步棋可谓走得相当妙，相当绝，一个万人之上的天子的爱，是哪个女人可以抗拒得了的，何况还是个如此丑陋不堪的。

这些年来，他费尽心思地营造魔鬼形象，故意放了几个活人回北苍，就是要让北苍的那些畜生以为他早已是个走火入魔，嗜血成性的魔鬼，从而为自己争取时间，震慑北苍不敢轻易侵犯北域。

想必他痛恶女人，嗜杀女人的传闻也早在北苍传开，而那女人明知他杀了那么多北苍送来的女人，却还有胆嫁来北域，甚至果断步行穿狼林。

他敢肯定她定是爱端木离至深，不然不会痴傻到冒着性命之忧做如此愚蠢的事。

爱么，真的爱到可以为他赴汤蹈火？

说不上的理由，只要想到念沧海远嫁而来是因为深爱端木离，端木卿绝的心就像被一条蛇盘踞狠狠绞着。

该死的，孤王定不会让你们如意！

“派人暗中看守着她，我要时刻知道她在做什么。”

“九哥当真想这么做？反正迟早都要杀了她，何不现在就斩草除根？”

“我记得你说过心疼她，不是么？难道不想九哥留个活口，日后赠给你？”

醉逍遥心中一颤，略有堂皇地勾起唇角，笑得甚是尴尬。

九哥记性好他是知道，可为了一个女人记性好，还是久违的头一遭。

另一边，破屋里，小幽为念沧海找来几块黑布，她三两下就缝出了一件夜行衣，打定主意到了亥时就去藏书阁一趟。

夜幕降临，她蒙着黑布穿着夜行衣，小心翼翼地走在郁郁葱葱的小径上。

所幸奴婢房所在的翠园同她的旧院隔得不算太远，将小幽画下的地形熟背在心，绕了大半个圈子便顺利找到。

后背紧贴着翠园的石墙，念沧海头一抬就看见一墙之隔的藏书阁，正如小幽所说，那是栋五层高的塔楼，夜色下风儿吹过塔角下的风铃，铃铃隆隆地森冷得刺骨。

她绕了个弯来到门前，心急地立马推门而入，却听吱呀吱呀的怪声响起——

连忙躲进楼里，可不远处竟然闪过一道刺眼的妖光，老天，不会是闹鬼吧？！

可这鬼也太招摇了吧？

这放眼的黑暗中，唯独它亮得刺眼，活像个行走的灯笼——

念沧海大起胆子跟了过去，最深处的书架前竟赫然站着一身形婀娜的女子，她一袭耀眼粉嫩的粉裙飘飘，如瀑的长发斜盘一个发髻，发髻上插着不少闪闪发亮的头饰，生怕人家看不到她似的。

明明一副做贼样，可那动作却是大大咧咧地翻着书架子上的书籍，扫一眼就随手一扔，敲出巨响还一点都不在乎。

“七姑娘，好了没？”

这时底楼外传来一道怯生生的女子声音，念沧海这才发现底楼另一侧竟然还有一扇门，门外正站着一个提着灯笼的奴婢。

“催什么呀，还不赶快进来借我灯笼照一下！”

幽幽的橘色灯光融着皎白的月光，刹那打在那不施粉黛而颜色如朝霞映雪的脸上，“好漂亮的人儿呢……”

柳眉似墨画，双瞳翦水滴，小鼻玲珑俏，朱唇樱一点，皓齿胜繁星，五官叫一个精致倾世，连一个小小瑕疵都挑不出。

“七姑娘，不要啦，要是被十爷撞见，奴婢可是人头不保。”

“胆子真小！”女子气鼓鼓地推开门就一把夺过奴婢手中的灯笼，“你就抱着你的人头先回去吧，省得在这儿碍手碍脚！”

她转身将门合上，只听奴婢在外拍打着门，又怯懦地不敢大力，“七姑娘，奴婢求你了，咱们快回去吧……”

翠园内，小幽担心着念沧海，在院子里来回踱着步子，时不时地望着安静的塔楼——菩萨保佑小姐定能平安回来。

不巧她喃喃低语的模样被芙蓉嬷嬷看到，当即责骂了她一通，还罚她站在院子里，一夜都不准她入屋。

“老天啊老天，你倒是开开眼呢，那狗仗人势的恶婆娘，你要几时才收她？！”

芙蓉嬷嬷前脚刚进屋，小幽仰着头就冲着天愤慨斥责，谁料夜空猝然飘来幽幽的笑声，吓得人生生倒抽口凉气

“小丫头，知不知道奴婢背后骂嬷嬷在修罗宫里可是三十板子的大罪哟……”

小幽抬起头，只瞧一轮惟美惟肖的身影优哉游哉地独坐院墙之上，如月皎亮，五官俊秀的脸孔攫着似有若无的笑靥，“醉逍遥？！”

那人儿从墙上一跃而下，身周染着晶亮的朦胧白光，朦胧如幻得像是天国而来的仙子——

他贵为大臣，本不该三更半夜在翠园出现，莫不是小姐偷偷闯入塔楼被他逮了个正着？！

“小幽姑娘，你这是找什么？”

小幽正向醉逍遥身后张望，他已三两步来到了她的跟前，故意俯首将脸凑得很近，“醉大人不是要告状嘛，小幽这不是在给您让路呢。”

小幽脑袋一侧，那一抹羞红却被那双桃花眼敏捷捕捉，“口齿伶俐，我喜欢。”

醉逍遥袖中玉笛一抽，点在小幽圆俏的下巴上就是一勾，两人的唇就隔着微薄的空

气，只闻他的鼻息透着股沁心的花香撒在她的唇上，面上如同被点着了一把火，轰然烧得发烫——

小幽只觉小心儿竟因为这种卑鄙小人而漏跳了一拍，又羞又怒地拍开那玉笛，向后退了几步，“不劳醉大人抬爱，小幽消受不起。”

白了跟前俊美如画的男人一眼。

这人纵然生得俊俏不凡，可心也是黑的，当初在狼林救下小姐，根本就是为了让小姐成为玩偶，给那凶狠成性的修罗王戏弄羞辱——

大婚那夜的事，小姐只字未提过，但奴婢间却是传得沸沸扬扬，说什么修罗王逼小姐自缢，又将她扔入棺材要活埋，甚至赐了十个壮丁为她验身，那每一句联想起的画面都叫人心惊胆战，心痛不已。

所以那冷血凶残的端木卿绝是狼的话，那眼前的这个就是狈，勾结为奸，都不是好人！

“呵，所谓物似主人形，说的还真有理，瞧你这大不敬的眼神，难怪你家主子也不得王爷的宠。”

桃花眼笑得狭长，眼角绽着狡黠的精光，容不得小幽顶嘴，又道：“不过人生得丑也该有自知之明，活着也是被人嘲笑，当初知晓被封为一国王爷正王妃的时候，聪明的就该一条白绫了结了自己。”

“我家小姐生得丑怎么了？王爷就是个倾城俊爷么？他不是也成天戴着面具不敢以脸示人，丑女配丑男，那是天作之合！”

果然主仆都一个样，嘴巴那是一个锋利，“小丫头，骂嬷嬷只是三十大板，诋毁王爷可是能要了你的人头！”

“口说无凭，单凭你一面之词，怎能定我的罪？”

“那你要不要试试看，王爷是信我，还是信你？”

“你——！”

谁说男人行事都光明磊落，眼前这一个就阴险无耻得很。

“醉大人想要小幽的头，怕是根本无需惊动王爷。”

“那倒是，不过小幽姑娘的人头这么可爱，还是安在身上最合适，我只想你老老实实回答我一个问题。”桃花眼暧昧缭绕地笑着，修长的指不安分地顺着小幽的下颌挑拨——

从一开始他就发现了，比起丑陋无比的主子，她这个小女婢倒是有几分倾城之色。

“什么事？”

小幽唯恐逃之不及地避开，嫌恶地挽着袖子擦拭被他触及过的肌肤。

"你家小姐生来就那么丑？听说她姐姐念雪娇可是靖州第一大美人。"

"美什么？小姐要不是出生时被奸人毁了容貌，哪还轮得到那念雪娇，不过就算小姐半张容颜被毁，也比她美一百倍一千倍，宫里的时候，小姐尽得皇上的宠爱，就没见过皇上正眼瞧过那念雪娇一次！"

提起那从小欺负小姐的念雪娇，小幽更是气不打一处来，"那王妃以前必定很爱皇上？"

"那是当然，可那狗皇寡情薄义——"

说着，小幽猛地收住口，总觉得气氛有点怪，她后知后觉地对上醉逍遥暗闪着锐光的双瞳，总觉得这男人目光深沉得深不见底，而他那无心的一问问都是个圈套，是在套她的话！

"呵呵，多谢小幽姑娘如实回答，逍遥这次就暂且放你一马。"

果然某人洋洋得意地笑音荡漾，有礼地躬身微欠，留下一抹神秘的笑靥，转身迈开步子，如风一般地眨眼就消失在了夜空之下……

塔楼内

借着那女子的灯光，念沧海翻到二楼，才找了三四个书架子就随手抽中一条书卷，展开一看还真就是修罗宫的地形图。

按照上面画的，修罗宫占地庞大一望无垠，两面向着海，一面向着山，还有一面竟是沙漠。

而内部分为东南西北，四个苑——

东苑最大，却只独独写着一个"修罗殿"，旁边还有个腥红色画着圈的"禁"字，像极了一抹鲜血。

南苑应该是后宫，密密麻麻写着一堆殿宇楼阁的名字，唯一入眼就叫念沧海记得的是印月阁。

北苑是议政的区域，那未央宫应该是上朝的大殿，不远处是议事阁和御书房，特别的是一个叫做安侯阁的地方，那儿占地也特别大，同样也写着个"禁"字，不过字的颜色是墨色的，许是给很重要的人居住的吧，旁边紧挨着御医院还有御膳房。

西苑则是下人和女官的地方，写着翠园，尚宫局和浣衣局。

如此看来，藏有珍宝的地方，势必在东苑，要不就是安侯阁，可是光是看地形图上那两个"禁"字，就让人望而生畏。

念沧海将地形图又给卷了起来好生地收入袖口，一切待她回到破屋好好琢磨后再作定夺。

不过刚要走下楼，就瞧那"七姑娘"正大步流星地迈上来，念沧海一个闪身敏捷地躲到了书架的最深处——

女子大张旗鼓的搜书方法实在惊天动地得吓人，一堆堆的书卷被她翻乱扔在地上，还突然跑到楼梯口冲着楼下大喊：“映儿，你真的没听错曼巧嬷嬷说过藏书阁有‘易魂大法’的经书？”

“如果映儿说听错了，七姑娘能跟映儿回去么？”

女婢哭丧着脸跑了上来，被她们这样闹下去，还不把整个修罗宫的人都给闹醒了？

念沧海在书架后面绕着圈子，待女婢去到女子身边一同翻找起来，她便一个快步来到楼梯口，可身后猛地惊现一道尖叫，“鬼啊！！”

女婢一个回眸错将一袭夜行衣的念沧海当做了鬼，念沧海不得不敏捷地收回腿，一个闪身又再躲回了暗黑的一堆书架之中。

“啊！！吵死了，笨手笨脚的，不帮忙找，鬼叫什么？这儿哪有鬼，哪有？！”

光顾着找书的女子压根儿就没瞧见念沧海，朝着映儿怒斥着都能喷出火来。

“不是的，七姑娘，映儿真的看见了，定是什么孤魂野鬼，活体僵尸的，要是被缠上可就完了，咱们还是赶快回去吧。”

“你要回去就回去好了，我还希望活体僵尸缠上我呢，只要她四肢健全，貌美如仙，正好了了我交换魂魄的夙愿！”

女子要找那什么“易魂大法”就是为了这个，要真的给她撞上现成的身子，她巴不得立刻交换。

这世上竟有人愿意将自己的身子和僵尸交换？

念沧海窝在墙角浑身冷得一地鸡皮疙瘩，她曾经倒是在民间小传里看到上面提及过“易魂大法”，那是种两方之间交换灵魂和肉体的巫术。

“七姑娘，你要是被活体僵尸缠上，这叫我如何和九爷、十爷交代？”

“够了够了，哭哭啼啼的吵死人了，给我走，立刻给我回安侯阁！”

念沧海心里一震，难道那女子就住在安侯阁？

隔着书架的空隙，瞧见小女婢被赶下了楼，她随之贴在窗边往下看去，女子是一路将小女婢给推出了院子，朝着北苑的方向走去。

若是跟着那小女婢也许就能顺利混入安侯阁了？

念沧海念头一起，趁着女子还没走回塔楼之际快步跑下了楼，朝着另一侧推开大门，但这个时候，她赫然被远处的光景给惊呆了——

入眼的竟有数百人，他们个个高举火把像一群发光的蚂蚁似的，步步朝着这儿逼近。

念沧海的视线硬生生地被为首的男人所吸附住，只因他戴着那张似曾相识的银铜面具……

定是她的行踪露了馅儿，念沧海敏捷地转身朝对面的门跑去，正巧那七姑娘也推门而入——

念沧海当下止住脚步，抽出袖中银针，甩手朝向女子手中的灯笼，刷刷两声，针穿过薄薄的油纸瞬间熄灭了灯笼里的烛火，女子还未来得及惊叫就被冲上来的黑影捂住了嘴，“唔唔……唔（你）……呃（是）……嗯（谁）……？！”

女子猛然挣扎起来，那力道大得像条蛮牛，念沧海不由得踮起脚捂着她的嘴，才发现这女子比看上去高得太多，竟足足高她一个头，力气大得她根本无法钳制，“闭嘴，再出声就毁了你的容！”

念沧海故意压低着声音，就像个年迈的老爷爷，顺势点了她的穴才叫她平静下来。

“贼爷爷，你若图财，想要多少我就给你多少，你可千万别毁了我的容貌，我这么美，你瞧你瞧，这脸怕是世间千年都未必产得出一个。”

念沧海一额的无语，没想这美人儿还真臭美。

望了眼楼外，那一串发光的蚂蚁军已经逼近破院门外，“闭嘴，这塔楼还有没有别的通道，快带我出去！”

“贼爷爷，你一把年纪就不要糟蹋黄花闺女，少造点孽，怕是还有机会早登极乐。”

这臭美，以为她是要劫她的色呢？！

“少废话，快带我出去！”

念沧海急了，要是等那端木卿绝进来，还不活生生扒了她的皮？！

“贼爷爷，我劝你要不就拖着我走，要不等我九爷进来，你怕是要逃都没腿逃了！”

女子忽地一个变脸，阴险地勾起眼角。

念沧海气得牙痒痒，她算是知道了，这女子狡诈得很，她根本就是在用缓兵之计，在等端木卿绝冲进来救她呢，“我会‘易魂大法’，你想学还是想我死？！”

念沧海抛下诱饵，那女子明显动了心，半晌说不上话来。

“迦楼！！”

就在这时，门外震来一道怒喝，念沧海吓得浑身一个激灵，这叫人惧怕的声音，非端木卿绝莫属！

“想逃还不快解开我的穴？”

女子闻声竟也是一个变脸，莫不是她相信她会易魂大法？

没时间怀疑她是不是给自己下套，念沧海耳听那逼近的脚步声，她只有放手一搏解开了她的穴——

只瞧那蓦地能动的身子一个转身，拉住她的手腕就跑了起来，“你要带我去哪儿？！”念沧海惊得整颗心猝然旋了起来，莫不是又被骗了？

“收声，这不是带你逃出去吗。”

女子白了她一眼，拉着她跑到楼梯下的梯子间前推开而入，里面竟是一条隐秘的地下通道。

通道里密不透光，根本摸不清方向，可女子似乎对秘道了若指掌，脚不停步地拉着她跑了半个时辰终于跑出了出口。

重见夜空的那一刹，念沧海是跑得上气不接下气，气喘吁吁到不得不俯着身大口大口地换着气。

而待她抬起头才发现四周是一片空旷的荒地，不远处是乌压压连着黑夜望不到尽头的山林，到处飘散着乱葬岗的气息，恍如无数的孤魂野鬼就在身边游荡。

“这是哪儿？！”

“荒地咯。”某人抱着胸，耸耸肩，优哉游哉答了三个字。

真是难以置信，她像丧家之犬一样狼狈，而这女人体力好得离谱，竟连个喘气都没有。

也罢，只要逃出藏书阁就好，现在只要摸索着回去就成！

念沧海转身就要走，可一只纤手立马按在了她的肩膀上，“喂，我说贼爷爷，您不是这么就想走了吧？”

念沧海不快地打开那只讨厌的手，不料反被迦楼一个翻手攥住手腕，“交出易魂大法，不然休想活着离开。”她手一个收力，念沧海整个身子都被拽向她的怀内——

当额头轻轻撞及她的肩膀，就那么一刹，这逼迫的架势和那凌厉的眼神，教人猛然生出一个错觉——

她好像……是个男人？！

有过新婚夜惨痛的教训在先，念沧海猛地想起这后宫的男人都娇媚似女，双眼立刻扫向迦楼的胸口，“啊！！色老头，你往哪儿看呢！”

被那赤裸裸的视线吓到，迦楼羞得双手捂住胸。

莫不是自己多疑了？

回想那些男扮女装的男子个个都是平胸，念沧海再一扫迦楼那傲人的双峰，瞧她这反应这一举手一投足，怎么看都像是个女儿家，兴许她不过就是个个子有点高，力气有点大，武功还不错的女人罢了。

“我是会易魂大法，并没有可以交出来的经书，你若想学，明日的这个时辰在这里等我，我定会教你。”

管她是男是女！

当务之急是要赶快甩掉她才行。

“我凭何信你？”这贼老头子当她迦楼是傻子么，现在不教她就休想离开！

“就凭你想要学！”

倨傲的杏目对上迦楼不依不饶的双瞳，现在是她有求于她，她不答应也得答应。

迦楼竟瘪得一下子语塞，这贼老头子真是太奸诈了！

念沧海扬着胜利的笑转身大步流星快步跑开，可身后却飘来那阵阵贼邪的笑声，“贼爷爷，说话可要作数哟，若是明晚这个时候我见不着你，我敢保证你一定见不着后日的太阳。”

说什么见不着后日的太阳，念沧海没将那威胁放在心上，她压根儿就是在骗她，明夜的这个时候她是绝对绝对不会来的，可……

“呃嗯！”

突然念沧海手腕一阵剧痛，痛到双腿都迈不开步，右手捂住发痛的左手，就瞧粉裙飘飘的身影幽幽地走到她的跟前，嘴边绽着比花都要灿烂的笑——

“卑鄙小人！”

“呵呵，跟贼爷爷你学的。”

想要耍她迦楼，做梦都别想！“贼爷爷，你知道么，这毒呢，三日内不服下解药就会溃烂，五日内就会胫骨断裂，七日内要不砍掉整条臂，要不就毒发身亡。”

“你——”

“呵呵，贼爷爷，明儿见咯……”

都说女人蛇蝎心肠还真不假！

念沧海怎样都想不起来这毒是几时被她下的，看着迦楼走远的背影，手腕上的痛是每一下都刺入筋骨，念沧海立刻封住了穴道，不让毒血扩散，随即点下手臂上的麻穴，使得整条臂膀陷入麻痹，总算缓解了痛楚。

不过她不能就这么杵在这儿，她不识路，得跟着那个女人才行！

念沧海起身就追着迦楼离开的方向跑去，虽然没追上她，但总算找到了苑内的路，摸瞎大约走了一个时辰，终是回到了破屋——

吱呀一声，念沧海推开门，人已是筋疲力尽，走到桌边拉下蒙面布就将油灯点亮，才要坐下，耳边却响起——

“爱妃，这是夜半上哪儿练身子了？”

“谁？！”

幽暗的烛光下，突然而来的声音把念沧海吓得一脚踢翻了椅子，循着声音看去，只瞧那戴着魔魅面具的男人曲腿倚在床头，俨然一副恭候多时的模样——

端木卿绝为什么会在这里？！

“王……王……王爷。”

越想装作镇定，舌头越是不听使唤！

念沧海的心扑腾扑腾地上下乱蹿，谁来告诉她为什么这个男人会出现在她的屋子里，还在她的床上，为什么？！

端木卿绝淡淡勾着唇角，每一次这小白兔惊谎失措的神色总能激起他心底无比的雀跃，冰色金芒的眼绕着她满是泥尘的黑衣打转，看来今夜她是去打了一场硬仗呢——

念沧海对上端木卿绝邪佞不善的目光，就知道自己大难临头了，这一身黑衣，要说自己不是去做贼了，有谁会信？

右手无意识地捏紧了袖口，断不能被他发现她袖中藏着修罗宫的地形图。

“回王爷，妾身晚上的时候没有睡意，所以就随便到处走走，可夜色黑，一个不小心就跌了一跤，弄得浑身是泥，让王爷见笑了。”说着佯装拍了拍身上的尘土。

“哦，原来是这样……”

端木卿绝意味深长地拖长了尾音，从榻上起来，三两步来到她的跟前，双目直视着那双不善谎言的杏眸。

念沧海下意识要往后退，并有意识地错开交会的视线，但他的手伸过来就拉住她的左袖，“孤王不记得宫内女子有这样的衣裳，爱妃是从哪弄来的？”

“呃……妾身随身带来的衣服都掉在半路上了，所以就让婢女找来了些黑布，自己缝的。”

“原来爱妃还会缝衣。”

端木卿绝竟给了个赞许的笑靥，非薄的美唇随即又勾出炫目的弧度：“看来孤王真是亏待了爱妃，竟让爱妃如此委屈自己……”

看得出这缝衣的手法很巧，和修罗宫里女官完全不同。

端木卿绝说着托起那黝黑却纤瘦细长的手，长指爱怜疼惜地摩挲着她的指尖，还凑近到自己的唇下，柔声道：“自己缝的时候有没有被针刺伤？”

念沧海羞赧地一个抬眸，那柔情似蜜的眼神简直能将人融化，天哪天哪，他这是吃错药了还是怎么了，竟然相信她刚才鬼扯的那些话？

“王爷多虑了，妾身没有伤着自己。呵呵……王爷来了那么久，妾身有失远迎，都没给王爷斟杯茶呢。”

气氛有些冷，念沧海绕过端木卿绝走到桌边左手顺势拎起小茶壶，可刚要一提，手腕止不住一抽，握在掌中的小茶壶就这么脱开手，好在她反应快，右手敏捷地接了上去，不露痕迹地斟满茶，盈着笑将茶杯送到端木卿绝的跟前，“王爷，请……”

“有劳爱妃……”

端木卿绝慢慢啜了口茶，目光片刻不离念沧海，显然她分了心，眼神径自往自己掩在背后的左手看去——

刚才就连那么小的茶壶都提不起来，他就敢确定那手一定有问题！

难道封住了穴道反而让毒液在原处扩散加重了伤势？

念沧海只顾着担心自己的手腕，丝毫没察觉到端木卿绝锐冷的视线将她写满脸上的不安都囊收了眼底，就连他将茶杯放在了桌上，脚步都逼近到了她的跟前也不知道。

“爱妃！”

端木卿绝故意提高了嗓子一喝，一手握住念沧海的左腕就举拽了起来，“王爷？！”她一惊，两双美眸倏然交缠一起，端木卿绝面具下的神色凝重，他明明使了三分力，照理任何一个女子都会痛得失声嘶吟，而她却是淡然得连个皱眉都没有。

念沧海从那不同寻常的眼神里意识到自己的反应失常，立刻佯装苦痛地喊了起来：“好痛，王爷求你放开妾身……求你了……”

他手一松，她立马又道：“王爷天色已晚，妾身这儿坐南朝北，夜里阴冷湿寒，王爷身子金贵，若是久待会伤着身，妾身还望王爷早些回殿休息吧。”

这一刻，念沧海有些乱了阵脚，她怕极了和他再多待一刻，这从头扯下来的谎终究要被揭穿。

“孤王乃爱妃的夫君，这点小小阴寒，爱妃忍得了，孤王又怎会受不住？”

什么意思……他就是不走了？

念沧海杵杵愣愣地睨着端木卿绝，她讨厌他的咄咄逼人，更讨厌他说话煽情挑逗的语调，“今夜真的不劳王爷作陪，妾身忽然觉得身子有点不适，想早点睡了。”

“那就一起睡吧。”

不等念沧海消化那几个字的含义，大手揽上她细如杨柳的小腰就将她拽到了榻边，便去解她那一袭夜行衣。

“王——”

脑海一片顿白，连一声王爷都没喊齐，手也来不及阻挡，就已被他从头到脚扒下了黑衣。

索性里面穿着贴身睡袍，将自己包裹得严严实实，念沧海右手攥紧了衣领，“王爷，妾身并未说谎，这榻真的潮湿得很，不能委屈王爷屈就一夜啊。”

呵，她就这么不想让他碰么？

冰眸丝丝绕绕着一触即发的不快，“爱妃莫不是忘了，你还欠孤王一夜‘圆房’。”傲然的身姿将念沧海拢住，紧紧套在自己的双臂之内，邪魅无度的脸孔下紧贴着她的面颊——

“妾身怎会忘记？可若在这儿圆房，必定伤了王爷的身，伤了王爷的身那就是妾身的罪过，妾身心疼惜，心不舍，所以纵然王爷要降罪妾身，妾身也不能答应在这儿。”

“那不是在这儿，爱妃就答应？”

端木卿绝冰眸诡秘一闪，念沧海心头一沉，错了错了，他完全曲解了她要表达的意思！

“爱妃不答就是默认咯？”

一双大手悄然将她打横抱起，惊得怀中人儿一声大喊：“等一下！”

“不能等，今夜就要！”

第四章　明哲保身

端木卿绝大步流星一脚踢门而出，“摆驾。”公公阴柔的调子高喊一声。

院外已然恭候着一群侍从，其中一个挽起了轿子的帘子门，原本还有些挣扎的念沧海，一下子羞赧地将脸埋入他的脖颈之间！

“爱妃脸红了？”

一只大手来到她的颌下轻轻一挑，堂皇的杏眼对上悠然作笑的冰眸，又羞又愤："我是被迫的。"她控诉着，那人笑得更是邪俊，"被迫的，脸也会红？"

"呃……"

念沧海冷哼一声，是哑巴吃黄连有苦说不出——脸啊脸，你真是不长脸，凭何因他脸红？！

"王爷，这是要带妾身去哪儿？"

轿子走了久久，窝在怀里的小人儿闷闷地发出低问，"去不会伤着孤王身体的地方，这样爱妃的心就不会'疼'了，不是么？"

温润磁性的声音渗着诱人沉沦的调侃灌入耳朵，就像一杯醉人的酒，念沧海只觉面颊又是烧起一股滚烫。

轿子走了约有半个时辰终于停下，端木卿绝抱着念沧海下来，一群跟随轿后的侍从绕至跟前一字排开，他们的身后是一座气宇非凡，红砖碧瓦的殿宇。

两扇大门高如天柱，似同天宫。

十来个侍从分别站在门的两边，同时用力推开——

当大门发出轰鸣震耳的声响，惊叹于眼前一幕的念沧海在夜空下之下看清了那殿宇匾额上写着"东苑"二字。

绝望的眼瞳瞬息点燃了希望之火，这就是所谓的踏破铁鞋无觅处，得来全不费工夫？！

念沧海只觉离端木离要的那东西又近了一步，一颗心欢快无比地陷入愉悦之中，浑然不觉这殿宇不同寻常的森冷阴寒，便是充斥着整座修罗宫里的阴郁气息的源头。

端木卿绝抱着她走了进去，直到大门合上的那一刻，念沧海才后知后觉竟没有一个人跟着进来。

"王爷？"

她微微一惊，心里浮起几缕不安。

打横抱着她的双臂突然一松，念沧海就这么冷不防地被摔在地，尾骨撞击在冰冷的地砖上，痛得犹若裂成两段。

"王爷，你这是在做什么？！"

她怒目瞪着站在身边的男人，暗夜下，他居高临下地看着她，他的眼神变了，杀机乍现。

四周茂密的大树将天空包裹得严严实实，只有微弱的月光从树叶的夹缝里投射进来，端木卿绝的脸廓被一道银白的冷光勾勒，像极了一把杀人无形的弯月刀。

他就像突然变了张脸，唇瓣上的笑不知几时消失无踪，银铜色的面具更是覆了一层万年冰潭，叫人看不清面具下的表情甚至那眼神。

心里绽开的是无尽的惧怕，端木卿绝盯着念沧海的眼神就像根根看不见的绳索将她捆绑。

她忘却了站起来的法子，双手本能地往后爬动，手背上却忽地掠来一道黏稠冰冷的触觉——就好像有条蛇从她的手上爬过！

“啊！”

惊叫着，念沧海跃起身踮着脚，张开双臂环住端木卿绝的脖子就躲入他的怀中。

那一刹，冰冷的胸口狂热地猛烈一跳，面具下的眼沉得深不见底，她又一次让他想起了那个被埋藏在记忆深处的女人……

“松开！”

端木卿绝决绝地一道怒然低喝，那种染着嫌恶的口吻，她记得。

念沧海又惊又怕，却又倔强地遵从，她松开了双臂，还识趣地向后退了一步——

“王爷，妾身是不是做错了什么？”

“错？”

端木卿绝眉微挑，长臂动作如影地攥起她的左袖硬生一扯，整条袖子被当即撕裂，卷叠好收在袖中的地形图就这么落在了地上，“错在何处，还需孤王告诉你么？”

他早就知道她夜半去了藏书阁，他早就知道她一身黑衣是偷盗了地形图？！

“不必王爷告知。”

念沧海清冷地咧开唇，是福不是祸，是祸躲不过，大难还是临了头，这都人赃并获了，她还有什么说辞可以狡辩？

“你这是认了？”

“妾身没什么可解释的，这地形图的确是我偷的。”

“念沧海，你好大的胆子，你这是在挑衅？！以为孤王真的不会要了你的人头？”

端木卿绝一把揪住念沧海的领口，那力道再大那么一丁点儿就能勒死她，鼻下发出苦楚的嘤咛，被截断的气息困难地吐出几个字：“妾身……妾……身不敢……”

“不敢，你都做了，还说不敢？说！你偷地形图是为了要找什么，别告诉孤王是找什么值钱的宝物！”

夜半，他从东苑去到北苑，半路上撞见了哭哭啼啼的映儿，映儿一见他就慌张地拔腿就跑，他就猜到迦楼肯定又是跑去了藏书阁找易魂大法，只是当他带着人踏入藏书阁的时候，里面竟是空无一人，地上却是被翻找得一片狼藉。

还有那只灯笼边散落着两根眼熟的银针……

迦楼虽然向来怕他，却从不会躲他，梯子间明显是被人打开过了，能让迦楼从秘道而逃，肯定是有人迫使她这么去做。

他很想说服自己那个人不会是那银针的主人，可今夜派遣埋伏在破屋的暗卫回报，他们去到破院的时候，念沧海就不在屋中，而她是一袭夜行衣地回来，手腕还受了那么严重的伤——

端木卿绝冰眸落向念沧海赤裸的左臂，那腕间的淤青已呈紫黑的颜色……

“妾身若说是，王爷会信？”

“不信。”

“不信，又何必质问……”

破罐子破摔到了底儿，但那看似不在乎的反应反倒像是抵死不屈的挑衅。

她又不怕死了？

端木卿绝瞳光深沉的眸子眯得狭长，念沧海只觉那冰冷无情的视线就好像一双手将自己扒得一身赤裸，没有秘密可以隐藏，纵然她遮羞阻挡，也终究逃不过他的魔掌。

既然都走到这个地步了，横竖都不过一个“死”字，念沧海索性闭上了眸，向着端木卿绝昂着头，挑衅着他快点给她致命一击，一了百了！

可苦苦等着，脖颈上没有落下半分痛楚，她诧异地睁开眼，端木卿绝就这么看着她，没有逼近，眼神依旧杀气重重，只是那深处却好似掺杂着朦胧不清的……情愫。

是不舍……？

念沧海不懂自己为何会冒出这样的念头，可下一刹那，她就后悔这么想了，端木卿绝手腕一动从袖中套出一把精炼的短匕首，随即另一手攥住她的左腕就拉向他的怀内——

“王爷！”

念沧海本能地惊呼，那一刹她才发现手腕原本红紫的颜色已经变得紫黑，而那把匕首不偏不倚地就是朝向她的手腕刺入——

尖勾的刀锋割开她肌肤的刹那，紫黑色的鲜血汹涌而出，端木卿绝一个手快解开了她的麻穴，锥心刺痛的疼楚逼得念沧海撕开了嗓子地发出哀鸣，整个身子虚弱地跪倒在地。

就要死的么？

他要活生生地将她大卸八块，让她死无全尸么？

念沧海还能动的右手摸索着藏在袖中的银针，试图最后一搏，但是就在她试图发针的瞬息，她感到左腕传来一股温润的触碰——

无力地抬起眸，看到的竟是端木卿绝半跪在她身前，一手托着她的左腕，双唇“吻着”被割开的血口，他正一口一口为她吸食出腕间的毒血？！

他看着她，傲冷的视线肆虐地射入她的瞳眸。

那眼神，野性，凶狠……

又孤寂，深情……

念沧海觉得自己踩入了什么可怕的泥潭中，她这是看到了什么，她一定是看错了吧，她一定是死了，才会出现了幻觉。

怎么可能呢，残暴的雪狼怎会放弃到嘴的猎物，又怎会对猎物露出如此用情的目光……

“迦楼下的毒从无解药。”

吐出最后一口毒血，端木卿绝薄唇翕动。

念沧海不敢相信，那女子从一开始就骗了她，她根本是打算从她这里偷学到易魂大法后就让她自生自灭！

但可笑的是，她就这么情非所愿地受了他的恩惠，被他捡回一条命。

“不用你管我！”

念沧海使劲抽回手，她容不得自己认敌为友，更不要欠他任何恩情，“由不得你！”端木卿绝一臂揽住她的肩，娇瘦的身子就这么跌入他的怀中，一双小鹿乱撞的眼撞上他的眸，倒映的是那张面具邪颜俯首而下……

端木卿绝的脸孔大举压下，迫在唇前，念沧海嘴里迸出一道惊慌的呻吟——

右手死抵在他的胸口，黑亮如墨的杏眼闪着忠贞不渝的冷光，她不准他吻她，他休想觊觎她半寸肌肤！

呵，总算有力气抵抗了是么？！

不过使出三分力，端木卿绝便势如破竹压破她的阻挡，吻住了她的唇——

被亲吻的小脸狰狞得皱起来，交缠的唇齿间发出含糊不清的呻吟，初次经历亲吻的口中是一片“兵荒马乱”的景象。

念沧海从不是任人欺负的小可怜，她不顾左手还未被包扎，一双手屏住力气推开那桎梏着她的人肉牢笼，还狠狠咬了下他的舌，“呃嗯！”

这一道悲壮的闷哼是端木卿绝的，他始料未及地唇齿一松，便被念沧海从他的怀中灵兔脱逃！

有意思，从没有哪个女人敢从他的吻中唯恐不及地逃跑——她是第一个。

端木卿绝坐在原地，单腿曲着，竟是仰天大笑，“孤王还以为迷恋得一国之君半年宠幸的女人是何等的美味，原来也不过如此。”

轻蔑的笑靥朝念沧海投去——

全数将她的拒绝当做一个笑话，一双素手握紧成拳，他就是为了这么个无聊的理由才吻了她？

心一阵难敌的刺痛，“那是因为王爷喜欢的是男人，才对妾身毫无感觉。”倔强地顶回去，那受了伤的小眼神竟有几分惹人怜爱的冲动。

端木卿绝站起身，眼眸眯眯，微嗔闪烁，“就你这样的身段和男人也无差。”

“你——！”

他的羞辱总是能挑起她的愤怒。

念沧海向后退避着，他迈近一步她就退后一步，殊不知弥漫在氤氲之下，她的身后有着一座泛着腥红血光的池子，而她的脚步是越踩越近——

“啊！！”

脚步退到池边，念沧海一脚踏空，整个身子向后倾倒——

端木卿绝停在她的跟前，就这么面无表情地看着她似乎没有伸出援手之意，但是突然，一只长臂揽过她的后腰，猛地将她拽入他的怀中，“笨女人！”

一声低骂同时落在她受惊未定的耳边，念沧海气恼地就要推开他，“再动一下就把你推下去，那池子里的血莲可是会食人的！”

回眸瞥了眼身后，那满池子腥红的池水中盛开着朵朵触目惊心的血莲——

“夜色下，皎白的月光打在血色的池面上，一朵朵盛开的血莲会食人。”

脑海里猛地掠过曾经听过的传言。

倔强的小兔子终于是学乖了，惧怕得拢着双肩，牢牢地环抱着端木卿绝的腰，一动不动地靠在他的怀内，就这么错过了划过他唇角的那一抹狡诈的邪笑。

而身子不出眨眼片刻便被端木卿绝打横抱起，“王爷？！”才定下的心又猛地吊了起来。

杏眼对着冰眸，她不问他做什么，他也不说他要做什么，因为念沧海清楚得很，无论他要带她去哪里，只要她说个不字，那他一定会把她扔进血池里。

念沧海只觉自己就像被抽干了灵魂的布娃娃，任端木卿绝摆布，当他踢开寝屋大门，将她放到偌大的龙榻之上，她想逃的念头成了永不能实现的奢望。

"念沧海，孤王要你这辈子都无法忘却，你从孤王这儿得到的痛和快乐！"

端木卿绝撕开衣衫包扎在念沧海的左腕之上，随即一个压身扣起她尖俏的下颌——

那覆下的唇，强势的吻，节奏快得让念沧海透不过气来，身子就像被点了穴一般不能动弹，他的舌在她的口中翻搅，而他欲望已燃起了火……

紧闭的眼角倏然落下晶莹如钻的泪，被压在这伟岸的身子下，念沧海才恍然明白，女人在男人的面前是如此的渺小，如此无力，连一个拒绝都没有资格享有……

"怎么，又想喊'阿离'了？"端木卿绝忽然停下了动作，察觉到了她的挣扎。

"……"

"孤王准你喊，孤王倒要看看他会不会从北苍隔空而来。"冰眸闪着嘲弄的精光。

"……"

念沧海攥着身下被褥的手紧了又紧——

呵，这魔鬼的记性还真好，怎么着，这种独占欲的个性，难道是姓端木的男人的通病么？

"念沧海，你给孤王记好了——你最好就这么沉默，不许再在孤王的面前提那两个字。"

念沧海倔强地将脸一侧，端木卿绝立刻狠狠地捏住她的下颌对着自己，难以御敌的霸气如座倾倒的大山全数压在她的身上。

念沧海索性不动了，也不挣扎了，甚至连丁点儿的呻吟都没有，可某人的哂笑却是越演越烈，"呵，装得像个处子一样，其实身子早就难耐寂寞了吧，这不，不是不反抗了么？"

"你到底做还是不做？！"

"哦，真的在饥渴呢，迫不及待了？"

端木卿绝大手握住念沧海纤细的柳腰，"你——！"一张赤黑的脸羞愤得能射出火来。

"北苍的女人都喜欢在床上要欲拒还迎这等把戏？告诉孤王，和端木离都是怎么做的，你喜欢哪一种？先脱上面，还是下面？"

念沧海羞愤得只觉浑身的衣衫已经被他的眼睛给扒得精光，"王爷爱用强的，又何须尊重妾身的意思？"

"这张嘴还真是能说。"

"王爷的嘴也不差，比女人还会说！"

"那倒是，我的嘴还会做更多——想知道么？"

端木卿绝一张邪恶的嘴逼至念沧海的胸前，念沧海扯破了嗓子高声惊叫，双手环胸死死地抱着，殊不知端木卿绝早已直起身，就像个看戏的大爷一样看着她，仿佛她就是个滑稽好笑的戏子。

“怎么了，没有咬破你的衣衫，失望了？”薄唇绽着邪肆的坏笑，念沧海脑海一片顿白，他这是……？

端木卿绝的身子又再倾下，轻轻附在她的耳边，“知道么，丑妇！孤王可不会要别人扔掉的垃圾！”

说罢，傲然身姿一跃下床——

混蛋！！

她又白白当了回傻瓜，被他耍了一次。

“端木卿绝，你个混蛋，疯子，王八蛋！！”

念沧海抓起头下枕头砸向端木卿绝，他一个敏捷闪身，得意凛然地笑对榻上龇牙咧嘴的小白兔，原来戏弄她会上瘾，看她恼羞成怒的模样更是心情大快。

“忍着吧，孤王不是端木离，瞎了眼的会要长着一张鬼面的女人！”

念沧海喉咙里就像点了一把火，恨不得喷出来活活烧死这臭男人，她唯恐不及地跃下床，却在越过他身边的时候又被他抓住了臂膀，“端木卿绝，你不是想要我走么？”

“谁说的，孤王还没跟你算总账呢。”

“带来的盘缠都在半路上丢了，所以想找些值钱的东西去兑银子。”

念沧海理直气壮地撒着谎，完全不在乎端木卿绝信还是不信，握在臂膀上的力道自当又是一个发力，攥得藕臂浮现一道红紫淤痕——

“我没撒谎！”

“孤王说过定要爱妃好好改改撒谎的毛病，看来不给点教训，爱妃长不了记性！”

端木卿绝眸中怒张着凶狠的杀意，拽着念沧海走出了寝屋，却在推开大门的时候，撞见了恭候在外的——醉逍遥。

“九哥，王妃。”

“何事？”

端木卿绝眉头一蹙，逍遥为何会在这儿，他分明交代过谁都不准进来，“九哥，郡主从佛罗山回来了，可路上感染了寒疾，一病不起。”

“什么，玥瑶现在在哪儿？！”

端木卿绝忽地松开拽着念沧海胳臂的手，醉逍遥答了一声“印月阁”，他便徒步如飞地跑了出去。

念沧海还是第一次见端木卿绝紧张在意的模样，玥瑶？她在北苍的时候并没听说过这个人。

端木卿绝离开后，是醉逍遥送念沧海回破屋的，路上，他解下外袍给念沧海披上，“夜里凉，容易感染寒疾。”

两人的距离很近，近得能感觉到他指背划过她肩膀的温度。

回到破屋，醉逍遥止步于门外，念沧海解下外袍还给他，两手接触的刹那，他忽地拉住她受伤的左手。

“醉大人？！”

“给……”

他从怀中拿出一盒什么东西塞入她左手掌心，“这药膏每日上药三次，可以加快伤口愈合，而且不会留疤。”眼神温热地扫着她赤裸的左臂，如此凝脂如绸的肌肤一点儿都不合适留下难看的疤痕。

“多谢，醉大人。”

念沧海又羞又慌地收回手，这一次他带着关心的话，教她的小心儿不安分地跳动起来，或许是因为他那样煽情的眼神让她感觉到了其他的什么……

“王妃的命并不属于自己一个，走每一步之前都要小心谨慎地仔细思量。”忽地，他敛起脸上盈着的淡淡笑靥。

“此话何意？”

“王妃日后会知道的。对了，这臂膀若是赤黑的话，才更衬王妃的脸庞。”

她的臂膀？！

念沧海低头看着自己白璧似雪的左臂，这才意识到她只用端木离的特质胭脂涂黑了脸孔，却没涂遍全身，心脏就这么被什么东西狠狠勒住，他一定是知道她是存心在扮丑自己，那那个魔鬼不是更早就发现了？！

“修罗殿日夜昏暗，王爷不会察觉的。”

他看透她的心思，教她不敢相信，“醉逍遥，你究竟是何人，为何要帮我？”

“夜深了，王妃早早歇息吧。”

迷人的笑花若荡开的湖水，铺满整张俊颜，他徒步如飞，不由得念沧海紧随其后，已消失于深长的夜色之下。

醉逍遥，你到底是个怎样的角色？

像极了一个谜，让人捉摸不透，似敌又如友。

天际渲染上橘蓝相间的天光，醉逍遥绕过破屋的竹林，“娘娘的伤势如何？”林子里走出一道黑影，那身如蛟龙，英姿卓然，口吻听得出煞是担忧。

“呵，王妃的伤势已无大碍，不过我看你要顾好自己的人才对，九哥可是已经派了四大暗卫日夜监视王妃，你若还留在这儿，迟早会被他们发现，丑话说在前头，你若被他们逮着，生死便是天命！”

醉逍遥回过身，口吻冷酷无情，男子拉下蒙面布，露出俊美英气的脸，“景秋的生死，无需醉大人挂忧。”

“哼，你好自为之。”

印月阁内。

榻上躺着一位少女，年芳十五六，她身形消瘦，整张脸白寥寥的，身边几个婢女候着，贴身侍女冬采跪在榻边，“郡主，你一定要坚持住，九爷就来了。”

“玥瑶。”

说罢，端木卿绝焦急如火而来，坐于榻边伸手抚过女子抱恙的小脸，女子这时缓缓睁开眼睛，“卿绝哥哥……”

“九哥在这儿。”温柔的目光与冷冰的面具形成强烈反差。

转头他换上厉色朝着冬采质问为何没有照顾好玥瑶，让她染上了寒疾。

“卿绝哥哥，不要怪罪她们，是玥瑶自己不好，执意要上佛罗山顶为九爷祈福，赶着雨天，玥瑶淋着雨跪拜了一千零八格阶梯才会染上了寒疾，其实都是玥瑶逞强，九爷要怪就怪玥瑶吧……”

“别说傻话……你是为九哥去佛罗山祈福，你若有何事，一切皆是九哥的责任。”

“那九哥是不怪罪这些丫头了？”

玥瑶水眸扬起一弯笑，直教端木卿绝无奈地摇摇头，这丫头，从小体弱多病，他是惯着她，宠着她，独独也只有她能让他拗不过。

“这次暂且饶了你们，不过这段日子你们定要好生照顾郡主，若再有意外，即是郡主求情，孤王也决不轻饶。”

八九个婢女感激涕零地叩首谢恩，“多谢九爷不杀之恩，多谢九爷不杀之恩。”

“冬采，你快去御膳房催一下药，顺便传孤王的旨意将洛太医请来。”

“是。”

众所周知，洛太医，医术了得，十多年来都是端木卿绝的御用医师，九爷让他来，就说明郡主在他心里的地位足以同他的性命并论。

端木卿绝换了个坐姿坐到她的身侧将她轻柔地搂在怀中，“傻丫头，当初为什么执意要去佛罗山为九哥祈福，现在可以告诉九哥了么？”

一个月前，玥瑶突然提及要为他上佛罗山祈福，佛罗山是北域百姓朝圣的圣地，但是山势险峻，每年都有不少人在上山的路上受伤甚至遇难。

他打一开始就不许她去，但是她以绝食抗议，逼他不得不同意。

玥瑶看着端木卿绝，小手在他的胸前画着圈，“还不是因为北苍送来的那位美姬。”

“美姬？”

“就是那端木离送来给卿绝哥哥的王妃啊，卿绝哥哥怕是被她的美色迷得都不记得她是端木离的人了吧？”

“呵。”

端木卿绝竟是一记浅笑，一群候在旁边的奴婢都看傻了眼。

虽然九爷对郡主向来宠溺有加，就连说话都是不同他人的轻声细语，可这笑……就连从小照顾郡主长大的奴婢都是没见过。

玥瑶更是震惊，“卿绝哥哥笑什么，她真的美若天人？”

“傻丫头，你在担忧什么？生怕九哥会爱上敌人的女人？”

“当然，端木离就是个满肚子坏水的畜生，他有什么事做不出，他这次安排那个女人而来，定是为了取卿绝哥哥的项上人头。”

“就凭她？！呵呵……呵呵呵！”

端木卿绝竟是朗声大笑，一点都不在乎奴婢们统统惊愕地望着他。

而他越笑，玥瑶的心就越不好受，一只小手狠狠地攥紧身下被褥！

“玥瑶你真是傻，你根本无须为九哥担心，更无须在意她，那女人不过是个愚蠢至极的丫头，不足为惧，如若九哥当初知道你是因为她而执意为九哥去佛罗山祈福，害你沾染一身寒疾，九哥定是囚着你也不会让你去。”

“……不怪九哥，都是玥瑶的错。”

一张漂亮的小脸靠在端木卿绝的胸口是狰狞得越发吓人。

玥瑶不再追问什么，待冬采请来洛太医，经由他一番诊脉后，服下药就睡了。

端木卿绝留到很晚才走，可他前脚才走，并未睡着的玥瑶掀开被子跃下床就大发雷霆，“去，去找人把那个女人的画像给我画下来，我要知道那女人究竟生得有多美！”

“是，奴婢们这就去。”

要知道，她从小暗恋端木卿绝，十岁时已立下誓言，非君不嫁。

可奈何端木卿绝却一直遵循礼数，对她视作亲生妹妹般地疼爱，从未动过男女情爱念头。

原本她也不急，反正端木卿绝对女人向来只是皮肉之需，那些个端木离送来的女人统统逃不过承欢后一死的下场，只要她养好身子，凭借他对她的宠爱，这男人迟早都会是她的。

但念沧海嫁来那么久竟然还安然无恙地活着，甚至让端木卿绝为她而笑，光凭这两点，玥瑶就绝容不得她再多活一天！

一大清早，念沧海喷嚏不断，心里一阵不快：不会是那个下流鬼今儿又会来找她麻烦吧？

走到橱边，双手绞着浸在冷水中的方巾，才触上面颊浑身就冷得一阵激灵，看着铜镜中的自己，真是遭罪，为了不让脸上的黑色胭脂谢了，她每天都得忍受用冷水洗面洗身的煎熬。

这个时候，破屋外传来窸窸窣窣的声音，念沧海跑了过去，只瞧什么东西从旧院门前闪过——

这诡异的修罗宫，不是大白天也闹鬼吧？

“喂喂喂，那个女人真的是王妃？”

躲在树后的两个奴婢吓得下巴都要掉下来了，当她们打听到九爷将王妃安排在这儿就觉得不可置信，看到念沧海更不能相信，那个传闻中美若天仙的美姬竟是个满面赤黑，半面还覆着一块吓人红瘢的丑八怪。

“应该是弄错了吧，听说王妃带着一个婢女过来，兴许是她的婢女。”

她们正说着，小幽端着一个食案从远处走来，“小姐，你一大早站在屋外做什么？难不成是昨夜被王爷知道了，他罚你一夜站在这儿？”

小幽纳闷地看着仍在张望寻找的念沧海，那一句“小姐”可是把躲在树后的婢女吓得不轻，“难道这个丑八怪真的是王妃？”

破屋里，小幽将食案放在桌上，“小姐，你真是吓死小幽了，昨夜一夜都为你担心，结果被那个芙蓉嬷嬷罚了一夜站，不过你没事就好，来，趁热吃，这是我今早悄悄去厨房‘偷’来的。”

食案上放着的是上好的燕窝粥，“罚了一夜，你冻没冻着？来，和我一起吃。你这个小丫头，什么都好，就是爱瞎操心。”

只是那么一句，小幽的眼眶就有点红了，还是小姐最好，从来都不拿她当下人。

“怎么了，小幽，是不是有事瞒着我？”

相处十年，小幽的心思向来逃不过她的眼睛，见她表情从坐下后就怪怪的，她就知道昨夜一定还有别的事发生。

“那个……那个醉王八昨儿个在我被罚的时候来过。”

“小幽你说的是醉逍遥？”

“小幽好像说错话了，都怪小幽愚笨，不知道他是在套话，听他说念雪娇是靖州第一美人，而小姐是丑八怪，小幽气不打一处来就稀里糊涂地说了小姐一点都不丑，在宫里的时候，皇上只宠爱小姐，连那念雪娇一眼都没正瞧过！”

“他有心试探我是丑是美？”

“是。他还问我，小姐是不是很爱皇上。”

“你如何回答？”

“我……我回答——很爱。”

念沧海一下子浑身虚软，“小姐，对不起，对不起，都怪小幽嘴不紧，你罚我吧，罚我吧。”

屋内只听小幽自责地哭泣，屋外两个婢女倒持着随身带来的画具，趁机将念沧海给画了下来，随即将画带回了印月阁……

玥瑶看了那画像自然雷霆大发，“可笑！你们是不长眼，还是瞎了眼，这画中的女人丑陋无比，生得半张鬼面，怎么可能会是北苍送来倾城妖冶的美姬？！”

玥瑶恼怒地将画像摔在地上，视线死死地定在那张赤黑红瘢的脸上，那张脸越看就越像鬼怪奇谭里的妖魔，就是个宫里最丑的女婢都比她美上一千倍一万倍。

两个婢女跪在地上，可那女子真的就长得那么丑，是摆在眼前的事实。

“哼，养了你们那么久，教你们琴棋书画，简直是教猪说话，奴就是奴，烂泥永远都扶不上墙！”

玥瑶句句尖酸刻薄，怒然的眼神反而盈起点点笑意，笑得毒，笑得辣，笑得两个婢女后脊梁骨一阵阴冷。

只瞧她一脚踩在画卷中念沧海的脸孔上，随之脚腕一转狠狠一拧——

玥瑶认定是婢女们画技不精，才将绝世美人画得像孤魂野鬼，她要亲自去看，她不信旁人，只相信自己的这双眼。

片刻之后，破屋里小幽仍旧愧疚不已，屋外突然一道陌生的声音打断了她们——

“郡主驾到！”

“郡主是谁？”抽着鼻子的小幽一顿，跟着念沧海一起走到门边，只瞧一个年岁同她们差不多的少女缓步而来。

“小姐，那个女子是谁？”

看排场，大得很，身后跟着五六个侍女，还有两个老嬷嬷，定是个身份金贵的主儿。

玥瑶一袭淡黄锦裙，留着短刘海，左右两边梳着两个髻，髻间系着天蓝色的发带，风儿袭来，轻轻摇摆。

很美，至少念沧海稍稍瞥了她一眼就知对方是个美人坯子……

“王妃吉祥，玥瑶请安来迟，还望姐姐莫怪。”

玥瑶止步于念沧海的跟前，竟是一记卑微的欠身，身边的老嬷嬷和婢女皆是暗暗讶异，要知道她们的主子可从不会对任何人卑躬屈膝的。

她说她叫玥瑶，那不就是昨夜让端木卿绝那般紧张的人儿?

念沧海狐疑地看着玥瑶。

昨夜，她听醉逍遥说她身染寒疾，一病不起，没理由这会儿像个没事人一样出现在这儿。

“郡主言重了，快请屋里坐。”

念沧海虽然弄不清这玥瑶究竟是和端木卿绝有着什么关系，也摸不透她来这何意，但只要稍微想一下利害关系，念沧海也知道既然她找上门，那她必当不能怠慢了她。

走入屋中，玥瑶环顾了屋内四周，若非亲眼所见她真的不敢相信九哥会将王妃安置在这间残破的屋子中。

她记得以前北苍送来的女人，多半都是死在这间屋子里的。

九哥，你不杀她也未厚爱她，究竟葫芦里卖的什么药?

玥瑶不露声色，将嚣张盛气都收入眼底，只因她忽然改了主意，就在看到念沧海的第一眼，她并不是那么想与她为敌，想要割下她项上人头的冲动也一刹消散。

其实方才的第一眼，她已被吓了一跳，内心的震撼简直无法言语，那张脸孔简直和婢女们画的画上一模一样，丑得惊人，甚至胜过那幅画卷，所以这样的丑女根本毫无杀伤力。

现在想来，九哥那些“爽朗”的笑不过都是嘲笑罢了吧……

精巧的五官，白皙的肌肤，软香的身子，虽然一笑一颦都带着病病恹恹的味道，但那眼神很是犀利，朝气又精神的。

和玥瑶攀谈着，念沧海一直都悄悄上下打量着她。

言谈间，她知道她是端木卿绝的义兄留下的妹妹，从小由他照顾长大，两人感情甚好，而她突然来访，只是为了想见见她的皇嫂，这宫里女子不多，所以一直想要个可以谈谈心的姐姐。

虽然这样的理由仍旧免不了唐突的味道，可念沧海倒是和玥瑶聊得很是投机，屋中时不时飘出少女们的笑声。

"哟，郡主今儿个气色不错呢。"

两人聊得正欢，一道磁性温凉的男音来了个半路杀出个程咬金——

"醉大人？"

念沧海下意识地笑脸相迎，醉逍遥亦笑盈盈地扫过她赤黑的手，看来她有听见他昨夜给她的忠告，"王妃。"轻轻回应，声音柔柔麻麻简直能酥透人的骨头。

念沧海不觉含羞垂眸，那气氛的微妙是连玥瑶也感觉到了。

莫不是他们之间有什么奸情？

"郡主怎么会来这里，身子好些了么？"

"多谢十哥关心，玥瑶昨日服下药，今日些许好转就出阁转转，想到还未与皇嫂请过安，就来了这儿，没想那么巧，十哥也来这儿，敢问十哥是有何事找皇嫂？"

玥瑶一口一个亲热的十哥，可那言语中挖好的一个个陷阱，醉逍遥可是慧眼看得一清二楚，这丫头从小就是满腹的鬼心思。

"逍遥找的不是王妃，是郡主。"

"找我？"

醉逍遥将矛头一转，显然这个答案是玥瑶始料未及的，"九爷心心念念着郡主抱恙，寒疾病重，一早就命逍遥给郡主送药，谁想郡主一夜工夫就恢复了一大半，又能走又健谈，逍遥倒是宽了心，这就可以去回禀九爷，让他不用太担忧，批了奏折后也不用急着赶去印月阁了。"

行云流水的一席话说得玥瑶晕头转向，她本想从他和念沧海的身上捞到什么猛料，没想，自己反而成了被鱼肉的材料。

"等一下，十哥，玥瑶哪里是好了一大半，只是心急来见见皇嫂，玥瑶这还身子骨到处酸疼呢。"

见醉逍遥说罢还真就走，玥瑶立马拉住抬步迈出门槛的他，她明明有寒疾在身，可不能白白错过被九哥呵护在怀的日日夜夜。

"当真？"

"当真。"

生怕醉逍遥不信，玥瑶好演技地扶着腰佯装不适，随即和站在屋外的冬采使了个眼神，她同两个老嬷嬷立刻就迎了上来，联合做戏："郡主，是不是头又痛了，都说让你别逞强了，咱们还是先回阁吧……"

呵，所谓三个女人一台戏，这还真是堪比戏子中的戏子，精彩之极！

"玥瑶从小体弱多病，走两步就原形毕露，本想多陪陪皇嫂，可身子耐不住，还望皇嫂勿见怪。"

临别，玥瑶不忘有礼地向念沧海欠身行礼，她立刻扶住她，"郡主免礼罢，身子重要。"

"多谢皇嫂，玥瑶日后再来拜访。"

语毕，一行人匆匆离开了旧院破屋。

独独理应一起离开的醉逍遥却仍站在门前——

"喂，你也可以走了。"

站在院子里的小幽双手叉腰毫不留情地就想赶他走。

"不得嬷嬷允许，擅自离开翠园是十个大板，偷拿御用早膳又是十个大板，小丫头，你是想要二十大板，还是乖乖闭嘴？"

"……"

卑鄙小人，竟然拿这个威胁她！

小幽嘟起小嘴，念沧海一旁观戏扑哧笑了出声，"醉大人，屋里请。"她明白小幽对他心存敌意，可她之所以没有赶醉逍遥离开，是因为她直觉他定还有其他的事找她。

"妃臣有别，逍遥还是站在这儿合适，免得有些小丫头以为我是要占她家主子便宜。"

桃花眼瞳故意瞟了小幽一眼，又邪又坏，似在挑逗又如存心气她。

"小姐，你就让他有话直说，有那什么就直接放，放完赶快走人！"

小幽走到念沧海身边，朝着醉逍遥做了个鬼脸。

"不得无礼。"

念沧海训斥了一声，口吻倒是并不重，小幽遵从着不再出声。

"醉大人，请讲吧。"

"逍遥并未有什么重要事相告，只是想说——王妃少与郡主接触为妙。"

"此话该如何理解？"

显然那话中的意思是那玥瑶郡主是个会伤害到她的人。

但是凭借方才同她相聊甚欢来看，她对她感觉犹若姐妹，她亦是她来到北域后第一个友善的人，她倒是不觉得对那个年龄相仿的少女有何可以防备的。

“王妃如此机敏，难道察觉不了善与伪善？”桃花眼如魅如魔地微挑，好看得煞是。

他是指玥瑶刚才突然佯装身子不适？

“没长大的孩子都喜欢黏着兄长，这是人之常情，念沧海不觉有何不妥。”

“知人知面不知心，王妃还是仔细斟酌为好。”

“人总有糊涂的时候，有时许是迷茫，对醉大人，我也是下不了定论究竟是善还是伪善。”

至此，醉逍遥未再接话，他但笑不语，看似察觉到了念沧海是借势套他的话，她提防着北域人的心是对他卸下了一大块的防备，但仍有一小块的机警作祟。

“路遥知马力，日久见人心，王妃迷茫的还是留给时间来作答吧……”

他总是神神秘秘地留下只字片语，便转身眨眼消失，教人捉摸不透……

第五章　阴谋暗算

“郡主，你就这么放了那个丑八怪？”

回印月阁的路上，冬采不解地问道。

“呵，不过就是个丑八怪，就这么杀了她，太便宜她了。”

一身清纯皮囊做掩饰，谁又能看透那身子骨里的毒蝎心肠，玥瑶纯美的小脸笑得灿烂，如水的眸瞳是绽开重重杀气。

“那郡主的意思是留她一个活口？”

郡主如此大慈大悲，冬采是头一次见，以前北苍送来的那些个美人，几乎每一个都难逃被杀的下场，虽然都是九爷的旨意，可其中郡主的意思可是掺了一大半。

“呵，不觉得她和醉逍遥之间很‘有趣’么？”清纯的眼勾起妖冶的弧度，似在心里已经打起了什么鬼伎俩。

“冬采愚钝，不知郡主寓意何在？”

“卿绝哥哥绝不会爱上丑女，可她的身份怎么说都是卿绝哥哥的女人，卿绝哥哥是万人敬仰的帝王，帝王的女人若是敢红杏出墙，你说卿绝哥哥会如何罚她？”

“对啊，借刀杀人。”

冬采恍然明白玥瑶的“好心”是不劳自己出手，可——

“十爷当真会喜欢那丑八怪？”想起那张赤黑红癞，丑陋到惊人的脸，别说风流倜傥，人面桃花的十爷了，就是她们这般容貌一般的女婢看了都心惊胆战，厌恶唾弃呢。

“那男人口味向来怪异，喜欢丑女有何出奇，咱们坐看好戏，就算他不爱，我也要它弄假成真！”

玥瑶是吃了秤砣铁了心，打定了主意要扳倒醉逍遥——从小她就讨厌他，看他不顺眼，奈何九哥视他为胞弟，她不好出手。

可这一次，机会就摆在她的跟前，她岂有浪费的道理？

安侯阁内，就属凤雀楼最美，三层楼高，长形六角，红梯绿顶，两楼有着长长楼道，打开窗，打开门东西两边都能望见绕着安侯阁的皓镜湖。

这可是修罗宫里最惬意最明媚的地方，是端木卿绝特意为这儿的主人建造的，只是此刻趴在窗沿上的美人儿目光放空，一点都无心欣赏美景的闲情，反倒不快地冲着天嘟囔：“无聊呢，无聊呢……这毒日头怎么还不夕阳西下。”

走过身边的映儿反射性地停下脚步，这主子又是在打什么鬼主意？

每一次听她这么说话，她的心都会抖三抖再颤三颤，这太阳若是下山了，她不是又要出门闯祸了吧？！

“七姑娘，今儿个你千万不能出门了，要不映儿的脑袋肯定要搬家！”

映儿哀求着抓着迦楼的胳臂，“哭什么，我又没死，真是个扫把星！谁说我出门要带上你了？好好抱着脑袋给我在楼里待着吧。”

迦楼拍开映儿的手，一跃站起身，坐等时间溜走，不是她的风格。

要说那贼爷爷中了她的毒，哪个人不怕手臂溃烂报废的，兴许这个时候就在荒地上等她了吧……

“七姑娘，你是要去哪儿？！”

手无缚鸡之力的映儿哪能挡得住身形矫健的迦楼，她三两步就跑到了门边，冲着追跑在身后的映儿做了个鬼脸，谁想一个转身却撞上一堵人墙——

“谁呢，走路不长——呃……！”

捂着撞疼的额头抬起眼，谩骂声愕然卡在迦楼的吼中，“九哥？”欣然雀跃浮上精致容颜，迦楼笑得好生好看，两手亲昵地挽住端木卿绝。

若不能亲手感觉到他的体温，她绝不敢相信自己的眼睛，九哥竟会上门来找她，照说这个时候应该刚上完朝。

“九哥，快进屋，映儿，傻站在那儿做什么，还不去拿些茶水点心过来。”

“别会错意，我不是来和你聊家常的，昨儿个没在藏书阁捉着你，别以为我不知道你就在那儿。”

端木卿绝拉下迦楼的手，他的手很冰，凉的却是迦楼的心。

一张喜上眉梢的脸立刻涂上了一层灰暗，她垂着眸觉得那一句话是将她的心给扔进了油锅烹炸，为什么，为什么九哥就只能用这样冷冰的态度待她？

若是不在乎她又何必在意她的一举一动？

端木卿绝并不愿看着迦楼受伤的模样，可他知道自己若是对她越好，就只会让她更弥足深陷。

他时常来安侯阁，但极少来凤雀楼，但他的心从未远离这儿，冰冷的面具下，冷酷的眼眸深处是丝丝缕缕不改当初的疼楚和歉疚。

只是旁观者明，当局者迷，迦楼从不知端木卿绝每次一见她，他的心都会犹若刀绞。

那是因为他愧疚于她，而这份负罪感不是随着时间推移就能消散的。

“离那个女人远一些。”

久久，端木卿绝突兀地开口，口气不重但神情凝重——

女人？哪个女人？

迦楼压根儿听不懂他是指的谁，而端木卿绝以为她知道他说的人正是念沧海。

那个丑妇古灵精怪，心图不轨，迦楼从不是个能被使唤的人，而她昨夜却能说服她带她逃出藏书阁，就凭她的聪慧狡诈，他断不会再给她机会接近迦楼，谁知道下一次迦楼还有没有那么好运先对她下毒。

“明白的话，日后就好好地待在楼里，你要找的那易魂大法，我已经派人烧了，你若再去藏书阁一次，我就一把火连塔楼也烧了。”

端木卿绝撂下话，转身就走，望着他渐行渐远的背影，迦楼又恨又伤——九哥，为何你要这样残忍地对待迦楼？

迦楼想要学会易魂大法也是因为你啊……

转身跑回屋子，扑在榻上抱枕痛哭，休想让她放弃，今夜，她定要从那个贼老头那儿学会易魂大法！

夕阳西下，小幽忙完了一堆粗活脏活，打了一桶干净的冷水送到了破屋。

这天虽然眼见三月开春，但是还是很冷的，小幽就不明白小姐为何执意要用冷水洗身。

“还不是因为特制的胭脂碰不得热水，眼下我涂满了全身，只得用冷水洗身了。”

“那王爷是召小姐侍寝过了？不然一点都没必要呢。”

念沧海脸一僵，好似一抹红晕从脸颊上闪过，“才没有呢，不过是小心驶得万年船罢了。”

“那小姐，今夜又是要去哪儿，又要去藏书阁找地形图？”

看着床上摆放好的夜行衣，小幽担忧地问道。

因为念沧海撒谎骗了她，说是昨儿个没找到地形图。

念沧海点了点头，“嗯。”

其实呢，她也不是去藏书阁，地形图都被端木卿绝收走了，她还去干吗，她只是去赴个约！

夜深亥时，今夜的天是特别地冷。

念沧海踩着幽幽的步子来到荒地，远远就瞧见一抹身影披着件粉色毛氅，冻得不停在原地抖颤。

呵呵，她丫的臭美鬼，不管什么天，都不忘炫耀自己的美貌，真是要风度不要温度。

“喂，小美人。”

念沧海来到迦楼的身后拍了下她的后肩，将她吓了一跳，“贼老头，你怎么那么晚才来，你的手腕是不想要了么？！”

迦楼像条喷火龙开口就骂，知不知道她天还未暗下就来这里等他，差一点就被这天给冻成冰棍了。

呵，瞧那焦急的样子，好像中了毒急需解药的人是她似的。

念沧海笑得狡黠，要知道她的手腕早就保下了，而她欠她的血债，这才刚要讨回来，“那你不想学易魂大法了？”

念沧海淡定的架势教迦楼心生疑虑，要是换做别的人中了她的毒，早就寝食难安，时辰不到就出现了，可他倒是生龙活虎得好像一点都没事。

难道他是已经解了身上的毒？

妖魅的眼扫向念沧海的左腕，忽地一手就伸了过去将它攥起，“呃嗯！！”念沧海难敌痛楚，失声痛吟，这才让迦楼放下心来。

“呵……你教了我，我再给你解药。”

迦楼逼近念沧海的眼前，不知为何，这强逼的架势竟和端木卿绝有着七分相似，裹在蒙面布下的脸孔竟然微微烧烫起来。

奇怪啊奇怪，这女人近看简直美得让天上仙子都能羞愧，可她的鼻息她的眼神，都叫她觉得有别于其他的女子，身子会莫名地紧张，更是会羞于靠近。

女子的气场总是盈盈弱弱，娇小畏惧，需要一个依偎，一个强大的保护，而她……

视线就这么不自觉地滑向她的下身——难道……真的难道……

就像是有什么东西牵引着念沧海的手，就这么一个恍惚，她伸向迦楼的双腿之间就是一捏——那儿……那儿……软软的，温温的，然后又硬硬……顶顶的……

被捏的某人脸色不淡定了，僵直得如同一块发霉的猪肝，“啊！！”

“啊！！”

妖目对着杏眸，大眼瞪着小眼，两道尖叫犹若银龙咬着金凤，交缠冲天，震响整片天际，“色老头，我杀了你！”迦楼退后几步，恼羞成怒地又一手挥了过来。

念沧海震惊得杵在原地，身子刚是一闪，那原本要抓着她脖子的手，就落在了胸前——

大掌覆着黑衣下的胸脯，他的……他的胸……怎么软绵绵的……

迦楼傻了眼，被抓的人面色猝然涨红，他在抓她哪里呢？

“色魔！！还不放手——啪！”

念沧海一巴掌落在迦楼那精巧无缺的脸颊上，五指红印不出片刻映现白玉般的肌肤中……

迦楼被打得晕晕又乎乎，“你……你是……女人？！”

妖冶的眸呆滞无光，就这么傻傻地看着念沧海，“是女人不行么？！大男人扮成女人，借机轻薄，你无耻厚颜，不要脸！”

“哎？！是谁先轻薄谁的，谁喜欢碰你那小包子，小的就跟没馅肉儿似的，还不及我呢！”

猛地回过神来，迦楼倒是不乐意了，说罢竟还显摆地托了托他“傲人”的胸脯。

念沧海气得怒火冲顶，套出袖中银针就甩了过去，眨眼封住他身上七个穴道，那人一下子就动不了了，“臭男人，看我今夜不阉了你！”

“你——”

“你什么你，再敢说一个字，我就把这张贱嘴给缝起来！”

月色下，两个人就像斗气的孩子，原来念沧海带着银针不过是想乘机小小惩罚他一下，谁想他竟是个如假包换的大男人，还大喇喇地对她……

他算哪根葱，凭何触碰她的身子，可恶……恶心，下流坯！

念沧海怒步逼近迦楼跟前，指间又夹着三根银针，月光下，针尖闪耀着刺骨冷光。

迦楼冷汗直下，那蒙面布的杏眼杀气腾腾，可他的身子使了全力都不能动一下，这么干等着岂不是被她玩死？！

“喂喂喂，你别乱来啊，就算我碰你，可你不也摸了我，算起来，咱们是各不吃亏，互不相欠！”

“闭嘴！！”

他当她乐意“直捣黄龙”呢，该死，掌心好像还弥留着那恶心的温热，她恨不得剁了自己的手。

“喂，你别以为点了我的穴，我就怕了你，你别忘了你身上可是中了我的毒，要是杀了我，没了解药，你也得和我地狱做伴！”

迦楼吃定念沧海需要他的解药，谁想她眉一挑，笑得比他得意，拉起左袖让他看她已经结了痂的左腕，“可惜呢，我的毒已经解了，不过阎王要我来招你，他说像你这种卑鄙无耻暗耍阴招的小人就该下油锅，永不超生——”

说罢，抬手三根银针朝向迦楼玉颈刺去……

“女侠饶命，迦楼绝非存心故意轻薄女侠，实属心有所属，这身子便是为他守身如玉，方才以为女侠是男人，平白被碰了私处这才恼羞成怒，迦楼发誓自己爱的是男人，所以又怎会觊觎女人的身子？”

“你爱的是男人？”

“当然，迦楼爱九爷，生死不相离。”

噗！

一声九爷，呛得念沧海差点一口气接不上来，难道说这男人也是那些个打扮成女装的男宠之一？

想起新婚夜那十来个妖娆妩媚的“女子”，再上下打量比她们更美一百倍一千倍的迦楼。

也是，端木卿绝不就是好这口嘛，看来他碰女人也“举”得起来，不过是因为他是压人家的那一个，而不是被压的那一个。

了了，了了，狡黠绕着俏皮的笑就这么跃上念沧海的唇角，可她蒙着面，忽然不说话地杵在原地，迦楼还以为她是在惧怕端木卿绝。

对啊，他怎么给忘了他可是身处修罗宫，这可是九哥的五指山，任她是孙悟空再世，要是伤了他，杀了他就别想能活着飞出去。

“喂，臭婆娘，我警告你赶快放了我，不然我有个什么三长两短，九哥知道了一定将你大卸八块，五马分尸！”

迦楼脑筋一转弯，凶神恶煞得就好像方才那个可怜求饶的小绵羊根本就不是他。

哟，这是想起让那个杀人如麻的魔鬼给他撑腰了？

果然他和端木卿绝的关系匪浅！

“喂，死人妖，老实回答我，九爷他是不是很爱你？”

“当然爱，他爱得我死去活来，没我就活不下去，你要敢动我一手指头，一根头发丝，他定割破你的喉咙，斩断你的腰脊，活活放干你的血让你饱受痛苦而死，哈哈哈哈，怕了吧……”

迦楼越说越带劲，越说越得意，仰头猖狂大笑，可这笑着笑着，他又如梦初醒地忽然一本正经道：“这死人妖是什么意思？！”

“人不人，妖不妖呗，你既不是男人又不是女人，算不上人可又不是妖，这不两样都齐了，不是人妖是什么？！”

“你个臭婆娘，我定要九爷撕烂你的嘴！”

气死他也，他从头到尾被她给涮了一回，肉都熟了，他才知道她那是在嘲笑他！

迦楼愤然地震颤着身子，一度借由怒气破开了四五个穴位，眼见身子能动弹的刹那，念沧海及时将指间还没落下的三根银针刺入他的脖子和肩膀之间。

“臭婆娘！！”

迦楼暴怒一喝，身子就这么又定住了。

念沧海暗暗吁了口气，虽然眼前的男人像头要吃人的猛兽，可他那凶狠的表情倒是有几分难喻的可爱，先前被轻薄的怒气不知不觉间就这么消下去了一大半。

既然他爱的是男人，也非有意轻薄她，何况他还和端木卿绝爱得死去活来，也许比起杀了他，留着他条小命，加以利用实为上策。

要是哪天端木卿绝再拿性命威胁她，兴许她可以将这个人妖用作要挟的砝码。

“喂，你知道安侯阁是个什么地方，都住着些什么人么？”

念沧海逼近迦楼一步，有目的地探问道，修罗殿她怕是暂时去不了，可这可疑的安侯阁兴许就是她要找的那样东西的藏有地。

“问这个做什么，臭婆娘，你究竟是什么人？上次你跑进藏书阁是为了找什么，是不是没找着就打上安侯阁的主意了？！”

他倒是还没笨到傻子的地步，念沧海赞许地赏他一个笑眼，“我是黑山老妖，听说过么？专偷男人的宝贝！”大爷似的扣起迦楼的下巴，眼神邪恶地扫向他的下身。

“不要，不许你再打我小弟弟的主意！”

念沧海笑得前仰后倾，迦楼龇牙咧嘴地一脸憋红，姥姥的，他又被她戏弄了。

“臭婆娘，你到底要我怎样，要杀要剐给个痛快点的！”

“当真要痛快？”

念沧海不知几时手中又变出了一根银针，指间微动针尖就这么在迦楼凝脂如花的脸颊上画着危险的圆弧，“这颜要是不小心被针给刺破了该怎么办？”

“臭婆娘！”

心一颤，怒得大骂，可念沧海凶狠地一瞪，迦楼立刻又像只畏怯的小狗发出可怜的嘤咛，“女侠，求你了，求你不要杀我，只要你放了我，我什么都不会和九爷说的……”

“乖乖听话，我就不杀你，不过要放了你也没那么简单，听着，我要你做我的掩护，带我去安侯阁，保我平安出入。”

“这可不行！”

“不行就毁了你的容，阉了你的身，你是不怕了么？”

“怕！可安侯阁不准外人进去，九哥要知道我放你进去，定会大发雷霆的。”

“那是他发脾气可怕，还是你容貌被毁，身子被废可怕？”

问题简单，答案也来得快，迦楼认栽了，他这花容月貌千年难有，他可不舍得就这么被摧毁了。

“我答应就是了，你快解开我的穴吧。”

“好。”

念沧海答应得快，解开穴道的动作也快，而就在解开所有穴道的刹那，念沧海背过身走在他的前面，迦楼认栽的表情立刻燃起反悔，一只手从怀间掏出暗器就要脱手刺向念沧海——

“喂，人妖姑娘，要知道，会下毒的可不是你一个人哟。”

只听悠悠的话音飘来，念沧海停下脚步，攫着比他更加邪恶一万倍的坏笑看着他。

难道——？

迦楼后知后觉，垂头这才发现被念沧海拔出银针的肌肤逐渐成了黑紫色，而肌肤里是钻心的灼烧刺痛，“你对我下毒？！”

“正是。”

念沧海笑得大方，她早就料到这家伙得了自由就会改变主意，果然没猜错。

“你个卑鄙无耻的小人！”

“哼，对着小人就该用小人的招！”

一句话顶得迦楼无话可说。

“喂，你要是不服气的话，大可将你手里的暗器刺入我的心坎，我敞开身子欢迎呢！不过我好心提醒你，你该知道你的毒没得解药，我若再中你的毒必死无疑，可我要死了，就没人给你我的解药了，那到时我是死翘翘了，你不也得陪着我一起下葬了吗，想想这笔买卖多不划算，你这细皮嫩肉，生得绝世的美貌，早年花落就要去见阎王，绝对是人间的一大遗憾，你也不想爱你爱得死去活来的九爷伤心吧，所以自己考虑清楚下，是要听命于我还是命归西天？”

念沧海杏眸笑得弯如月，说罢就转过身大步流星地朝着北苑走，而那身后是一路尾随的抓狂嘶喊……

念沧海畅通无阻地来到北苑安侯阁。

刚要跑上一栋楼时，迦楼不知道从哪里窜出来将她拉走，说那里危险，是人都不可以靠近。

“我不信，那里真有那么可怕？！”

“当然，那儿叫做‘鬼眼楼’，是白天都见鬼的活义庄，就是毒日照头也没活人敢靠近，就连送饭的小厮每天送饭前都为自己念佛诵经，生怕自己跑得慢就会被四爷扯断腿！”

四爷，和端木卿绝同醉逍遥为义兄弟，为鬼骑军的一员。

传言他残暴不仁，能活生生扯断人腿，如同血口张牙的禽兽。

迦楼说时满面的恐怖就像黏附着墙的藤蔓，念沧海心里暗骂胆小鬼，不过那要是真的，她贸然闯进去肯定凶多吉少，一切得周密地计划一下才行，至少得想好要是被逮住了如何安全逃出的法子——

“夜深了，我还有事要办，这就先行告别了。”

念沧海打算先以退为进，“谁许你告别，解药呢？”迦楼拉住她。

“解药啊，好啊，跟着我说的做——左脚前点地，两臂体前交叉向外绕至侧上举，抬头。”

“这样么？”迦楼反应敏捷地跟着口令做，瞧着那乖巧听话的样子，念沧海忍着笑继续道：“然后左脚还原，两腿屈膝，同时两臂肩侧屈肘，两手置于头后，低头。”某人立刻跟着口令又做着。

“最后，左脚向侧一步成开立，同时两臂侧上举，抬头，好了，解毒完成。”

“啥？”

迦楼保持着抬头的动作觉得自己就像个傻瓜，“你这是哪门子的解毒方法？”

“那叫伸展运动，可以压制毒液攻心，嘿嘿……”

……

总觉得他又狠狠地被这个臭婆娘给耍了。

迦楼隐约觉得眼前的女人定不是个上年纪的老婆娘，那双眼里透着的灵气特别得很，“告诉我，我究竟要怎么做，你才能给我解药。”

“不用急，我的毒一时半会儿要不了你的命，乖啦，先松手，姐姐真的还有其他要事要办，现在得走了。”

“你要走了，我上哪儿找你？”

问着，攥着的双手不觉地松了开来，“不用你找，需要时，我自然会找你。”

望了眼天，念沧海拍拍迦楼的肩膀就跑下了凤雀楼……

有了昨夜被端木卿绝偷袭的经历。

这一夜念沧海学聪明了，在跑回旧院推开破屋门的时候留了个心眼，先脱去夜行衣，再进了屋。

这时点起油灯，眼睛自然而然地望向榻，那个曲腿恭候的人儿却没出现。

安心地上了榻便不知不觉地沉入了梦乡，全然不知黑天之下，她的屋前屋后，屋顶之上同时包围着四道黑色魅影……

御书房里，两位暗卫跪于御案前，“王妃这三日来，夜夜身着夜行衣在北苑的外面转悠，似乎是在打量四爷的鬼眼楼。”

龙椅上，正翻看边界快马加鞭传来的密函的端木卿绝眉头一皱。

“继续跟着她，一个细节都不可以错漏，若有何动静立刻向孤王禀报。”

“是。”

念沧海，你究竟想要什么？

端木卿绝转身打开长柜中的某一格，从里面拿出一块形似铁板的东西，上面刻着用赤红朱砂写成的文字——

这东西叫做丹书铁券，十六年前，先帝驾崩之际赠与他的保命之物。

丹书以用朱砂写字为契券，烙印在铁质的铁板上做凭证，是历代帝王赐给功臣世代享受免罪的免死金牌。

念沧海，莫非你要的就是这个？

端木卿绝从未将这东西视作不可或缺的东西，只是因为这是父王唯一留给他的东西，便当做信物好生收着。

将东西重新收好于抽屉里，端木卿绝迈步跨出御书房，是要向着旧院而去，可迎面撞上跑了过来的相公公，他形色略有慌张，跪地叩拜道："九爷留步，郡主的贴身丫头冬采方才来传话，说是郡主身子不适，求九爷火速前去。"

端木卿绝没有半个犹豫，折回步子立刻向着印月阁的方向而去……

谁想到了院子里，竟然看到她在亭子里等着他，"卿绝哥哥，玥儿想要给你一个惊喜，就让冬采撒了个谎，你不会生气吧？！"

玥瑶挽住端木卿绝的胳臂撒娇，指了指石桌上摆放着很多点心，其中就有端木卿绝喜欢的海棠糕。

端木卿绝一猜就知道这丫头肯定有什么事儿要求他了，"卿绝哥哥，玥儿想要出宫……"果然，他猜得不错，但玥瑶的下一句，"玥儿想要王妃姐姐作陪。"

某人心口倏地一紧，"为何要带着她出宫？"

"这几日玥儿都有去王妃姐姐那儿坐坐，虽然玥儿打从开始就讨厌北苍来的人，但她好像不一样，玥瑶喜欢她，她待玥儿很好，亲如姐妹。"

"玥瑶，你不可对她掉以轻心，她始终是北苍人，出宫之事是谁先提及的？"

"卿绝哥哥，你信玥儿的眼光，玥儿不会看错人的，王妃姐姐真的是个好人，她也是从北苍远嫁而来，身边连个亲人都没有，九哥又忙于政务对她不理不睬，姐姐心生烦闷想要出宫走走也是正常。"

明净的眼眸子深处是机关算尽的阴谋，玥瑶明着说着念沧海的好，暗着言语间无不在说她是个心有歹念，妄自逃出宫的叛妃。

原来是那个女人提出要出宫？

端木卿绝果然信了玥瑶的话，一点都不做怀疑。

女儿节——

少女为自己绣制布娃娃，将它们绑在天灯上，在夜空下放飞，寓意着挥别少女时代，从而成人。

每年的女儿节都是嫁娶旺盛的时节，不少女子这个时候就定下了婚约，嫁做人妇。

玥瑶想要出宫参加帝都民间的庆典，就是为了暗示端木卿绝，她足够年龄做他的妻子了。

至于要带着念沧海是为了……

呵，水眸里闪着置人于死地的冷光，“一生只有一次女儿节，即使九哥反对，玥儿也定要出宫，还定要带着姐姐，因为我已经答应了，玥儿不能做反口的骗子，若是九哥实在不放心她，可以命十爷陪同，就凭十爷的武功，王妃姐姐若真的生了歹念要逃，也敌不过十爷的。”

玥瑶用天真的话音弥盖着真正酝酿着的毒计，只要一同带上那醉逍遥，这场戏就齐了，精彩了。

“好嘛，好嘛？卿绝哥哥，有十爷做伴，你不会还不放心吧？你要不答应，玥儿要是气出病来，唯你是问。”

见端木卿绝迟迟不应个“好”字，玥瑶捶着他的心口，软磨硬逼，不惜拿自己的身子威胁。

“不许气，不可以伤着身子。”

“那九哥是答应了？”

“……”

此刻的沉默便是默认，玥瑶高兴得靠入他怀：等着吧，念沧海，女儿节那天就是你的——死祭。

决定出宫参加女儿节的消息很快传出，醉逍遥来到破屋，问念沧海这次出宫是不是她提议的。

“当然不是小姐，是那郡主，死缠烂打地黏着小姐，小姐才答应的！”

不等念沧海回答，小幽气鼓鼓地说道，瞧那小家伙冒火的眼睛，怕是连她也是看出不妥了，可为何……

醉逍遥眼神悄自打量念沧海，她不该是如此掉以轻心，没有防备的人呢……

“醉大人为何这么问？”

“不过随口一问，王妃不用放在心上，既是如此那明儿个清早见吧，大家一律印月阁候命，逍遥这就先告退了。”

醉逍遥来得快，去得也快，念沧海总觉得有些奇怪，追了上前，心急下不巧被门槛绊倒，“王妃？！”

醉逍遥及时止步，那抹小身影就这么扑入他张开的怀中，堂皇地抬起眼，不远处看去两人四眸相会，双臂扶托，之间的气流微妙得惹火，一道刚迈入院门的魁梧身躯就这么拉长了沉暗的长影——

有一股好像被掀翻了醋坛子的暴怒醋酸味一刹那流进了整个院子，“爱妃，这是在给孤王戴绿帽么？”

那浑厚怒张的声音……

念沧海瞅了眼院外疾步而来的男人，立刻慌张地松开醉逍遥的手，向着他欠身行礼，“王爷吉祥，妾身有失远迎，还望——”

之后的话没有机会说出口了，因为那止步于她跟前的俊美男人，一手捏起她的下颔就在她香软如绵的唇上印下一吻，“唔唔……”唇被蛮横地霸占，齿被粗暴地撬开，那掳掠的气息横行在她的口中，逼得人不由得慌乱挣扎——

念沧海羞得恨不得挖个洞钻进去，瞪大的眼睛扫着手边，只瞧醉逍遥杵在那儿竟幽幽地在偷笑，她是整张脸孔烧红起来，烫得简直足以烙铁。

呵……

她听到了某人得意地笑了一下，怒瞪的杏眼被一张笑靥铺满的冰块脸填满——可恶的男人，让你得意！

念沧海张开两排贝齿狠狠咬住端木卿绝蛮横强夺的舌，一声闷哼响起，端木卿绝猛地退出她的口，他似是盛怒，透过鬼冷的面具表情狠得让人惧怕，一手擦过嘴角，他指腹沾着点点鲜血。

念沧海的心跳就这么乱了节奏，他看着她，盯着她，瞪着她，那眼神恍若要射穿她。

该死的，明明是他先羞辱她在先，她不过是正当防卫罢了！

“爱妃，这是怎么了，为何这小脸这么红？”

端木卿绝出人意料地指背滑过念沧海温烫的脸颊，柔声柔情得让人呆傻——这动作，这表情，温柔得简直可以溺死了。

只瞧菲薄如花的唇勾起妖冶的弧度，一手仍抓着她的胳臂，笑着面向醉逍遥：“新婚燕尔难分难舍，孤王一见爱妃就把持不住，望十弟莫笑。”

“九爷言重了，是逍遥免费赏了旖旎大戏，怕是该领罚才对。”

这一唱一和的，念沧海觉得自己又被活活鱼肉了一番。

咬牙切齿地斜目瞪着端木卿绝那张绝美倾世的脸，这匹黑心的狼，他就是故意在醉逍遥的面前羞辱她，让她难堪的，对不对？

比之念沧海的羞愤，醉逍遥眼中的“狼眸”闪着的诡芒却是别有一番滋味——

他了解他，端木卿绝这样的男人，从不会为一个女人展露如此强烈的独占眼神，至少十六年间，这还是头一次。

知道么，狼是这世上眼神最可怕的猛禽，含着虎豹的凶残，揉着毒蛇的森冷，只要被盯上，必死无疑。

而若能让它展露不容侵犯为他所有的眼神，就代表着她是他的“猎物”，专属于他，若想觊觎，他必定要你交付上性命的代价。

“十弟言过了，爱妃性情爽直，绝不会因此小事大动干戈，对么，爱妃？”

端木卿绝一手揽过念沧海的小腰，她以被迫暧昧的姿势依在他的胸怀，又羞又愤，可眼神是一下都不敢和醉逍遥对视，这么丢人她活那么大还是第一次。

“呃……嗯……”

含含糊糊地应了一声，念沧海只想这磨人的时刻赶快过去，醉逍遥淡淡朗声笑起，有礼地向着她和端木卿绝躬身行礼：“多谢王妃不降罪之恩，逍遥还有要事在身，这就先行告退了。”

总算醉逍遥识趣，说罢人已经没了身影，念沧海悄悄地跟着他离开的背影望去，就这么个眼神，脑袋上立刻传来一道嘲弄的声音：“才分开片刻，爱妃就忍不住想念了么？”

为什么那么好听的声音总要用来说些肮脏隐晦的字句，念沧海知道他定误会她和醉逍遥有什么，可——

“王爷问来做什么？”

“因为孤王吃醋了，这个理由够不够？！”

下颌再次被捏起，魄力慑人的眸如一张网狠狠将她笼罩，将她每一分惊慌，无措，羞红，心颤都收入囊中，“王爷，戏弄人也该有个限度！”

念沧海推开端木卿绝，一手不自觉地抚上面颊，为什么这里那么烫呢？！

“爱妃是借机岔开话题，对于刚才的事，就不想和孤王解释一下？”

她乱了心绪地迈入屋，他紧跟着跨进来，“解释什么？”念沧海眼都不回一下，他胡乱给她安上个淫妇头衔也不是第一次了，凭何要她再费口舌地解释？！

“光天化日偷汉子，倒是敢作敢当，难怪这么理直气壮，就这么气孤王打断了你的好事？！”

“你——”

狗急跳墙，兔子急了还咬人呢！

念沧海一再忍让，终究忍不住要骂，但是话到口边立刻又收住口，只瞧她狐媚的柳眉一挑：“是啊，妾身记得王爷说过，妾身要是寂寞的话，不碍妾身找别的男人。”

她那不怕死的精神是又重现江湖了？

端木卿绝俊脸倾下，出其不意地一吻再次封堵念沧海的唇与舌，挣扎和呻吟胜过方才千倍万倍，那该死的舌就像捣蒜泥一样在她口中撒野——

“念沧海，你给孤王记牢了——能听到你呻吟的男人只能是我！”

那一句霸道，蛮横，不讲理的警告震得念沧海三魂丢了七魄。

明明那么厌恶，那么憎恨，可又奇怪，心口为什么竟跳得这么不安分……

她就像个傻瓜一样，因为男人一些暧昧不清的话而心念摇摆，她又不喜欢他，更谈不上对他动心，凭什么任他羞辱摆布？！

猛地将自己四散的魂魄收回来，她抹了抹唇，向后退开几步，“王爷训斥的是，妾身记住了。”

活在这男强女弱的世上，活在这皇权至上的宫内，她该知道拼死抵抗的下场是什么。

都被畜生咬了一下，那再被咬第二下，第三下又有什么差别？！

他用行动打消她不该有的歹念，但是她乖乖领命的模样又让人莫名怒气难消，端木卿绝只要想到方才她与醉逍遥之间的煽情气氛，心口就堵得难受。

“明个儿陪玥瑶出宫，你若敢逃，我定要了你丫头的命。”

端木卿绝忽地俯下身，唇贴着念沧海的耳道，她恍然看向站在屋中傻傻在桌边的小幽——

老天，她都忘了小幽还在，瞧那表情定是被方才的幕幕给吓到了。

“端木卿绝，我决不允许你伤害她！”

念沧海低声警告——

果然只要被稍微一激，她不乖的一面，倔强的表情，凌厉的眼神就又跑了出来，“呵……记得长记性就好。”

端木卿绝满意扬笑，其实他只是试探她罢了，当初听逍遥说她舍命保护贴身女婢他还不信，可这会儿她那坚毅凛然的眼神教他深信不疑，她和那小丫头果真是情浓于血，姐妹情深。

念沧海又发现姓端木的男人有一个通病，就是拿着人命做要挟。

男人啊男人，除了用下流卑鄙的手段要挟女人，就不会别的了么？

纵然心里有百个千个不满，看着端木卿绝咄咄逼人而来，潇潇洒洒离开，念沧海也只得逼自己忍下一口口难咽的火团，“小姐，方才王爷对你说了什么，你没事吧？”

端木卿绝前脚走，小幽才敢走到念沧海的身边，他们方才“耳语”的话，她没听着，但是念沧海脸上百感交集的神色却是真真实实。

“没什么，小幽，你不用担心我……你不是还要去浣衣局洗衣的？快去吧，误了时辰，嬷嬷又要降罪于你了。”

念沧海佯装无事，硬是挤出一抹笑让小幽放心，游说了好一会儿才让她放心地离开。

坐在桌边，忽然无力地趴到桌上，念沧海觉得自己就要精疲力竭，这样被束缚，被无形囚禁的日子还要挣扎到何时才是个头？！

她沉浸于自己的伤悲中，浑然不知院外一直徘徊着一道可疑的身影，她粉裙飘飘，躲在暗处偷瞧到端木卿绝吻她的刹那，迷人妖眸射出杀气腾腾的火光。

若非亲眼所见，迦楼打死都不能相信他深爱的九哥竟然会吻一个丑女人，丑到赤黑如炭，脸上还有块触目红癞的丑女人。

该死的，敢碰他九爷的女人，他绝不姑息，他要除去她，等着吧，他要她死在宫外，烂尸荒郊！

第六章　同心锁

隔日清早，印月阁外

玥瑶刚见着念沧海一袭蓝色锦裙，果然人靠衣装马靠鞍，这一打扮，虽然脸孔仍旧丑陋，倒是顺眼了不少。

可疑的是迦楼也来凑热闹，非跟着他们一起出宫不可。

不知为何，向来水火不容的玥瑶和迦楼却是突然亲密地说要坐同一辆马车，剩下醉逍遥和念沧海，必定只能坐另一辆。

“姐姐会不会介意，玥瑶好久都没见七姑娘了，所以想在路上叙叙旧。”

对于轿子的安排，玥瑶似乎很是抱歉的样子。

念沧海看了身边的醉逍遥一眼，说来她还真的不能不介意，总觉和他坐一起略有不妥。

“男女有别，逍遥坐外面。”

醉逍遥这时表了态，念沧海也就不好拒绝了。

其实醉逍遥大为奇怪迦楼的举动，方才还看见玥瑶的丫头冬采将他拉到马车后不知说了些什么……

帝都长安街，帝都的中心，亦是最繁华的地方。

两辆马轿在客栈前停下，一行人各自入住最上好的四间上房。

念沧海打开窗就能将帝都繁花似锦的景象一览无遗，这里和北苍的皇城好像，短短十数载就能将一个国家治理得那么好，兴许那端木卿绝真是个拥有帝王之能的男人。

“王妃姐姐，咱们上街吧？”玥瑶跑来念沧海的屋子，拉着她就下了楼，醉逍遥有心阻拦却又被迦楼绊住了脚。

他和玥瑶之间果然有着什么阴谋！

“七姑娘，听过鹬蚌相争渔翁得利的事么？小心白白当了鹬，没得利却惹上一身腥。”

醉逍遥放下忠告，疾步追出了客栈……

念沧海和玥瑶四处闲逛，步步皆是门庭若市，人声鼎沸，她喜欢极了街上热闹的氛围，仿佛生来第二次呼吸到何为自由的气息。

只是这魔鬼治理的国家也可以这番盛世的光景是她从未曾想过，所以她更料不到，这般风景下，竟能让她触景伤情，走过一条幽幽小巷的时候——

她不自觉想起半年多前自己和小幽偷跑出念府也是拐入了这么一条深长的小巷。

那日她身着如同今日的蓝裙，面上蒙着纱巾，看见一贼人站在巷尾拿刀要挟着一位公子，她仗义出手，拿起随手捡起的树枝充长剑，“小贼，你要敢伤了这公子一手指，大爷我就要你穿肠而过，横尸街头！”

“救命啊，小的不敢，小的不敢！！”

那小贼吓得面色青紫，喊着就拔腿偷跑。

“多谢姑娘相救。”

正叉腰大笑，柔柔如雨的声音敲动她心，那张容颜俊美无尘，笑靥如花，叫人过目难忘。

端木离……如若我知今时今日会被你残害落到如斯地步，我宁愿从未救过你。

念沧海的思绪就这么定格在了过去，而就在此时小巷深处闪过一抹熟悉的身影，令她赫然一震，莫不是她想得太深，看见了幻象？！

她迅速跟上去却被玥瑶拉住，“姐姐莫不是看到了熟人么？”

“怎会，只是被前面卖布娃娃的摊子吸引，还望郡主莫笑。”

念沧海随口扯了谎儿，指了指另一边的一个摊子，玥瑶顺势将她拉了过去，“姐姐喜欢这些娃娃？不如你也买一只和玥儿一起放飞？”

玥瑶笑中划过一抹狡黠——

这女儿节娃娃有个别名叫做“处子娃娃”，因为北域有这么个传说，已经成婚破身的女子若是假扮处子童女在女儿节放飞天灯，就会遭老天诅咒，不得子嗣，孤老终生。

“郡主，你这一招，借天杀人，真是绝了。”待玥瑶为念沧海买下一只布娃娃送给她，冬采立刻悄然附在她耳边偷笑。

“少贫嘴，被她听见就坏了本郡主的大事了。”谁说杀人需要动刀动枪，她根本无需脏了自己的手，只要她想，她可以假手杀人，更能纵天杀人。

长安街，帝都最大的街区，占地千亩。

中心是长安亭九曲桥，桥的两旁有廊亭，廊亭的两旁有石桌石凳，桥下是一方池塘，夜晚水波粼粼，熠熠生光。

多年来，女儿节的时候，少女们不约而同都会齐齐来这儿放飞天灯，形成得天独厚的天上明月地上群舞的美景，堪称长安女儿节庆典。

醉逍遥找到念沧海的时候，已是酉时，正值傍晚日月交替之时。

玥瑶正带着她在长安亭外观景，“王妃，你同郡主出门为何没有知会一声？！”

念沧海被问得唐突，发现他跑得有些喘，好像一直在找她。

“啊，十爷这莫不是找了我们一天，不过十爷这紧张的样子，是因为玥瑶，还是王妃姐姐？！”

玥瑶趁机暗讽，念沧海却只以为她是天真调皮，只觉一阵尴尬。

想来醉逍遥不过扶了她一下就教端木卿绝强吻了她两次，她可不希望再有和醉逍遥暧昧的传闻传入他的耳朵，免得他又来找她麻烦。

“十爷，你跑得那么快做什么，喘死我了。”

迦楼也是一副上气不接下气的样子跑了过来。

玥瑶立刻给了他发狠的一眸，其实今早在马轿上她游说他和她同盟，说她其实也憎恶那个丑妇，所以愿和他合力铲除她，便要他到了客栈后，无论如何都要缠紧醉逍遥，而她会找机会对那丑妇下手。

可眼下，他根本就没那本事看住醉逍遥！

迦楼被瞪得很不服气却又有苦说不出，要说醉逍遥的身手，他真是领教了，早上好不容易追上疾步而出的他，结果体力武行皆不如他，绕了长安两三个圈子，他气喘如牛，头晕目眩，他却依旧步伐矫健，行步如飞。

“既然人都到齐了，咱们就先都进去吧，不然到时好位置都被抢占了。”

天色渐渐暗下，不少女子纷纷带着自己缝制的布娃娃，提着天灯向着长安亭拥入。

玥瑶一句话打破异常沉闷的气氛，除却冬采，另三个人面面相觑，也没再说什么，就这么一同走了进去。

走在九曲桥上，曲折迂回，念沧海不知什么时候和玥瑶走散了，身边的醉逍遥却是寸步不离。

“王妃，你手上的娃娃是什么？”

他看向玥瑶送给念沧海的娃娃，她如实相告是玥瑶送的，“王妃已为人妻，无需多此一举。”醉逍遥夺过那只娃娃，随手就扔入了池塘中。

“醉大人，你这是在做什么？！”

念沧海实在不明白他无礼的举动，“庆典结束之前，王妃最好都乖乖待在逍遥的身边。”

成天挂着笑的脸猝然严肃，那感觉就像端木卿绝附了身，念沧海没应允也没不应允，只是转身向着深处走去……

另一角，人群中，迦楼和玥瑶前后紧挨着，冬采一直低声暗骂他的愚笨，连个人都看不住。

“这不怪我，谁都知道十爷武功好，修为极高，我可是竭尽全力绊住他了。”

“多说无用，既然你看不住他，坏了我下手的机会，那只好你自己动手了，七姑娘下毒的功夫一向超群的不是么？”

她是在暗示他下毒谋害？

迦楼有种被玥瑶下了套的感觉，本来说好，由他绊住醉逍遥，她趁着和念沧海独处的时候对她下手。

可半天，那念沧海毫发无损，还一副玩了一天煞是高兴的模样，这会儿又要他亲自下毒。

总觉得玥瑶是借他手杀了念沧海，到时她便可以跑到九爷那参他一本。

先不说九哥是不是真的对这丑妇动了情，就算不是，杀了一国之王的正王妃的罪名，他的项上人头担不担得住？！

九曲桥上，长安亭下挤满了老老少少，念沧海走着走着就和醉逍遥走散了，她有心寻找，却在灯光萦绕，彩纱飘飘之中迷失了方向，慌乱地几个转身之后一头撞上一道人墙，抬眸那男人气息如故，脸上竟戴着羊皮面具……

虽然面具变了，但是这人磨成灰她都认得，“王——唔唔……”

出声成了奢望，端木卿绝五指扣起念沧海的下颌就封住她的唇齿，“不许出声。”

“疯子！”

所幸这吻并不深，他更没用几分力，身子轻易就被念沧海推开。

被推不打紧，被抗拒更无伤大雅，某人唇上笑得意开，就像匹饱餐过后的狼，长舌舔过唇瓣，夜色灯红下，是说不出的勾人妖魅。

“不是说好了不许偷跑，一个人杵在这儿做什么？！”

端木卿绝逼近一步，攫着强大无比的气场，念沧海下意识地往后退，有谁来帮帮她，先前分明身边好多人，可这一会儿这地方怎么就好像只剩下她和他两个人？

“不回答便是答应了，看来孤王果真需要用链子锁住你。”

“端木卿绝，我没想逃，你别乱来，呃……这是什么？”

念沧海火烧眉毛地解释起来，端木卿绝却拉着她的手打开她的手掌，在她的掌心放了个东西——

垂眸看着，原来是条银玉相间的链子，特别的是那个坠子，一个银制镂空的同心锁，手工精巧，惹人一目倾心。

“戴上。”

比起冷色的银铜面具，这暖色的羊皮面具倒是多了点人情味。

念沧海瞅着端木卿绝，不知他这突然的是大献什么殷勤，虽说这链子总比铁链强多了，可，“为何我要戴上？！”

她手一推，表示拒绝。

端木卿绝当即倾下俊冷的脸，“你是孤王的囚奴，自当要戴着孤王的枷锁！”没得反抗，他从她掌心拿回链子就戴上了她的玉颈。

“唔唔……呃……”

谁是他的囚奴了，可别随意就给人套上欲加之罪，被强迫戴上的人儿发出不屈的嘤咛，可身子不过扭动一下，他的呵斥便灌入耳：“再动就推你入人群，当众暴了你。”

端木卿绝发现，要让这头不听话的小烈马听话，情欲的警告比什么灵丹妙药都管用。

念沧海心颤晃动，对着不讲理的禽兽，她只好委曲求全。

这一个羊皮面具，一个丑颜鬼面的，站在一起走入人群就是招人耳目的。

念沧海讨厌极了端木卿绝如影随形，他到底想怎么着？

不好好待在宫里，无端端地出现，平白给她添乱，就那么怕她会偷跑？！

知不知道他即使戴着面具，就凭他的身形，他的气场，他的眼眸，他难掩的英气夺人，都能惹来众多少女暗许芳心的视线。

“喂，你可不可以离我远一些？”

念沧海轻轻推搡了端木卿绝一下，他眯着眼幽幽吐出两个字：“理由？”

“讨厌那些看过来的眼神。”

“呵，爱妃学会吃醋了？”

他倒是挺能联想，心里嫌恶地冲着他做了个鬼脸，她吃盐吃糖，就是最讨厌吃醋了，“端木卿绝，有话就打开天窗说亮话，你这跟着来究竟所为何事？！”

“想做爱做的事罢了。”语调痞痞，冰眸金瞳射来妖冶灼人的芒。

“……”

面上一阵臊红，她又给他嘴上鱼肉了一回，为什么再正常不过的话到了他的口中，就变了味，肮脏又龌龊。

“你若是来找郡主，她应该在那边。”

念沧海只想快点摆脱这个大色魔，侧身随手指了一个方向，但是再一回眸，身边的端木卿绝竟消失了踪影，纵然人群满目，他的身影总是最显目的一个，可是找不到，放眼望去了无痕迹，就如方才见着他，只是她的幻觉罢了……

纤细如柳的素手摸上心口，若是做梦，为何这坠子还在？

哎，真是见鬼了！

管他来也匆匆去也匆匆的，不缠着她是最好！

念沧海转身就走，但是走着走着总觉得身后有一道紧随的脚步声，“混蛋，你要跟着能不能不要这么烦人——”破口就喝，回眸之际没看见人，却抓住了一抹一闪而过的身影，就和白天在小巷里看到的那一抹——一模一样……

若不是端木卿绝的话，那会是——

念沧海一路尾随绝不放过，疾步如飞的架势加之人群拥堵难以抽身，那人一步步被逼入暗黑的角落，“站住！”

那人正要一跃跳墙，念沧海一手抓住他的衣角，抓着的那一刻意识到对方是个男人，身形高过她一个半头。

“你……？”

也不知道自己哪来的勇气，明明察觉到不妥，竟还敢赤手空拳地拽着他不放。

"小姐，你是认错人了吧？"

男人没有慌乱，竟笃定地转过身来，他的面孔很陌生，看上去四五十岁，至少念沧海认定她从未见过他，所以免不了唐突，"呃……对不起……"

她道歉着，男人趁此从她身边走过，可就在低头之际，她看清了男人的左手——

白净，修长，骨感分明，就如曾经见过的那双白润如玉的手，"且慢！"她猛地一手拽住他，另一手向着他惊慌转来的脸孔，揪住一角，嘶啦一声竟生生撕下一块人皮面具——

面具下，琥珀色的浩然星眸震颤，俊秀出众的五官布满惊慌之色，"御……御……大人？！"

念沧海简直不敢相信自己的眼睛，即便她下意识猜到是他，可这一刻她还是不敢相信映入眼帘的这个男人就是御景秋。

"御大人，是你，对不对？"

生怕自己弄错似的，念沧海激动地抓着御景秋的双臂，她以为有生之年都不会再见到北苍的故人。

即是不愿承认，御景秋却也无所遁形，"是景秋，娘娘。"

"真的是你，真的……"

念沧海喜极而泣，震惊的表情挽起一轮笑靥，竟是扑入御景秋的怀中，深深给了他一个拥抱，"娘娘……"又惊又喜，御景秋显得慌张无措。

"御大人，你是几时来的北域，难道是北苍出了事，要你出使来访？！"

御景秋露出为难表情，她知他不善谎言，若非领命而来，莫非，"你是尾随着我而来，你是为了保护我而来？！"

他的沉默便是最好的回答。

"为何要做如此冒险的事，你疯了么？！"

念沧海不敢去想，他从一开始就跟着她出宫，他是如何穿过那片蚀骨凶残的狼林的，又是如何才能神不知鬼不觉地混入帝都的？！

念沧海脑海里堆满疑问，然而御景秋眼神猝然一变，"娘娘，小心那个郡主，景秋与你客栈再见。"

"什么？！"

小心哪个郡主，玥瑶么？

念沧海来不及叫住御景秋，他一跃跳墙，消失了踪影，她刚想喊，就听身后传来玥瑶的声音，“姐姐，姐姐，那儿的是你么？！”

“是我呢，郡主。”

说曹操曹操就到，转身，从黑暗的小巷走了出去，不过十来步，念沧海已经将惊喜、担忧、焦虑统统藏于颜面之下。

“姐姐怎么会走去那里面，刚才和你走散了，玥儿可是焦急万分，找遍了整个长安亭。”

玥瑶抓着念沧海的手，忧心焦心的模样不容人猜疑。

念沧海心生歉意，却又不自觉想起御景秋的话，难道真的要提防玥瑶？

“因为人实在太多了，被挤着挤着就莫名其妙地被推进这里了。”

“还好没有伤着，要是伤着姐姐，那真是玥儿的罪过了。来，姐姐，跟着玥儿走，再过会儿就是放飞天灯的吉时了，可，嗯？你的娃娃呢？”

玥瑶拉着念沧海走入人群，后知后觉地发现她手中的娃娃不见了。

“呃……郡主，真是对不住，因为人太多了，方才推搡间，娃娃给掉了。”

“啊，这样啊，不打紧的，玥儿这就给姐姐再去买一个来。”

“不用了，姐姐已过十六岁，郡主无用为我多费事，那么多人走出去重新买会错过良辰吉时。”

念沧海顺着感觉拒绝，玥瑶心生疑惑，总觉得她是有心抗拒，难道是对她起了疑，或者是醉逍遥告诉了她，处子娃娃的诅咒？！

玥瑶并没有再勉强念沧海，却是心有不甘。

吉时到，池塘月下，长安亭中心一盏盏天灯绑着各色各样的布娃娃放飞上天，好不壮观。

所有少女都望着天，双手合十心底默念着如愿嫁得好郎君的期许。

玥瑶也默默许着愿，可那眼神一刻都不离念沧海和醉逍遥两人，原本这两人是分开站的，但她故意将念沧海给拉到醉逍遥的身边，待天灯飞远天际，庆典的烟花夺空绽放。

场面热闹非凡，而就在这个时候，玥瑶对冬采使了眼神，她装作无意地撞到念沧海，害她一个重心不稳人倾倒下去，“念姑娘！”

人群中，醉逍遥敏捷如飞，双臂一揽将念沧海稳抱入怀。

这一拥，比昨日旧院中来得更激烈，娇小的身躯整个贴合在醉逍遥清瘦挺拔的胸怀中，面颊贴合他的胸膛，周遭射来不少少女窃窃私语的低声。

那一道道或是羡慕或是嫉妒的眼神叫人难堪，念沧海立马站直身，但是脚踝上立刻传来一阵痛，“呃嗯！！”

抵不过的疼痛呻吟着，“看来是崴着脚了。”

醉逍遥猜到，随即不顾众人视线，打横将念沧海抱了起来，“念姑娘，我送你回客栈。”不容她说“不”，继而向玥瑶道：“玥姑娘，逍遥可否先行离开？”

他都一意已决了，她若不顺了他的意，岂不是太不够人情味了？

玥瑶嘴角露出得逞的奸笑，点头应允。

玥瑶的眼扫向人群中可疑的两道身影，方才她找寻念沧海的时候，就这么巧合地在人群中认出了两个熟悉的身影，他们是九哥身边的暗卫，怕是怕那丑八怪会逃走而从宫里跟来的。

这倒是不错的安排，至少给她免费当了眼线，这一幕要是传回去告诉九哥，说他们暧昧相依，可就是帮了她的大忙了。

“七姑娘，你可以跟着回去了，待醉逍遥离开，你就能下手了，下手狠一点，可别再错过机会了。”

水眸一斜看向身后一直不语的迦楼，他仍旧没有动唇，朝着醉逍遥离开的方向跟了过去……

醉逍遥抱着念沧海回到客栈，进了屋，很快便让小二买来了上好的跌打药酒。

“王妃，你忍着点，逍遥为你上药。”

醉逍遥蹲在榻前，欲为念沧海脱下足衣，“不用了，就不劳烦醉大人了，我自己可以的。”

深夜，孤男寡女，身为人妇，被其他男人触碰肌肤更是最大的禁忌。

“逍遥知道男女有别的礼数，妃臣之别的道理，但是王妃自己不可以，你若受了伤回宫，逍遥会被王爷降罪，王妃心忍么？”

她是伤着了筋骨，要是按摩不慎，反而会加重伤势。

醉逍遥说得认真，其实说穿了，念沧海真正介意的并不是什么男女有别，而是一颗心忐忑不安的，她先是见着端木卿绝，又再撞见御景秋，御大人说会在客栈见。

若是他一个突然出现和醉逍遥撞个正着该怎么办？

更糟的是，御大人也同时出现的话，她简直不敢去想那会是个何等一团乱的场面……

半晌，念沧海还是让醉逍遥褪下她的足衣，为她按摩，别说他的上药功夫还真是了得，竟然一点都不痛，还渐渐消下了肿。

“王妃，今夜切勿走动，好生休息，待明早逍遥为你再上一次药，便应该无事了。”

“嗯，有劳醉大人了。”

低头谢道，偏不巧迎上醉逍遥抬起的眼眸，先前稍微缓和的暧昧气氛不知觉地又燃了起来，“天色不早了，醉大人也早点回屋休息吧。”

“王妃脸红的模样真好看，难怪王爷会朝思暮想，实难把控。”

醉逍遥调侃而笑，念沧海顿然羞愤，他是在笑她昨天被端木卿绝强吻么？！

“我累了，要先歇息了！”

念沧海要起孩子脾气，掀开被子倒头就睡，“是，逍遥先行告退，王妃好生歇息吧……”

听着渐行渐远的脚步声，念沧海知道醉逍遥离开了。

真是个坏心眼的男人，时敌时友的都不知道他那神秘的笑后究竟掩藏着什么……

念沧海坐起身，踮着脚来到窗边，悄然往外张望，御大人向来说话算话，他该是已经在客栈的附近了吧？

“吱呀”一声，被醉逍遥合上的门从未被人推开，难道是——御大人？

念沧海猛地回过神，进屋的却是迦楼。

“王妃的脚有无大碍？”

“没什么大碍了，睡一觉应该就会好了。”念沧海疑心地睨着迦楼的眼，发现他手里好像拿着什么东西，“少逞强了，这是上好的口服跌打药，邻国送来的上等贡品，喝下它，明天才真的会好。”

将瓶中药倒入桌上的茶碗里，黑色稀薄的液体看着就让人心生畏惧，整个屋子都弥漫起了毒药的味道……

“来吧，王妃快喝下它。”

不容拒绝，迦楼拿着药碗面无表情地步步逼近过来。

哪怕是个傻子也能感觉到这是个圈套。

念沧海猜到迦楼定是出于妒忌想要将她斩草除根，这要跟他如何周旋才能躲过一劫，都怪自己太掉以轻心了，忘了他是个下毒就不带留情的冷血家伙！

“王妃快喝下吧，早喝下，早解脱痛苦！”

念沧海腿脚不便地一直向后退着步子，迦楼却咄咄逼人，直到将她逼到了墙角，一手伸来就掐住她的双颊，强行灌她喝下，“不要！！”

念沧海奋力抵抗，女人的力气终究抵不过男人的力道，可就在药碗抵上她唇瓣的刹那——

咻的一声，屋中点起的油灯熄灭，“谁？！”

一道黑影横空出世，从迦楼身边掠过，夺下他手中药碗，另一手勒住了他的脖子。

油灯灭，油灯亮，不过一眨眼的工夫。

迦楼傻愣在原地，不懂这究竟是发生了什么，就那么一刹那间好像有道如影的风从他身边掠夺，他握在手中的茶碗跌在了地上，黏稠的黑色液体洒了一地，而那个蹲在角落呻吟的女人正是念沧海——

她唇边沾着那黑色药汁，那碗毒药，自己是灌她喝下了？！

他蹲下身，扣起念沧海的脸孔，暗橘色的灯光下，她黑发凌乱散落脸颊两侧，面色黑中泛起黄，双目呆滞双瞳无光，张着口吐着黑血，活像个泥沼里爬出来的妖怪。

“你好狠的心啊，我做鬼也不会放过你……”突然，她伸出纤细的双臂攥着他的领子，逼近他的脸孔，迦楼心一颤，使劲地推开念沧海，“谁让你吻着九爷，缠着九爷的，是你夺我夫君在先，怪不得我下手狠心夺你性命。”

“你这么做就不怕……报应……么？”

念沧海怒瞪着双目，那瞪大的眼珠子仿佛再一个用力就要掉出来，迦楼明艳动人的小脸被吓得血色铁青，手上的颤动不知几时攀到了嘴巴上，“少……少唬我，有本事……本事你就拖着我一起死，死啊……我告诉你，这……这毒药根本没解药，你没机会……报复了……”

“当真没有？”

“当真！”

“呵呵呵……呵呵呵……呵哈哈！！”

念沧海忽地垂下头去，零零乱乱的发下突然传来她疯疯癫癫的狂妄大笑，“我说小美人，你怎么能自己给自己下药呢，你忘了，我要是死了，阎王老爷可是不会放过你的呢……”

声音一变，低沉沙哑就如上了年纪的老头子。

迦楼脑筋来不及转，傻傻地顿了好半晌才，“你……难道，你就是那——黑山老妖？！”

“嘿嘿，答对了！我就是那坐不改姓行不改名的——黑山老妖！”

念沧海灵眸一闪，一跃起身，得意得就像个意气少年，挑着眉两手拍拍，这一场智斗冷血魔王的仗，她可是打得漂亮！

真是多谢方才一闪而过的那阵“怪风”，给了她天赐良机，借而好好教训了他这个草菅人命的冷血动物。

这狡黠的目光，淘气的笑靥。

难怪之前就总觉得那个贼老头奇怪得很，原来她非但是个女人，而且是个年轻的女人，还是那北苍送来给九爷的“贡品”？！

“念沧海，你个不知颜面的北苍细作，不杀了你，今儿个我就不叫——迦楼！”

迦楼恼羞成怒一拳就挥了过来，念沧海敏捷灵兔脱逃，从他臂下溜过，一根银针上手就落在他后肩的穴位上，“你卑鄙！”

身子猝然动不了，迦楼喷火地嘶骂起来，一只纤细小手却温柔可人地抚上他的背，“我说七姑娘，冷静……冷静。咱们好好谈谈，行不行？”

念沧海哂笑着，就像个青楼里看尽红尘多年的老鸨，笑得是那个狡猾。

“不行！谁要跟你谈，你夜潜藏书阁不果，还有心潜入安侯阁，肯定就是个细作，那北苍皇帝要什么？你休想再利用我帮你找！我一定会告诉九爷你是细作，你居心不轨！”

原来傻瓜也有聪明开窍的一天。

念沧海很想夸他几句，孺子可教也，不过他若真的跑去告诉端木卿绝，那后果可是非同小可。

“七姑娘以为我会让你告诉王爷么？”

“你想杀了我？！”

“那倒不用，七姑娘莫不是忘了，你身中我的毒，小命原本就攥在我手上？”

“哼，你要想因此逼我就范就别做梦了，北域天下和我的命比起来，一命抵一国，值得！”

这傻瓜的脾气倒是挺倔的，不怕死是吧？

念沧海灵眸暗闪，另一个法子立马乍现眼前，“没想七姑娘还是个精忠报国，一身傲骨的‘好娘子’？那这样沧海也就不用感到那么歉疚了，知道么，沧海下的毒是会烂人肌肤的，到时七姑娘落葬，肯定是面目全非，尸骨腐烂。”

“什么？！你说你下的毒会毁我容貌？”

“嗯，若是没有解药，今儿个烂屁股，明个儿烂胸口，后个儿就爬上了你的脸——烂眼睛，烂鼻子，烂嘴巴，一到夜里，你躺在床上，就只能听到噼里啪啦肌肤溃烂的声响，它们绕着你的耳，彻夜不眠，直到你断了气息。”

念沧海就跟茶楼里的说书人一样，说得那个精彩，那个绘声绘色，迦楼被吓得差点哭了出来：“够了够了，不要说了！快给我解药，我不告诉九爷不就好了吗……”

呵，是谁曾和她说过，爱美的人，可以不要命，但却不容自己死得丑？

“给，解药。”

解开迦楼的穴，念沧海从怀中拿出一颗白色药丸给他服下，他服下后，立刻生龙活虎起来，“念沧海，拿命来！”

“我说你个男人老唱相同的戏，累不累？！”

他掏出袖中暗器，她不躲不闪，就好像知道他一得到解药就会反悔？

“为何不躲，你不怕我刺中你？”

“躲什么，小人的承诺能兑现，那母猪也会上树了。”

“你——”

死丫头片子，长得丑，嘴巴倒是厉害！

迦楼将手中暗器抵在念沧海的喉咙，他就不明白了，为什么他的一举一动她都了若指掌，仿佛她能看透他的心似的，“多说无用，你都给我解药了，现在没什么可以控制我了，你的命我定要拿来交给九爷。”

“有本事你就拿去好了，可丑话说在前头——我给你的解药，那一颗只能抑制体内毒素一个月，可不能保你一辈子。”

念沧海得意掩嘴一笑，丝毫不怕那喉间的凶器，倒是把威胁的人气得差点顶上冒烟——

又被耍了，又被狠狠地耍了一回，这丫头真是太坏了，不是一般两般的坏，简直是坏到了极点！

手中暗器不得不收了起来，迦楼气歪了嘴，侧过头去。

“七姑娘，沧海其实无心与你作对，你若讨厌我和王爷亲近，那我可以向你保证，我绝不会爱上他；你若担心我要找的东西会毁了北域，那我向你保证，它绝对伤不了北域半分土地。”

“哼，你要我凭何信你？”眼神瞅了过来。

“就凭解药在我手上，你不信也得信啊。”

又是个调皮的笑，迦楼只有干翻白眼的份，“七姑娘，我知道你讨厌我，可沧海不会在北域待很久，沧海许你个半年期限，只要你助我拿到我想要的东西，那我定带着东西远走天涯，此生再也不返北域。”

抛出动摇他心的诱饵，迦楼果然有点动心，“当真？你要找的东西不是为了送给北苍皇帝？”

“沧海与皇上毫无瓜葛，想要那个东西，也只是求个逍遥自由罢了。”

杏眼笑靥半退，她没有说假话，她只求偷到那样东西，交给端木离交换小幽的解药，然后远走天涯，再不受任何人束缚。

那看着夜空掠上惆怅的视线叫人心里起了相信的冲动，“那好吧，我答应帮你，不过你得答应我再也不许和九爷有肌肤之亲。”

“成交！”

待迦楼离开，墙角一直藏匿着的一道身影走了出来，他英挺逼人：“娘娘，方才和那个人说的话都是当真的？”

“多谢御大人方才救命之恩。”

其实那道突来的“怪风”就是御景秋，若不是他在迦楼逼迫她喝下毒药的时候，冒险现身，她怕是这一刻已经去了阎王殿报到了。

“娘娘无需言谢，护你周全是景秋的职责所在。”

“何来的职责？御大人，你为何要傻傻跟着沧海来到北域，我只是个被皇上狠心弃之的弃妇，你不该再为这样的女子冒那么大的险。”

目光扫过御景秋的容颜，其实她懂得，即使曾经他们妃臣有别，可她不是傻子，御景秋看着她的眼神，早已出卖了他的心，她知他是喜欢她的。

“娘娘在景秋眼中永远都是皇上的宠妃，以前是，现在是，将来也必定是。”

“我不认为是，待我找到他要的东西，换来小幽的解药，我便与北苍再无干系！”

淡淡言语，心却在隐隐作痛，原来说出和他再无干系的刹那，她做不到真的毫不在意。

“若是如此，娘娘以为皇上会放你走？”

“此话何意，难不成他是还想反悔么？他逼我另嫁他人，还敢奢望我爱他如故？不，从踏出宫门的那一刻，我便同他情断义绝，再无瓜葛。”

“可娘娘何曾知道，其实皇上当初私自立娘娘为后，只是诏书被皇太后发现，惹来凤颜大怒，皇上才被迫逼娘娘远嫁北域，那幕后的黑手并非皇上，而是皇太后。”

念沧海一瞬呆若木鸡，“骗人，你骗我！”

“皇上眼中，心上唯一的人只有娘娘，是皇太后一再向皇上施压，说娘娘身世微薄，容貌丑陋，无功无禄，不得服众，不足登上北苍后位，掌控后宫六院母仪天下。可皇上从未改变过初衷，为博得皇太后允许，皇上才和皇太后定下了一个秘密约定——皇太后说只要娘娘偷回丹书铁券，为北苍立下铲除北域大功，她便允许皇上封你为后。”

原来阿离狠心逼她下嫁端木卿绝皆是因为太后从中作梗。

念沧海的心绪乱了，全都乱了……

“娘娘，皇上需要你，自你离开北苍，他无时无刻不在挂念着你，等着你平安回去。”

“够了，不要说了！”

“就是将娘娘绑去地牢鞭打也是皇太后假借皇上的名义所为，太后说，娘娘若是连这些皮肉之苦都不能为皇上承受，就无资格嫁入皇族，皇上知道后立刻跑去凤寰宫同太后理论，却因此起了冲突，还中了太后的迷香，昏睡了足足三日，我去牢狱接娘娘回龙景宫的那一夜，皇上在榻上抱着雪妃羞辱娘娘，亦是因为殿中有太后安插的眼线……”

这么说，阿离对她绝情的一切，不过都是皇太后制造的假象？

“娘娘，皇上爱你如初，从未改变。”

“别再说他爱我的那些鬼话，一个男人若爱一个女人，就绝不会将她送给另一个男人，更不会对她至亲的人下毒，逼她就范！”

“那是皇上知道娘娘的脾气，娘娘一旦被送出宫就绝不会乖乖回来，皇上唯有拿着小幽的性命才能挽住娘娘的心。”

“够了，我已经不在乎他为何丢弃我了，我定会为他偷到丹书铁券，只求得到当初说好的小幽的解药。”

念沧海脸上露着任天雷也打不动的坚定，不管阿离是不是还爱她，不管他是不是被太后所迫，但终究是他丢弃了她，她不会再回他的身边。

“既然娘娘心意已决，景秋不敢再多说半个字，但有一样东西，景秋受人所托，求娘娘定要收下。”

御景秋从怀间拿出一个香囊，里面放着一个包裹着丝绸手绢的东西，他将它轻轻放到念沧海的手心。

解开丝绢，里面是一支手工精巧的发簪，鸢尾花形，中间镶着一颗犹若宝石的红豆为蕊。

“有美人兮，见之不忘，一日不见兮，思之如狂；红颜远，相思苦，几番意，难相负；为伊消得人憔悴，衣带渐宽终不悔；此相别，勿相忘——死生契阔，与子相悦，执子之手，与子偕老。”

他是在念着包裹着发簪的那条丝绢上的字字句句……

念沧海忍住的眼泪终于决了堤地从她的眼瞳中夺眶而出，只因她识得手绢上的字迹，那是端木离亲笔写的。

“玲珑骰子安红豆，入骨相思知不知？相思一夜梅花发，忽到窗前疑是君，只愿君心似我心，定不负相思意。”

鸢尾是她最爱的花，而她曾对他讲过一个传说：相传古代有位少妇，因思念出征战死于边塞的夫君，朝夕倚于门前树下恸哭，泪水流干了，眼里流出了血，血泪染红了树根，于是就结出了具有相思含义的红色豆子。

它被称为“相思豆”，情系着爱与念，生生世世不相忘。

端木离，你没有忘记，你将我的每一句话都牢牢记在心上，所以只要我擦去身上的伤痛，就能回到过去了么？

念沧海第一次弄不懂自己的心了，下一步她究竟该如何做，如何选择？

“是去还是留，由娘娘决定，娘娘只要记得，景秋与娘娘生死与共，无论娘娘如何决定，都会在你身边护你周全。”

片刻沉默后，“我乏了，想要歇息了……”

念沧海握紧手中的发簪，倦态百出，是心乏了，还是身子乏了，她不知。

“娘娘万事需小心，九王爷在娘娘的身边安插了四名暗卫，今日亦有两个暗卫跟着你们出宫，监视娘娘的一举一动。”

“端木卿绝派人监视我？那你留在我的身边岂不是很危险？！”

她知端木卿绝对她疑心重重，却不曾想她这些日子以来的所有行踪都在他的执掌之中。

“九王爷心思缜密，心深难测，手腕铁血，冷血至极，单凭娘娘性情耿直，善良无邪就绝非他的对手。”

“先不说这个，他若在我身边安插了暗卫，那你这不是暴露了行踪，岂不是会招来杀身之祸？！不行，御大人，你快走，我不愿你为我搭上性命。”

“娘娘颇为景秋担忧，那两个暗卫原本见醉逍遥抱着你离开，紧贴追击，但是路上我设下障碍，估计现在他们被绊住了，一时半会儿是回不来的。”

“你看见我脚踝受伤了？”

“娘娘切勿再让自己伤着了，那个玥瑶郡主并非良人，她是九王爷的人，二爷的亲妹妹，二爷是死在北苍的，她的心绝不会接受北苍的人。”

“二爷的亲妹妹？”

念沧海糊涂了，从来到北域后，她一直没有弄懂为何那些奴才婢女都唤端木卿绝为“九爷”，从其他人的言语中，她知道还有个四爷和十爷。

“九王爷曾统率的军队名为‘鬼骑军’，鬼骑军分为十个军团，一个军团一个将领，按年龄排序，九王爷排行第九，便得名‘九爷’，九王爷与其他九位爷情同兄弟，所以从不计较名讳，与他们平起平坐。”

“那十爷是谁？四爷是谁，那位二爷又是谁，他是因何死在北苍？”

“鬼骑军十个团，每个团区区百人，个个能文能武，胆量超群，技艺过人，十位爷又是天资卓越，天生将才，个个身负绝世武艺，刀枪不入，骁勇善战，军团千人便可横扫十万敌军，原本鬼骑军是北苍的镇国之宝，但谁料九王爷早有谋反之意，太上皇刚即位，鬼骑军就频频躁动威胁皇族，对皇族有关的人是见之就杀，太上皇一再好言相劝，他们还是野心难收，横行霸道，最后竟对无辜的百姓大打出手，滥杀无辜，一觉醒来一座城池就被他们化为了血肉死城，太上皇龙颜大怒，最终只得派人将他们一斩而尽。”

"那场屠杀中，只有三人侥幸逃出——四爷鬼上欺，七爷婆罗律音和十爷醉逍遥，九王爷因此元气大伤，为保他们性命，他选择乖乖'归顺'太上皇，自此离开北苍。"

"但是他仍旧有夺取北苍之意，不然阿离不会想要他手中的丹书铁券？"

那一句亲昵的阿离叫两人冷不丁略略尴尬地面面相觑，御景秋听得出，其实她的心从来都是向着皇上的。

"皇上是想要防患于未然，教端木卿绝再无庇护之本，十六年来，他无视北苍求和好意，屡屡屠杀北苍派去的臣子与妃子，目中无人，借着丹书铁券横行霸道，虽未称王，但实则北域越渐形成一国，皇上必须在北域起兵造反前先折断他的羽翼，彻底断了他的夺权歹念，以免北苍和北域的百姓遭受不幸，活在刀光剑影之间，落得尸无全骨的下场。"

原来阿离让她偷回丹书铁券，不单单是为了塞住皇太后的嘴巴，更是为了天下苍生。

端木离的胸襟和仁慈叫念沧海不禁为他折服，"我明白了，御大人，沧海定会助你一臂之力，偷回丹书铁券。"

"娘娘这么说，也就是会和景秋一起回北苍，对不对？"

此刻的沉默无疑是默许，至少门外闪过的那一抹黑影是这么以为的，黑影有着一双绝魅的眼，冷色的眼瞳如蛇杀气流溢：念沧海，如果你的心终究向着端木离，那你的命，我便不能再留……

第七章　醋海狂澜

隔日清晨，天还未亮，念沧海就被玥瑶的丫头冬采唤醒，理由和昨儿个出府一样，为了避免百姓的耳目，他们一行人必须早早上马轿回到修罗宫。

来到修罗宫外，念沧海和醉逍遥一前一后下了马轿就惹来不少迎候的太监嬷嬷，婢女奴才的诧异，他们面面相觑好像在窃窃私语着什么，那些眼神就像道道审判，在痛斥她是不要颜面的狐狸精。

“丫头，你家小姐崴了脚，快扶她上榻，再帮我脱了她的足衣。”

回到破屋，醉逍遥将念沧海带到榻前，那话语挑逗逼人，仿佛想要脱去的何止她的足衣。

小幽不由地瘪着嘴：“小姐，这疯子到底在说什么？！”

按住小幽握着自己的手，念沧海使着眼神，微微摇了摇头示意照他说的去做。

从清早开始，醉逍遥就像条黏人虫一样黏着她，也不管旁人的风言风语，她敢保证他一定是在酝酿着什么阴谋。

醉逍遥蹲跪在榻前，犹如昨晚一般给念沧海上着药，那修长骨感的十指时而在她细嫩如脂的脚背游走，时而在她的脚背脚底按压，中间，她因酸楚和痛疼小声嘤咛。

他便抬起笑眸看着她，目光流彩煽惑人魂，所谓的无声胜有声，暧昧绕梁便是如此吧。

小幽站在榻边简直冒火，这死王八色胆包天，竟敢用眼神这么轻薄小姐，不给他点厉害瞧瞧，她就不叫念小幽——

可她还没开口，身后竟笼来一道如山黑影，“爱妃，这是怎么了？”

“王爷？！”

小幽硬生生地转过身，一瞧端木卿绝的面具脸，吓得双腿打起了飘，坐在榻边的念沧海瞅着自己仍在醉逍遥手中的脚丫子——完蛋了，又被“抓包”了！

“回王爷，王妃昨日在长安亭不小心崴着脚，那王八……呃……醉大人这是在给王妃上药呢。”

不为所动的面具脸像是在听着，又好像并没在听，念沧海只觉那面具下的冰眸金瞳射出冻人血脉的冷光落在了她的脚丫子上——

红肿着，屋里也弥漫着一股跌打药酒的味道。

不是在撒谎？端木卿绝金眸半眯，所有的情绪都深蕴在那面具之下，他不怒也不笑，不言而威之气魄教屋里的女人们屏住呼吸，都不敢大喘一下。

念沧海睨着他的两片薄唇，他倒是给个反应啊，想要就这么用无声凌迟她到死么？！

“哪来的簪子？”

半晌，端木卿绝出人意料地终于开了口，而那冷冰冰的调子当即就叫念沧海小心儿猛烈地狂飙起来——

发簪……她的红豆发簪……昨儿个御景秋走后，她就情不自禁地对着镜子戴在了自己的发髻上。

她没想一个发簪会引起端木卿绝的注意，人就这么愣住，哪怕只是那么一刹，端木卿绝心头的不快就如厚重不开的阴云，拢着聚着，透不进丝毫晴光。

那簪子很特别，从他踏入屋子的那一刻就注意到了——

鸢尾花形，红豆为蕊，那精巧打造的手工绝非北域工艺，虽是美得夺目，却莫名地勾人心火，叫人不爽。

端木卿绝周身萦绕的阴霾之气绕梁而上，就连小幽都感觉到了不对劲，那发簪怕是来历不明，寓意着什么，眼不自觉地飘向身边不语，唇边却始终挂着淡笑的醉逍遥……

莫非，莫非是他……

“那发簪是逍遥赠给王妃的。”

醉逍遥悠然笑着替念沧海回答。

脑袋就跟被重锤给哐当敲了一下，他这是做什么？

替她解围，还是给她添乱？！

“十弟送的？”

“正是，逍遥见王妃首饰无多，正巧塞外送来批贡品，逍遥见这发簪精工巧夺，正适合王妃便拿来借花献佛。”

比之前日被端木卿绝撞见他伸手扶着念沧海，这一刻醉逍遥不闪不躲，这态度，这口吻，简直是在跟端木卿绝挑衅。

整个屋子弥漫起十足的火药味，气氛微妙得能逼死人。

冷眸漫着淡淡一层氤氲，端木卿绝直视着醉逍遥的眸，数十载出生入死，他从未对他撒下过一个谎言。

而今，他为了这个女人，编出漏洞百出的理由，是寓意着什么，是有心挑他怀疑，还是另藏着什么隐情？

一个冷着脸，一个攥着笑，念沧海隔岸观虎斗，心惊肉在跳。

两股阴冷的毒气犹如气柱冲天而上，强烈碰撞，这时候要是谁斗胆动弹一下，怕是必将成为那倒霉的池中之鱼。

“十弟心意诚可贵，爱妃你可好生谢过？”

端木卿绝的反应总是教人倍感意外，念沧海对上那似若盈笑的冰眸，为什么心儿不觉庆幸，反觉一场大祸就要上头。

“是，妾身谢过了。”

“继续揉着吧，爱妃若觉着痛，孤王的心可是会疼的。”

剑眉诡挑，那份阴气重的温柔，念沧海可是无福消受。

可醉逍遥倒是脸皮厚得吹弹不破，应了声“是”后，还真的又蹲在了榻前握上她的脚丫子为她按摩伤处。

“九爷，巳时已到，玥瑶郡主应是在望月亭候驾着了。”

门外公公禀告。

“爱妃好生歇息，孤王稍后来看你。”

就这么走了？

留下危险的预告，念沧海悄悄抬起眼尾随端木卿绝头也不回的背影，心里莫名绕着股淡淡的失落，第二次……在她的跟前，他一听玥瑶的名字便心急如火地走掉……

“王妃。”

门外一道阴柔话音又响起，念沧海看去，那人正是方才尾随端木卿绝离开的宦官，“公公有何事？！”

相公公向后使了个眼神，候在院子里的五六个奴婢手捧五色锦裙走了进来，一件件摆在了桌上，“这是……？”念沧海看不明白了。

“九爷有令，今儿个传王妃侍寝。”

“今夜戌时，奴才们会来接驾。”

相公公淡淡道，“王妃记得好生打扮。”眼媚不屑地扫了她一眼，随即带着五六个奴婢便离开了。

夜，戌时，印月阁里乒乒乓乓的砸物声震耳欲聋，端木卿绝宣召念沧海侍寝的消息传到了玥瑶的耳朵里，她就像发了疯一样见物就摔，见人就骂。

如果卿绝哥哥宠幸了那个丑女人，那日复一日下去，她的肚子里就会有他的血脉，到时九哥只会更不舍将她杀害。

玥瑶满眸子的惊恐，“不可以这样，我绝对不能让她怀上九哥的孩子！”

同一时间，旧院门外，相公公已经备好了轿子等候。

只瞧念沧海一身平日的素裙走了出来，脸上也没上半分的妆，“王妃是还未换上衣裳么？时辰就要来不及了。”之前可是有送来上好的锦衣锦裙，念沧海没有打扮，相公公难免惊慌。

“来不及就走吧。”念沧海耸耸肩一脸的无所谓，越过他就上了轿子，“反正修罗殿伸手不见五指的，打扮得再好，王爷也看不清不是么？”

念沧海调皮地回首挑眉，一句话弄得一群公公奴才很是无语，这丑王妃还真有个性！

大约半个时辰后，轿子停在气宇非凡，红砖金顶的殿宇之前。

那两扇高如天柱的大门依旧宏伟慑人。

十来个奴才分别站在门的两边，为她推开大门，“王妃，请……”相公公道。

“有劳公公。”

踏着轻快的步子，念沧海满脸无畏地走了进去，丝毫不见那日又羞又怕的影子，奴才们个个面面相觑，“公公，棺材要不要今夜就备好？”

他们可是有经验的，以前九爷召见侍寝的女子，夜前是竖着进，夜半就是横着出。

相公公想了想摆摆手，“都退下吧。”

有没有那个需要，一切等天亮了再说吧……

不就是阴森得吓死人不偿命的修罗殿吗，第一次没吓死她，第二次可就别指望了。

念沧海走在其中，殿前还是一样的森冷，四周茂密的大树将天空包裹得严严实实，只有微弱的月光从树叶的夹缝里投射进来，走道的两侧各有四座腥红的血池，绽放水面的血莲半张半闭，诡异撩人，好像饥饿地等待着食物的靠近。

吱呀一声，殿门从里打开。

清冷的月光若隐若现地勾勒出一道惟妙惟肖的轮廓，刚毅的曲线和阴柔的光轮融合，相得益彰得惹眼瞩目。

“王爷。”

念沧海拘于礼节地向端木卿绝欠身行礼。

纵然殿内光线昏暗，再绚烂的颜色也会被盖上一层暗沉，但他仍看得出她没有穿他赐给她的华服。

“那些衣裳不符爱妃心意？”

“王爷有心了，妾身只觉素裙更适合妾身罢了。”

“也是，不穿更好，省得孤王亲手脱！”

冰眸金瞳绽着情欲挑逗的光点，念沧海差点不敢与他双目对视。

小鹿惊慌一闪而过，掩饰得极好，却逃不过端木卿绝精明的眼。

他转身走入殿内，念沧海紧跟其后，两人之间似有种与生俱来的默契，比之先前她偶尔乍现的唯唯诺诺，他更喜欢她大无畏的模样，敢顶撞，这样才好玩。

端木卿绝感觉得到念沧海是做好了准备来的，而今夜他刚好要和她好好算算总账——

明明他就警告过她不得再与逍遥靠近，她却猖狂无视，竟敢当众和逍遥眉来眼去调情煽火。

“王爷若是想质问今早醉大人为妾身敷药的事，妾身只有四个字——清者自清。”

念沧海先发制人。

“孤王还未问，爱妃就不打自招，这不是心虚么？”

心虚，她凭何要心虚？！

“归根究底，爱妃记性不好，是又忘了孤王说过的话吧？”

端木卿绝逼近一步，强势的气息总能让人不自觉地屏住呼吸，生怕一个不留心就被他吞下肚，骨头都不剩。

念沧海不闪也不躲，咕噜圆的杏眼打了个转，“记得，不过王爷倒是听到妾身在醉大人面前呻吟没？”

端木卿绝眼色一滞，“那倒没有。”

“正是，没有就是妾身谨记教诲，并未逾矩，不是么？”

挑着眉，得意调皮，那言下之意就是她一没忘记，二没做错，倒是他欲加之罪，纯属小人之为。

呵，看来记性不好的人是他自己，他忘了她的小嘴一向能言善道，最拿手的就是强词夺理。

要她乖乖就范，同她耍嘴皮子可有点吃亏。

冰眸一沉，金芒暗闪，端木卿绝一手伸来，出其不意地拉开念沧海的领子，“王爷！！”玲珑的娇影向后一躲，说不过就动手，他就一点都不知道君子动手不动口的道理么？！

以为端木卿绝是要撕扯她的衣衫，念沧海小心向后退着步子，生怕一个不巧被什么东西绊住脚，那她就倒霉了。

谁料：“链子呢？”

端木卿绝眼神清冷地落在念沧海光溜溜的锁骨之间。

她这才想起昨夜他有送一条“狗链子”，“呃……那个，因为太名贵了，妾身生怕掉了，所以好生收着了。”

当他是三岁孩子可以随便糊弄？！

端木卿绝眼神不悦地扫向那碍眼的红豆发簪，抬手就将它从她的发髻上收走，“喂！还给我！”念沧海急得双手像生了灵魂，穷追过去。

瞧这紧张的样子，是被折断了软肋？！

“哼，那么在乎这个，戴着就不怕弄丢了？”

念沧海一愣，这一军将得她够呛，她是答“怕”不是，答“不怕”也不是。

“那是醉大人的一番心意，妾身总不好意思弄丢吧。”

“那言下之意孤王送的就见不得人？！”

可恶，这男人就是存心要她钻入他的圈套！

他都说了那是锁囚奴的狗链，难道要她满心欢喜地戴着不成？！

“你就这么讨厌孤王的东西？”

端木卿绝突然轻声低语地问道，她心弦竟被挑起，狠狠痛了一下。

其实那个同心锁，她第一眼瞧见就心生喜欢，巧夺天工的手艺，设计得又玲珑别致，若非他送的，她肯定会倍加喜欢。

“妾身下次记得戴着就是了。”

“不只要戴着，而且永不能摘下！这样，爱妃你每次想要翘起狐狸尾巴勾引男人时，才能记得你是谁的女人！”

谁是他的女人，他个断袖癖，连她皮肉都不敢碰一下还敢厚颜无耻地说她是他的女人！

“妾身心如止水，眼中心里就只有王爷一人……”

“既是如此，便不该留恋别的男人的东西。”

端木卿绝顺手就要扔了攥在手心的红豆发簪，“不要，你要扔了，那同心锁我也不要了！”

她就那么在意逍遥送的东西？！

那小脸上每一个细微的在乎、紧张、害怕都如针扎着端木卿绝的心，不是很痛，却点点深入深处，痛楚层层叠加，像后劲十足的酒，让人越喝越醉，越觉越痛。

端木卿绝知道，他的同心锁和那红豆发簪没有丝毫可比性。

她心珍惜的就只有这发簪子。

心下怒火燎烧一片，他究竟是发了什么疯，起了什么兴致才特地命人打造了那天下独一无二的同心锁送给她，换来的却是她冷酷绝情的轻蔑与藐视。

“为什么逍遥送的就不一样？”

“王爷为何那么在意？在意可就是在乎，在乎就是喜欢，王爷莫不是对妾身动了心，要知道，动了心就是爱上了呢。”

念沧海全然没料到端木卿绝会露出这么感伤的表情，顺势将他一军，紧抿的唇角勾着笑靥的弧度是轮廓越发深邃，“孤王爱你，你敢被爱么？”

下颌猝然被高高抬起，攫着迫人的气流，教人小心儿愣是漏了个拍子，“怕不是妾身不敢，而是王爷不敢！”话音未落，下颌就被狠狠一捏，痛得念沧海低低呻吟一声——

“有胆量，孤王喜欢！今儿个起孤王就如你所愿——好好‘爱’你。”

说着羸弱娇柔的小身子就被他打横抱起带上了榻。

“王爷，想做什么？”都被带上床了，还能做什么？！

“床，枕头，被子，一切都齐了，爱妃说孤王想做什么。”

“想要这簪子完好无损，孤王劝爱妃乖乖就范！”

魁梧的身躯猝然压下，叫人浑身都僵硬起来，“话说在前头——你要是敢威胁扔了孤王的链子，孤王就要你每夜都下不了这榻。”

鬼魅温热的气息窜入她半张的小口，“唔唔……混……”不可这么偷吻的！面上蹿起一阵红一阵白，不等念沧海咬那擅自闯入的舌，他胜利而过地收了回去，撩人煽惑地舔过唇际。

念沧海脑袋乱得像团糨糊。

就没听过这么暴戾又让人脸红的警告，心里窜起声声讨伐，可虽然他的每一个表情都惹人讨厌，但不可否认在那张脸孔上却异常地迷人，俊美的男人有毒，她定也是疯了，竟为此脸红心跳。

念沧海所有的慌张羞赧如同一颗颗甜而不腻的糖果，端木卿绝冰冷的脸上渐而浮现笑意，“不想求饶么？”

“我求饶，王爷会放过我么？”

“不会，可我想看你求饶。”

混蛋！

“也罢，王爷要是‘行’的话，妾身还就是不求饶了呢。”

灵眸一转，似乎想到了什么鬼主意，见他开口要答，又是一个灵气逼人地将话给抢了过去，“怎么，王爷想说妾身终于露了本性，难耐寂寞缺男人，等着王爷临幸？！”

他似被戳中要害，她果断快一步又把话给劫了过去，“今儿个妾身就是饥渴了，还就是不否认了，但妾身记得，王爷说过要妾身再怎么寂寞都要忍着，王爷可不是皇上，瞎了眼才会要长着一张鬼面的女人？！难道王爷是要食言了？”

念沧海挑衅着，就像个经验老到的窑子老鸨，竭尽所能挑战着端木卿绝的神经，他要敢碰她就是自食其言。

见端木卿绝赫然断了下一个动作，某人灵动杏眼乘胜追击，“王爷还是请三思，强扭的瓜不甜，妾身纵然寂寞难耐，也不愿为难了王爷。”

她好心放出了梯子让他下台，可那冻结的冰块脸竟是一个破涕笑了出来：“孤王说的话，爱妃倒是句句记得牢，是因为那么说时伤着你的心？”

“才没！”倔强的小嘴半嘟，煞是勾人一品芳泽，端木卿绝压下身吻上唇，“那孤王要让爱妃失望了，孤王生来记性不好，说过就忘，不作数！”

他是吃了秤砣铁了心地要和她合颈交欢？

魁梧健硕的身子整个倾下，显得那被包裹其中的身躯更加地玲珑娇小，仿佛身子的每一寸都被他独占享用，他的气息在她的脸侧萦绕，念沧海脑袋昏昏沉沉，伸出手竟是连抗拒推搡的气力都没有？

身子不对劲，很不对劲，眉头焦虑地皱起，后知后觉地好似闻到屋子里飘着股股奇怪的香，“什么……什么……味道？”

“合欢散，催情香。”

勾唇浅笑，鬼魅缭绕的声音窜入耳中，那湿润的舌尖舔着她的耳郭挑起炙热的温度烧起她的身子，念沧海混沌的大脑不停地想着那三个字，她好像从医书上看过，那是……那是……床笫间用的药香？！

他记得她肤色如炭，但是不曾想到她的肌肤竟是如此好摸，细嫩如脂，凝滑如露，指腹轻轻擦过就勾起心悸阵阵，欲罢不能。

端木卿绝本不愿碰她，一个肮脏的，遭人玩弄丢弃的破布没有资格承欢于他的身下，但是……

他想要她，这一刻听着她清雅的呻吟，沙哑的低喘，是一发不可收拾地想要……

身子好热，仿佛一双双手将她所有掠夺为己，堕落与沉迷，念沧海浑浑噩噩，就像躺在了玉盘之中，等待着端木卿绝吞噬残尽。

念沧海被吻得七荤八素，魂魄亦被吻得凌乱脱体……

端木卿绝微微抬起身，看着她娇喘连连，软绵的双手无力地推着他的双臂，托着她玉颈的手下意识地一紧，一旦片刻后他们有了交合，他便不能再留她。

她是北苍来的细作，他留她已经留得太久。

手掌托着她的后颈，这连枯枝都比不过的脖颈，只要占有的下一刻狠狠一拧，必当断成两段，可为何他的心竟是狠狠一抽，似乎不舍？！

因为她和“她”太像了？

只要闭着眸拂过她肌肤，每一下都叫他心悸难挡，热血澎湃得恍如电流在身子里强烈地碰撞。

太久了，这种只有那个“她”能给他的感觉，为何竟从她的身子上找到了。

“莫离……”

他在她的耳边叫着别的女人的名字，念沧海心口猛地如被电击了一下地疼，疼得灵魂都要被撞了出来，她仰头痛吟，这反应叫人没有察觉她在痛楚，而是以为她在迎合。

虽是丑陋，但不可否认，这身子真的天赋异禀，煞是能挑逗男人的感官。

端木离也是因此才宠她爱她，夜夜留恋不思蜀，对不对？

为何你曾被他抱过，这肌肤的每一寸定也被吻过，占有过，“莫离，你是我的，孤王一个人的！！”

“不要喊那个名字！”念沧海伸手环住端木卿绝的脖子，竟是主动献上双唇，吻住他的唇，“不要说话，不要喊那个名字，我的心好痛。”

朦胧迷离的眸子半睁，点点泪珠打在眼角。

任谁看了都心生怜爱，自当以为她是在嫉妒难耐，可只有念沧海自己知道，她并非嫉妒，就只是心痛难抑。

“忘莫离，当初你就是这么诱惑端木离的，是不是？！”

端木卿绝温情的眼眸突然变得暴戾，绕在颈后的手没入她的发中狠狠一揪，痛得似是头皮被生生扯下，“不要……王爷……我不是！”

他在喊着谁的名字，她是念沧海，她不是忘莫离！

哧啦一声，容不得念沧海解释，身上衣在他的手中成为碎片……

漫天飞雪，呼啸狂风。

一望无尽的雪山脚下，一红一银的两道身影前后相伴，少女乌黑如瀑的发伴雪飘曳，几近透明的小手握着纤细的枝丫在雪地上写着什么。

“阿离，快回屋。”

身后传来少年淡漠无情的声音，犹若面上的面具一样冰冷。

少女不说话，一踩一脚印地踩着积雪仍旧在地上写着什么，少年上前一把夺过她手中的枝丫，却见她抬眸冲他笑，乌色水眸含羞看向那地上的字儿——

三生莫相离，与君共伴老。

少年双唇翕动，冰冷的声音仿佛第一次染上温柔的氤氲，身前红白相间的巫女袍随雪飘摇，少女忽地踮起脚在他唯一半露的面颊上印上一吻：“卿绝……我要做你的新娘，生死相伴，即使今生无缘，六道轮回，三生三世，勿忘我，非君不嫁。”

少年泪，无声落，攥着少女的手按在自己的心口：“阿离，这儿的东西是你的，为你跳，为你死，既是阎王召你，我定踏破阴曹将你重夺回来！”

下一刻，相拥的温度不再。

诡秘的洞穴里，少女被绑在火坛上危在旦夕，“卿绝，快走！！不要管我！！”底下少年挥剑御敌，银铜面具染上无数血痕，撕心裂肺地冲上去只求救下她，而——

“九哥，不要，不要靠近那女人！！”

“九弟，不要！”

当他才迈出一步，一个个出生入死的好兄弟横空出世，搏命护他周遭，二哥一个挡身在他跟前，一把长剑便从他的身子刺肠而过，一瞬间，声嘶力竭的画面静止。

一个，两个，三个，他的手足兄弟横尸断臂地躺在他的脚下。

而那绑在火坛上的少女忽地如魅的眼眯起，是谁将她从火坛上放下，她缓步而来，乌眸不再深情，“阿离？”他茫然地看着她，她一手按在他的心口：“端木卿绝，死吧，死了就再无痛苦了！”

痛！他垂头，只瞧她鲜红的指尖刺入他的肌肤，活生生地攥住他的心脏……

“啊！！！”

往日被封印的痛苦回忆终了，端木卿绝猝然仰头咆哮，“说好的三生三世不相离，忘莫离……忘莫离！！你背叛我，为什么你要背叛我？！”

冰眸金瞳布满了血丝，如一头失去理智的猛兽盯着身下的念沧海，“不是……不是……我不是……”

错了，错了，她不是什么忘莫离，她不是！！

念沧海不知道端木卿绝在发什么疯，她只知道他每一次喊那个名字，她的心就痛得不能自已，仿佛有什么东西要从肉体的深处蹦出来。

不要，她不能就这么失身于他！

如果失了身就再也回不去了，回不到阿离的身边了。

使劲地挣扎起来，但动一下被紧攥的一双脚踝就被端木卿绝狠狠一拧。

好痛！

念沧海哀求的声音嘶哑到低微，却唤不回施虐人的怜惜……

“忘莫离，你仍要逃么？为什么要逃？逃回北苍回到端木离的身边，对不对？！”

端木卿绝的脸几近扭曲，金眸狰狞如兽，念沧海觉得心被他的目光狠狠凿出了一个洞。

他又喊错了名字，不要再喊那个忘莫离了，念沧海一个躬身，灵魂仿佛被震出一魂一魄，一道银色光晕脱离了她的身子——

“念沧海，你个狐狸精！！”

突然有人破门而入，那榻上的一幕——女人衣衫凌乱，男人压她于身下，任傻子看了也知道他们在做什么，一双秋水明眸双目猩红，妒火中烧，“念沧海，你个骗子，我要杀了你！！”

“迦……迦楼？！”

“救我，迦楼，救救我！！”

“迦……楼？”

端木卿绝薄唇微动，猛然从记忆的梦魇中抽出，迦楼怎么会出现在这儿？！

“放开我的九爷，念沧海，你个狐狸精！”迦楼怒步冲了过来，拉开端木卿绝攥着念沧海一双脚踝的双手，便是一巴掌挥向念沧海的面颊——

“住手，迦楼！”

念沧海吓得侧脸躲闪，那只差分毫就落在她面颊上的手被端木卿绝牢牢攥住，“九爷，你忘了她是北苍送来的细作了么，你怎么能碰她，你怎么可以？！”

端木卿绝扫了念沧海一眼，她衣衫凌乱，裸露的肌肤上满是他撕咬留下的红印，他对她做了什么？！

攥着的手松了开来，迦楼趁势攥起念沧海的胳臂，“你给我起来，肮脏的贱妇，你有何资格躺在我九爷的榻上！”

寂静的殿内是迦楼震耳欲聋的嘶喊，他拖拉着虚弱无力的念沧海一路出了殿。

“听我解释……迦楼……不是你看到的那样……不是的……”

念沧海扑通跌坐地上，身中合欢散的药力还没散去，她走不动，连说话都是气若游丝。

“丑死了。”

迦楼垂眸冷冰冰地看着地上狼狈不堪的少女，却是一个变脸，解下自己的外袍蹲下身温柔地给她披上，“迦楼？！”念沧海诧异凝眸，身子竟是被他打横抱起，扛上肩头，大步流星地跃出苑墙，将她带回了旧院……

踢门而入，迦楼将肩上的念沧海放到榻上，“你个笨蛋，九爷是你可以激怒的么？！被压也是你愚蠢！”

他冲着她吼，就好像发生在修罗殿内的一切他都知道？

是的，迦楼是知道，偷听到端木卿绝要召念沧海侍寝后，他就偷跑入修罗殿埋伏，方才他不止一次地想要冲出去，因为她食言，因为她在勾引九爷，但是直到听到她哭求，他才知她根本不爱九爷。

也正是因为这个，他才更恼火，她丑成这样，凭何还嫌弃九爷？！

“你喜欢端木离？”

迦楼突然问道，仍心惊胆战的念沧海蜷缩一团，整个身子颤抖着，没有回答。

“混蛋！你要偷的那样东西就那么重要？！重要到即使牺牲你的身子也要得到？！”

“……”

“你还是骗了我，对不对？你要偷的东西肯定是为了端木离，对不对？！”

“……”

“哑巴了么，那么够胆招惹九爷，就要有胆量担当结果，方才若不是我要杀要剐的，你现在早就被九爷撕成两半了。”

“……”

“你要以为和九爷交合就能从九爷那儿骗到你要的东西就大错特错了，色诱是没用的，北苍不知送来过多少绝世美姬，哪一个和九爷有了鱼水之欢，隔日等着她们的就是冰冷冷的棺材！”

“……”

“你要想死，我可还不想搭上性命！”

“……”

无论迦楼怎么吼，念沧海都没吱声，她就像被吓傻了一样，好像在听又什么也没听到，身子就只是不停地在抖颤，不停地……

“哼！朽木不可雕也！”

迦楼气煞，甩袖转身就走，床上蜷缩的人儿却突然激动扑来，一把紧紧拉住他的手，“留下，迦楼，今夜求你留下，好不好？！”

转身，对上那双泪水晶莹的眼，念沧海可怜楚楚的抽泣容颜竟让迦楼的心口冷不丁窜起从未有过的异动，就好像是触及心的不舍。

终究只是个女儿家，念沧海可以什么都不在乎，却不能不在乎她的贞节。

她始终不能从被端木卿绝侵犯的惊恐中脱出，就像拉着救命稻草一样拉着迦楼，当下，她的眼中，只有他是保护她的人，她知道若不是他轰然大闹，那他绝不可能将她从修罗殿里救出来。

“自作孽不可活，松开！”

迦楼绝情地一甩手，念沧海不敌他的力道从榻上摔了下来，披在身上的袍子跟着落下，身上被端木卿绝撕得凌乱不成衣的碎布盖着极少的肌肤，那隐秘的玲珑曲线呼之欲出。

迦楼明艳娇媚的脸上划过一道羞红，他蹲下身扭过头不去看，捡起袍子给她披上，“真是个麻烦精。”

他将她抱上床，安抚着她躺下为她盖上被子，念沧海一直握着他的手不放，“谢谢你，迦楼……姐姐……”

竟是不自觉地喊他姐姐……

那一声亲昵的叫唤有点陌生却当真打动了迦楼的心，从没有人将他当做女人，对他总是冷嘲又热讽，只有她不同。

“睡吧，睡一觉就什么都忘了。”

用着与他格格不入的温柔语调，骨节分明的纤手抚上念沧海的额头轻轻低喃，就真的像个姐姐似的。

看着念沧海渐渐入睡的睡脸。

稚嫩，无邪，分明就不过只是个孩子罢了……

可是那睡梦中都紧拧的眉头，是谁施加了你痛苦，除了九爷，还有谁？

念沧海啊念沧海，你究竟是什么人，藏着什么本事？

念沧海再醒来的时候，身上的破衣已经被换掉，而出现在她榻前的男人也不再是迦楼。

“王妃，醒了？！”

念沧海揉了揉眼，还以为自己产生了幻觉，“你怎么进来的？！”她防备地拉起盖在身上的袍子。

“王妃，昨夜诱惑不成被九爷欺负了？！”

醉逍遥问，脸上张着叫人见之不快的笑。

“迦楼姐姐呢？”

念沧海伸手拿过地上的袍子披上，从床上跃下，有了昨夜的教训，有男人在的地方都让她对床榻感到害怕。

特别是像醉逍遥这样的男人。

“姐姐？你应该知道迦楼并非女子。”

“不是女子就不能唤作姐姐么，迦楼姐姐有颗女儿心，我就将他当做姐姐有何不可？”

“对迦楼了解得那么清楚，那那日藏书阁的那个贼就是王妃咯？”

“醉逍遥，你若想要去向端木卿绝告状，就随你！”

念沧海甩他一个不屑的眼神，那件事端木卿绝早就知道了，他想说就说好了，“逍遥怎会做伤害王妃的事？逍遥只是提醒王妃不要耍小性子，九爷的名讳唤不得，亦不要再做任何‘傻事’，对九爷色诱是无用的，因为九爷早有心爱之人，你要献上身子来换什么，那能换来的就只能是死亡！”

醉逍遥俊脸拉下，念沧海怒瞪而去——谁稀罕那魔鬼的爱，谁会色诱他？！

昨夜的事是她轻率了，是她不该将端木卿绝当做没有牙的狮子，是她误以为他当真是……断袖……

只要想起昨夜端木卿绝对她的所作所为，念沧海就仍心有余悸。

“不管王妃想着什么，逍遥还是希望王妃行事前三思。”

她从他身前躲开，一个晃神他又从后拢来，温润的热息滚烫了她的面颊，正要逃，“逍遥其实心存感激，王妃是为了逍遥‘送’的这发簪子才与九爷斗嘴，触怒了九爷，照理该被强压的人是逍遥才对。”

他开着叫人笑不出的玩笑，一手从怀中拿出红豆发簪，“这簪子？！”

念沧海难抑惊呼，从他手中将发簪收了过来，“九爷让我还给你的。”

那魔鬼有这么好心？！

“物带到，话亦于此，逍遥先行告退。”

“等一下，你说王爷早有心爱的人，她是谁？”

不想好奇，话却是脱口而出。

只因他和迦楼对她说出了相同的警告，他们都在警告她绝对不能和端木卿绝发生肌肤之亲，而昨夜他……

她不能当做什么也没发生过，即使害怕，她仍想知道他声嘶力竭喊出的那个名字到底是谁……

“九爷的妻子。”

醉逍遥脚步停下，侧眸落出五个字。

“在我之前，他就有过正妃？”她从未听阿离说过端木卿绝娶过亲，北苍也没有人说过魔鬼也曾爱过人。

“不是妃，是妻。”

消去脸上的笑意，醉逍遥很正经地纠正她话中的错误。

不是妃，是妻？

明明不都是一个意思么？

可是那眼神，那表情都在说，它们的含义不同，“她是九爷唯一爱过的女人。”

心好痛，冷不防地隐隐被什么东西一扎。

念沧海觉得有点难过，没有理由的……

“那她背叛了他么？”

“是的，她背弃了九爷，转身选择做了端木离的太子妃。”

端木离的太子妃？

她的阿离，那个说要娶她为妻，封她为后，一生只爱她的阿离？！

念沧海呆若木鸡不敢相信醉逍遥说的那句话，“不会的，怎么会呢？！端木离，你说的端木离就是北苍的皇帝，太上皇端木锦的皇子么？”

念沧海逼近他醉逍遥，眼神竟是恳求似的睨着他，仿佛在说，即便是谎话，请你骗我，求你了。

“最傻是天真，王妃，你以为最亲最爱的那一个就永不会对自己说谎么？”

醉逍遥留下深意犹未的一句话，转身离开。

他无情撕破她的期冀。

念沧海捂着心口，只觉这里是裂开的痛！

最傻是天真？

前夜才对端木离重拾的爱念，这一刻又再被无情动摇。

不是真的，不会是真的！

阿离，为何你从未告诉过我忘莫离的存在？

她是端木卿绝的妻子，是你的太子妃？

你和端木卿绝究竟是怎样的关系？为何他的女人会是你的……你的……

那样的人，那样重要的人，为何就连你给我看过的北苍的族谱上都只字未提？！

第八章　因恨生爱

北苍，皇城。

御书房内，公公跪在御案前将今早收到的飞鸽传书呈交给端木离，打开信封里面是御景秋从北域捎来的书信——

伊人安，勿挂念。

两情若是久长时，又岂在朝朝暮暮。

信上短短两句，已勾人热泪盈眶，“海儿，你仍是朕的海儿，你爱朕，你的人，你的心都爱着朕。”端木离感激而泣，嘴中念念有词，“两情若是久长时，又岂在朝朝暮暮。”

仿佛那句话给了他无穷无尽的力量。

端木离攥着信将它紧紧贴着胸口以缓解这些日子以来的思念，想念，挂念，他每日的忐忑不安终于得到了一丝安慰，因为他爱的女人平安无事，因为他爱的女人仍旧爱着他，深深地爱着。

“太后驾到。”

一道煞风景的传铃声从御书房的大门传来，门被推开，头顶凤钗身披凤霞的女子搭着李公公的手一走进御书房，那夺人的气势叫空气都变得稀薄。

她一身珠光宝气，红唇惊艳，“皇儿。”眼神微动，目光敏锐地落在端木离贴在胸口的书信上。

“儿臣给母后请安。”

端木离上前一步，一手将书信交给跪地候命的林公公，林公公走上御案前，伸手便将书信放入烧着的檀香之中，瞬息化为了灰烬。

太后——皇甫静婉咧唇轻轻一笑，眼角淡淡的皱纹蕴藏着几经铅华的老谋深算。

所谓无事不登三宝殿，太后突来，谁都心知肚明——她，来者不善。

“昨日母后与雪妃在御花园观景赏花，不慎感染了风寒，惊叹岁月催人老，母后能多得几年陪在皇儿身边？皇儿每日忙于政务，正室之位至今悬空，已成母后心头最大的伤，一年多来，母后都在为皇儿观察后宫嫔妃，昨儿个身子抱恙，雪妃亲自送来养生灵芝，如此细心周致的女子不多，母后以为雪妃进宫半年有余，对皇上体贴入微，对本宫以孝为先，没有半分行错踏错，该有所赏封，皇儿意下如何？”

那年过五十的容貌保养得甚好，纵然岁月无情却也没能在粉色佳人的脸上留下什么衰老的痕迹，看着也就三十，若说是端木离的姐姐也不为过。

“母后以为何等赏封合适？”

端木离接下话，他很清楚那话中真正的含义，怕是那区区的嫔妃头衔委屈了念雪娇，“雪妃乃念元勋的嫡传长女，念元勋又乃你父皇的义兄，其实论资质雪妃算是皇后的不二人选也不为过。”

“母后，莫非是忘了与儿臣的半年之约？”

端木离当即夺过话，皇甫静婉煞是不满他的态度，俊俏如他的脸上写满了对那个丑丫头的牵念，离儿，母后将那个丫头赶上死路，却终究还是没能让你忘却对她的眷恋？！

她贵为圣驾之母，手握北苍半壁皇权，皇儿是她的，这天下也是她的，她不容任何人侵犯。

皇甫静婉有着很强的控制欲，她断不会让端木离逃脱她的股掌手心。

“母后记得，可活人才能登上凤座，皇儿，难道要母后给一堆白骨留着空置的后位？！”

精明的眸子勾起锐冷的弧度，故意刺激着端木离。

身边的李公公惊怕得连头也不敢抬一下，太后的冷血铁腕，他是见识过的，怕是撞见鬼也不及眼见太后大开杀戒时的惊悚恐怖。

皇甫静婉的娘家皇甫一族是北苍的开国功臣，世世代代辅佐端木皇族，手中的权力也是与日剧增。

皇甫静婉虽是女儿身却是个要强的性子，当初端木锦登基，优柔寡断，她靠着娘家实力逼迫端木锦封她为后，她处处强势凌人，可谓垂帘后控制着整个天下。

“母后若不是派了人去了北域，亲眼所见那一堆白骨？”

端木离不畏挑衅，哂笑挖苦。

心里的恨不能言，眼前之人若非是他的母后，他定不容自己如此隐忍。

“母后不知皇儿还是个痴情种，心心念念两不忘？”

皇甫静婉怒火攻心，自嘲而笑。

只瞧端木离闻而不语，唇上学着她染上幽幽的笑，仿佛在说：母后，既然你知又何须明知故问？

从未有过的挫败涌上心头，端木离深处藏着怨恨的眼神勾起皇甫静婉二十多年前的回忆——

端木离从小懦弱爱哭，却是乖巧懂事，处处以孝为先，对她这个母后是百依百顺，言听计从，不敢有半个二心。

可才八九岁的他却曾为了一个丫头，被一群皇兄皇弟欺负还拼死保护，怒瞪着双目仿佛要将一切人杀尽，“不要碰莫离，你们这些肮脏的畜生！”

那是她这个母后第一次见端木离目露凶光，像一头沉睡的狮子终于觉醒，身子骨里迸发着不可抵挡的王者气焰。

从此那竟成了她的梦魇，每每想来都教她焦躁不安，恼怒难耐。

忘莫离，她一世都忘不了那个丫头的名字，就像是个魔咒一样纠缠着她，不除不快！

皇甫静婉曾以为随着忘莫离的死，端木离不会再背叛她，可是十六年过去。

那个念沧海的出现，教她再度从那个丫头的身上看到和忘莫离有着异曲同工的相似之处，只是她为何就那么好命，就像有天光护体，明明端木卿绝那崽子痛恨北苍人至极，却没有将北苍送去的念沧海给杀死？！

“有心人必当得偿所愿，情能动天，他日她若真的能为北苍立下汗马功劳，母后倒是不悔当日约定。”

“……”

“至于雪妃，暂且封为皇贵妃吧。”

谁人不知但凡被封为皇贵妃者，下一步就是逼上凤座，端木离清楚知道皇甫静婉心中所想绝非口中所说，她仍没有放弃，但——

“是，一切遵照母后的意思办吧。”

送走皇甫静婉，那踏步远去的金凤身影看着是如此不快。

林公公靠近一步，“皇上，太后此去定不会就此作罢，娘娘虽身在北域报回平安，但太后的人若是深入北域，那就……”

“……”

“皇上以为，是否应在狼林安置暗卫抵御太后的人？”

这端木离身边的人，不论是宦官还是婢女个个都敬重念沧海，视其为将来的皇后娘娘。

“不用，皇叔的狼林，人畜都闯不进。”

见母后急躁而来，他就料准她的人肯定都全军覆没在了狼林。

林公公不解，这人畜都不能进，那："御大人是如何进去的？"

端木离扬起神秘的笑，"小林子，少知少错，退下吧……"

北域，修罗宫，旧院。

念沧海院中漫步，七日来，端木卿绝虽没有找上门来，她的心却是每一分每一刻都过得心有余悸，不安惶惶。

摸了摸发上红豆簪子，那日清晨醉逍遥说的话又上心头。阿离，那个忘莫离究竟是何人，是醉逍遥信口开河，骗我么？

"姐姐，姐姐……王妃姐姐？！"

玥瑶的声音从外面传来，来到念沧海的身后拍了下她的肩头，"呃，玥瑶郡主。"念沧海微微一惊，口中冒出的称呼显得很是生疏。

玥瑶清楚，从女儿节回来后，她对她的态度就不如之前亲昵了。

"姐姐那么早起身，是不是做了什么噩梦？玥瑶听说这院子以前闹过鬼，一心为姐姐着急就命人从宫外买了把匕首回来赠给姐姐，给姐姐防身，听说将匕首藏在枕下就能辟邪的。"

玥瑶从怀中拿出的匕首是把弯刀匕首，刀鞘上镶嵌着五色宝石，这等的工艺怕不是民间可以随意买到的。

"无功不受禄，这匕首定是贵重之物，我不能收。"

从御景秋提醒过要提防玥瑶后，她隐隐对她的靠近产生戒备，但玥瑶硬是将匕首塞入了她的手心，"姐姐若是拒绝就是和玥儿客气，和玥儿客气就是不拿玥儿当自己人咯？"

"这……"

念沧海一时找不到其他推托的借口，为免和她争执下去会惹来不必要的冲突，还是收下了。

"那就多谢玥瑶郡主有心了。"

"嗯，那姐姐现在就把匕首放入枕头下吧，看着你那么做了，玥儿才能放心。"

她像个孩子似的拉着念沧海的手跑进破屋将匕首放入枕头下，瞧着她那么关心自己，念沧海对此莞尔一笑，兴许真的是自己太紧张，太多疑，竟对个孩子诸多防备。

"这样玥儿就安心了，晚上那些讨厌的孤魂野鬼就不会来缠姐姐了。"

"嗯。"

"还以为谁一清早就来了，原来是郡主大人呢。"

阴阴柔柔的声音从门边传来，玥瑶回身之际满面的笑僵在脸上，"七姑娘呢，你那么早又来这里做什么？想找王妃姐姐的麻烦么？”

“找麻烦的人怕是郡主吧？”

迦楼不屑地扫着玥瑶一张奸诈的脸，真是多看几次还是觉得恶心。

“你少诋毁我和王妃姐姐之间的感情。”

“我说什么了么，不打自招呀？”

迦楼说得玥瑶顿然脸红脖子粗的——这个半男不女的死妖精，他不帮她铲除念沧海也就算了，怎么着，现在还倒过来帮她了？

“方才在来的路上遇见了十爷，听十爷说九爷正在找郡主，既然郡主在这里，那需不需要去通传十爷一声，说是郡主在王妃这儿，好让九爷来这儿找你？”

媚眼勾勾，玥瑶听着当下急了，“不用不用，我自己去找九爷。”

所有的怒气都在一瞬间内消散，玥瑶可不想白白给念沧海制造靠近端木卿绝的机会，说罢转身道了句：“王妃姐姐，玥儿先告退了。”那人儿就行步如飞，跑不见了。

“迦楼姐姐，九爷真的在找郡主？他不会寻着来这儿吧？”

“瞧你神经兮兮的样，我骗她的！”

念沧海松了口气，她现在一听端木卿绝的名字就浑身紧张，哪怕假想他会来，她都会被激起一身鸡皮疙瘩，若真再见到，她真不知道自己会不会拔腿就跑。

“那么怕九爷，当初就不该惹他，聪明的，从北苍出来就该逃，打死也不该来北域。”

迦楼戳着念沧海的额头，念沧海做了个鬼脸，冲他吐了吐舌头，“你以为我不想么？”

“那我带你逃，要不要？”

他怎么和醉逍遥总是说一样的话？！“不要。”她说得坚决，尽管她恨不得这一刻就离开这鬼地方，但她还有丹书铁券没有到手，不能就这么一走了之。

“那你到底要怎样？你要的那个东西就真的那么重要？！别怪我没提醒你，那个小丫头片子可不是什么好人，你最好离她远一些！对了，她来做什么？”

念沧海瞥了眼枕头，那件小事怕是还是别说了吧，免得迦楼会因此小题大做，她摇了摇头，“没什么，倒是你，身后藏着什么呢？！”

从进门开始，她就见他一手掩在身后，像是拿着什么东西。

迦楼打了个愣，面上浮起丝丝缕缕不明的绯红，好像有点害臊将身后物拿出来似的，所以念沧海鬼灵地笑了起来，不让她看是吧，她偏要看，突然一步跃过来，脑袋探向他的身后，叫迦楼的手都不知道该藏到哪里才好。

“鸢尾花？！”

念沧海一声又惊又喜的高呼，不敢相信迦楼手中紧握着十数枝鸢尾花，蓝白相间，煞是好看，“干吗一惊一乍的，不喜欢？！”

都被人瞧见了，索性将手大大方方地推到念沧海的跟前，“谁说不喜欢了，不过好端端的干吗送我花？”

将花儿“夺”过来，爱不释手得闭眸闻了又闻，那欣喜的小模样叫迦楼好不窝心，算是不枉费他一早偷跑进御花园摘来这些了。

“还不是你这张苦瓜脸，整天愁着，本来就丑死了！我可不想来讨药吃的时候成天对着！”

嘴上刻薄，心却是暖洋洋的。

这哄人的法子虽是笨拙，但单纯又没有心机，念沧海不觉地就搂住了迦楼，“谢谢你，迦楼姐姐。”

她像个撒娇的小孩子，听着她甜甜地喊他姐姐，迦楼的心就莫名地如阳光普照，“黏人的臭小孩！别抱着我！近朱者赤近墨者黑，给你抱久了，我也会变丑的！”

“是么，那我就是不放了，让你变丑，气死你！”

念沧海调皮大笑，活像个八爪鱼张开腿脚紧紧缠着迦楼不放，“快放开啦，不然我可要把花统统抢回来了！”

“好啊，你抢啊，来抢的话我就把花都给扔了！”

双手一松，佯装要将鸢尾花都扔向窗外，迦楼一把握住念沧海的手腕，两人的距离猛地凑得是那样近，鼻尖触着鼻尖：“不许扔，人家采得可辛苦了。”

说时纤翘的睫毛眨得煞是好看——

好美……

看，迦楼精致的五官叫人惊叹，念沧海舍不得挪开眸子，“哦哦，我知道了，你——喜欢我！”

突然她没正经地贼贼坏笑，迦楼看得一个走神，面上忽地一阵烧红，“想得美！”他推开她，昂着头不知看向哪儿。

“真没情趣，说一句假话骗骗妹妹也不行么？长得美，了不起啊！”

念沧海嘟囔一句，没有瞧见迦楼斜眸向她飘去的眼神旋动异彩的情光。

“知道我长得美就好了，像我这样的人可绝对绝对不会喜欢你这样的丑八怪。”

迦楼口没遮拦地脱口一句，念沧海脸上的笑顿然一僵，表情似是受伤，“我真的很丑，是吧？丑到有人喜欢，肯定是骗我的，对不对？”

就这么无端端想起端木离的脸孔，醉逍遥的那句警示。

也许……也许御大人只是给她编织了一个美丽的谎言，她根本就是端木离手中的一颗棋子，为了让她爱上他，他才说爱她，这样她才能为他连命都不要地留在这儿偷取丹书铁券。

面对突然就沉浸感伤的小脸，迦楼心下一慌，手忙脚乱，他刚才是心口燥热得受不住，才会口是心非地念了一句。

“我可没骗你！”情急之下迦楼抓住念沧海的手臂，迫使她一惊，双眸紧紧盯着他。

他没骗她？

那么前一句就是他喜欢她，但他不是骗她？！

迦楼的表情从未有过的认真，忧伤的气氛莫名因此有点好笑。

念沧海还真就这么笑了出来，迦楼自当立刻整张脸羞红到爆炸，他以为她是故意装伤心又骗他，气得张牙舞爪，转身就要走人。

“不要生气嘛，迦楼姐姐，人家不是有心笑的。”

念沧海死命拉着迦楼，她都不知道自己怎么会笑出来，迦楼救了她之后，她就不懂自己，为何可以在他的面前无拘无束，就好像忘却了他也是端木卿绝的人，一个转身就可能会背叛她。

她只是觉得在他面前，整个人都能卸下所有的防备，无忧无虑地放声大笑。

望月亭中，端木卿绝独自品尝观景，三月开春的湖岸边绿意盎然，叫人心情畅快，面具下的脸却如秋惆怅，凝眉思虑。

“卿绝哥哥，你找玥儿？！”

玥瑶一路快跑过来，跑得气喘吁吁，端木卿绝起身将她扶稳，他正想独处，又怎会找她？

可看着玥瑶期待满满的双瞳，他柔和着脸上的表情点点头，“不是急事。”

“那是什么事？”

“婚事的事，九哥已经为你物色好了人选。”

“真的？他是谁？”

玥瑶心一荡，手儿紧紧握着端木卿绝：快说，九哥快说，那个人就是你吧。

“司马将军长子司马琪，他英勇骁战……”

“不！”

玥瑶猝然松开端木卿绝的手，只那么瞬间心间已烙上无数伤痕，“九哥，那人，我不嫁！”

她站起身，不能相信端木卿绝真的为她物色好了人选，相处那么多年，她一直给他暗示，她要嫁的人就是他端木卿绝啊！

见她决绝地别过头，满目受伤，端木卿绝靠近一步，只瞧她侧开一步伸手仿佛在抹去脸上的眼泪。

“难道九哥不懂么？难道玥儿的心意还不能让君——了解么？”

“兄长如父，玥儿不愿，九哥定不勉强，他日定为你再另谋一门好亲事。”

端木卿绝越是温柔，玥瑶的心就越痛，她算是听明白了，不是她将心思传达不够明晰，而是他的心在装糊涂。

“九哥，玥儿不介意暂且做侧室，玥儿愿意等……”

不给端木卿绝说话的机会，玥瑶将心中所想明明白白地道了出来，她抱着的怀抱没有给她反应，只是任她哭闹着，久久，一只大手搂上她的后肩，她心死灰复燃地猛地一跳，“九哥一生不会再娶第二人。”

玥瑶的心彻底碎了，碎得不可复原。

“九哥，你骗我，不是真的！你怎么会爱上那个女人呢？你怎么能放下对她的警戒？！怎么可以？！”

玥瑶几乎发狂地嘶吼起来。

她怎么能容许自己输在一个丑妇手下，“为何不可，玥儿也曾说过她和善可亲，平易近人，是个难得可贵的好姐姐。”

端木卿绝只想平复玥瑶的激动，她虽顿地语塞，却是在恼怒自己给了自己一个巴掌。

“的确，玥儿之前是这么想的，可玥儿今儿个看到她托她的贴身婢女去宫外买了把匕首回来，还藏在了枕头底下，玥儿就不能再相信她了，方才玥儿还试探过她，她笑得尴尬，说是防身所用，她身在修罗宫，身为王妃，与九哥可能夜夜亲密，她所谓的防身不就是为九哥所备，她是要借机伤害你啊！”

这任性的性子都是他惯出来的。

怕是为了让他痛恶念沧海才临时编出的谎言，端木卿绝并不将玥瑶说的那些当真。

“沧海不是那样的人，玥儿你无须为九哥担心。”

沧海？

呵，叫得是那样的亲密，九哥是吃了她的迷魂药执迷不悔了？！

“那九哥亲自去瞧瞧，看看到底是不是玥儿撒了谎？”

即使现在她求爱不成得不到他，她也不会允许别的女人占有她的男人！

“好，九哥稍后会去她那儿，若是误会，你便不可再猜忌她。”

“好。”

片刻后，端木卿绝单臂负手，来到旧院外，正巧看到迦楼笑颜大开地从里面走了出来，迎送的人正是——念沧海。

他们相视有说有笑，还追逐嬉闹，莫名叫他心气不顺，想起那夜迦楼凶神恶煞地将她带走，他看到的不该是这等乐融融的景象。

待迦楼走远，念沧海转身走入旧院，端木卿绝从躲藏的树下跟着走了进去。

听着紧跟的脚步声，念沧海以为是迦楼又折了回来，“迦楼……姐？！”

旋过身来，脸上的笑容一瞬像被淋了暴雨，笑声灭了迹，乌色杏瞳骤然放大，“你——”

他是鬼么？

一见着他，就满脸的厌恶，方才看着迦楼的柔情笑意统统吝啬地收起，连丝毫都不舍给他。

“爱妃见着孤王也不行礼？”

“王爷吉祥。”

就那么眨眼的工夫，他已逼近跟前，念沧海抬头之际吓得连退几步，端木卿绝伸手去抓，竟被她的眼神拒绝，“呵，你是怕孤王光天化日之下就要你？”

“是，妾身当然怕，妾身知道和王爷有过欢合的女子下场都是死，妾身还不想死。”

“那言下之意就不是不愿在孤王的身下娇喘，而是怕死？”

“你——”

纤细的手臂冲着他的脸挥去，被他眼明手快地挡住反握，念沧海讨厌那张嘴在话上都要占她便宜，“松开！”她不要他触碰她，就这么握着她的手腕都让她——恶心！

“不松。”

手上的力道更大了一下，念沧海使劲挣脱却是被他一扯，身子后背向着他，被他从后抱了个满怀，那魁梧健壮的身子紧贴她的后身，“不要！！”

“如果孤王说，和孤王交欢后，你也能保全一命，你会改变主意么？”

温润的气息霸道地在耳边张开，像一张看不见的网将人笼得透不过气。

厚颜加无耻！

念沧海拼尽浑身力气挣脱他牢如枷锁的双手，她的心从没他端木卿绝半分，丁点儿，以前没有，现在没有，将来更不会有。

阴沉如霾，他的触碰就这么令她厌恶？！

“你逃不了的，念沧海，你嫁孤王为妻，生是孤王的人，死是孤王的鬼！”

端木卿绝蓦然松开从后搂紧的怀抱，却没有松开手，拽着念沧海一个转身，叫她正面撞入他的怀中。

念沧海惊得大声呻吟，可双手怎么用力都推不了这纹丝不动的“巨山”，他的嘴角仿佛攫着几抹嘲讽的笑，看她有没有本事摆脱他。

双手握成拳，几个拳头扑哒扑哒地落在端木卿绝的胸口捶打，可是被打的人不喊痛，就连个眉头都不皱一下，反倒笑得更深，更猖狂。

念沧海气得一股燥热从脚心蹿上来，满面又羞又恼的红潮，看着倒像是在和他撒娇。

端木卿绝另一手抓住她两只乱动的小手扣在心口，“放开我！不然我……”念沧海抬起头，愤然地瞪着那得意铺开的冰块脸，但想要威胁，却想不到可以拿什么威胁他。

“不然怎样？”

冰眸金瞳懒洋洋地勾起，明知她语塞还存心挑逗她，“我……不然我就——咬你！”念沧海说得凶神恶煞，可那口吻却怎么听着都暧昧不清，气氛跟着变得像是女人和男人在打情骂俏。

“孤王知道了，爱妃这是唱的欲擒故纵。”

“我……”

一口闷气堵在心口，念沧海真是撞豆腐死的心都有了，气力搏不过他，就连口舌都不听话了，一次次被他占尽便宜。

“认了？孤王现在就想‘要’了。”

端木卿绝赖在念沧海后腰的手使坏地又再用力，“王爷……不可以！”

“没有什么不可以，孤王想要的，爱妃就要‘给’！”

端木卿绝俯下身就将怀中不老实的小兔子扛上肩头，就好像那夜的重现，他踢门而入，将她扔在床上，一下撞在硬邦邦的床板上，念沧海是头晕眼又花，一时缓不上劲儿的空当，那男人已如虎扑来，跨于她的身上，压着她的双腿，双手扣着她的双腕桎梏枕上。

她就不该忘了他从不是个讲理的人，哀求更是无用，但此情此景下，她慌乱的脑海里什么也想不起来。

“王爷，求你放过妾身！”

“放过？孤王已经放过你太多次了，这一次——休想！”

端木卿绝是吃了秤砣铁了心地要破她的身让她成为他的女人，哪怕得到之后他会立刻亲手了结她，教她身首异处。

可他会是她最后的男人，这身子他绝不允许让第二个男人再碰一下！

冰眸金瞳绽着异彩的光芒，分不清是情欲还是兽欲，如同一张獠牙的血口，要将念沧海撕扯成碎片，生吞活剥吞下肚，连骨头也不剩半片。

念沧海绝望呻吟，端木卿绝冰凉的唇埋首于她的脖颈之间，欲哭却无泪，不知几时她的双手被他绑在了床头，“王……王爷……？”

含着泪的眸美得迷离，叫他的心魂为她沉迷。

端木卿绝解开自己的衣衫，一个动作一个眼神都魅惑不已，露出教人心魂激荡的古铜色肌肤，六块王字腹肌就像是天宫精心雕琢而成的。

吻点点向下游移，吻得叫身下的人儿忘却了姓氏，忘却了自己，心乱了，心麻了，心碎了，再也拼不回来了。

念沧海就像只没有感知的布娃娃任端木卿绝撕扯得七零八落，孤立无助。

他还是第一次在白日下看尽她的美好，他从不曾想她的身子竟美得精致无缺陷，哪怕只是视线触及都能点燃他一身热血膨胀。

“如果你碰了我，你会后悔的！”

“后悔？孤王的人生中从无后悔二字，也绝不为你——破例！”

“无耻！欺负弱小女子，你不是男人！”

“骂吧，有气力的时候就尽情地骂吧！”

他眼神傲冷，仿佛她是只微不足道的蝼蚁，视线相对的刹那，念沧海只觉有只手伸入了她的喉咙掏着她的心，狠狠地无情地，要将心生生扯出她的身子。

“阿离！！”

终是喝出了那个名字——

那个填满她挣扎心灵的名字，那个他警告她不许再提起的名字，只有她，只有他的阿离能救她了！

果然，端木卿绝沉迷侵蚀的动作赫然一顿，“孤王警告过你不许再提那个名字！”

“阿离。”

她倔强地瞪着眼，咬牙切齿地吐出那两个字，她不是他的囚奴，他不让她喊，她偏要喊！“哼！就那么迷恋他？他对你都是怎么做的，让你的身子非他不可？告诉孤王，孤王对女人的经验可是比他更丰富，孤王定会让你的身子再也离不开孤王！！”

要不是双手被他桎梏，念沧海一定会狠狠甩他一个巴掌！

她同端木离根本就没有……

想着，双手一动，便感觉到绑着她的布条似是松开了些许——

挣扎着将双手抽了出来，摸入枕头下握住了那把玥瑶送她的匕首——

“端木卿绝！”

念沧海支起凌乱不堪的上身，端木卿绝猛地抬起身，就这么眨眼片刻，念沧海握在手心的匕首刺去，打横将那结实的肌肤划开好长一条口子，鲜血骤然飞溅而出，“念沧海，你——？！”

端木卿绝怒张着双瞳，念沧海自己也是一惊，手中匕首掉落，她收起被他压在身下的双腿，整个身子朝向床角蜷缩起来。

道道血痕落在白洁的被褥上，仿佛绽开了朵朵诡异的花，血腥味逼得人呼吸紧迫。

端木卿绝一手捂着伤口，指尖沾着血凶神恶煞地瞪向念沧海，一手伸去攥住她颤瑟的胳臂，不，是她整个身子都在颤瑟。

一双杏目中的惊恐是不可言喻，死死地盯着那滚滚淌下的血，“真是个贞节烈女啊！是谁说自己脾性好，骂不还口，打不还手，与孤王最合适，可与孤王相伴到老？这就是你回报给孤王的？”

端木卿绝恨得怒不可遏，这般抵死守身，为了谁，端木离？！

“是王爷逼妾身，是王爷要用强的，妾身才……”

“还敢顶嘴？！你以为你有什么资格拒绝孤王？！”

是，名义上她是他的女人，她没有资格说不，可是……

“孤王还以为玥儿说的是假话，果然你是铁了心地要杀了孤王，这就是端木离将你指婚于孤王的目的，对不对？！”

拽着念沧海的胳臂，那力道叫她的骨头咔嚓咔嚓地作响，她不是有心，她并不想杀他，甚至没曾想过要伤他分毫。

“止血，你的伤口要止血！”念沧海根本没有仔细听端木卿绝质问着她什么，她只看着他的伤口，心儿焦急如焚。

“不用你假好心，要怪就怪你刚才没有刺中要害，现在你没得后悔了，孤王定不会放过你！”

端木卿绝一手勒住念沧海的脖子，她不闪也不躲，竟叫他一用力，痛的却是自己的心。

一声闷哼，端木卿绝突然松开双手捂上伤口，伤得真的很重？

虽然没有触及要害，但是这血流的，念沧海渐渐拉回理智，也不管端木卿绝会不会再拧断她的脖子，她靠近过去拉开他的双手，那划开的口子竟然泛起了黑色，就连血都变得黑紫。

“毒……？”念沧海惊诧。

端木卿绝眼落那把同样沾上他的血开始发黑的匕首，“念沧海，你下手真是够狠！”他认定她在匕首上抹了毒要置他于死地。

“不是，这是玥瑶送我防身的，我不知道上面有毒。”

“你是想说玥儿送你匕首伤孤王？你编的谎言是在糊弄三岁孩子么？”

念沧海的真话只能激得端木卿绝更恼怒，她是有一百张口也解释不清，“你要不信就算了，快找人来，御医，我去给你找御医！”她一跃下床，他一手紧攥，不顾伤口因此流血更甚，“不许！”

“你不要命了么？”

“我死了，你不痛快了么？”就是不放，像是在怕若是放开，她就会远远地逃开，再也不回来了。

“是啊，我恨不得你死了，你最好现在就快点死掉！”

不过是气不过地骂着，端木卿绝竟真的捂着伤口，两眼一翻昏倒在了床上，只听他鼻间低微痛楚地低吟，“喂喂，端木卿绝，你不要吓我，你不要死！我不是有心咒你的。”

血口处已经发黑，怕是很烈的剧毒。

念沧海心急如焚，翻开他侧着的身子，仰面朝天，而她跪在他身边俯下身，就这么“吻”上他的血口猛地一吸，“呃嗯！”端木卿绝痛得低哼，“你忍一下，我不会让你死的！”

念沧海抹着嘴边的毒血，一口口为他吸出伤口里的毒血，忙碌之间，她浑然不知男人的冰眸微微地睁着，眼缝中闪着诡异的异彩，片刻不离地打量着她。

不知吸出了多少口毒血，念沧海累得有些气喘吁吁，可泛黑的伤口终于不再血流如注，定是清理干净了毒才控制了血势。

“为何要救孤王？”

冷冷的声音飘来，端木卿绝坐起身，对着他猛鸷的眸，念沧海有些缓不过劲儿来。

他哪像是受了伤的人，倒是她上气不接下气好像就要毒发身亡了。

“你救过我一次，我就该还你一次。”

那眼神在说哪怕是抵上命，她都不想欠他的？！端木卿绝眼神一沉，他不准：“扯不平的，孤王要你记得你永远欠孤王的，一世都还不清。”

枷锁般的手又再攥住她纤细如枝的手腕，他知道一世有多长么？

他不是刚刚还喊打喊杀要她死么，又哪来的一世纠缠？！

“放开我，伤口不要包扎了么？”念沧海不敢用力，只是轻轻推了他一下。

“呵，你心疼了？”

“我……”

真是服了，这个男人的心情一刻三变，叫人哭不出又笑不得，“松开啦……”她娇嗔低斥，就像娘亲训着不听话的孩子，他倒是邪笑几缕后松了开来。

所幸上次她手腕受伤时还留着些许白纱，加之醉逍遥带来的金疮药，总算能够为他好好包扎。

端木卿绝一直瞅着她拿着白纱绕着他的腰间一圈又一圈，其间两人的距离不得已得几乎紧贴，他赤着身故意戏弄地向她靠，她抬起凶狠的眸子，却又撞上他的唇，满颊通红。

垂下头又觉他的鼻息绕在她的发上，气氛静得能听到彼此的心跳，甚至是细微的呼吸，总之躲也躲不掉，避也避不开。

“好了。”

手中捏着的白纱打了个结，终于包扎好了，“再有下一次，我一定不会失手。”念沧海如同脱难了一般从端木卿绝的怀中跳开，便暗暗淘气地冲他做了个鬼脸。

“孤王也是。”

端木卿绝也不吃亏，原话还了回去。

念沧海气鼓鼓地收起手中药膏和白纱，可两只脚才刚落地站起，就是一阵头晕目眩。

她低低一吟，一屁股跌坐床边，所幸端木卿绝先伸出了手扶住她才没摔疼她。

一张脸面色灰白，唇色泛紫，怎么看都是中了毒的模样。

怕是吸出毒血的时候速度太快，她没有吐尽含在口中的毒血，“放开我，我没事……”她倔强地掰开端木卿绝搂在她肩膀的大手，“别动。”

晕晕乎乎之际，端木卿绝扣起她尖俏的下颌，俯首强势吻住她，趁其不备撬开她的唇齿——

混蛋，一没事就又生龙活虎地想着轻薄她？！

正懊恼，念沧海抓着最后一丝力气想要咬他舌头，却感觉他的舌上藏着什么渡入了她的口中，不用她赶，他便抽回了舌。

“端木……？”

她诧异地怒瞪着，喉咙一动，只觉一颗药丸吞了下肚，口中立刻绽开一股苦味。

“你给我吃了什么？”

“迷药，让你乖乖听话，孤王想要，就赔笑承欢于孤王身下的迷药。”

银铜面具在笑，“混蛋！”

一手挥上，软绵无力，被他轻易挡下还拽向他的怀中，脑袋就这么情非所愿地靠在他的臂膀上，身子好倦，眼睛好酸，这毒太怪，叫人使不上劲儿——

可恶，为什么总是输在他的手中，她不想靠在他的怀里，“放开……放开我……”哪怕是陷入沉睡之前，她还是推搡着他，讨厌他的触碰，可那包裹着她的体温却是越拢越紧……

念沧海醒来的时候，还是躺在自己的床上，身边的那个人却不见了踪影，明明被撕坏的衣衫也是完整无缺，就好像端木卿绝来过只是一场梦。

可是，总觉得什么不同……

下意识地摸了摸心口，这儿……她收着的那条同心锁链子被戴上了？

“端木卿绝，你……？”

难道是趁着她睡着的时候给她戴上的？

那就是说他一早饿狼扑食地压她在榻并不是在做梦？

想着，竟起了一身鸡皮疙瘩，身下仿佛还能感觉到他舔吻时的温热，面上就这么情非所愿地烧烫了起来，“恶心，混账！真是该一刀毙了你的命才对！”

“王妃这是在嘀咕什么？”

“谁？！”

突来的声音犹若飘仙，念沧海循着声音而去，只瞧醉逍遥攫着不改的招牌式笑脸走了过来，她抬手拿起外袍披上身下了床，“我这院子什么时候男女不忌了？”

她冷冷瞥了他眼，当初是谁说臣妃有别，她看他来得勤，还一次比一次不拘礼数。

对于他的到来，醉逍遥能感觉到念沧海并非欢迎，“王妃今儿个是不是做了什么惹九爷生气的事？九爷大发雷霆说这会儿定要将王妃带到。”

“我做了什么？我不过是在榻上睡了一个午后，什么都没做呢！”

念沧海心下一慌，佯装不在意地耸耸肩，随口扯了个谎。

那色魔指不定又在打她什么主意了，抓她去修罗殿想做什么，她才不会乖乖去的！明明就是他找上门欺她压她，强行索欢，她还以恩报怨最后救了他，他凭何说她惹恼了他？！

“王妃说的‘睡’指的是独个儿‘睡’还是和王爷一起……”

醉逍遥邪恶地戏谑，借一步靠近过来，念沧海面上一红侧开身：“什么独个不独个的，我就是哪儿也没去，肯定是王爷弄错了。”

她就是要赖到底了，要是跟着他去那修罗殿，她今夜还能活着出来么？！

“呵呵，王妃怕是又色诱九爷不果，惹九爷大怒了吧？”

“谁色诱，是他纠缠不放！”

“哦，那就是说王妃今儿个确是见过九爷了。”

“你——”

狡猾的狐狸，任凭她周旋打磨，还是不出几句就落入了他的陷阱，“烦请王妃走一趟吧。”

连个推托的借口都找不到，也别想能用武力敌得过他了。

念沧海只得认命地跟在醉逍遥的身后，可才迈出院子就撞见迎面而来的玥瑶，“姐姐……王妃姐姐……”天色已经暗了下来，冬采在旁打着油灯，玥瑶瞧准了念沧海的面容，立刻欣喜地靠了上来。

“姐姐这么晚了是要去哪儿？！”

“王爷召见我，这就得去修罗殿。”

念沧海说时春风得意，那感觉就跟迫不及待地要去侍寝似的，惹得玥瑶心口狠狠一揪，面上虽没摆出不高兴却也是僵得煞是不自然。

“九爷命得急，逍遥这就要把人带到，郡主，这就先告退了。”

醉逍遥毕恭毕敬地向玥瑶行着礼，笑中却藏着揶揄。

瞧着念沧海暗自嘴角凝笑，醉逍遥就知道她是有心那么告诉玥瑶的。

怕是他几次三番地提醒，她总算是听进了耳朵里，知道戒备她了，只是……

这一出演的，是想要刺激玥瑶跟着跑去修罗殿大闹一场，那她便能脱开九哥魔掌，落得个清净吧……

念沧海的确悄悄打着小算盘，她本对玥瑶毫无戒心，即使御景秋，醉逍遥一直说她心有不善，她也只是拉开了些距离，心里还是对她没设防。

可那匕首上的毒，叫她知道那丫头根本将她当做眼中钉。

不过既然她差点害死她，她也要她无偿救她一次——

玥瑶啊玥瑶，你要是恨“姐姐”，千万得跑来大闹修罗殿，你那色坯义兄我可是甘愿拱手相让！

如意算盘打着，脚步也跟着变得轻松，但是醉逍遥指引的路是越来越奇怪，他压根儿就没往东苑走，而是北苑的方向，“醉大人，你这是要带我去哪儿？”

“北苑。”

“去北苑做什么？不是王爷要召见我么？”

“是啊，可逍遥从没说过是修罗殿吧？”

不是修罗殿的话，那玥瑶要是闹去了东苑也救不了自己了。

真是竹篮打水一场空，白打了鬼主意。

“那是要去哪儿？”

“很快就到了，王妃有追问的工夫，脚下加快两步，答案就在你眼前了。”

“……”

论口才是讲不赢醉逍遥了，念沧海也不怕他是要卖了她，安分地跟在他的身后，走入北苑，走过眼熟的凤雀楼，还有那没来得及潜伏进去的鬼眼楼，和听闻中的逍遥楼一直向东——

第九章　温情相敬

北苑的东头，有座风景宜人的庭院小筑。

常年空置但是定时都有人来打扫，摆设很简单却不失优雅，一派田园的光景，让人看着就心情舒畅。

纵然是半夜在亭中望月，也别有一番诗情画意的韵味。

念沧海不知道为何醉逍遥带她来这儿。

“王妃，九爷在屋里等着您了。”

“小幽，你怎么会在这儿？！”

听到熟悉的声音，念沧海不知是惊还是喜，都这么晚了她还能从翠园里出来，嬷嬷不会为难她么？

“到底是怎么回事？”

“不知道，方才嬷嬷说要我以后都来这里侍奉，我就来了，谁知道王爷在这儿，还是在等着小姐你来，我也是一头雾水呢。”

念沧海回头看了眼醉逍遥，他笑得神秘兮兮，怕是从他那儿也得不到什么答案。

“王爷在哪间厢房？”

“最里边的那间。”

念沧海秉着伸头也是一刀，缩头也是一刀的觉悟朝着最里间的厢房走了过去。

“王爷，妾身已到，不知王爷召见妾身有何事。”唯恐逃脱不及，念沧海就这么站在门口行礼，“进来。”声音幽幽地从里间传来。

有点闷闷的，还有点沙哑……

“王爷，你怎么了？”

她脚步停在隔着里间的屏风外，屋子的大门就突然砰的一声合了起来——

“是谁？！”

念沧海急得冲到门边，门外竟是小幽的声音，“小姐，对不起，九爷有令，不得任何人惊扰九爷和王妃，若是有什么需要大声唤奴婢就好。”

怎么会？

对她从未有二心的小幽竟帮着端木卿绝将她困在这儿？！

“咳咳咳……咳咳咳……”

里屋传来病恹恹的低咳声，莫不是端木卿绝他……病了？

念沧海站在屏风边上，怯生生地朝着里面望去，榻上真的躺着一个人，她缓步靠了过去，若非亲眼所见，她还真不信躺着的是端木卿绝。

他身壮如虎，怎么几个时辰不见就面色微红，唇色见白，额冒薄汗，一副病秧子的模样。

“你怎么了？”

身子的动作快过大脑的思考，念沧海坐到榻边，一手搭上端木卿绝的额头，我的老天，好烫！

“怎么会染上风寒了？”

“还不是你干的好事？”

“我……？少冤枉我，我可没体寒怎么可能传染你。”

念沧海站起身，端木卿绝的手立刻从被褥里伸来将她攥住拖入被褥里，“你做什么？！”她心慌手一动，不偏不倚地打中他腹上的伤口。

端木卿绝痛得一记皱眉，她这才想起他可是被她刺了一刀，“有没有怎样？伤口裂开没？都是你，干吗无端端拉着人家的手？！”

念沧海一时紧张便连珠炮似的问道，某人听着笑得甚欢，“爱妃又心疼了？”

握着的手没有松开，又给抚在他的伤口之上，这会儿念沧海动都不敢动，怕伤着他的伤口，可是两只手在被褥下握着，温热又滚烫，那温度好像还能随着彼此的双手蔓延到对方的身子上，“王爷召见妾身究竟所为何事？！”

“要你照顾孤王啊。”

开玩笑的吧？

那么大动干戈地把她骗来这儿就是为了照顾他？

“王爷还是传御医吧，妾身又不会医病。”

“不，就要你。”

“治死了可不怪我。”

“你要舍得就下手。”

一句话说得念沧海面红耳赤，这臭男人，嘴皮子一日比一日溜。

再定睛一扫，原来屋里已经备好了药汤和清粥，端木卿绝双目邪魅地朝着她打了眼神，示意要她喂他，她竟能读懂他的意思，端来食案摆在榻前的凳上，先是扶着他靠坐起身，再端起药汤喂到他的嘴边。

这感觉怎么样都觉得怪异。

几时他成乖宝宝了？

一副“柔弱”需要母爱惜疼的模样，念沧海喂药的每一下都打量着端木卿绝——可疑啊可疑……

反常啊反常……

他是在琢磨着什么法子戏弄她呢，杏目里大喇喇地写着几个大字：端木卿绝，从实招来。

“爱妃是在挑逗孤王么？今儿个孤王抱恙可满足不了爱妃。”

“咳咳咳！！”

念沧海差点被自己的口水呛死，这坏男人，是语不惊人死不休，到底是谁欲求不满，得不到还霸王硬上弓？！

故意舀起满满一匙药汤塞入端木卿绝的嘴儿，烫得他闷声痛叫，生生吞了下去。

“呵呵……活该！”她笑得不设防，天真又无邪。

“你不怕我了？”

冷不丁被他这么一问，念沧海收起笑靥，他还是第一次没有用那“孤王”自称，这口吻，这眼神教人心头莫名一阵温热，也不知怎么地，明明早上还怕他怕得颤瑟，但此刻她当真不怎么怕他。

“王爷要是想让妾身怕，妾身就怕。”

“说话还真是一点都不可爱。”

端木卿绝眼神微嗔似是不快，可转而又孩子气地看看念沧海手中的药碗，像是在催促她继续喂药。

他是死猪不怕开水烫么，就不怕她再烫他了？

念沧海想着要欺负他，但是汤匙举起还是放到了唇边吹了两下才送到他嘴里，这一来一回的，总算是把药汤给喂好了，“孤王肚子饿，清粥不喂么？”

她刚放下碗儿，他就瞅着清粥——切，臭男人，喂上瘾了不是？！

“敢问王爷受寒是哪儿不舒服？”

“脑袋啊。”

“那手离着脑袋那么远，端个碗总有气力吧？”

念沧海拿起清粥就随手塞给端木卿绝，得意地挑着眉从榻边站起，可那只大手猛地将她拉住，她一个不防整个人倒入他的怀中，双眸是并非所愿地对着他，“呃……唔……”

也不知是羞还是什么，念沧海口中发出不明的嘤咛，想要推开他，又顾忌他腹上的伤口不敢用力，可就这么依偎在他的怀里，她可心不甘情不愿……

“今夜留下。”

鬼魅的魔音散在耳边，听的人还没来得及理解，唇已经被封堵了起来……

念沧海忘了，生病的老虎也比猫壮，她不该将端木卿绝视作普通的人，他的吻病着仍强势霸道，身子不自觉地被他扑倒在床。

可恶……她竟不敢用力推开他，她顾忌他的伤，笨蛋，混账！这么用力地吻她，就是她不反抗，他就不怕自己的伤口裂开？！

被吻着，越吻越深，深得能深入灵魂，将她的神智搅乱。

念沧海狠下心，伸手沿着端木卿绝健壮宽厚的身子摸向他腹上的伤口，轻轻一按，“呃嗯！”可呻吟出来的却是自己，强吻着她的恶棍仍煞是享受地唇舌厮磨着她——

念沧海手下一重，狠狠一按，端木卿绝闷哼了一声，眉头吃痛地皱起，蓦然从念沧海的口中退出。

“爱妃下手还真够狠，就不怕孤王伤口裂开？”

“就是要你裂开，我说过再有下次定不手软！”

还不是他皮厚感觉不到痛，这疼是他自己讨的。

“那孤王也说过，你敢再跑，定压你身下就范。”唇又逼近，冰眸金瞳闪得妖冶，口中威胁不能让人不当真。

“那个……谁说我要跑，留下就留下，但你只可以抱着我，别的什么都不能做。”她警告着，他邪笑着：“孤王就只是想要‘抱’而已。”

手下一动，摸着细如柳的小腰向下探去，“呃嗯，无赖！！”他怎么总曲解她的意思？！小手惊得慌张大乱，立刻按住他的手，“不是你要的‘抱’，只可以这样‘抱’。”

拉着他的手绕上自己的腰间，念沧海的脸已经红透了，和端木卿绝对一下眼都能从脚烧到心。

这是她最大的让步了，生怕他会乱动还一直紧攥着他的手腕，不让他动。

怕羞的小模样惹得人蠢蠢欲动，端木卿绝眼神朦胧，扣起她微微侧开的下颌，唇欺上，在她挣扎前烙下浅浅一吻，随即就这么躺在她的身侧，乖乖地合上了双眸。

他当真这么妥协了？

念沧海傻傻地看着安静入睡的端木卿绝，这样的表情，这样的他一点都不似他。

其实她知道的，就算他要乱动，要用强，她也控制不了，也许是真的因为病了吧，他才懒得用力气，左臂就这么搭在她的腰上，哪怕她松开了他的手腕，他也规规矩矩地没有动。

不一会儿耳边就绕上他酣睡的气息……

夜深人静，月明心乱。

那安静的睡脸有种奇异的牵引力，念沧海不知是放不下戒备还是睡意未来，两两侧躺，侧面相对，她就这么凝着端木卿绝，一个时辰，两个时辰，一只手终究情不自禁地伸向他的面具——

当指尖轻轻触碰到银铜面具，有点凉，让心下一惊，见端木卿绝没反应，才略略大了点胆子点点拉开，左颊上原本只能瞧见点点的图腾渐渐露出真身，尖锐的弧形圆钩，像极了一颗妖异的狼牙。

“好奇？！”

沉迷片刻，一只大手紧攥住了她的手——他醒了？！

念沧海没点头也没摇头，有点慌，有点怕，从他手中挣脱开手，只瞧那张冰块脸上写着“不容觊觎”的冷峻，她知他容不得她看到他的真面目，她动了下想要转过身去却不想被他抓住她的肩膀不放人，“有些事，不该好奇，待在孤王身边就好。”

他的唇迫近几分，魅惑得让人忘了呼吸。

为什么今夜的他是这么不真实，离得这么近心却是那么远。

他又将她当做了那个什么忘莫离了么……

窗外晨曦来临，念沧海睡眼惺忪地睁开眼，首先映入眼帘的就是端木卿绝的脸孔。

真是上辈子欠了他的！

一大早就让人堵气，黝黑的小脸冲着他做鬼脸，反正他病好了，她就拍屁股走人，休想缠着她！

念沧海伸手摸了摸他的额头，手心还真不怎么烫了，应该是烧退了吧？

心头一喜，起身正要小心翼翼地越过他，被子里钻出一只大手一下握住她的手腕，“又想偷溜，孤王可还病着。”

端木卿绝妖冶勾笑，“自己摸摸，烧可是退了。”

念沧海掰开他的手，按在他的额头上，只瞧端木卿绝面色一变，他的烧还真是退了。

“哼，信了吧，既然病好了，妾身可要回去了！”

趁着端木卿绝微愣之际，念沧海泥鳅似的溜下了床，可脚步冲跑到大门一拉，才想起这门从昨夜就从外被小幽给锁上了，就听身后跟来的幽幽的脚步声。

这魔掌算是逃不出去了么？！

“爱妃就这么扔下病患不顾，恩将仇报，真是不该对你怜悯！”

念沧海转过身去，只瞧端木卿绝身披锦袍，也不知道是不是故意大开着胸怀，露着诱惑的古铜色肌肤，存心勾人心乱跳。

“王爷的病都好了，还要留妾身在这里做什么。”

念沧海下意识微侧过身，一手攥紧自己的领口，一手环着胸，就听某人逼近过来，两臂大喇喇地揽上她的小腰，教她哪儿也躲不了，除了他的怀里，“掩什么，你浑身上下的哪儿孤王没瞧过？”

“你——”

灼人的眼神打在她的身上，仿佛要将她的衣衫都烧尽，真是不敢相信，昨夜她竟乖乖地靠在他的怀中入睡。

在强制的拥抱中，只有眼睛是自由的，念沧海羞怒地瞪着那张邪恶的脸，他爱极了她的顶撞，落在她发髻上的眼神却煞是不快，“还在想着他？”

他伸手抽走她发上的红豆发簪，“还给我。”

“不还了。”

这东西怎么看怎么碍眼，上次好心还给她，她还敢戴上去，是故意挑衅他？！

“你明明还给我了。”

念沧海恼得不行，就知道他不会平白那么大方，端木卿绝不答，伸手落在她的脖颈解开她的领口，叫她吓得以为他兽性大发，“端木卿绝，别这样！”

“别怎样？以后只准戴着孤王给你的同心锁。”

冰冰的眼神带着教人不能抵御的霸气，念沧海这才顺着他的眼神看到他只是在确认她没有把他给重新戴上的链子摘下罢了。

脸又羞又愧地微红起来，问一下就可以，干吗偏解开她的领子，叫人误会！

“小气，你自己的心不还藏着别人！”

“不许提阿离。”

纵然念沧海挖苦的声音轻，他还是听到了。

面具下的脸孔是冷酷得冻人，那口吻叫得亲密又宠溺，念沧海的心因此狠狠一抽，眼一眨，恍然联想到了什么。

他是那么憎恶她亲昵地叫端木离为阿离，还为此警告她，难道是因为——

不是因为讨厌她想着阿离，而是他心爱的那一个女人也叫“阿离”。

叫着那个名字会让他心痛，会让他想起她背叛了他，是他心底不容任何人触碰的伤痛——

“为何不许？！你恨她，是么？知道么，越是恨就代表着越是在意，在意的理由是因为深深爱着，你根本就忘不了她，哪怕她背叛了你，你嫉恨端木离，不是因为我，是因为她，你爱她，爱她到痛恨她投入另一个男人的怀抱，可哪怕她深深伤了你，你还是将她藏在你的心底，可胆小得不敢承认，你只会迁怒别人，将错推在别人头上，你就不是个男人，畏缩得还不如一只乌龟！”

念沧海激怒着端木卿绝，不计后果，只因她的心也在痛。

“够了，别以为孤王给你三分颜色，你就能开染坊！”

初以为她在说端木离，直到“深深爱着”落出她的唇，端木卿绝的心弦被无情拨断了。

大手攥着纤细如枝的胳臂，也不在乎她是痛是疼，只知他的心被她狠狠撕开践踏，他不需要一个不知天高地厚的丫头来教训他，还是个北苍送来的阶下囚奴！

“那就别把我当做替代品，我不是她，我是念沧海，记清楚——我是念沧海，不是忘莫离，现在不是，将来也不会是！”声音是由心吼出来的，怒目的眼神慑入端木卿绝的心扉。

这股气势，又再与心中的那个她重叠，但这次不同，他看到的不是莫离的脸孔，而是另一张和她相似又截然不同的容颜……

“九爷，王妃，用早膳了。”这时，小幽从外将门打开。

念沧海推开端木卿绝，趁机跑了出去，与小幽擦肩的刹那，她怒然地瞪了她一眼，小幽傻傻地愣在门口，完了，小姐怕是恨死她了。

"看着她，不许让她离开。"

"是，九爷。"

念沧海一心想着跑出庭院小筑，可跑到厅堂，就见醉逍遥从外迈步而来，就跟约好的似的堵在那儿，"王妃，这是要去哪儿？！"

"要回去，你怕是不会让路吧？"

"正是。"

念沧海转身就走，却又撞上紧跟着过来的小幽，"醉大人？"她低低唤道，那口吻和她以往叫他"王八"可是天差地别，醉逍遥未语和她对了记眼神，念沧海侧眸瞥见。

心里的火团烧得是又气又恼，她的小妹妹就这么被勾走了，小女孩就是小女孩，美男计一出，就连心魂都颠倒了。

"看着王妃。"

"知道了。"

小幽应了句立刻跟上念沧海。

都出不去了，她只求找个安静的地方待一会儿，可连这个都不让么？

书房里，端木卿绝站在案前手中执着笔在画纸上画着什么。

醉逍遥负手走了进来，扫了一眼，九哥是在画一个人——

一个小女孩，一身黝黑的肌肤，身形玲珑，脸孔平庸无奇，要说五官算得上是丑陋，却拥有一双比明珠还要耀目的眸子，像是一对黑曜石，给整个人物都增色了不少。

"有点儿意思，和那个'她'很像。"他调侃道。

"就凭那张丑颜？"

端木卿绝草草勾下最后一笔放下手中画笔，瞧那不言而威的神色，醉逍遥神秘兮兮的笑靥散开，"在九哥的心里，那个她果然仍旧是最美的，谁都无法逾越。"

"不许再提她。"端木卿绝是一副被戳中痛处的表情，声音沉沉闷闷的。

"哪个她？"

"两个都……"

既然不许提为何又要画下她？！

醉逍遥没有追问，眼神飘向屋中的一座屏风，屏风是上等琉璃制作而成，屏风上是一幅人物画，由九哥亲笔画下，嵌入琉璃烤制而成——

画中人身穿红白相间的巫女袍，三千青丝随风飘扬，纤纤素手摊开接住身边洋洋飘落的粉色樱花瓣。

那人儿，可用倾国倾城来形容。

任谁看了都会发出“世上真有这样的女子？”的感叹。

如墨的长发，如泉的肌肤，清澈妩媚，妖娆纯净，极致的两种美竟没半点冲突，融合得极好。

像极个白瓷娃娃，肌肤柔润如彩，粉红透白得就如是透明的。

不过就是个七八岁的娃儿，若是长大以后，又会是个如何倾国妖娆的美人儿？

当初见着这幅画的时候，他和九哥不过八岁，他问九哥这画中人是谁，他只笑不语，两年后，他跟着九哥被端木邺带回北苍，圣女坛下，他才知她叫“忘莫离”，北苍大国的“圣女”，庇佑北苍世代盛荣的巫女大人。

圣女在位期间是不能与男子亲近的，雪山脚下，他用这双眼亲眼看着九哥和莫离小心翼翼地护着对方，爱着对方，哪怕远远不能触及，他们的眼神，他们的心都不曾分开。

九哥虽然什么都不说，但他知道，这庭院小筑是为了莫离而造。

因为她曾说过，不再是北苍圣女的时候，要和九哥远走天涯，过神仙眷侣，与世无争的日子。

这儿到处飘散着叫做“忘莫离”的香，院子里种满她喜欢的薄雪草，代表着重要的回忆，花语：念念两不忘。

其实看端木卿绝提笔作画，醉逍遥还是有点讶异的，因为二十多年过去，他从未见九哥再画过任何人。

若不是动情，莫不是因为憎恨？

“她当真自小就那么丑？”

端木卿绝的声音来到身后，“是。”

“那红痕也是生来的胎记？”

“是。”

面具下的脸上闪过一抹似若惋惜的神色，“今儿个九哥怎有如此好兴致，对王妃似乎‘兴趣’满满。”

“夫君想要了解自己的妻室就让十弟那么不解，莫不是十弟有何私心？”

妻室么？

今儿个又一个让他惊慌的词汇，“九哥已经将王妃当做了妻子？十弟记得九哥只为心爱之人作画的，不是么。”

端木卿绝心口微怔，看了眼手下的画，他都不知方才自己是着了什么魔，看她跑出屋子，他竟来到书房就提笔画下了她。

“草药呢？”

他岔开话题，收起画揉成团扔到一边，仿佛要将方才画下她的事实抹去。

醉逍遥从怀间拿出几株绿色的鲜草，这草叫做“仙人草”，生吞服下身子会发热，就好像受了风寒高烧不退，昨天他就为九哥带来了不少。

要说为了留住那个丑丫头，九哥是费尽了心思。

“九哥的烧退得也太快了，难怪王妃方才急得要跑回去。”

他有心试探，端木卿绝果真口吻一急：“让她跑出去了？”

正问着，他却听到屋外不远处传来匆匆跑来的脚步声，话锋立刻一转，“十弟，帮九哥做件事，将丹书铁券放去‘鬼眼楼’。”

醉逍遥眸子一转，和端木卿绝眼神一对，当下就瞥见门外有道拉长的身影，她正止步于门外偷听着。

偷听的不是别人，正是念沧海，她本气冲冲而来是为了和端木卿绝说清楚，她绝对不会在这个地方住下，倒没想有了意外的收获，她终于知道她要找的丹书铁券会放去鬼眼楼。

“知道了，九哥。”

“放在二楼的最里间的厢房。”

“是。”

醉逍遥应着就先行离开，踏出门外的时候，外面倒是连个影子都没有，他嘴角却是隐隐勾着笑，悄悄瞥了下那拐角的深处。

躲在拐角里的念沧海以为自己藏得很好，待醉逍遥走远才走了出来。

看来为了偷到丹书铁券，还是留在这儿比较好，那个大色坯不放她走，他肯定也不会走，知道他的一举一动总好过被他暗箭所伤好。

待他夜半熟睡，给他来上一针，她偷溜出去就是神不知鬼不觉了。

打定主意，念沧海在小筑里逛了一整天，见夜暗下了才乖乖回了房。

推开门，端木卿绝坐在罗汉床上喝着茶，一副等着兴师问罪的架势。

“王爷。”

“爱妃，舍得回来了？”

“夜了，妾身想睡了，烦请王爷挪一挪。”

她看着床，示意她要睡这儿，麻烦他回到他自己的榻上，“爱妃莫不是忘了，还有笔账，你没和孤王了清呢？”端木卿绝放下茶杯，眼神狡黠。

念沧海没吱声，她知道他旧事重提，是在问她那日偷地形图是为何了。

“爱妃可别说是因为缺银子而想偷值钱的宝物，老实告诉孤王你要什么，也许孤王不会怪你，还能如了你的愿。”

他抛出诱饵，可惜她念沧海不是愚笨的鱼，却是只聪明的猫。

她若和他说，她是来为端木离偷丹书铁券的，难道他会乖乖交出来，然后再放她平安归去？

他这是在骗傻子，还是哄孩子呢？

“妾身实话已经说过了，王爷要是不信就算了。”

她就是死不认到底了，抱着一床被子扔在罗汉床上，把端木卿绝拉下床，然后倒头就睡。

可魔王乖乖认输那就不是魔王了，端木卿绝跟着钻入她的被窝，吓得念沧海猛地坐起身，“你做什么？！”

“夫君爬娘子的床有何错？”

“呃……容我想一下。”

侧过头，竟一时找不到理由拒绝，就听端木卿绝薄唇勾勾：“时间到。”跟着就扑过来。

“等一下，我尿床了！”情急之下，蹦出几个字。

“不可能。”

“有什么不可能，你长得那么吓人，怎么不可能？！”

“那你尿我看看，我就信。”

说罢，他掀开被子，邪恶的魔手伸向念沧海的下身，扯着她的亵裤，“色坯，你乱摸什么呢！”

肆虐掳掠的大恶魔竟猝然安静下来，靠在她的耳边微微低喘，那喘息沉沉的重重的，就像是透不过气来。

而他的身子浑身滚烫，与其紧贴的肌肤被灼烫得发疼。

只听扑通一声，高大的身子一软，瘫倒在她娇小的身板上，“色鬼，走开，你压得我喘不过气了。”

念沧海以为端木卿绝又在要什么新花样，使劲地将他推到一边，见他丝毫没有反应，都没扑过来纠缠，才察觉到了不妥。

此时，她已跳下床，回过身只瞧端木卿绝喘息得困难，屋子里点着灯，暗橘色的灯影打在他的脸上，只瞧面具微露的左颊红彤彤的，是红得异常，就跟喝高了一般。

“喂喂，你怎么了？”

念沧海好心地坐回了床边，紧张地问着一手搭上他的额头，哇，怎么会那么烫！“明明早上都退烧了，怎么又给染上了？”

“哼……还不是给你气的……”

端木卿绝微睁开眼瞟向念沧海，这也能怪到她头上？！

“少赖我了！是你精虫上脑，活该欲火焚身！”

念沧海气鼓鼓地从床上跃下，端木卿绝直起身子就一手抓住她，“去哪儿？！”

“去哪儿也逃不出这修罗宫，不是么？”

“……”明明虚软无力手却用尽了力气死活拽着不松开。

真是输给他了！

“你想就这么烧死么？我去给你打水擦身，放开还是不放开？”微怒地蹙着眉头，端木卿绝犹豫了半晌，手才不舍地松了开来，念沧海快步跑到门边，就听床上传来：“若敢逃就折断你的发簪子。”

真是个卑鄙小人！

跟个三岁孩子似的，念沧海回头冲着端木卿绝做了个鬼脸，随即跑出了屋子，没一会儿就打来了温水。

端着木盆放在床边，她绞着方巾放在他滚烫的额头上，然后绞着另一块方巾给他擦身。

脖子，胸口，双臂，一遍又一遍，是不是上辈子真的欠了他的？！每每伸入他的袍子擦过他的胸口，念沧海是红着脸一路羞到脖子根。

“这烧烧得太厉害了，我命小幽去给你煎药了，你再忍一下啊，千万别给烧死了。”

“呵……死了，不更好，爱妃最想孤王死了。”

“那倒是，你死了，我的耳朵就消停了！”

念沧海绞干了方巾一下子盖在端木卿绝的嘴上，这张臭嘴就不能安静一会儿么？！要死的话昨夜干吗不就给她死了算了！

“爱妃这是做什么？！”他微怒地抓住她的手腕，“什么做什么？！现在你落我手里了，不趁现在欺负你，难道等你复原了以怨报德，压我强我？哼，我这就给你去准备一副棺材！”

念沧海不解气地冲着端木卿绝，嘴角旋起俏皮坏笑，他倒是丝毫不怒：“夫君压娘子，娘子应该求之不得，娘子要喜欢棺材里翻云覆雨，孤王乐意！”

“你——！”

他一定是把脑子都烧坏了，念沧海抓起他的手臂恶狠狠地用力一搓，差点磨下他一层皮，“呵呵呵，活该！”女孩扑哧大笑，笑声犹若明澈清泉，爽朗悦耳，竟叫人冷不防看得出神——

念沧海忙忙碌碌打来温水给端木卿绝不停擦身，瞧着她用心照顾的样子，菲薄的唇一直悄悄地勾着，狡黠暗笑。

待小幽送来汤药的时候，烧已经压下了不少，“今夜你就睡这罗汉床吧，捂出一身热汗就没事了……”

念沧海拉起被子给端木卿绝盖上，谁想他有了点力气就本性难掩：“那娘子呢，进被窝给孤王捂捂。”

端木卿绝拉开被窝，两眼色色地瞅着念沧海，“色坯！”

脸轻易地就被挑起了羞红，如坐针毡似的连和候在一边的小幽都不敢对一下眼。

小姐还真不老实，嘴上说没对王爷动心，可这态度分明就是动情了。

这打情骂俏的，整个屋子都烧着那干柴烈火呢，只听小幽鬼机灵地低低贼笑：“奴婢先行告退了，王爷王妃早些歇息吧。”

“小幽丫头，先别走，好生劝劝你家王妃，她若是肯上床，孤王才好歇息啊。”

端木卿绝邪邪地眯着眸子，和小幽来了个一唱一和，见小幽还真靠了一步过来，气得念沧海又羞又怒，低喝道：“出去。”

“是。”

念沧海心不甘情不愿地坐在床边，“快睡啦，我哪儿也不去。”她试着说服，想起昨夜和他搂着一起入睡，虽然不那么讨厌，可也是说不出地不自在。

她讨厌和他体温相触的感觉，那会让她的心跳变得很奇怪。

“爱妃不睡，孤王也不睡。孤王可是怕怕，怕爱妃待孤王熟睡后会‘图谋不轨’。”

“不轨什么？难不成我还会占你便宜啊？！”

“难说。”

“你……”

明明一张嘴从小就能说，可是对上端木卿绝，她就是话到嘴边忘了词，“反正你现在病得连气力都没，我要走，你又能拦得了？就算我要杀了你，也轻而易举。”

“那倒是，那为何不下手呢？！”

端木卿绝煞有介事地挑衅，“是啊，杀了你，然后和整个修罗宫的禁军火拼，我倒是可能赢了他们，还能大摇大摆地活着走出去！”

“哦……原来乖乖照顾孤王，是怕了孤王的禁卫军，才不敢对孤王下手。”

“那当然，不然你还以为我喜欢你啊！”

说着，眼神直直地撞上端木卿绝凝注自己的双目，念沧海竟是面颊微烫，好像理亏似的侧开了脸。

话说回来，为什么这个屋子就是那么热呢……

念沧海两手当扇子扇了起来，不再和端木卿绝搭话，他倒也没纠缠，不一会儿就听到陷入熟睡的鼾声，怕是药汤起了作用。

她伸出手在他眼前晃了晃，见他没反应，脑海里想到了什么，灵眸一转，冲他的睡容调皮地吐了吐舌头，“恩将仇报，色坯，无赖，大混蛋！看你现在还怎么拦住我，才不要和你待在一个屋子里，等我拿到那样东西回来，最好这烧已经烧死你，明早找人来给你收尸！”

说罢，念沧海推门走了出去，殊不知身后一双犀利的眼睁开，悄然跟随。

北苑，夜半的鬼眼楼诡异寂静。

平时就是没人敢靠近的地方，但是今夜月黑风高，空气中飘过的黑影目不应暇，一道玲珑矫健的身影迅速蹿上二楼直奔向最里面的那间屋子，门轻轻被推开，来人蹑手蹑脚地踮着脚丫子东张西望，不知是在找什么东西。

屋子里太黑，他不敢点灯，只能摸黑，这一摸是摸出了个问题，这杵在屋子中间的东西怎么高高的硬硬的又软软的，“娘子，这是在挑逗孤王么？！”

这不是端木卿绝的声音？！

黑影周身一僵，转身就跑，“念沧海，给孤王停下！”端木卿绝喝着扑过去，将黑影压倒在地，就在这时，整个屋子都亮了起来，醉逍遥从暗处提着灯走了过来。

他和端木卿绝早就约好，在这儿设下埋伏，等念沧海上钩，只是……

“唔唔……九爷，错了错了，我不是沧海啦……”

这声音？

匐在身下的玲珑娇躯抽泣着颤抖着，端木卿绝抬起身子这才被映入眼帘的脸孔给吓出了一身冷汗，“迦楼？！”

“呃……九爷……”

迦楼一手捂着脸，满面羞涩地侧向一边，惹得端木卿绝是一身恶寒，忙不及地站起身，想起刚才是被这家伙摸了个遍，还将他扑倒在怀，那感觉真是……

“呵呵……今夜七姑娘是得偿所愿了，九哥真‘抱’了你了。”醉逍遥提着灯放声大笑。

“逍遥！！”

端木卿绝被激得两眼冒火，愤愤地瞪着还躺在地上害羞的迦楼，“起来，不好好待在凤雀楼，大半夜偷溜进这儿做什么？”

“呃……那个……四爷平时收藏稀奇古怪的解药，我想来找找，晚上的时候，我好像吃错东西，中毒了，一直拉肚子呢。”

迦楼拍拍弄脏的衣裙，羞羞滴滴地满面攫着满足的笑，一手挽住端木卿绝，像只猫似的蹭着他：“今儿个就算是拉死了也值了，这身上可是萦绕着九爷的温度呢！”

鸡皮疙瘩一地，端木卿绝连死的心都有了，拉开他的手，戳着他的脑袋，“今夜的事，谁都不准再提半个字，否则割断你们的舌头！”

端木卿绝气冲冲地跑出鬼眼楼。

难道是他估错了念沧海来到北域的目的？

他认定她是被端木离指派来偷取丹书铁券的，刚才她的确也趁着他熟睡的时候，说要去拿“那样东西”，还咒他快死。他当即跟在她的身后而来，可是出现在鬼眼楼的为什么会是迦楼……

她呢，她去了哪儿？！

“念沧海！！念沧海！！”

端木卿绝的呼喝震响天际，他跑遍了整个北苑。

北苑里，东头庭院小筑的后面环绕着一座山林，林间休憩的鸟儿都被吓得飞出林子，缓缓，小径里走来一道娇俏的影子，“对着月亮狂吠，你当你是狼啊！”

“说不定呢！”

习惯性地驳回去，端木卿绝话一落出口才恍然停下脚步，那和他说话的女人不就是——

什么说不定？

当端木卿绝投来诧异的眼神，念沧海立刻甩他一记“不可理喻”的眼神转身走人，他却猛地抓住她的手，“刚才去哪儿了？”

他找遍了整个北苑都不见人，还以为她翻墙逃走了呢。

“松开，小心伤着它！”

“哎？！”

念沧海不顾被抓得疼，就怕手一松会摔坏了怀中抱着的小东西，端木卿绝跟着探去，借着月光才瞧见她怀中竟抱着一只受了伤的小东西，浑身雪白，是只……小雪狼？！

“你从哪里找到它的？”

“是小兔告诉我，小狼受伤了。”

小兔？！

一瞧，她的脚边还跟着一只小白兔，难道兔子还会说人话不成？！

端木卿绝瞅着念沧海不说话，目光满是怀疑，“快放开我，有点善心好不好？没瞧见小东西腿受伤了，流了好多血呢，我拿芳雪草简单涂了涂伤口，止不了多久的！”

“你还懂医术？”

“一点点。”

回到屋中，念沧海立刻打来干净的水，给小雪狼清理伤口，还管小幽要来了金疮药涂上，然后包扎上了白纱，每一个动作每一个表情都温柔得如同慈爱的娘亲。

其间小雪狼因为痛咬了她，咬得很重很深，可她不躲不闪，任凭伤口流着血，还一手温柔地抚着它，“不痛了，不痛了，小狼是男孩子要坚强哟。”

她的话就像有魔力，小雪狼真的松口了，还给她舔着被它咬破的伤口。

“没听说过狼心狗肺么？就不怕把他养大了，恩将仇报，将你生吞活剥吃下肚？！”

端木卿绝坐在罗汉床的另一头说着恶毒话，念沧海白他一眼：“自己没心没肺就别赖别人也一样，什么狼心狗肺？我瞧犬儿就是这世上最忠实的伙伴，狼儿也对自己的同伴不离不弃，最自私的就是人才对，猎捕射杀，个个都没安好心，还以强欺弱，污蔑弱小，就算真的狼心狗肺又怎样？没做错前，谁都是无罪的，凭什么就用几个字就认定它有罪，这太不公平了！”

她知道狼儿对自己的同伴不离不弃？！

呵，是啊，还没犯错之前就判其有罪是不公平的，但若一旦犯了错，伤了人，死去的性命又该谁来负责？！

端木卿绝瞅着念沧海，越是靠近她，他越不懂她。

明明每一个举动都可疑，却找不到任何可以定她罪的证据。

还总是说些悄然触动他心的话，叫他开始动摇，也许他想错她了，她根本就不是端木离派来的棋子……

“忙完了吧，话题可以扯回来了吧？！”

见念沧海从床边起身，端木卿绝跟了过去就拽住了她的手，一下子就将她扣在了怀中，“什么话题扯回来？！王爷，你又想为难妾身什么？！”

难道他就不能用别的方式问她话么？！

“为何趁孤王熟睡离开？！”握住她乱动的两只小手，一脸俊冷的阴霾。

“你睡着，难道要我看着你啊，呕——”不屑地做了个鬼脸，搅在腰后的手立刻一紧，将她紧紧贴着他伟岸的身子动弹不得，“还嘴硬！你趁孤王睡去在孤王的耳边说要拿回‘那样东西’，希望孤王最好被那烧给烧死。那样东西指的是什么？！”

端木卿绝噼里啪啦地斥责着，念沧海这才恍然大悟，不可置信地瞪着他。

原来他是在装的？！

她还以为他是退了烧了才这么精神地外出找她，亏方才她还当他病得不轻，才会特地夜半跑出去找落叶花……

“哼！大男人装睡，不要脸！”

她骂道，使劲地挣脱开他的怀抱，可端木卿绝不放，扭动间，从她的怀中掉出了几株粉白相间的花草，“这是？！”

端木卿绝一眼就瞧出了那是落叶花，有退烧驱寒的功效——

这么说，她指的东西就是这个？！

她夜半出去不是要偷丹书铁券，而是给他摘退烧的草药，她是在担心他，至于那些话，就凭她的脾气，不过是随口说来气气他的？！

“怎么了，认得这花是毒药了么？！想知道我夜半去找什么了么，就是这毒药，好弄回来混在早膳里让你吃下，毒死你！现在被你人赃并获，定我的罪啊，杀了我给个痛快啊！”

念沧海不知端木卿绝识得草药，故意说着反话，自己的一片好心好意就这么被无情践踏，心又气又委屈，疼得声声作响。

“别说了！”

端木卿绝忽地搂住念沧海，依旧不改霸道地将她搂个满怀，可是动作……很温柔……声音也染着……歉意……

“走开啦！”

念沧海狠下心对着端木卿绝腹上的伤口就是一按，痛得他不得不捂着肚子，“爱妃，你好狠的心！”

“活该！”

念沧海白他一眼，转身躺上床，搂着怀中的小雪狼和小白兔，笑如慈母，某个厚脸皮的家伙紧挨着又凑了过来，躺在她的背后搂着她的小腰，大手拂过她平坦的小腹，“那么喜欢小东西，今夜也给孤王生一个吧？”

“生个什么？小狼崽么？”

念沧海装糊涂道，只瞧端木卿绝的嘴边勾起神秘深幽的笑，“只要是爱妃生的，小狼崽也无妨。”

尾音还未落下，邪恶的大手又再蠢蠢欲动地向上游走，“色坯！小狼还看着呢！”念沧海羞红了脸，只瞧两双纯真的眼眸看着他们，“小色狼，不许看，再看把你的眼珠子挖掉！”

端木卿绝邪佞地笑着，大手伸去捂住小雪狼的眼睛，“疯子，把它吓坏我可不饶你？！”念沧海拉过他的手就是狠狠一咬，他忍着痛顺势翻身将她压倒，“怎么个不饶，绑着我，鞭打我？”

火热的眼神扫着念沧海上下的每一寸肌肤，张开的嘴因为他的唇急速迫降而立刻收起，却还是让他捡了空子，长舌长驱直入，勾着她向后微缩的丁香小舌就是深深浓浓的一吻……

吻得越来越深，拥着的怀抱也是越来越紧，却在沉醉入迷的刹那，只听他“惨叫”起来，“呃嗯！！”

原来是小雪狼见念沧海发出求救的呻吟，咬住了端木卿绝的腰际，两颗不算锋利的小狼牙死死地咬住，恨不得用尽浑身的力气，鲜血就这么从端木卿绝的腰际血流如注流淌而出，“不要，小狼，快松开！”

念沧海使劲掰开稚嫩的狼牙，耳边竟听到某人不怒反笑的笑声：“爱妃又心疼了？”

“谁稀罕你！”

“孤王又没说你心疼孤王？你这是不打自招……”

“你——”

念沧海气结，这男人是皮太厚感觉不到痛，他竟然一点都没对小东西动怒，还有心情开玩笑？

奇怪啊奇怪，照他暴躁的脾气，对人那么的残忍，没理由对他视作下贱的小动物那么怜悯吧……

端来干净的水为他清理伤口的时候，念沧海时不时诧异地睨着他，“瞪着孤王做什么？没把孤王咬死不甘心？谁让你听女人的，跟着她们心软碍事，男子汉大丈夫，要猎杀对方就要冷酷无情得义无反顾，应该狠狠地咬住你憎恨的那一个不放，直到他气断身亡！”

本以为他是在和她说话，头一回才知，他在和小雪狼说话，小雪狼就这么两眼直直地看着他一眨不眨，就好像真的听得懂似的。

有那么一瞬间，念沧海觉得他们的眸子有点像，原本初见的时候，端木卿绝的眼就叫她以为是雪狼的眸。

难道……

不懂心跳为何突然变得有些快，脑海中莫名地浮现了一个模糊又诡异的念头，视线悄然扫向端木卿绝左颊上的狼牙图形，还有他这身衣服跨在肩头上如同雪狼尾的东西……

还记得小时候看过的民间小传上常常提及的北域传说。

千百万年前，千千万万的妖精聚集在那儿，向着周边的大国横行肆虐，以人为食，滥杀无辜，血流成河，世世代代都无法摆脱他们的折磨和摧毁，所以最后几方大国的巫师倾尽性命，联合各自的毕生灵力才将他们封印在了北域……

第十章 暗中加害

端木卿绝的风寒总是反反复复地发作，连着三天，念沧海每夜都会被他突然发烫的体热给吓得分分刻刻守在他的身边，为他擦身喂他喝药。

“这样下去不行，还是召御医来吧，这病要不是风寒的话，怕是给耽误了。”

夜半，念沧海摸了摸端木卿绝又烫了起来的额头，低低呢喃着从床边站起，可走过他衣衫的时候，眼神就这么落在他袍子里冒出来的几缕绿色的东西上。

念沧海放下手中的水盆，蹲下身将它们捡起，放到鼻下闻了闻，“这不是仙人草么？”

一闻味道，她就知道自己上当了！

听着端木卿绝甘甜的鼾声，她是气不打一处来——

他拿她当傻子耍呢，这些天都是偷偷吃了这些仙人草才会身子发热的吧，他就这么骗她，骗她夜夜不睡地照顾他，自己倒是睡得那么香！

念沧海气得咬着唇四处扫着屋子，一脚踢到脚下的水盆，举起它就朝着床上泼了满盆的水，“啊！！”梦中人还以为翻了船，猛地跳起身，“你——干吗泼孤王一身冷水！”

端木卿绝淋得像只落汤鸡似的，讶异不解地瞪着眼前叉腰的小娘子，“呵，感觉到冷，身子里的风寒是驱尽了吧！”

念沧海拿起那几株仙人草扔在他的胸前，“那么喜欢火烧焚身的滋味就再多吃一点，我再也不会那么笨地上你的当了，无耻！”

端木卿绝面色一变，这几天被她照顾得飘飘欲仙，都忘了将草药好生收起来。

“不许走！谁说孤王是吃那些草药才发热的，孤王是真的病了！”

见念沧海转身就走，端木卿绝掀开被子从床上跃下，从后揽住她，她挣脱他就双臂守得紧不放人，“还想骗我？！戏弄我还不够，不过瘾，是么？！要逼得我没觉睡，活活累死我，你才甘心，对么？！”

念沧海使劲地掰着他的手臂，掰不动就狠狠地抽打，知不知道她这几天都没合过眼，方才还怕他要是染上了什么大病，心急得心慌难定。

“孤王没骗你，你要走了，孤王又发体热，死了怎么办？”

“能怎么办？才不稀罕呢，死了更好，就没人欺负我——唔唔……”

后面的话没机会吼出口了，身子猛地被扳过，双唇已被某人强行霸占，吻到深处，吻得尽兴才缓缓松开，“唔……端木卿绝，你厚颜无耻！”

念沧海被吻得差点透不上气，憋红了小脸，一手愤愤地捶着他，他就是纹丝不动，双臂不放：“不许走，再敢说一个字就堵住你的口——用嘴。”

印月阁内，玥瑶见东西就摔，隔着一分三刻就要发作一次，因为她已经整整四天见不着端木卿绝了，取而代之的是四大暗卫时刻不离地“看护”着她。

她问他们端木卿绝去了哪儿，他们是打死连个响屁都没有。

而醉逍遥突然出现，说是给端木卿绝来带话的，“九哥要你和我说什么？”

“九爷猜到几日不见，郡主会担心，便让逍遥传话，烦请郡主不要为他担心，他安然无恙，再过几日便会回东苑。”

玥瑶听完一愣，“就只有这样？！”

“嗯，就只有这样，郡主有何要让逍遥带话的？”

醉逍遥笑得邪魅，玥瑶只觉自己成了傻瓜，白痴都看得出她是想知道九爷的下落，而他存心故意不说，戏弄了她。

“滚！”

玥瑶暴怒，手一推身边的桌子，零零落落的茶具跌在地上发出声声巨响，“呵，那逍遥就先告退了。”某人不畏“惊现”，扬着胜利而归的笑转身离开……

醉逍遥走后，玥瑶更为光火，如果东苑不见端木卿绝，他也不是去了南苑和西苑，那剩下的不就只有女宾禁人的北苑？！

瞧醉逍遥那悠然自得的模样，九哥定是在他视线范围内的某个极安全的地方，绝对不会是出了宫。

可九哥会在北苑的什么地方，什么地方是连她这个郡主想要去都不能去的地方——

“冬采，快去把迦楼身边那个叫做‘映儿’的丫头找来。”

“是。”

冬采去找映儿半路却遇上迦楼，无礼顶撞了几句就被迦楼掐着脖子押回了印月阁。

“喂，你抓着冬采是做什么？”

“想知道我做什么，不如先问问你家奴才是要做什么？无端端在北苑门外鬼鬼祟祟，还想拉着我的丫头来这儿，是在打什么鬼主意？！”

迦楼一把嫌恶地松开冬采，她还以为他喜欢碰这种下贱小人。

“我是郡主，召见个丫头有何稀奇？”

“你倒还有理了，映儿是北苑的人，岂容你呼之则来？！”

迦楼是和玥瑶杠上了，一瞧她就浑身不爽，这印月阁里的人就没一个让他看着顺眼的。

玥瑶本咽不下这口气，但是他来了倒是比映儿更好，要让映儿找九爷的下落，怕还是他更方便，何况他还爱慕着九爷，“本郡主这么做也是为了七姑娘你呀……”

她突然和颜悦色，口吻变得煞是亲热，似个好姐妹一样地靠过来，被她手儿挽上胳臂的时候，整个人都起了一身鸡皮疙瘩，“别碰我，有话就直说。”

“难道七姑娘不知道九爷去了北苑？！”

“此话何意？”

迦楼眉微蹙，虽然三天前他是在闯入四爷的鬼眼楼时撞见了九爷，但是之后并没见九爷来过北苑啊……

“还不知道吧，那个丑八怪也不见了，是九爷带着她去了北苑。”

“什么？！”

迦楼一下子瞪大了一双琼姿妖娆的眼，他这些天倒是去过旧院，但是每每要推开院子的大门时醉逍遥就出现了，他不是拉着自己观景赏花就是大聊山海经，好像有心让他见不着沧海。

可北苑，九爷可是明文下令绝对不许女子进入的，映儿是因为跟着他才特例的唯一一个。

“顾玥瑶啊顾玥瑶，本姑娘可是不会再帮着你伤害念沧海了，你要想什么法子伤她，可别再算计上我！”

迦楼转身就走，却听玥瑶讪讪地笑："哟，怎么了，七姑娘是'变性'了？不爱九爷，爱上那个丑八怪了？什么事都这么护着她，可她又背着你做了什么，都三四天不见，你说她是不是夜夜缠着九爷和他合欢交颈，你当真就不在乎？！"

心里不禁狠狠一抽，脑海里应着那些话映现那夜修罗殿里看到的一幕幕，甚至端木卿绝已经做到了——最后！

迦楼是暗自握紧了拳，浑身都因不明的愤怒发颤。

不用玥瑶再加油添醋说什么，已经行步如飞跑出了印月阁，她随即朝着冬采和几个奴婢使着眼神，"跟着他混入北苑，找出九爷的落脚地。"

庭院小筑里，念沧海坐在厅堂里正寻思着怎么逃出去，就听到"救命大仙"在召唤着她。

"念沧海，念沧海！"

念沧海从椅子上跳起身，终于等到了救星，"迦楼姐姐！"她兴奋地朝着迎面冲进来的迦楼扬起小脸，而那人凶神恶煞地一下抓住她的胳臂，"你个背信弃义的丑丫头！"

"什么啊？！"

一见面就骂人，他张牙舞爪地瞪红了双眼，"我怎么了？几天不见，还以为姐姐你会想我呢，这是唱的哪一出？！是被玥瑶郡主熏陶得又想来害我了？！"

念沧海胳臂被大力地掰得直直的，痛得她一手打在迦楼的心口，"少贫嘴，别拿我和那个坏丫头比！"

"那你发什么神经，我哪里背信弃义了？"

"就凭你背着我和九爷住在这儿！"

迦楼气得怒不可遏，几乎找遍了北苑都不见九爷，他便自己对自己说肯定是中了玥瑶的套，沧海一定还在旧院里根本没和九爷在一起，但是他跑进这里，却第一个见着她，要他怎么想？！

那些个她和九爷亲昵交缠的画面又涌回了脑海，堵在他的心口生生作痛。

"你……你……"

他想问她是不是和九爷已经那个什么了，但是声音低得像只蚊子，也不知道该如何把余下的话给说出来。

"喂，你当我愿意啊，还不是王爷病了，我才留下照顾他，我可是巴不得离开这儿呢！"

"九爷病了？！"

“是啊，染了风寒，夜夜高烧不退，所以我只好陪着。”

这么说，她就是夜夜陪在了九哥的身边？

孤男寡女，共处一室？！

迦楼才消下去的气猛地又蹿得更高：“你照顾九爷就会好了么？干吗不找御医来，你当你是大夫啊？！”

他这是故意来找茬么？！她又不是乐意当大夫照顾那个大混蛋，是他被她拆穿了装病还死活不放她走，她要走，他就威胁要对她那个……

想起端木卿绝昨夜威胁她不能离开的警告，念沧海赤黑的小脸就掩不住地整个嫣红。

这一嫣红倒好，可是让瞧着的人无尽遐想，“你……你……和九爷他……他……是不是……”

舌头就像不是自己的，怎么都不听使唤，迦楼结结巴巴地不停打着颤。

“是不是什么，你到底要问什么？！”

“九爷是不是把你——睡了？！”

一张小脸被唐突地一问，这下是整个从里红到了外，念沧海羞得抓起桌上的食案就往迦楼的脑袋上“砸”，“干吗打我？！”

“让你再乱说！”

两个人就像八九岁闹脾气的小孩子，那你追我躲的样子，虽然看着是两个女子，一美一丑互不相让，但是待在水晶帘子后的俊容静静看着，心口总是闷闷的，说不出地心气不顺，他就是不乐意看着念沧海和迦楼挨近着。

看着念沧海一把抓住迦楼，气鼓鼓地踮起脚质问他什么，眼看他们的唇都要凑到一起了，双腿就这么健步如飞地来到念沧海的跟前，一把将她拉向了自己的怀中，扣起她的下颌，“端木……呃……王爷？！”

她惊得张着小嘴，给了魅惑的长舌长驱直入的侵略机会，他就这么当着迦楼的面——热吻着她……

霸道的舌在念沧海的口中横行肆虐，她越是挣扎他就吻得越深，厮磨着她的小舌生生酸楚也不放过。

看着端木卿绝强吻念沧海，一双妖冶的眸子是被妒火烧得猩红充血，“九爷怎么可以这样？！九爷怎么可以转身就抱着别的女人？前夜还压着迦楼又亲又吻不肯放人！”

迦楼突然委屈可怜地抹着眼角，痛诉起跟前的男人就是个始乱终弃的负心汉。

端木卿绝强吻的动作猛地一顿，念沧海也是一惊，前夜他竟压着迦楼姐姐又亲又吻还不肯放人，难道他是个断袖不假，只不过又爱男人，也爱女人？！

“恶心，无耻！！”

念沧海使尽浑身解数将端木卿绝推开，瞪圆的杏眼堆满嫌恶，就像在说：“你个肮脏的瘾君子，不许你再碰我！”

“不是这样的，前夜……”

“前夜什么？难道九爷要否认么？人家不过是去四爷的屋子找药吃，你埋伏在暗处将人家突然扑倒……还说等人家很久了……急不可耐地在人家耳边低喘……然后就对人家那个……又那个……”

迦楼接过端木卿绝的话，满面羞红地说得绘声绘色，不禁叫人遐想，他们是不是就这么做了爱做的事。

“迦楼，住口！”

“九爷那么气做什么？！难道我不说，那夜发生的事就会被抹去了么？迦楼可是不会忘记九爷搂着迦楼时的……体温是多么灼人呢……”

迦楼火上浇油，妖冶的眸子半眯闪着狡黠的精光。

念沧海听着是起了一身的鸡皮疙瘩，眼前就这么浮现两个大男人赤身交缠，咬耳交颈的画卷，再回想这些天他夜夜纠缠着自己，恶心！他怎么可以这么无耻，既然那么喜欢男人，还缠着她不放做什么？！

“九爷不用顾忌妾身，大男人敢做就要敢当，为了妾身伤着七姑娘，妾身可担当不起。”

念沧海气恼地说罢转身就走，端木卿绝跟着追上去，迦楼眼明手快，一下勾住他的胳臂又哭又闹起来：“唔唔……九爷不要迦楼了么，迦楼都是你的人了，九爷这是要始乱终弃么？”

“迦楼，你——！”

一听迦楼声泪俱下的哭求，念沧海是头也不回地跑进了院里。

端木卿绝铁青了脸，一肚子怒火往心门上冲，“演够了吧？！”扫着迦楼得意勾起的嘴角，他知道他是故意的，“九爷在说什么呢，迦楼只是如实说罢了……”

得了便宜还卖乖，迦楼朝着端木卿绝眨着如魅的眼，他就是装傻充愣，看他能拿他怎么办！

“那夜真该把你的舌头割断！”

端木卿绝悔不当初，这下该要如何解释才好？！

“断袖癖，龙阳君，大色坯，不要脸！”

念沧海跑入中庭，随手摘了根狗尾巴草，一步一声低骂，虽说巴不得端木卿绝最好只爱男人，可……

为什么心口就是闷闷的……

“冬采姐姐，你瞧，王妃真的在这儿呢！”

不远处的野草丛后藏着跟着迦楼偷跑入庭院小筑的冬采和几个小婢女，她们窸窸窣窣地说着惹来念沧海突然一个顿步，“谁在那儿？！”她朝着野草丛呼道，吓得三四个人浑身一怔，转身就四散跑开……

是眼花么？

还是端木卿绝的那几个暗卫？！

念沧海跟着跑了过去，只觉那些个影子个子娇小，不似男人。

难道……

玥瑶的人？！

“爱妃。”

刚要再追过去，一道听着就讨厌的声音叫住了她，念沧海折了回来却是从端木卿绝的身边走过，全然将他视作了空气，可那一只大手立马抓住她，“爱妃这是在妒忌？”

立刻白了他一眼，妒忌？！妒忌他和男人鱼水之欢，叫她心气不顺？！

“妾身是明事理的人，王爷喜欢的，妾身绝没妒忌的理由。”

她沉着脸掰开他的手，一副乐得他去找男人寻欢的样子，端木卿绝手下的力道一重，猛地将她拉入怀中，她就这么不在乎他？

“说的都是当真？！”

眼神直直地凝着她的眼，就好像她若是撒谎，他定能看穿。

“呃……”

声音就这么卡在喉咙，念沧海不懂自己为何突然语塞，就好像她的淡定当真是因为她在妒忌。

某人笑了，因那又愤却又羞的小脸。

扣起她的下颌，勾起妖娆的嘴角：“孤王就知道爱妃是个——妒妇。”

念沧海心口一堵，他背着她男女通吃，倒过来还说她是妒妇？！

“是你告诉迦楼你在这儿的？！”

“你把我关在这儿，半步都不能出去，我拿什么告诉他？！”

“那他为何会找上这儿来？”

“这可要问王爷你了，难道不是前夜王爷和七姑娘‘翻云覆雨’的时候，一时兴奋说漏了嘴？！”念沧海挑眉冷讽道。

“妒妇。”

“才不是！王爷可别在妾身的头上扣上莫须有的头衔，妾身呢，巴不得王爷天天和七姑娘一起，最好夜夜纠缠不知归。”

嘴巴管不住地说着气话，某人的笑声是越来越邪肆猖狂！

“不许再和迦楼靠近，孤王不是警告过你么，难道你是不怕他的毒了么？”忽地，端木卿绝收住笑声，严肃正经地告诫道。

“呵，该怕的是王爷吧，要是对七姑娘始乱终弃的话，小心他一怒之下对你下毒——”

“还说不是妒妇？！听他说孤王碰过他，就叫你这么不快？！”

“很想知道么？！”

“是。”

“那妾身偏就是不答了……”

“爱妃当真不答？”他试探问道，声音隐隐攫着几分威迫。

“是，就是不答。”趾高气扬地将头抬得高高的，嘴巴长在她嘴上，她不愿说，谁都别想逼得了她，可——

“爱妃不答的话，那就只好回屋让你答了！”

端木卿绝动作快如影，两手打横就将念沧海抱了起来，“端木卿绝，你做什么？！”

“不做什么，只是听爱妃说男女在床上‘翻云覆雨’的时候，会管不住自己的嘴巴，所以想验证一下。”

菲薄的唇扬着恶魔的笑，念沧海算是自己又摆了自己一道！

被端木卿绝抱着，一口气就跑到了厢房之外，念沧海急得两手扒着门架子死活都不让他进屋，“我答，我答就是了！”她这是被逼良为娼，不答可就贞节不保了。

“那爱妃的答案是……？”某人不缓不急，顿下步子瞧着她，这眼神看得人在他的怀中都躲不开交会的视线。

“呃……嗯……我……我……”

“时间到，还是上床答吧！”

身子一动，吓得怀中小人儿立刻大声喝道：“不快，妾身不要王爷碰别的人……”

话到最后已经轻得犹若蚊蝇叫，念沧海不过是顺着端木卿绝想要的说，可是为何自己的心跳会这么快，就好像那不是扯谎的话，而是她真心的，真的讨厌他碰别的人……

气氛悄然变得暧昧煽情，端木卿绝也不说话，嘴角挂着似笑非笑的弧度，两眼就这么看着她。

念沧海从不知道这样的凝视也是种折磨，两手情不自禁地环住他的脖子，小脸越来越低地埋在他的怀中，“王爷，可以放下妾身了么？”

“不能，爱妃话都说到这个份上了，孤王舍得放开可就不是男人了！”

念沧海蓦地抬起头，对上端木卿绝妖异鬼魅的冰眸，此刻它绽着朵朵情花，她方才的乖顺非但没有浇灭他的欲火，反而是浇灌得更加一发不可收拾。

端木卿绝大步流星地迈入屋中就将念沧海放倒在榻上，她混乱的脑海一片空白，只瞧那伟岸的身子俯身压下，“九爷！”

听着迈进屋子的脚步声，念沧海趁着端木卿绝微微一怔立刻将他推开，从榻上仓惶逃了下来，“醉大人。”她快步来到刚绕过屏风的醉逍遥的跟前文雅地一唤。

“啊……逍遥不知道王妃也在，是来得不是时候么？！”

醉逍遥戏谑的眼神扫向坐在榻边的端木卿绝，面具下的俊脸似乎有点郁闷，再一扫念沧海抓着领子一脸的羞红，怕是他真来得不是时候。

“何事？！”

端木卿绝整整微乱的衣袍，缓缓走了过来，念沧海悄然拉开和他的距离，生怕醉逍遥要是说没什么要事，他便会将他打发，她得赶在前面说才好：“醉大人定是有要事相告，妾身不便在此，这就告退。”

“王妃不用离开，这事也和王妃有关。”

念沧海正要溜，醉逍遥却不配合，怪只怪溜得不够快，念沧海只好折回步子，“醉大人要说的事究竟是什么？！”

“说……”

端木卿绝的步子不知几时已经来到了念沧海的身后，一手将她拉向自己的身后，他不喜欢她和别的男人眉来眼去，迦楼是其一，逍遥便是其二。

“北苍派了使者而来，还带了一大批的贡品，说是想见见王妃。”

醉逍遥话一出，念沧海整个表情都变了，眼神惊愕却也期盼，端木卿绝微微回首就给瞧见了，心不快地拧了一拧，那眼神代表着什么？！

在想端木离那个小崽子？！

“现在他们在哪儿？！”

“在未央宫殿外候着呢。”

端木卿绝拂袖就走，“我也要去！”念沧海跟着道，端木卿绝止步回首看了她一眼，那眼神和方才温情戏谑时判若两人，带着杀气，叫她不敢再多说一个字。

端木卿绝走后，念沧海就不安地在庭院小筑里来回踱着步子，不知怎地她就是放不下心。

心急如焚间，抓住正送来午膳的小幽，“小幽，这小筑外面有没有守卫？！”

“小姐，你这是要趁着王爷不在溜出去么？！”

“别废话了，到底是有人还是没人？！”

“人倒是没人，可……”

小幽话还没说完，念沧海就一溜烟地不见了人，要她留在这里守株待兔她可受不了。

虽然不认得宫中的路，但是凭着好记性，念沧海还清楚记得从地形图上看到的地形位置，很快就找到了未央宫，只是殿外侍卫森严，她根本不能靠近。

远远地，她只瞧穿着北苍官服的五六个男人杵在那儿，站在他们之中的男人正是端木卿绝和醉逍遥。

他们在说着什么，虽然看不清楚表情，但是却能感觉到气氛相当的紧张，五六个男人明明个个身形魁梧，但是在端木卿绝的跟前却是渺小得微不足道。

她看到那些个使者似乎个个畏惧着端木卿绝，两肩畏缩得拢住，突然几个人跪倒在地，好像在放声哀求着什么。

十多个侍卫冲了过来，各两人架着一个使者就拖着他们不知要去哪儿！

只听漫天的嘶喊撕心裂肺，“不可以！！”念沧海再也不能坐视不理，也不管挡在殿外的侍卫，有人冲上来拦阻，她就银针伺候，这边惹来的骚乱引起端木卿绝的注意……

印月阁中

冬采刚一将消息带回来，玥瑶就大发雷霆失了控，“该死的！！你们看到的都是当真的？九哥抱着那个丑八怪，他真的抱着她？！”

“当真，千真万确，奴婢们都是亲眼看见的，不做假。”

玥瑶随手抓起手边的花瓶就砸在了地上，“不可以，我绝不允许这样的事发生！”

这么下去九哥会对那个丑八怪越来越着迷，而自己的担心就会成真，如果让那个念沧海真的有了九哥的孩子该怎么办？

“不可以！”

玥瑶拳头握得死紧，“冬采，给我找洛太医过来，就说我病了，要他立刻就来。”

“郡主，你这是要做什么？！”

“别废话了，立刻将他找过来！”

“是。”

没有二话，冬采转身就跑出印月阁，朝向御医院而去，洛太医不出一刻就被带了过来，玥瑶的寝屋中就只有她和洛太医两人，她打发了冬采和其他的丫头，似乎有什么很重要的事单独和洛太医说。

“太医，这次你若帮了本郡主，本郡主就让你提前告老还乡……”

玥瑶和洛太医在寝屋中密谈了很久，约有半个时辰左右，洛太医才走了出来，玥瑶召来冬采和她耳语着什么，随即就见她跟着洛太医回了御医院，过了三刻又回到印月阁。

“郡主，洛太医说，这就是你要的。”

寝屋中，冬采关了门窗，小心翼翼地从怀中拿出一包药，方才她跟着洛太医回御医院配药，见他神情紧张凝重，给了她这包药后还声声叮咛，一定要安全交到郡主的手上，绝不能让旁人瞧见，她就猜这药肯定有蹊跷。

“郡主，这药莫非是……毒药？！”

“想知道是不是等着看好戏就成了……”玥瑶答得神秘，笑得更是阴险，“今夜给我好好守着印月阁，不管是谁求见，就说本郡主睡了，千万不可让人闯进来。”

“是。”

傍晚刚过酉时，夜色暗下，一道黑影便从印月阁越墙而出，穿着夜行衣的玥瑶凭着较好的轻功，不出半刻就来到了北苑之外。

虽然从小她体弱多病，但却秉承顾家武艺世家的好底子，天生就拥有一副练武的好筋骨，加之聪颖过人，在端木卿绝的提点下，非但对点穴驾轻就熟，轻功更是一绝。

玥瑶翻墙而过直窜东头的庭院小筑。

她小心翼翼地找到厨房，正巧小幽在炖煮着高汤，趁着她离开的片刻，她溜了进去，拿出怀中藏好的那包药就整个倒了进去。

随后从暗角里悄无声息地溜了出去，越过院墙的时候心下一阵甜盈，蒙面布下的嘴角勾着阴毒的弧度：念沧海啊念沧海，就连天都帮着我，这下我定要你死无葬身之地！

未央宫外，念沧海哪怕使尽浑身解数，用尽身上的银针，也绝对抵不过一窝蜂的魁梧侍卫，她的顽劣抵抗只能平白招来杀身之祸，不出眨眼工夫，几十把长刀已经架在了她的脖子上。

“大胆狂徒，敢闯未央宫者——死！”

侍卫统领喊道就举起手中长剑刺向念沧海的喉咙，她不喊也不叫，死死地紧闭双眸，“停手！”就在刀剑抵在喉咙的刹那，醉逍遥疾步如飞而来，玉笛一出将统领手中长剑打飞在地。

“醉大人？！”

统领惊愕瞠目，不解这是怎么回事。

“还不快放开王妃。”

“王妃？！”

十多个把长剑架在念沧海脖子上的侍卫都是面面相觑同时一惊，这么个丑不堪言的女子竟是北苍送来的那个女子？！

虽然在修罗宫，人尽皆知北苍送来的女子向来毫无价值，九爷利用完就会杀害，但是这一个，谁都不敢轻举妄动，近来宫里流传了好多九爷独宠她在掌心的传闻，人人都以为她是个惊为天人的美姬，却不想……

“属下有目无珠，还望王妃降罪。”

一下子，十多个喊打喊杀的人收起手中剑跪在地上齐齐向念沧海请罪。

她看了醉逍遥一眼，根本无暇理睬灌入耳中的那些请罪。

眼神直直地扫向端木卿绝杵立的地方，瞅着那些个被侍卫们越拖越远的使者，立刻奔跑了过去，“放开他们，停下！！都给我停下！！”

她跑过端木卿绝身边的时候猛地被攥住了手臂，“放开我，你是要对他们做什么？！”

面具下的脸俊冷无情，眼神犀利如刃，“收声。”他威严地吐出两个字，强大的威迫里逼得人连大气也不敢喘一下，“王妃？王妃？！救救臣等，王妃救救臣等！”

许是认出了念沧海的声音，五六个使者齐齐朝着这边喊着求救。

念沧海朝着那边望去是心急如焚，“王爷，他们究竟是做错了什么，你要带他们去哪儿，让侍卫们停下，求你了！”

哀求根本无用，端木卿绝的表情和手下的力道都不为所动，见使者们就要被拖入看不见的地方，念沧海情急之下，掏出袖中仅剩的最后一根银针，“你要做什么？！”

端木卿绝毫无表情的脸立刻紧张起来，“王爷不放人，妾身就死在这儿！”

她不是拿着银针向着他而是向着自己的心口，“呵，你以为本王会在乎你的生死？！”他不屑冷笑，她当即握着银针刺入自己的心脏，鲜红的血立刻从她的胸口浸透出来，“妾身不求王爷……可怜，只求……和使者们一同……上路！”

“疯子！”

端木卿绝始料未及，心狠狠揪了起来。

她这个疯丫头为了那些个使者竟然连命也不要了！大手立刻握住念沧海攥着银针仍用力刺向自己心脏更深处的手，他万般也想不到她会真的这么做，还做得那么决绝，一点都不留情。

娇小的身子因为痛猛地虚软下来，端木卿绝掰开她手中的银针，一手托着她后腰蹲下身来将她搂入怀中，“太医，快传女太医！！”

“不要……妾身一心求死，王爷若……不放过他们……妾身咬舌也要死！”

说着，念沧海猛地咬住自己的舌头——该死！她还真是够贞烈效国！

见着她嘴角淌出殷红鲜血，端木卿绝的心痛得又怒又恨，大手蓦然掐住她的双颊，叫她两排牙齿无法咬住自己的舌头，但是念沧海看着他的眼神是坚毅不改，他若不放过那些人，那就永远也别放开手，不然她肯定会咬断自己的舌头随他们而去。

她这是赤裸裸的威胁，拿她的性命，拿他对她的在乎威胁着他！

“放了他们。”

那几个字是从端木卿绝的牙缝中咬牙切齿地磨出来的，醉逍遥攫着笑幽幽应了声“是”，就追上了那些侍卫。

不出片刻，那些个原本要被侍卫拽向蛇坛的使者被救了下来，他们个个被吓得魂不附体，双腿虚软地瘫倒在地。

“方才失礼了，把大人们吓坏了吧？起来吧，烦请跟我往这儿吧……”

醉逍遥似笑非笑地打着趣儿，五六个使者相互搀扶着起身，谁也笑不出来，也不敢说个“不”字，跟着他朝着东面走去……

念沧海的心口还在淌着血，端木卿绝松手点了几个穴封住她的血势，她却趁此空隙又咬住了自己的舌头，“松口，孤王已经答应你放了他们！”

“唔唔……妾身……没有瞧见他们平安无事就不能相信。”

端木卿绝又再掐住她的双颊，她立刻迸出倔强的一句，简直气煞了端木卿绝。

“王妃请放心，王爷向来言出必行，使者们已经被安置到了锦瑟居，王妃若是不信，待止了血后逍遥可以带王妃前去印证。”

醉逍遥幽幽地来到念沧海的身边，他们四目相视一眸，念沧海便不再倔强，任由端木卿绝打横抱了起来，回到了庭院小筑。

小幽见念沧海心口满是鲜血吓得半死。

端木卿绝等不及女太医来，将念沧海放倒在床上便撕开她的衣衫，“不要！”念沧海周身一颤，刚要抬起手推开端木卿绝，就被他快一步地点了穴浑身都不能动。

只能眼睁睁看着自己裸着半身躺在他的眼下。

银铜面具下的脸怒得都能冒出火来，她就这么戒备着他，以为他禽兽不如，连她半死不活的时候都要轻薄她么？！

好心被当做了驴肝肺，活活践踏在脚下，端木卿绝不懂自己为何要收住自己的怒火，只求将她从阎王殿外救回来。

拿过小幽送来的药和纱布，端木卿绝竟是俯下身，以舌舔舐念沧海的胸口，以他的唾液用作清理伤口的药剂，“呃嗯！”唇舌触及针口的刹那，念沧海仰头痛吟，这般的疼犹若万箭穿心。

“都不怕死了，还知道痛？！”

端木卿绝抬起眸，厉色骂道，可明眼人听着都知道那话里带着无尽的宠溺和不舍。

“我……”

“不许说话！”

端木卿绝吻上念沧海的心口舌尖画着圈地吸吮，逼得念沧海伤口在痛，整个身子却在灼烧。

老实说，若不知道他是在为她清理伤口，就这么看着还以为是男女煽情的场面，端木卿绝伸出舌舔上念沧海胸口的动作魅惑挑逗，而念沧海痛得嘤咛，嘴间溢出好听的娇吟，任谁看了都心跳斐然，浑身燥热。

原本被吓坏的小幽此刻就面红心乱，一双眼睛都不知道该看向哪儿才好……

端木卿绝的唾液似乎比金疮药更管用，不一会儿就止住了念沧海的血，只是伤口比他想象中的还要深，差点分毫就将伤及心脏。

为了北苍，为了那些个端木离派来的大臣她真是豁出了性命的！

端木卿绝绕着伤口包扎起纱布，故意在最后一下的时候重重用了下力，“呃嗯！”念沧海痛得犹若病痛的小狗发出可怜的嘤咛，眼神不快地瞪着端木卿绝。

小幽不知几时已经退到了屏风后候着。

屋中的气氛相当地沉闷，端木卿绝被她瞪着是不躲也不闪，“孤王救了你，连声谢都没有？！”

他俯下身，唇压在她的唇上，眼神流溢着情欲向着她的胸口绕着圈，“无耻！”

念沧海甩手就推开端木卿绝，可惜她根本使不上劲，左手才微微用力心口就痛得额上冒出了层层薄汗，“就这么怕？！怕被孤王碰了，那小崽子就不要你了？！”

“……”

双唇紧闭，就好像被说中了一样，的确他是说中了，她不能被他碰，碰了就再也回不到阿离的身边。

那忠贞不渝的眼神当即触怒端木卿绝，他大手绕入她的后脖颈五指一收狠狠拽起她的发，“这身子上下不知被孤王吻过了多少遍，你以为就算孤王没有做到最后，那小崽子还会要你么？”

冰眸金瞳迸出不容侵犯的凶光，一手顺着她的腰际滑向她的腿心，“这儿是——孤王的！”

“下流！！”

这一下，端木卿绝竟是没躲，一巴掌就这么脆生生地落在他的俊颜上，就连屏风外的小幽都听见了，当下就吓出了一身冷汗。

别说小幽了，就连念沧海自己都是一震，端木卿绝被打了一巴掌微微侧着脸，她突然畏惧得不敢面对他回过脸来，她害怕他的眼睛，他的反击——

“都退下！”端木卿绝回过头来没有冲着手下人发怒，而是冲着屏风外的小幽喝道。

“王爷？！”

“退下，不得孤王允许，谁也不得进来！”

任谁都听得懂那话代表着什么意思，念沧海是慌了乱了，“小幽，不要走，不要走！”她放声嘶喊，就凭现在的自己，她没有气力抵抗端木卿绝，哪怕是咬舌自尽的气力都没有，若是没人来帮她，她怕是定逃不过他的……强占……

“小姐！”

小幽揪心地喊，“退下！”

“小幽，出来……”

醉逍遥推开大门，来到小幽的身后，“不要，我不可以丢下小姐，我不要！！”小幽强烈地反抗起来，她虽然希望念沧海能爱上端木卿绝，可她知道念沧海的心不在端木卿绝的身上，她不愿与他发生关系，她若离开，这一次她定逃不过王爷的索要，所以……

“小幽，救救我，小幽！！”

念沧海撕心裂肺地喊起来，小幽作势就往屏风后跑，醉逍遥先一步揽住她的腰将她扣入怀中，捏起她的下颌，吻住她的唇，舌窜入她的口中，“唔唔！！”

小幽惊诧地瞪圆双眸，只觉他舌上藏着什么渡入了她的口中，喉咙一动吞了下去，突然整个人都昏昏沉沉，软绵无力，“醉……醉逍遥……不要……你放开我……我要救……小姐……”

醉逍遥笑靥散开的俊脸上没有慈悲为怀的仁慈，小幽昏厥过去的一刹，他将她扛上肩头就迈了出去，然后锁上了大门。

听着大门被锁上的那一刹，念沧海的心犹若跌入了谷底，一声碎裂。

“端木卿绝……我不要……求你不要！”

眼角被惊恐泛起的泪打湿，他的眼神变了，和以往的每一次都不同。

他是真的动怒了，他是真的被她逼怒了，他是真的……这一次他是真的要对她……

“来不及了，念沧海，孤王知道你想着端木离，孤王知道你时时刻刻想着要回到他的身边，孤王不会让你如愿的，孤王这就要你成为孤王的女人，死了你的心，断了你的念！”

端木卿绝冰眸金瞳耀着愤怒的火焰，他狠狠地咒骂着，就如纠缠她一辈子的魔咒，“不要！我爱他，我爱阿离！！”

念沧海怒瞪着端木卿绝，已是神智凌乱，这一刻——她的表情，她的眼神，都勾起端木卿绝的眼前展露出一重幻影，就如莫离再现，“不，你是我的，你只能是我端木卿绝一个人的！”

端木卿绝解开自己的衣衫就是猛烈的一个倾身……

第十一章　制造假象

再醒来的时候，她仍躺在榻上，只是压在身上的魔鬼不见了踪影。

念沧海脑海里像被什么东西抹去了所有的记忆，睁开眼只是白茫茫的一片，纤长的羽睫沾着濡湿的泪珠，眨了又眨，就像个被抽干了灵魂的瓷娃娃。

脑海被空茫茫强行独占，好像有一把剪子在剪着她的肌肤，她的骨头，她的血脉，她的所有……所有……痛……抑或……如麻……

什么都没了？

呆滞的目光恍惚地四处飘散，“吱呀”一声，外面有人推开了门，“小姐。”小幽轻唤着，听得出她的声音含着担忧，而榻上的人眼神忽然有了改变，深处闪过一缕暗光，一手捡起榻下的外袍披上身，视线从不远处的铜镜上一闪而过，收了回来。

“小姐……”

小幽端着食案走到榻边，轻轻放下，随即端着刚煲好的高汤送到念沧海的唇边。

“小姐，你已经昏睡了一天一夜，喝点汤先垫垫肚子吧。”

小幽坐到榻边，见念沧海披着袍子垂着头沉默不语，漂亮的小脸眉头紧锁，眼神心疼又悲恸，手中的汤匙盛起又放下，“小姐……喝点吧，就喝一点都好。”

汤匙吹了又吹才送到念沧海的唇边，原本这高汤是昨儿个准备的，但是谁会知才过了一夜就会变成这样。

早上她才恍恍惚惚从自己的屋中醒来，立马跑来了这儿，可那时屋子还从外被紧锁着，她正要哭喊，王爷却从屋中推门而出，门锁在他的内力之下不过是一颗棉花糖，断成了两半。

他未语，她越过他跑入屋内，就见小姐昏睡不醒，衣衫不整……

送到唇边的高汤一点点地冰凉都没受到榻上人的眷顾。

念沧海不说话，一颗心就像死了一样。

“对不起……小姐对不起……你骂小幽吧，你打小幽吧，你杀了小幽，小幽都心甘情愿！”

放下手中汤碗，小幽突然跪在榻下，额头猛地砸在了榻沿上，磕出了一道血口子，“幽……？！”念沧海终是有了反应，漠然的眼神看向她，一下垫在榻沿不许她再自残糟蹋自己。

“小姐？！”

抬起泪眼，小幽抽泣着更甚方才，“都是我的错，都是小幽的错，小幽该保护小姐的，都是小幽没用，将小姐扔在这儿，被王爷……王爷……”

哽咽着，将之后的话都淹没在了喉间。

“醉逍遥有没有对你怎样？”

念沧海没有血色的双唇翕动，声音极低，气息极弱，招人心疼痛楚，“小姐！呜呜……醉逍遥那个混蛋，都是他，都是他喂小幽服下迷魂药才会昏睡不醒，小幽没事，他没伤着小幽，但是小姐你……对不起……对不起……”

小幽一下子跃起身扑入念沧海的怀中紧紧搂着她，靠在她的肩上大哭。

“你没事……就好……我不过是被畜生糟蹋了一夜，和要你掉脑袋，权衡起来，我宁愿该死的是我。”

“不要，小姐！你不能寻死！”

那颓废绝望的声音吓坏了小幽，十年日夜相对，叫她知道小姐的烈性子，她是宁为玉碎也不为瓦全，她如此深爱端木离，现在却成了九王爷的女人……

念沧海不说话，她的沉默比什么都可怕，也许愤怒大骂，也许喊打喊杀还有一线生机，可这样的她……

“事至于此，小姐，断不能起轻生之念，求你了，为了小幽，小姐若是去了，小幽定随小姐而去！”

小幽威迫道，念沧海的唇角竟是微微一勾浮起淡淡的笑，那笑凄惨得刺心。

“活着不如死了，还不如一死了之，得个清净。”

“王妃想要清净，无人能拦，但那些王妃用性命保下的使者们，是想让他们陪你入葬么？”

醉逍遥迈着幽幽的步子竟已走到小幽的身后，惊出人一身冷汗，“醉逍遥，你混蛋！”小幽转过身挥起手就向着醉逍遥的面颊而去，真是欺人太甚，他还敢来这里做什么？！

醉逍遥不慌不乱，俊脸散着笑，笃笃定定地一手攥住她纤细的手腕，“小丫头，是想再向逍遥索求一吻么？”

“混蛋，不要脸！！”

想起昨天的那一“吻”，小幽又羞又愤，“放开我，都是你！若不是你告诉了小姐，小姐绝对不会跑去未央宫，不去未央宫也就不会惹怒王爷，不惹怒王爷昨夜就不会……不会……”

接下去的话越来越轻，因为那张邪魅纵笑的俊脸猝然俯下，紧贴着她的鼻尖与唇……

“退下，小幽。”

榻上的人发出慑人的命令，念沧海抬起犀利如刃的眸子直视醉逍遥，他知道那句冲着小幽的话是冲着他的，她要他放开她的小丫头，不许再轻薄她。

手松了开来，小幽不解气地双手握拳，“小姐……？”她回头看着榻上的念沧海，“退下。”

淡淡两字，两人眼神交会，小幽知道小姐是想要和醉逍遥单独谈话……

憎恶地瞪了醉逍遥一眼，小幽静静地先退了下去，关上了外面的大门……

“有话就说吧……”

念沧海视线没有对着醉逍遥，而他的视线一直萦绕着她坐起的身子打转，空气中的味道掺着情爱的味道，“王妃若是觉得身下的被褥不适，逍遥可以为你换一床。”

念沧海含恨地怒瞪着他，怎么了？他的九爷欺人还不够，他是来讥笑，落井下石的？！

只是……醉逍遥脸上的笑和预期的不同，他不是没有在笑，而是他的笑如同被一把无形的刀凿着，一下下不见了踪迹。

桃花眼微微垂着，将眼神蕴得很深，像千年深潭叫人无法窥探此刻他的心里藏着什么……

“九爷今夜设宴款待北苍来的使者们，王妃既是醒了，梳妆打扮一下，便随逍遥一起去吧。”

从远走的思绪里蓦然抽回，消失的笑花一眨眼又盛开在醉逍遥的俊脸之上，诱惑迷人。

念沧海不为所动，静默无语，她不想见到那个魔鬼，却又不能对那些人的生死视若无睹，“那高汤，小幽丫头煲了好久，王妃的身子要紧，还是不要浪费了吧。”

醉逍遥弯腰拿起那汤碗，竟然坐在榻边舀起一汤匙送到念沧海的唇边，对视上的眼神，一个惊异错愕一个淡漠深邃，他这是在做什么？！

“你说过，如果我想离开，你会放我走。”

按下醉逍遥手中的汤匙，念沧海直直睨着他，他却错开了眼神，将汤匙又再送到她张开的唇边喂她喝下，“迟了……王妃已是九爷的女人，逍遥再不能放王妃走了。”

口吻暗暗泛着秋色的悲愁和无奈……甚至……隐隐的杀意……

“宴席设在哪儿？醉大人先退下吧，容我好生梳妆打扮下。”

心如死灰的人儿突然变了主意，微弱低沉的声音升起了些许气力，终究是个聪明人，知道寻死于事无补。

醉逍遥从榻边起身，“现在我才明白，九哥为何有那样的感觉，你和‘她’真的有点像。”忽地，他说起叫人听不懂的话。

“忘莫离么？”

只是榻上的人却听懂了，为何这一个两个的男人都要将她和那个素未谋面的女人联系一起？

“我不是——永远都别想我是！”

"我知道。"

就像倔强都如出一辙，只是有样东西，真的不一样，截然不同。

醉逍遥唇角一勾，神秘而笑，"逍遥这就命人过来为王妃好生打扮。"说罢，他躬身行礼转身迈出了屋子。

看着他远去的背影，念沧海还是摸不透这个男人的心，他说的每一句，他的每一个表情都让她迷茫：醉逍遥，你似敌似友，你的心到底在谋略着什么……

受了伤就要反击！

念沧海忘了是从哪儿学来的，端起榻边的汤碗将高汤一饮而尽，不能死，她不能容自己就这么死了。

半晌后，念沧海在几个婢女的精心打扮下，穿上锦衣华服，盘起凤头戴上金碧辉煌的凤钗，赤黑的脸庞上了妆，柳眉如画，红唇白齿，五官虽不惊艳，还有半张颜被丑陋的红瘢盖着，可那眼神炯亮耀目，黑曜石般的璀璨。

那副架势俨然尊贵至上的王妃，就算说是皇后也不为过。

来到锦瑟居。

端木卿绝已经坐在席上，两侧坐着六位北苍使者。

初见，念沧海和六个人都是彼此诧异，因为他们互不相识，他们对她有所耳闻，而她对他们丝毫不识。

"爱妃。"

冰眸金瞳的眼从念沧海迈着优雅的步子进殿开始就没能从她的身上挪开，一身精心的衣衫和装扮好像把她打扮成了另一个人，面容依旧平庸无奇，丑陋惊人，可那若兰的气质，傲骨不羁的目光无一不在挑逗他的心。

念沧海来到端木卿绝的身边坐下，就好像再正常不过一般，她嘴角盈着淡淡的笑，"亲昵"地回了声，"王爷。"

两侧座上宾不知，面面相觑，煞是不解就这么丑颜吓人的女子竟能迷惑得住只手遮天的九王爷。

在他们的想象中，早已知道念沧海的丑陋，端木卿绝的嗜血残暴，可这如今，展现在眼前的一幕幕都叫他们无法相信。

那个传言中不会笑的男人一手搂着那丑陋的女子，在笑。

那个传言中只对男人钟情的男人目不转睛地长指摩挲着那丑陋女子的脸颊，目光深情如痴。

那个传言中将北苍送来的女人全部杀之的男人扣起那丑陋女子的下颌，便吻上她的烈焰红唇，“唔唔……王爷！！”这一吻始料未及，念沧海两手紧攥端木卿绝的胸口，他大手揽上，邪魅的声音如魔，唇擦过她的面颊，压得极低地在她耳边道：“不许用力，抗拒的话，孤王不介意当着他们的面——要你！”

眼神落在她的心口，凶残的眼神下是无尽的柔情。

抗拒的力量点点消失，念沧海只能任凭端木卿绝轻薄，她半面嫣红地半倚在他的怀中，而他掩在桌下的大手是自由地在她的身子上游走，所及之处都挑起战栗袭着她的灵与肉。

不出一会儿，念沧海已是面红难褪，微微喘息，席下的人不是傻子，一个两个都不敢往他们那儿看去。

昨日他们不过才见到端木卿绝就毫无理由地被一群侍卫拖了下去，说是要将他们扔入蛇坛，他们是个个被吓得三魂不附体，七魄凌乱飞。

若非听到念沧海的声音，笃定她就是太后命他们要来找的人，怕是再晚些求救，他们就真的被扔入了蛇坛，尸骨无存。

但是……

他们若想要安然无恙地回去怕是也没那么容易。

焦灼不安之间，席上端木卿绝又再吻住念沧海的唇，甜蜜的呻吟从四瓣薄唇中流溢，“爱妃的嘤咛只准孤王一个人听。”

他松开她的唇，银铜的面具鬼魅撩人，直视着被他吻得气喘不接的念沧海，金瞳映照出的是一张愤恨的脸孔——

他是存心故意地羞辱她，他是在惩罚她，惩罚她用性命威胁他，因为是她救了席下的那些人，所以她定要付上代价。

念沧海娇小的身子浑身都因愤怒而震颤。

“爱妃美艳动人，孤王一时把控不住，还望诸位大臣勿见笑。”薄唇微动，向着席下。

谁敢笑？

银铜面具下的眼朝他们看去，那些个大臣还能僵着抽动嘴角已经是他们的极限了。

“新婚燕尔难分难缠，皇上若是见着王爷与王妃恩爱有加，必当为之高兴，臣等此次前来，也是因为皇上之命，皇上口谕：望九皇叔中意他此番的心意。”

一位大臣奉承道，端木卿绝只觉怀中的小人儿因为那最后一句话，身子冷不防地一震，她在心痛？心痛她心里的那个他将她当做一份厚礼送给了他？！

“千金难买春宵夜，美人当前，诱惑难挡，孤王就不作陪了。”

忽地，端木卿绝打横将怀中人抱起，冰眸金瞳流溢着触目惊心的危险爱欲……

“皇上口谕：望九皇叔中意他此番的心意。”

心意？

被送走的自己终究只是一颗被丢弃的棋子？

纵然念沧海对端木离的信任不可动摇，但女人心易碎，最怕背叛，她开始害怕，她开始彷徨，她……不愿成为傻傻等着爱却早已被无情抛弃的女人。

一颗心好痛，痛得眼中心中只有那个男人的脸孔。

阿离……

被端木卿绝抱着，冰眸金瞳里映照着一张思绪飘远的脸庞，而她的唇轻轻翕动，在一遍遍地念着那个名字，那个他这一世最痛恨的名字。

她不在乎他，她不在乎他正在做什么，又或者将要对她做什么。

被无视，被轻视，被漠视！

回到庭院小筑，端木卿绝怒然地踢开门，将念沧海放倒在榻上，那一刹，那双失神的杏眸才恍然惊醒了过来，“别再碰我！”

对于他，她的眼中满满的憎恨和防备，“哼！孤王想碰，你还拦得了么？”

是啊，他想要强占，她又拿什么阻拦？！

念沧海唇瓣挂着冷笑，索性不说话了，不反抗了，就这么静静地躺着，用沉默无言地抵抗。

“痛么？”

他忽然问道，眼神邪肆地滑向她的下身。

“龌龊！”

心痛再次被挑起星火，如枝的手就这么挥向他的脸，一只宽厚的大手如影上来将她紧握，“打是情骂是爱，爱妃这是在勾引孤王？！”

“你——！”

笑靥勾唇，对她做了那么不齿的事，他还有颜面在她的伤疤上撒盐说着笑？！

“我一分一刻都没想过勾引你。”杏目圆睁，恨不得将满腔的痛恨都刺入他的皮肉，“当真一分一刻都没有？”

“没有！”

“连一个眨眼都没有？”

“……”

念沧海气结而停顿，他到底在索求什么，他要从她的口中听到怎样的答案才满意？！

强占了她，还要她笑着面对他，说这一切都是她期愿发生的么？！

那男人在笑，因为她的停顿，他笑得是那么得意，好像在说：还是被孤王说中了，你想要的就是孤王的恩宠！

“端木卿绝，你要做就做，什么都不用问我，被畜生玷污了一次，还在乎第二次，第三次么？”

他对她的触碰就只能叫她如此愤怒痛恨？！

“吻我！”

端木卿绝俯身逼近念沧海唇前，金瞳暗闪威逼的冷光，“你做梦！”她倔强地头一侧，双手抵着他的胸口。

“这可是爱妃你的选择！你若吻孤王，孤王就罢手，不然就是你逼孤王压你，强你！”

他的咆哮在耳边炸开，双臂揽在她的身两侧，压下的距离越来越近，仿佛在给她主动吻他，息事宁人的机会，但——

选择沉默不是默许他的胡作非为，当他的唇落在她的脖颈上，粗野掠夺，“畜生，你是狗么？！”

“也许是狼……”

金瞳抬起，衬着邪冷的光，叫人浑身一个颤栗。

她的挣扎她的反抗在他面前微不足道，一只大手就能将她碍事的双手桎梏头顶，这动作这架势，这表情这眼神都和昨日一样，念沧海的心在抖瑟。

“回不去的，念沧海！你也听到了，你只是个被端木离送来任孤王践踏的玩物，死了心吧，即使孤王放人，他也不会再要你了！”

心就像被什么锐利的东西一下子挖空了，痛得念沧海连说话的气力都没了。

这一刻的自己，底细被挖，身子被夺，她是输得一贫如洗，输得彻底！

“不求饶了么？！”

端木卿绝凝着念沧海异常安静的脸，“我求饶，你会停下么？”

“你以为激将有用么？”

“卑鄙！”

“孤王从没说过自己很高尚！”

“那还在等什么，狠狠地将我撕碎，不要留情，反正我也只是个任人践踏的玩物！”

念沧海激将着，惹怒着，挑衅着，黑曜石般璀璨的眸子填满折煞它艳丽的仇恨，她是在破罐子破摔么？

因为被他触碰了，因为被迫背叛了那个男人，所以她怎样都无所谓了。

“就那么想死？好啊，孤王成全你！”

“啊！！”

一道震天嘶叫传来，念沧海以为那会是自己，但是杏眸瞪向窗外，那不是她在嘶叫，而是——

“啊！！”

“啊！王妃，救命啊！！”

一道又一道凄厉的嘶叫响起，那是那些大臣的呻吟，“你对他们做了什么？！”

念沧海抓着端木卿绝的胸口，深处写满了惊恐。

“孤王只答应你让他们‘活着’，可没答应别的。”

加重着那“活”字，眼神妖魅缭绕，却是无情冰寒，他在和她玩文字游戏么？！

他终究要夺下那些人的性命？！

端木卿绝幽幽地眯着眼，抿着唇，就好像在聆听一场好戏，他冷血得让人心颤，“不可以，他们是无辜的，不要这样对他们！”

“他们是无辜的，那谁又是活该的？！”

他吼着，就像与他们有着不共戴天之仇，而她知道他真正憎恨的是那个站在帘后执掌大局的人，“你恨端木离？！他对你做过什么？！因为他抢走了你深爱的女人，所以你要杀尽所有北苍的人才能一解你失去的痛？！”

在她眼中，他就只是个为爱妒忌，只为了一个女人，盲了心眼，残杀无辜的凶残暴王？！

“你什么都不懂……念沧海，你什么都不懂！”

积压多年的恨咆哮怒喝，端木卿绝将念沧海从榻上拽起，“端木卿绝，你没有资格恨任何人，忘莫离背叛你，是你的错，因为你这样的人不配得到爱！”

“是啊，孤王不配！孤王没有资格恨全天下，那孤王就独独罚你一个！”

这是她第一次见他真正地被激怒了。

她被他拽着又回到锦瑟居。

片刻之前这里是盛宴款待的酒肉之席，而此刻扑入眼帘的是……血海一片，血肉模糊，血骨半露……

鼻下是叫人作呕的血腥味……

“王妃……王妃……救救……臣等……”

倒在地上的六个大臣双双泪眼充血，奄奄一息地看着她，他们的手筋、脚筋被利器生生剥断，长剑刺穿他们的手骨脚骨，将他们扎在地上。

鲜血横流，流淌不止……

“不……不可以……不……”

“端木卿绝，你——！”

念沧海侧身怒骂，下颌顺势被那大手捏住印下一吻，“唔唔……呃嗯！！”彼此的呻吟交融，端木卿绝突然松唇的瞬间，刺目的鲜红从他的唇角淌下……

她咬了他，狠狠地咬了他，恨不得能咬断他的舌头，叫他成为那些人的陪葬。

念沧海昏死了过去，醒来已经安然躺在庭院的屋子里，她猛地坐起跃下床，直冲屋外便一头撞入人墙怀中，“王妃。”

“醉逍遥？”

念沧海向后退了一步，“你让开……”

“王妃这是要去哪儿？”

“那些人呢？死了，是不是被你们弄死了？！”

“……”

“你怎么可以这么残忍，你们这还算不算是人？！”

“这就叫做残忍么？！你不会明白北苍曾经对我们都做过些什么！”

向来儒雅噙笑的男人怒目相对，念沧海不免一惊，那憎恨的眼神就如昨夜的端木卿绝，冷血……无情……

“阿离究竟对你们做过些什么？！哪怕阿离错了，那些人也不该成为代罪羔羊。”

她不懂，她不懂他们之间到底有什么深仇大恨，可以教人凶残无情到将恨泼洒在无辜的人头上。

“代罪羔羊？！呵，那王妃想要做的是什么？在世佛陀，替无辜的人们尝尽世间之苦？”

醉逍遥冷笑着，就如她说了一个极为可笑的笑话。

“他们在哪儿？即使夺了他们的性命，留个全尸送回可否？”

念沧海愤恨的眼中攥着卑微的恳求，甚至眼角都有了些微弱的湿润。

醉逍遥睨着她，不懂这个女人为何如此心善，仅仅是因为同为北苍人？

“王妃勿用为他们担心，他们没有死。”

“你骗我！”

念沧海紧张地反攥住醉逍遥的胳臂，她亲眼所见的，她明明看着那些人被他们摧残得手筋脚筋尽断，血骨相见，不可能还活着的，“王妃若不信，逍遥可以带你去。”

又再来到锦瑟居，血染成河的景象不复存在，可弥漫在空气中的血腥味依旧，“呕……呕呕……咳咳……”念沧海才迈进一步就突然作呕了起来，就像是……

深敛的桃花眼中掠过一抹怀疑，“王妃，有伤在身，还是先回小筑歇息吧？”他扶着微微俯下腰的念沧海，她推开他的手，倔强道：“不，带我去见他们。”

身子这是怎么了？！突然就想吐，而且恶心还在不停地冒着。

念沧海来不及顾及自己，当下她只求确保那些人安然无恙，然而跟着醉逍遥来到屋中，眼前一幕着实残忍——

长长的一张石床上并躺着六个人，他们衣衫染着风干的血迹，个个目光呆滞望着屋梁，虽是尚有气息，但手脚都裹着厚实的白纱，白纱上血迹斑斑。

“他们……他们……”

“只是手脚被废，要不了他们的性命。”

耳边是醉逍遥不以为意的话，就这么云淡风轻，将人命视作随意践踏的贱草。

“只是手脚被废？只是手脚被废？这样的人和死了又有何差别？！！”

念沧海声声斥责，床上的人始终目光呆滞，偶然有几个喃喃颤瑟地低喊着：“鬼……魔鬼……北域……不要……王妃……救救臣等……”

心狠狠被揪痛，究竟是何等残忍地施虐才能叫人一夜成疯？！

先前的传言果然都是真的，端木卿绝根本没有心，没有血，北苍来的人被废被杀，成疯成癫都是他施下的毒手。

“放他们回去，放他们回北苍！”

“现在还不是时候。”

“你们终究要弄死他们才甘心么？阿离和端木卿绝之间究竟有多么大的深仇大恨，告诉我，阿离究竟对你们做了什么？！”

“王妃为何愤怒，是因为心痛么？因为他们是端木离的人，哪怕素未谋面，也会因此心痛？！那试想与你情同手足的人，如若一个个被人屠杀，残臂断首躺在你的脚下，你是何种的滋味？！”

醉逍遥抓着念沧海的手臂，用力之大足以折断她的骨头，而她感觉不到痛，因为他眼中的恨已经先吞噬了她。

他说的是那场太上皇将他们一举歼灭的战役？

他是那场劫难中的幸存者，他们鬼骑军的十个统领亲如兄弟，情深不分彼此，所以当他们一个个死在他的眼前，他才会如此憎恨，憎恨太上皇将他们无情屠杀，还将他们赶来北域，让他们自生自灭。

可是太上皇的残忍是因为他们……“那是因为你们滥杀无辜，嗜血成性，处心积虑，为求谋反，将刀尖伸向无辜的百姓，太上皇对你们这群暴徒屠杀是你们罪有应得！！”

“端木离究竟对你灌输了些什么？！贼喊捉贼，对皇位处心积虑的人是他们，他们端木锦端木离父子虎狼为奸，全是人渣！”

“……”

“九爷从未伤及无辜，一寸肌肤一根头发丝都没！而被挖了心伤了身的人是九爷，你永不知他们究竟对九爷做了何等残忍的事，为什么，为什么九爷一次次放过你，你不感恩在心，还要一次次触怒他，枉你已经成为九爷的女人，竟一点都不懂他的心。”

咆哮贯耳，醉逍遥的怒斥教念沧海顿地哑然，挖了心伤了身？

难道端木卿绝是个没有心的活死人？

“王妃只用眼睛看到眼前的一切，却不知眼睛有时是用来骗人的，你的心被端木离的花言巧语蒙蔽了，你根本看不到那底下掩藏的真相，那些哭着喊着求着的就是可怜人？那些眼不眨一下就挥下手中利器的人就是魔鬼？王妃可曾想过，戏子的眼泪不过是用来博人同情的？！他们此行而来的目的是什么，王妃究竟知道几多？！还是王妃以为他们真的是端木离派来？！”

念沧海被训斥着连一句都无法反击，她没见过如此义愤填膺的醉逍遥，他的恨，他的痛不似作假。

“他们若不是阿离派来的，那会是谁……”

醉逍遥来到石床前，袖中玉笛一出抵在躺在最边上的大臣的喉上，“说，少在这里装疯卖傻，告诉王妃，你们究竟是谁派来的？！”

那人眼神一闪，似在畏惧，口中还在喃喃自语着：“鬼……魔鬼……”

“醉逍遥，够了，不要再折磨他们了！”

念沧海靠上去被醉逍遥出其不意地点了穴，脚步就这么定在原地，“说，敢有半分迟疑，就要你喉穿头断！”玉笛加重一次，那人蓦然透不过气来，呆滞的眼神突然看向了醉逍遥，“不……不！！醉大人饶命，是臣等撒谎，是臣等撒谎！！臣等不是皇上派来的，臣等是太后的人！”

念沧海整个人怔住，太后……他们竟是太后的人？

“太后让你们来做什么？！这一包毒药又是要做什么用的？”

醉逍遥从怀中抽出一包东西狠狠摔在他的脸上，吓得那人手脚都在抽搐，“这是……这是……太后命我们在井中下毒的毒药……太后想要王妃死……”

那一句话一遍遍在念沧海的耳边放大……放大……

她不能相信太后竟对她憎恨至此，她已逼得阿离将她送来北域，却还不肯罢手，定要置她于死地？！

“前日他们被王妃舍命救下，可他们才在锦瑟居住下，就在井口四处徘徊，试图将这毒药投入井内，井水连着宫外河道，一旦投入毒药，枉死的不止王妃，还将是整个帝都的无辜百姓。九爷因此大怒，若非王妃以死相逼，他们早已人头落地！”

“……”

“王妃以为九爷如此大怒是为了谁？想要夺他们性命又是为了谁？”

听着醉逍遥的话，念沧海是哑口无言。

终究是她错了，端木卿绝是为了她才对他们痛下狠手，而她却无情地咒骂他，还剥开他最深最痛的伤口，撒上一把又一把的盐。

“王妃现在还愿为他们性命不顾么？”

醉逍遥问着，手上一动解开了念沧海的穴，她漠然地扫了眼床上的那几个人，转过身去，声音淡淡飘在空中：“善恶有报，生死天命。”

“不，王妃，臣等知错了，王妃，王妃！！救救臣等，救救臣等！！”

听闻那一日锦瑟居嘶鸣冲天，血色映照着血染猩红的天际……

念沧海回到庭院小筑的时候，玥瑶竟然候在厅堂里等着她，“姐姐这是去了哪儿？多日不见怎么憔悴成这样了……”她“亲热”地迎过来就挽住念沧海。

她淡淡扫了她一眼，手儿轻轻将她的手拉下，随即缓缓从她身边走过……

“等一下，姐姐这是怎么了？为何见着玥儿这般冷漠？”

玥瑶追了上来握住她略显冰冷的手，她停下脚步，眼神依旧漠然，“玥瑶郡主，听说王爷立下北苑禁止女宾进出的宫规，在王爷还未回来前，你还是先回吧。”

太多的尔虞我诈让念沧海累了倦了，她无心再逼自己强颜欢笑地对着他们这群虚伪的人了。

“念沧海，你够了！你以为有九哥撑腰，你就能为所欲为了么？”

玥瑶怒然大骂，俨然变了个人，先前盈盈弱弱的面容狰狞如魔，眼神里迸着要置人于死地的杀气。

“呵……为什么善妒的人总是给自己找假想敌，难道她消失了，你就赢了么？”

念沧海转过身直视着玥瑶，她唇角微咧，她是在笑，在笑眼前的女子是多么可笑。她明白她憎恨她，就如北苍后宫里的那些女人。

“念沧海，你少嚣张！就凭你这张丑颜，是人都不会信九哥会被你迷惑，老实说吧，你是不是对九哥施下了符咒，你可知对一国之君施下迷魂大法是人头落地的大罪？！”

玥瑶死拽着念沧海的领口，咄咄逼人得似若恶霸，丝毫找不见体弱多病的痕迹。

念沧海只是冷笑，“郡主又想栽赃嫁祸沧海什么？！再送沧海一把涂了毒药的匕首？呵……可惜啊可惜……王爷即使被沧海所伤，他也不曾动怒……”

“念沧海，你休要自鸣得意，你以为尽得九哥的宠就能恃娇横行，你休想！在这修罗宫里，九哥最爱的女人永远都只有我玥瑶一个，怎么都轮不到你！”

玥瑶突然凌空击掌，冬采端着一碗冒着热烟的汤药走了过来，“喝下！”玥瑶拿过汤塞到念沧海的唇前，她下意识一让，“即使死，沧海只会死在王爷的手里。”

那黑乎乎的汤药泛着一股叫人作呕的味道，念沧海忽地就起了恶心，止不住地干咳了几声。

“呵呵……不用怕，这是落花红，堕胎所用。”

玥瑶盈盈笑着，那作呕的反应叫她莫名地开心。

堕胎所用？

防患于未然么？

念沧海睨着玥瑶凶残的眼，只觉好笑，只是个年过十六的小丫头，心竟如此阴狠。

“王妃姐姐还是喝下吧，王妃姐姐若是以为有了孩子就能更得九哥的心就大错特错了，九哥不会要你这样的女人为他诞下子嗣的，北苍送来的贱人最后的下场都是死，等九哥腻了，他会毫不留情地杀了你，就算你肚子里有了他的种，他也不会手软……”

玥瑶还没说完，念沧海已经夺过她手中的碗，仰头一饮而尽。

“我看郡主准备这一碗还不够，王爷天天‘要’我，怕是以后日日都要麻烦郡主准备一碗了。”

“你——！”

扬着胜利的笑，念沧海锐冷的眼神不输玥瑶，她甩手将碗砸在地上，飞溅而起的碎片像是长了眼似的刺向玥瑶，“小心，郡主！”冬采快一步将玥瑶掩到身后。

从小天不怕地不怕的玥瑶，这一刻对着念沧海毫无畏惧的目光竟然起了细微的颤瑟。

她不同……这个女人真的太不同了……

她凭何如此盛气凌人，因为九哥是真的爱上她了？

可如若真如此，她明知那是堕胎药为何又要服下？

“你不爱九哥……”

对于玥瑶的问，念沧海收起眼神转身走入院内，“念沧海，你不要逃，你回答我，你不爱九哥，对不对？！”

“玥瑶！”

玥瑶紧追着念沧海，端木卿绝的声音却突然落在耳边，心口猛地一顿，转身冬采已经满面惧怕地跪在地上，“九爷。”

“谁许你们进来的？”

端木卿绝的声音很冷，冷得玥瑶一时反应不过来，她贸然前来是她下意识认定即使碰上，他也不会为难她，但是那面具下的眼闪着刺骨冷光，从小……九哥还是第一次用这样冰冷疏离的眼神看她……

“九哥……我……”

玥瑶说着缓步靠上去，而端木卿绝却是从她的身边擦过，冷光四溢的眼看着地上的一片狼藉，和刺鼻的草药味道，“这是什么？！”

玥瑶心里打了一个咯噔，她不能让端木卿绝知道那是堕胎药，若是让他知道了，那她在念沧海汤里下药的事就前功尽弃了。

“是养身汤……玥儿多日不见王妃姐姐，日日挂念，听七姑娘说她住在这儿，玥儿就心急来探，她毕竟是九哥的妃子，玥儿的大嫂，迟早大嫂都会为九哥怀上子嗣，可玥儿担心王妃姐姐的身子，所以特地命人为她煲了养身汤，以便早日为九哥得子。”

“以后不许再自作主张。”

端木卿绝不是傻子，他不会听不出玥瑶的谎言。

他从她的身边走过，朝着院内而去，玥瑶跟着，他立刻顿下步子，“回阁！冬采，看好郡主，若再有下次，护主不力，孤王就要你们统统人头落地！”

第十二章　怀胎三月

走到庭院，端木卿绝已瞧见独坐凉亭的念沧海，他走了过去，脚步刚停在她的身后，她就站了起身，眼也不看他一下地从他身边走过，一只大手立刻握住她的胳臂，“不许走。”

声音有点怒却又含着几缕温柔。

“还在气孤王？！”声音越发的温柔异常，而她的心是狠狠一抽，有资格生气的人不是她。

“抬起头。”

“不要。”

他扣住她的下颌，她倔强地躲闪不愿听从，但终究敌不过他的力道，只是抬起的双眸并未他所想的带着怒气，而是……

泪……

卷翘纤长的羽睫沾着点点泪珠，黑曜石般璀亮的眸子如水地闪着，蕴在深处的是……浓浓的愧疚……？

“为何要哭？！”

端木卿绝心口一紧，念沧海也是一惊，手儿抹过眼角觉得湿润才知道自己竟然落了泪，“我没有……”

“刚才你去了哪儿？”

被甩开的手又扣住她的下颌，叫那躲闪的眼神只能对着他。

他的强势，他的威迫，本是她最厌恶最痛恨的，而这一刻……她讨厌不起来。

“对不起……”

小小的口微微翕动，那声音轻若蚊蝇却历历清晰地落进端木卿绝的耳中，心口冷不防地一震。

手下的力道一重，“看着孤王，刚才你去了锦瑟居？！”

“……”

“逍遥全都告诉你了？”

唇越逼越近，念沧海本能地向后退，却被端木卿绝一手揽在腰后无处可躲——眼对着他的眼，鼻尖触着他的鼻尖，张开的唇间萦绕着彼此的呼吸……

为什么自己成了哑巴，一个简单的问题都答不上来……

“对不起……对不起……”

她能说的只有那一句，她不是气他而不愿看着他，而是因为愧疚……

只要想到他对那些人的残忍是为了保护她，而她却骂他是为了忘莫离而嫉恨阿离才迁怒那些人，还骂他不是人，没有心，冷酷无情……

“对不起……对不起……”

“傻瓜……不要再说了……”

温柔低喃，含着无尽疼惜，端木卿绝手下一动，近在咫尺的唇覆上了她的唇，第一次……她没有抗拒他的侵入……他的索要……

这算不算他已征服了她的心？

这样的她，可不可以视作她已经有了做他女人的自觉？

“玥瑶方才逼你喝下的是什么？”

端木卿绝问，怀中的身子微微一震，“没什么，补身的汤药罢了。”念沧海轻描淡写地掠过，她不想让他知道她喝下的是落花红。

“不许再和她靠近。张开嘴，服下这个。”

端木卿绝点着念沧海的下巴抬起，以唇喂她服下一颗白色药丸，“这是可以解百毒的清丸。”

为何要对她这么好？

紧张她，在乎她，生怕她会死去……

“如果郡主给妾身喝的是毒药的话，妾身现在还能这般安然无恙地站在这儿？”她淡淡地扬着笑，扣住她下颔的手一紧，气魄十足的眸逼近：“你的命是孤王的，要死也只能死在孤王的手上！”

还是那样的霸道，那样的凶残，即使一个呼吸，一个眨眼都攫着叫人无法喘息的压迫。

如若哪天终究逃不过刀刃相见，她会不会仍记得这一刻他只许给她的温柔……

紧张的关系总算因此有所缓和，几日的相处，端木卿绝都异常地相敬如宾。

夜晚来临，也并不会在庭院小筑留宿，怕是政务繁忙脱不开身，也知她不会再悄悄地溜走吧。

屋中，念沧海怀里抱着大病初愈的小雪狼，小兔则靠着她的腿侧正在酣睡，“喂，小东西，你说那人真的是狼么？为什么送到唇边的小兔子不吃呢？”

难道掩藏在魔鬼的外表下，端木卿绝真的是个好人？

念沧海眼神情不自禁飘向床头的铜镜……

怀中的小东西一个挣扎从她的怀中跳出，小爪子拍拍熟睡的小兔，叼着它的耳朵跳下床，“喂，小狼！你不可以欺负小兔哟，不然姐姐可要打你小屁股。”

念沧海蹲下身一把抱住小雪狼，它眨着两只无辜的冰眸，好像在说它喜欢小兔，只是想和它嬉戏罢了。

这世上真的有不吃兔子的狼？！

走神手一松之间，小雪狼叼着小兔就跑了出去……

屋中，念沧海缓缓站起身，屏风后，她来到镜子前，以背对着镜面，一双手解开自己的衣衫，她挽起披散背后的三千青丝搭在左胸前，露出光裸的右肩，在那炭黑色的后肩下仔细瞧的话，可以隐约瞧见一颗小小的红点……

那不是生来的朱砂痣，而是娘亲在她哇哇落地的那一夜亲手为她点上的守宫砂。

念沧海从降生的那一刻起就拥有记忆，她记得清清楚楚，是娘亲温柔地解开包裹着她的襁褓，用指尖在她的肩后点下那颗朱砂痣：

“沧海，朱砂视作女子贞节，原谅娘亲将其点在你的右肩，只因你生得仙姿玉色天姿国色，美人劫难逃，锋芒毕露必自毙，娘亲只求孩儿你一生平安，遇上对的真心人。”

她一直谨记娘亲的那番话，所以将自己的守宫砂藏得很好。

当初端木离都因为她手臂上没有守宫砂而心生怀疑过……

那一夜，端木卿绝那一夜你若想要强占我是何等轻而易举的事，可你为何并没那样做？！

其实这些天来，念沧海一直百思不得其解，当初醒来看着被褥上的血迹，她几乎崩溃，差点真的以为自己被端木卿绝强行占有了，若非那时巧合见着镜中自己后肩上还留有这颗朱砂痣，怕是定被那一切骗到了。

端木卿绝，你为何要精心摆出一个局让我误以为我已经成了你的女人？

念沧海深信端木卿绝应该没有察觉到她的后肩上有颗守宫砂，因为他深信她早已是端木离的女人，所以他之所以那么做，难道只是想要惩罚她，让她死了回北苍的心？

抑或是叫她断了对端木离的思念？！

视线又落在后肩的朱砂痣上，念沧海缓缓重新穿上衣衫……

生得仙姿玉色天姿国色……

如果对旁人说她是此等惊世骇俗的美人，定会招来无尽的嘲笑，可是出生的那一日，她的确生得如水玉嫩，惊艳绝世，她还记得爹爹抱着襁褓中的她笑靥生花，对她相当宠爱。

可是当夜她却遭人强行灌下毒药，高烧不退，肌肤溃烂，自此破相……

娘亲就好像早已知道她即将上演的命运似的。

所以所谓的美人劫难逃，锋芒毕露必自毙……又寓意着什么，应该不仅仅指她遭人迫害破相的事。

娘亲……

沧海被爹爹幽禁十六年，幸得遇见阿离才重见天日，可也因此招来杀身之祸，你说的遇上对的真心人……

怎样才算是对的……

谁才会是那个真心人……？！

阿离……

抑或端木卿绝……

莫名的，那个名字就这么窜入了她的脑海。

念沧海不屑一笑，她肯定是疯了，就算相守一生的不会是阿离，也不可能是他那个讨厌鬼！

可可笑的是，自己就像徘徊在无解的答案之中，竟一时还无法抉择……

"有人在么？！有人在么？！"

屋外突然传来男子叫唤的声音，有点熟悉的味道，又似陌生人的声音……

念沧海整了整衣衫，快步从屋中跑了出去，"有人在么？！有人在么？！"脚步来到厅堂，只瞧厅堂里站着个身高强健的男子，他背对着她，肩上竟扛着一匹血淋淋的猎豹？！

念沧海突然恶心泛起，发出轻轻的呕吐声，男子立刻转过身去，"小丫头，你是……？！"

那人疾步如飞来到她的跟前，那声音越听越熟悉，当他的大手搭在她的胳臂上，一股奇异的感觉从脚心蹿起，教她恍然一个抬头——"唷！御……？"

恶心难抑，话儿生生卡在喉间，一双杏目睁得澄圆，这人……这人怎么长得和……御大人一模一样……

念沧海完全傻了眼，“景云。”

还没来得及追问一句，醉逍遥就出现了，“逍遥？”男子听到有人唤他的名字，咧嘴笑着一个转身，耷拉在背上的死猎豹就这么撞上念沧海的鼻子，一股血腥味袭来，逼得她身子一软蹲在地上作呕起来。

“王妃。”

醉逍遥立刻紧张地跑到她身边，男子这才后知后觉地挠挠后脑勺，“哎呀，小娃娃，你怎么了？！都怪我忘了‘这个’，把你吓坏了吧。”

他不好意思地手一甩将肩上的死猎豹扔在地上，蹲下身就将她打横抱了起来，念沧海着实惊慌，“喂喂，你到底是什么人？！快放我下来。”

这人是怎么回事？谁许他碰她了？

“嘿嘿……我叫景云，小娃娃，你叫什么？！”

景云爽朗大笑，弄得念沧海无语问青天，真是个怪人，一口一个小娃娃地喊她，她哪里小了，又哪里像娃娃了？！

明明长着一张和御景秋如出一辙的脸孔，这性子却是截然相反。

念沧海本还猜想他也许是御景秋假扮的什么人，可现在看来他绝非御景秋。

“景云，别胡闹了，快把王妃放下来。”醉逍遥靠了上来，“王妃？”

景云英挺俊朗的面容忽地皱了皱，“啊……小娃娃，你就是那个北苍送来的美姬？！”他脸上铺满耿直的笑，不知者还以为他是在嘲笑人。

至少念沧海相当恼火，美姬？！

长着眼看得见的人都不会赞她是美人吧？！

“放下我！我不是美姬，也不是什么小娃娃。”

念沧海挣扎着从景云的怀中跳下了地，扫了眼不远处满身鲜血淋淋的死猎豹，恶心又泛了上来。

醉逍遥眼色一沉，这反应和那日好像，“王妃，是否身子不适？还是先回屋吧，逍遥为你宣召太医过来给你瞧瞧。”他扶着她，她朝着那血淋淋的地方看去，“不用，我只是……把那个搬出去，那味道好恶心。”

只是因为血腥的味道才如此大反应么？

醉逍遥脑海里印着深深的怀疑，面上都不露声色，不出片刻就命人清理了干净。

厅堂上，景云和醉逍遥并排而坐，念沧海则坐在他们的对面，言语间，她知道这人酷爱云游四海，还喜欢狩猎，这一次就是为了狩猎而在外游荡了一个多月。

听得出来，他平日应该是住在修罗宫里的，而且定是和端木卿绝关系密切的人，只是他到底会是谁呢？

景云……

就连名字都和御大人好像……

难道是那鬼骑军里的人，只是这年纪，看着不过二十出头，比她大不了几岁，与其说是男人，不如更像是少年，十五年前也就一个五六岁的孩子罢了。

与御景秋的深沉，内敛比起来，同样的脸孔却是爽朗，稚气，还有点傻气……

“小娃娃，你真的是王妃，真的是九爷的妃子？”

景云从坐下后就一直笑呵呵地看着念沧海，也不知他是装傻还是真傻，问的话没点礼仪教养，何谓“真的是九爷的妃子”？他是想知道端木卿绝有没有对她施下兽行？

“妾身与王爷拜过天地，不是他的妃子，难道还有假？！倒是你，王爷是你什么人？”

“王爷是我爹啊……”

“噗——！”

一杯端到唇边的茶水，还没喝下都给喷了出去，念沧海洒了自己一身水，眨着大眼瞪着跟前嬉皮笑脸的景云，他说真的，还是假的？！

端木卿绝不过只有三十一岁罢了，哪来的二十多岁的儿子？

就算说他天赋异禀，以一敌万，也没可能十一岁征战沙场时，还能和人闹出个儿子？！

“王爷若是你爹的话，那你娘呢？！”

“逍遥就是我娘啊……”

恶寒，念沧海一脸无语。

这臭小子！果然装疯卖傻的，和醉逍遥就是一对骗子，存心戏弄她当好玩！

念沧海白了景云一眼，不快地从座椅站了起来，景云见状，立刻跑到她的跟前拦着，这努着嘴的小样真是有意思。

“喂喂，小娃娃，你不要生气呀，我和你开玩笑的嘛，你不觉得好笑么，为什么不笑一个？！亏我第一眼就好喜欢你……”

这又是什么和什么？！

“放肆，我可是王爷的妃子，你可知对我说‘喜欢我’是掉脑袋的大罪。”念沧海说着不忘又扫了醉逍遥一眼，他怎么就这么纵容着他，他这么口没遮拦的，他也不闻不问？！

就不怕被那个易爆的醋坛子听见，到时倒霉的肯定是她。

“为何要掉脑袋，我只是喜欢我家嫂子，义父才不会说我呢。”

“义父？！”

“嗯，义父，我从小被九哥带来，他对我来说就像是爹爹，逍遥大哥也和义父一起教导我，教我识字学画所以就像是我娘啦，不过现在义父有了小娃娃你，那你就是我的正牌娘亲了！”

“……”

这傻小子连说话都傻傻的，念沧海虽然很是无语，但倒是开始不怎么讨厌这家伙了。

“那叫一声‘娘’来听听？”

鬼精灵的一面跑了出来，念沧海挑着眉“调戏”道，“娘！”没想景云二话不说，还真阳光灿烂地喊了一声，这一叫可是把从外面刚回来的小幽给吓了一跳。

“喂，你这人乱叫什么呀？！”

小幽来到念沧海的身前伸手推了景云一下，这一推不打紧，对上的那一眼可要人命，“你——你——”这人怎么长得和御景秋一模一样？！

我的老天，小幽差点惊叫起来，“嘘……”

生怕小幽喊出御景秋的名字，念沧海立马一把捂住小幽的嘴巴，将她拖到一边，在她耳边低声道：“不许多言，那人不是御大人。”

小幽瞪大了眼眸，念沧海点点头立刻找了个借口，便让小幽退了下去。

“小娃娃，你们在说什么悄悄话呢，那小丫头是谁？”

景云靠了上来，念沧海笑着摇摇头，“没说什么呢，那小丫头叫做小幽，是我的贴身丫鬟。”

“原来也是从北苍来的，难怪长大都这么标致，不过我还是觉得小娃娃你更漂亮。”

景云俯下高过念沧海一个半头的身子，突然凑近的俊脸贴在跟前，就如御景秋似的，心里猛打了个咯噔，不觉地想起端木离，脚步就这么避讳地往后退了几步，“你要再笑话我，我这个娘亲可是不理你了。”

略略侧过脸去，念沧海悄悄捂着乱动的心口。

“我哪有笑话你？！难道你不觉得自己很美么？你是我见过和屏风上那个小娃娃长得一般美的第一个人呢。”

“屏风上？”

“景云，还不去处理你猎下的那头豹子，就这么放在大太阳底下暴晒，灼伤了皮毛可就没价值了。”

一直不出声的醉逍遥突然岔开话题，放下杯子走了过来。

“是啊，要是被灼伤了皮毛可就不能送给九哥了。”

景云说着就往小筑外跑，但脚步到了门口又回过身来看向念沧海，“小娃娃，日后再来找你玩。”

“那屏风……”

“王妃这些天似乎身子都不怎么好，若是需要，逍遥可为王妃召太医过来瞧瞧……”

念沧海本想追问那屏风的事，但是显然醉逍遥有心将话题岔开，难道又是和那个忘莫离有关……？

“有劳醉大人担心了，不过还是不用麻烦了，下次不会再有人拖着血腥的东西出现在我跟前，我自然身子就不会不适了……”

她话中有话，灵气逼人的眼对着醉逍遥魅媚的眸，微微一记欠身便往院里走去……

隔日

景云一大早就出现在了庭院小筑，与去早朝的端木卿绝正巧前后脚错过。

他是来找念沧海去打猎的，“好啊，不过去之前，告诉我，昨儿个你说的那个屏风是怎么回事？！”

“小娃娃你还没瞧见过？那屏风就放在九哥的书房里。”

书房……？

念沧海沉默想了想，还记得那天她原本跑去找端木卿绝理论，却在书房外偷听到他吩咐醉逍遥将丹书铁券放入鬼眼楼而打住了脚步。

心里止不住泛起好奇的浪涛，念沧海二话不说就朝着书房的方向而去。

只是来到屋外，大门竟然从外被上了锁。

可恶！为何要锁上，里面是放着什么见不得人的东西么？！

“小娃娃，你就这么想看那屏风？”

景云走到她的身边，一手托起那锁匙，“你能打开它？”杏眸里腾起一丝期冀，“能倒是能，不过你要告诉我，为什么那么好奇？是因为……吃醋？”

没料到景云会这么问，念沧海脱口就答：“吃什么醋，那屏风上的人是不是叫做——忘莫离？”

“啊……原来小娃娃你都知道？那屏风上的的确是莫离姐姐……”

“莫离姐姐？”

念沧海不禁惊讶于景云对忘莫离的称呼，接下去的话更是叫她惊诧又错愕——

“十五年前，我才五岁，离开北苍前我时常见她，她是北苍的圣女，长得可美啦，心地又善良，是九哥最爱的女人，听大人们说，他们将来会成亲，但是最后不知怎么的，曼巧嬷嬷带着我逃命时，奴婢们都说莫离姐姐背叛了九哥，转身要嫁给太子，已被太上皇封为了太子妃……”

“逃命？因为王爷起了谋反之心？”

“当然不是，是皇太后篡改了先帝遗诏，还联合莫离姐姐屠杀了鬼骑军千人大军。”

念沧海的脑海里就像被放了颗炸药，她不能相信自己耳朵，如果景云说的都是真的……

阿离，忘莫离非但曾经是你的太子妃，还联合你的父皇屠杀端木卿绝亲如手足的鬼骑军一班兄弟？！

为何景云和御大人说的同一件事却是截然不同的两个故事，到底是谁在撒谎，谁才是躲在幕后真正的黑手？！

念沧海陷入混乱之中，一心相信着端木离，可近来所发生的事又让她屡屡动摇。

如果她信错了人，更是爱错了人，那她为他偷到丹书铁券，会不会是落入了一个圈套，又将惹来一场残酷血腥的血战？！

“啪嗒”一道脆响的断裂声拉回念沧海飘远的思绪，眸子一转，只瞧景云握在手中的锁匙断成了两半。

“进来吧……”

他推开门迈了进去，还真是“虎父无犬子”，念沧海扫了眼落在地上的锁匙碎片，不禁心里有点后怕——

这北域的男人就没有一个是简单的角色……

“这就是九哥最宝贝的屏风了。”

顺着景云的声音看去，念沧海看到了那用琉璃制成的屏风，画儿鲜活明亮，就像是眨眼前刚落笔的，定是画完不久就被镶嵌其中的，可见作画之人的用心，用情——

画中人身穿红白相间的巫女袍，三千青丝随风飘扬，纤纤素手摊开接住身边洋洋飘落的粉色樱花瓣。

如墨的长发，如泉的肌肤，清澈妩媚，妖娆纯净，极像个白瓷娃娃，肌肤柔润如彩，粉红透白得就如是透明的。

世间竟有如此美人！

虽然画中人只是个八九岁的女孩，可那傲人的美貌已叫人望而兴叹。

她怎会和画中人相像？

简直一个天一个地，就凭她这丑陋的丑颜，简直是个笑话，端木卿绝究竟是眼盲了心瞎了，竟会把她错当成画中的女子……

心悄悄地起了一丝抽痛，只因眼神寻觅到画上写着的四行诗词——

左上写着：六道轮回，三生三世。

勿忘莫离，非君不嫁。

右下写着：生死相依，与伊共伴。

天国地狱，永世不分。

眼泪就这么硬生如珠涌落，“小娃娃，你怎么了？！”

景云被念沧海的泪吓到，她恍过神来抹去眼角的泪，好奇怪，她干吗要落泪？！

看着那几句情深似海的誓言，她的心竟狠狠地绞痛起来，就好像是自己和最爱的人阴阳两隔，永世分离了一样。

念沧海有种奇怪的感觉，就如方才哭的人不是自己……

而是这颗心里另一抹跳动？

不懂为何这么个诡异的念头会跳入脑海中，她抹去残留的泪水，强扯出一丝笑意，“我没事……不是说要去打猎么，走吧！”

“等一下。”

景云拉住念沧海的手，突然表情相当的认真，“小娃娃，九哥真的‘要’过你么？”

为什么他总是要问这么露骨的话？！

“当然！”

语调不觉吊高了一些，念沧海直视着景云的眼，既然端木卿绝精心设局让她误会她已成了他的女人，那她这么回答也不算是骗人吧。

“那九哥看来是动心了，你瞧小娃娃，你长得和莫离姐姐真的好像，差别就在于一个是白瓷娃娃，一个是黑瓷娃娃，定是因此才让九哥心软了……虽然莫离姐姐背叛了九哥，可九哥心里最爱的女人还是她，你瞧这满院子的薄雪草就是莫离姐姐最爱的花，寓意着：两两不相忘，轮回情不灭。”

“……”

什么白瓷娃娃，黑瓷娃娃？

他难道看不见她半张脸上有着触目惊心的红瘢？！

念沧海不知自己的心是怎么了，她讨厌听到将她和忘莫离比较的话，更不愿听人说端木卿绝依旧深爱着忘莫离……

她很是反感，甚至因此焦躁不安，顺着景云的视线，看到的是放眼一片夺目的薄雪草，她的心更不好受了……

生死相依，与伊共伴。

天国地狱，永世不分。

那两句定是端木卿绝写下的，既然那么放不下，为何不去北苍找她，为何不强行将她从端木离的身边抢走，牢牢锁在身边？！

念沧海随景云离开庭院小筑的时候，正巧被埋伏在北苑外面的玥瑶看见，“冬采，回阁给我拿来我的箭筒！”

“郡主，你要做什么？！你要跟着去猎场么？太危险了，要是被猛兽伤着……”

“谁说我要狩猎，我要那丑妇有命出去，没命回来！”

“郡主你真的要杀了那丑八怪？！要是被九爷知道了……咱们还是想别的法子除去她吧……”冬采畏缩了起来，想当日她跟着郡主去逼念沧海喝下落花红，她可是领教了九爷的一眼杀人，她可不敢忘记九爷说过她要是再放任郡主做出格的事，她的项上人头可就不保了。

“胆小鬼！！记清楚谁是你的主子，我要你怎么做，你就该怎么做！能要你脑袋的可不止九哥一个！”

“郡主息怒……郡主息怒……冬采这就去给郡主拿箭筒来……”

冬采畏怯地喊着，双腿虚软打着飘地跑向了印月阁。

待冬采送来箭筒，玥瑶就怒火汹汹地朝着猎场而去——

猎场处在东苑之后，占地辽阔，四面绕着山林，玥瑶走入猎场一时没能找到念沧海和景云的身影……她背着箭筒以了得的轻功游走在树丛之中……

烈马奔驰，景云带着念沧海驾驭在马背上，提弓拉箭，英姿飒爽，箭箭致命，直击要害，不过念沧海从后多方阻扰，长箭总是擦过猎物的皮毛飞过——

“我说小娃娃，你心底可真好，被你这么阻挠下去，今天我可不会有任何收获呢！”

来到一片郁郁葱葱的树林边，景云勒住缰绳，抱着念沧海下了马稍作歇息。

“呵，没有最好！哪怕是不会喊痛的花花草草都是有生命的，何况是能奔能跳的动物，它们也是有娘亲生的，若是出来觅食就无辜死在你的箭下，你说它们的娘亲该会多伤心？”

“哈哈哈……小娃娃，你说得真有意思，又多了一样和莫离姐姐相似的地方，莫离姐姐以前也救下过不少生灵，她说生灵皆知痛，杀生是罪过……”

“够了！不要再提起她，好么？！听清楚，我叫做念沧海，可不是忘莫离。”

好不容易忘记的烦躁又被挑了起来，只要一听到那个名字，她的心湖就会搅得一团乱。

“嘿嘿……小娃娃还是个善妒的女人呢！”

“你——”

谁善妒？！她只是不愿他们一个两个将她和一个不相识的女子比较，即使相似又如何，她念沧海可不是任何人的替代品！

念沧海气鼓鼓地扭头就走，景云紧追在后，“好啦，好啦！我不说惹‘娘’生气的话就好了，不过哪天要是我受伤了，你这个做‘娘亲’的会心疼我吧？！”

景云顽皮地唇角勾勾，念沧海给了他一个大白眼：“你要是被猛兽反击，那可是罪有应得！我才不心疼—”

话还没说完，耳后就听一道利器划着空气袭来的声音——

“小娃娃，小心！”

景云先是看见了半空中从树林里窜来的那一支箭，可他正要扑身保护念沧海的时候，念沧海却是突然踮起脚将他抱了个满怀，用自己的身子骨为他挡箭，“小心！！”

一声嘶吟冲天，冷箭刺破念沧海的左臂而过，鲜血飞溅而起，所幸景云敏捷地向侧退开一步，不然那支箭定是刺穿她的心脏！

“小娃娃？！”

断骨的痛叫念沧海在景云的怀中倒下，他打横立马将她抱起，撕开自己的袖口为她包扎住伤口，就在他抱着她一跃上马的时候，他瞧见树林里闪过一道黑影……

这突来的奇袭绝对不是意外，是冲着这小娃娃而来的……

只是顾及念沧海的伤势，景云无法追击那抹黑影，缰绳直冲修罗宫而去——

呵，念沧海，看你这次还能躲过这一劫么？

望着景云远去的背影，玥瑶扬着胜利的笑从树林中走了出来……

景云抱着念沧海回到庭院小筑的时候，迎面撞上刚回来的端木卿绝，“这是……？！”面具下的冰眸怒然怒张，“对不起，九哥，大嫂都是为了保护景云才会受伤。”

“宣召洛太医即刻赶来！”

端木卿绝一把从景云的怀中将昏厥的念沧海抱了过来送回屋中。

景云从来都没瞧见过他对哪个女人有如此紧张，每一个动作都那么轻柔生怕碰伤了她。

洛太医很快就到了，“洛太医，怎么了？王妃为何还不醒？！她是不是会有事？！”

端木卿绝向来尊重老者，可这一刻他怒目相对，紧拽着洛太医的胳臂，简直要将人生吞活剥下肚，“王妃的伤势并无大碍……但……但……”

“但什么？！”

“王妃有喜了……”

“这是动了……胎气……加之失血过多……才会昏迷不醒。”

洛太医的声音在颤，屋内的气氛跟着颤抖，俨然一把把绷在弦上的箭正对着说话的人，若有半句失言就将被万箭穿心。

银铜的面具暗闪嗔色冷光，手中的力道一紧，洛太医惊出一身冷汗，以为自己的手臂断成了两半，“多久了？”薄唇微动，低低地吐出三个字，“三……三个月了……王妃有喜三个月了。”

额头抵着冰冷的地板，洛太医惧怕得不敢抬头，连带所有人都屏住了呼吸，不敢大喘一下。

谁都知道念沧海嫁来之前是端木离的女人，既是三个月，那孩子会是谁的不言而喻……

小幽吓得面色铁青，怎么会这样？

“小姐……”她失魂落魄地靠近榻前，“退下。”

端木卿绝低沉开口，谁敢在这个时候轻举妄动，下场便是身首异处！

危险像一张灼烧的网笼住屋内的每一个人，刚迈入屋子的醉逍遥眼明手快地拉住小幽的手，“出去。”

“我不要！”

她甩开他的手，她又不是傻子，她要是出去了，小姐该怎么办？王爷不会放过她的……

“不许闹事！”手被醉逍遥攥得更紧，“还不退下？！”

冲着跪在地上发颤的洛太医一吼，洛太医唯恐不及地跑了出去，醉逍遥再一眼，景云愣在榻边一动不动，“景云，出去。”醉逍遥一手拽着小幽，一手握住景云将他们拉了出去。

屋内，气氛可以将人冰冻。

独独躺在榻上的人儿沉沉昏厥，毫不自知。

端木卿绝坐在榻边，大手流连在她的脖颈间——为什么……念沧海，这就是端木离那畜生处心积虑送给孤王的大礼么？！

自己的女人怀了另一个男人的种，对于任何一个男人来说，都是莫大的耻辱。

大手猛地勒住念沧海的脖子，睡梦中的人突然气息被掐断，“呜……唔嗯……端木卿绝……你做什么？！”念沧海惊慌地双臂抬起去掰端木卿绝的手，可左臂受了伤才一动就痛得她额上冒出细汗。

念沧海气息急促，胸口起伏不定，她不能相信映入眼瞳里的那张凶残的脸孔，她又做错了什么，他要这么对她？！

“怕死么？”

见念沧海透不上气，眼角被逼出了委屈的泪水，端木卿绝恨得咬牙切齿，却松开了手中的力道，只是他并没有挪开手，这条命仍握在他的手里，只要他想这条命就是他的！

“王爷想要杀了妾身就动手啊，何必多此一举地问我？我怕也好，不怕也好，都改变不了王爷的决定，不是么？！”

念沧海开口顶撞，早就料到他的性情多变，一会儿可以对她温柔似水，一会儿就可以置她于死地。

“是，孤王要你死，你就得死，可现在你舍得死么？！你舍得带着那个孽障的孽种死么？”

端木卿绝爆然怒吼，念沧海被他吼得不明就里，什么带着那个孽障的孽种去死？！

“认了？！你早就知道了，对不对？！”

端木卿绝一把拽起念沧海的领口，那羸弱的小身子哪敌得过他的力道，被狠狠地拽了起来，就像堆没有分量的稻草。

若是有了三个月，那她出嫁时就该知道自己有了身孕，这一招可真是够绝的，够妙的！

在他毫无防备的时候给他致命一击！

端木离，你这畜生，你要向孤王证明什么？！只要是孤王要的女人都逃不过你的糟蹋？！

“认什么？早知道什么？端木卿绝你又要在我头上扣上什么污名？！”

念沧海硬撑着自己坐起身，能动的右手使劲掰开端木卿绝的手，她到底做错了什么，她不过救了景云一命，他照理应该谢谢她，为什么要这么对她？！

“又想玩什么把戏，以为装疯卖傻，孤王就傻得以为这孩子是孤王的？！”

“孩子？！”念沧海脑海就像被掏空了一般，“什么孩子？！”她还是不懂，她越来越不懂。

“这肚子里怀着三个月大的孩子，你来告诉孤王，这孩子是谁的？！”

咆哮贯耳，念沧海被吼得脑海彻底混沌，“孩……？三个……月……？”

她连话都说不完整，怎么可能……

她怎么可能会有了身孕，还有了三个月？

是他又给她设下的什么陷阱么？

那药……

念沧海突然想起端木卿绝给她服下的那颗清丸，不对……难道是玥瑶给她喝下的那碗药，也不对……那明明是落花红，不可能……

不可能因为误食了什么就会平白有了孩子，她同端木离从未有过夫妻之实，一定是哪里搞错了！

“不……端木卿绝，你休想诬赖我，我没有，我和阿离从没有——”

“呵，那畜生是连你也骗了？！有意思呢，太医都亲口告诉孤王了，还容得了你抵赖？！”

端木卿绝全当念沧海在推脱，她眼中的惊恐他只当做她在做戏。

“我……没有……我和阿离他——”

念沧海百口莫辩，不可能的，她绝对不会怀上阿离的种，是他在冤枉她，“你和他什么，你想告诉孤王，你和他向来清白，什么都没发生，这种是孤王的么？！”

端木卿绝的怒火越冒越高，该死的，罪证就在她的肚子里她还妄想抵死不认。

“你以为孤王是傻子，任你愚弄？端木离宠幸你整整半年，夜夜与你温存不知返，你以为这些孤王都不知道么？！”

是啊，阿离是曾“宠幸”她整整半年，夜夜拥她入怀才能入眠，甚至为了她连早朝都未去，可是所谓的“拥着”也就只是“拥着”，她从未放纵阿离对她为所欲为，阿离虽夜夜拥着她入眠，却未曾逾矩过。

不是他不想，而是她始终抵触。

她谨记着娘亲的告诫，她时刻提醒着自己在后宫中并没有名分，所以即便她的心早就只容得下阿离一个，纵然她愿意将身心都交给他，但是最终她还是没有。

他们就是清白的，她一直都是处子，从未改变！

只是这一刻，她怕是说破嘴皮子他都不会信的，除非……

除非让他知道她的守宫砂……

若是让他知道她仍是处子的话……

念沧海浑身一个激灵，她不能让端木卿绝知道她的处子之身，她的心爱着的是端木离，这身子是为他守的，若是被知道了，他非但不信，还会对她……

想到端木卿绝会将自己强压身下验证她的辩解，念沧海心下一横——

“既然王爷都知道，妾身也无话可说。”

她默认了，这一刻否认要冒更大的险，不如就这么将错就错。

不管是谁陷害她的都好，也许有这个莫须有的孩子反而是件好事，他对她恨到了极点，他定不会再碰她，碰一个怀着别的男人种的女人。

该死！

端木卿绝握着念沧海双臂的手大力又大力，指尖仿佛嵌入了她的皮肉之间，叫她痛得强忍呻吟，左臂的伤因为他的折磨，鲜红的血染红了白色纱布，更是渗出了衣袖……

念沧海痛得眼前眩晕，身子摇摇欲坠……

“所以你为景云‘挡死’是为了勾引他？！好诱惑单纯善良的他为你沉迷，甘愿帮有孕在身的你逃出宫，逃回北苍，回到那畜生的身边？！”

端木卿绝只觉心口被什么东西钻开，为什么他的心更加难受了，她不认他逼她认，而她直言不讳坦然地承认，他却再也压不住自己的火。

十五年来，没有任何事可以让他手足无措，没有什么人可以让他自乱阵脚，但这一刻他脑海混沌，不知自己想要什么，又该做什么。

端木离送她来究竟是为了什么，而她是几时知道自己有了他的种，她眼中对他的嫌恶是因为她恨他，那那份坚毅忠贞是为了谁？！

为了端木离那个畜生么？

因为有了他的种，所以她迫不及待地回到他的身边么？！

她还是早就知道了，所以才想要逃，景云就是被利用的最佳人选，不然她为何要对一个才认识了一天的人连性命都可以不顾地相救，这一切都是她自导自演的一场戏！

“休想！你妄想能将这个孽障生下来！”

端木卿绝忽然将念沧海拽下床，她踉跄地双脚无力跌坐地上，又被他强硬地拽起，“端木卿绝，你放开我，你要带我去哪儿？！”

念沧海好难受，身子刚受了重创，心里更是翻涌着重重愤怒的波涛。

她有孕在身，肯定又是他自编自导的一场戏，他苦等不到她做错事的机会，就弄出这么一场戏想要折磨她，刁难她！

庭院小筑里到处是念沧海的嘤咛哭吟，而在北苑外的某一处暗角，洛太医正背对着一道娇小的黑影，“老夫已经按照郡主说的那么去做了。”

“呵呵呵……很好，你做得很好……”

一墙之隔，玥瑶能将念沧海的呻吟听得一清二楚，那简直堪比一首动听的小曲儿，教人越听越入迷。

她敢打赌这美妙的小曲儿将彻夜奏响。

“恭贺郡主心意如愿，可这终究是欺君大罪，王妃并未有喜是真，若是王妃的肚子不见长，这个谎言早晚都会被揭穿，只要再过一个月就会被瞧出端倪。”

洛太医直到这一刻双手都在打颤，所谓伴君如伴虎，呆在深宫多年，他早有离宫之意，才会冒那么大的险帮着玥瑶诬陷念沧海。

可当真做了，他的心时刻都在不安的火油锅里挣扎。

要是被端木卿绝识破谎言，别说离宫，这颗项上人头注定不保。

“呵呵，怕什么？！一个月，你以为她过得了今夜？！”

玥瑶毫不在意地笑，越笑越讪讪得意，她的九哥是谁？

杀人不眨眼的魔君。

高高在上的天子。

纵然他对念沧海多加宠溺，但哪个男人容得了他的女人怀着另一个男人的种，这种奇耻大辱会令人疯狂，失去理智，听听吧……念沧海的嘶吟更响更凄厉了……

过不了今夜的。

只要她死了，就是死无对证……

念沧海不知道被端木卿绝拽走了多久，她从不知道小筑有这么大，就好像走不到尽头似的，她的眼前越来越昏暗，双腿越来越无力。

他是故意的，他是故意拽着她受伤的左臂，气力只重不轻，鲜血不住地流淌而下，“不……停下……”

念沧海身子已经到达了极限，她走不动了，喘息急促，一下子就倒在了地上，“少装可怜，孤王不会信你的！”

端木卿绝停下脚步却没有松开攥着她左臂的手，夜色下，清冷的月光照亮她残破凌乱的身子，整条手臂淌满了刺目的鲜红，是这么狼狈不堪，触目惊心。

“走！起来！”

这一刻，念沧海就像脖子上套上枷锁的家禽，被主人凶残地用皮鞭一下下地鞭打着，杏眸抬起，探不到底的憎恨将端木卿绝深深吞噬——

端木卿绝俯下身一把将她扛上肩头，“放开我，混蛋！畜生，放下我！！”

念沧海拼死挣扎着无力的身子，只是越是动越是消耗自己所剩无几的力道，到最后她连哀求的声音都发不出来了……

端木卿绝脚步苍劲地走着，往深处走着，走过那一片种满薄雪草的院子，走过那间藏着心底情事的书房……

他停在一道爬满了藤蔓的大门之后，他什么也没有做，冰眸金瞳圆瞪，迸出一身怒气，竟生生将那两扇紧锁的大门震开，轰隆一声，已是软弱无力的念沧海睁大了眼眸，不敢相信周遭的残垣碎片……

念沧海没有多余的时间去想他的迫人怪力从何而来，不等她从震惊中缓过神来，身子竟被端木卿绝抛在半空之中，“啊！！”一声惊叫，扑通一声！

身子被扔入水潭之中，溅起四射的水花。

冷！

身子浸入水潭中的一刹，念沧海就冻得恍若全身都结起了一层冰，这是——冰潭……

的确，这潭子里的水汇流着雪山而下的千年寒冰之水，非常人根本耐不住这冰寒的刺骨，端木卿绝眼中没有怜悯，就这么站在潭边，看着念沧海在水中挣扎。

念沧海冻得浑身发颤，潭子虽不深，但是在水中往潭边走的每一步都举步维艰，左臂的伤口竟因为冰冻而止住……

身上单薄的衣衫都被浸湿，玲珑曼妙的曲线一览无余。

潭边，威严的男人突然修长的双腿迈入潭中，步步向着她逼近，他不颤不抖，就如这冰冷的潭水是温热的泉水……

迫人的震慑力袭来，念沧海被逼到了潭边的石堆上，端木卿绝双臂将她圈在他的怀中，冷鸷的眼如鹰，“你要做什么？！”

满眸堆着致命惊恐，哧啦一声，水下一双手将她的衣衫撕得粉碎，健壮如神的身子猛地压下，“不要！！”

“不要什么？！害怕会失去这个孩子么？”

“混……混蛋！！”

她害怕他的靠近，面色惨白地喊着，一手拽着他的领子想要推开他，奈何就是抓着领子的力道都是她的极限。

错了……错了……

她又估错了……

他不是人，禽兽不如，无耻到连一个怀有身孕的女人都不放过……

“骂啊，使劲地骂，在你还能喊出声的时候尽情地——骂啊！！”

“畜……畜生！！端木卿绝，你不是……人，你不是人！！”

念沧海冷得理智在剥离肉体，她如他所愿地骂着，声嘶力竭地骂着，“你休想侮辱我，即使死，我也不会让你玷污我！”

“好啊，我倒要看看你如何寻死？”

“你以为我不敢咬舌？！”

“咬啊！！”

端木卿绝咄咄逼人，句句将她逼上悬崖，他要看着她自行了结，他要看着她摔得粉身碎骨——

阿离……原来沧海终究不能活着回到你的身边……

她双眸一闭，清泪涌落眼眶，两排牙齿咬住自己的舌头，用尽浑身的力道只求断舌一死，血腥味立刻绽开口中，咸腥的味道淌下喉咙，痛……

原来死是如此的痛苦，再用力，她仍有呼吸，她还活着，用力……她不能死在羞辱她的魔鬼怀中，她要死得堂堂正正，哪怕去了地狱，她也不容她的清白遭那魔鬼的践踏……

就那么坚定，就那么不悔！

为了那个男人，她可以自虐，自残，自毁！

凭什么他的女人要为另一个男人而死，端木卿绝暴怒圆睁的眼瞳里堆满拔不尽的仇恨，憎恶，还有深处最刺痛他的伤痛……

魁梧的身子倾下，双臂紧收将那羸弱纤瘦的身子揽入怀中，炙热地用他的体温一圈圈将她捆绑，唇舌强行顶开她紧锁的小口，长舌硬闯入她咬着自己舌头的白齿之间，鲜血沾上他的舌，汇入他口中的血腥味叫他的心狠狠撕痛。

大手没入她后脖颈的发中一收，她因痛而松开牙齿，下一刻她又狠狠咬住，不过她咬住的却是他的舌——

为何要救她？！

让她咬断自己的舌，奔赴黄泉！！

任凭她咬着，他竟不躲也不闪，他的唇齿还动着，他在吸吮着她受伤的小舌，他在她的口中纠缠只为她止血？！

这突来的温柔又叫人在不该迷惑的时候迷惑，她的心竟因此痛了，她总是恨他怨他，但到头总是误会他……

这一次也是她错了么？

心乱之间，她牙齿一松，血腥的味道填满两人的口。

念沧海一时分不清此刻的心绪，两条血舌交缠厮磨，是谁的偏执，是谁在纠缠不愿放开，就要这么一点点地沉沦下去了啊……

冰冷的身子紧贴强健魁梧的胸怀，真是他的炙热一点点远去，她感觉不到，身子被冰水无情地灌溉，她一点点再也感觉不到他炙热……

“真是只狐狸！”

忽地，就在念沧海无力挣扎不再挣扎的刹那，端木卿绝松开唇，抓着她摇摇欲坠的身子，怒张的眸里是对她的嫌恶和恶心。

心口猛地被什么东西凿了一下。

成了傻瓜的又是自己。

他又将她的心软当做对他的勾引，因为他从不信她，即使他曾护她顾她，又如何？

“呵呵……呵呵呵……”

苍白的脸孔凄厉地突然大笑，笑得凄美，笑得勾人心痛，“我就是狐狸……恨我的话，就不要不舍让我死！”眼神如刃刺入端木卿绝的心口，只要一口气息尚在，她就不惧挑衅到底。

那只没入发中的手狠狠一拽，痛得泪水道道从眼角滑落，“休想！休想激怒孤王，你的生死都握在孤王的手中，谁许你就这么死去，没那么便宜，孤王要你为你做的一切付上代价！”

念沧海不懂，她究竟对他做错了什么，又该为此付上何等的代价。

她张着口，如兰的气息越来越弱。

笑话！

身子是她的，她想要死，他妄想可以阻拦，倔强地又要咬住自己的舌头之际，四面八方而来的冰寒袭击着身子，仿佛一把利刃刺入心坎，双眸无力地闭合，瘫软了下来……

恍惚中的双眸流着泪，念沧海的意识在剥离肉体：不可以死……不要死……求你不要死……

是谁的声音……

她听到了一道微弱的声音从她灵魂深处呐喊，哀求……

是谁……

不要死……念沧海……你不可以死……

离……忘莫离……？

第十三章　强夺索爱

端木卿绝抱着念沧海又回到屋中，浑身结起一层薄冰的人儿似乎没了气息地躺在榻上，整座小筑中震响端木卿绝的怒喝，“打水来！”

小幽第一个冲入屋中，扫过榻上没有动静的人——

血迹萦绕的左臂，嘴角沾着未干的鲜血，衣衫凌乱，紧闭双眸的睡脸笼着无尽的痛苦，就像被人……

“小姐，小姐！！”

冲到榻边，小幽俯下身抱住浑身冒着寒气的念沧海，她没有反应，就像真的死了一样，心好痛，痛得连呼吸都不能，“为什么？！魔鬼，你为什么要杀了我的小姐！！”

小幽顾不上眼前的男人是谁，她撕心裂肺地哭喊，拽着他的衣衫不放，“为什么？！为什么？！”

“打水来，把她拖下去！”

一群奴婢恭候在门外，三两个将失了控的小幽拖下去，“不要……不要……我的小姐！！我的小姐……”

小幽的凄厉嘶喊与榻边冰冷无情的男人形成强烈对比。

冷眸扫过榻上的人，眼中的温柔褪尽，怜悯不再……

视线游移到她平坦的小腹，灼烧的怒火阵阵窜起，不会让你诞下他的，绝不！！

庭院小筑内气氛紧张，谁都不敢违抗端木卿绝，奴婢们用最快的速度搬来浴桶，在浴桶中倒满温热的热水，“退下……”

“是。”

空静的屋中，端木卿绝抱起榻上的人，毫不温柔地将她扔入浴桶之中。

“唔唔！！”

身子才触及温热的水，念沧海就如从沉睡中猛然醒来，她冷不丁地呛了几口水，而轻咳了起来，眼睛才是半睁，浮浮沉沉的不安感逼得念沧海紧抓浴桶——

热……她感觉到了热……

脑海里混沌纷乱……脚步声，有道震颤她灵魂的脚步声逼近浴桶前，她抬起眸，朦胧的眼中映现端木卿绝的轮廓……

“混蛋！！”

右手从水中挥起，飞溅的热水打在端木卿绝的脸上，只是她的手却被他紧攥在掌心，“念沧海！”他刚要怒骂什么，眼瞳突然猝地圆睁，她的手臂……她的肤色……

念沧海被沾湿的身子脱落着滚滚黑炭般的墨色……

白璧无瑕的肌肤如雪地扑入他的眼帘……

怎会这样？

她的身子，她的胸口，她的脖颈，她的脸孔……

所有被特制胭脂涂满的地方都在脱色，浴桶之中，热水的颜色逐渐变黑——

就像被灌入了墨汁一般，一圈圈化开如墨的黑炭光圈……

是从她的身子上……

她的肤色在剥落？！

“念沧海……你……”

端木卿绝震惊得说不上话来，一双杏眸恐慌地看着他的眼，映照在他眼中的自己，她的手臂，在脱下层层颜色……

那她的脸……

她头一低，水面照着的她，掉落了……如墨的颜色从她的额上滑过面颊点点剥落……

她不可以让他看到她掩藏起来的真面目……

“念沧海！！”

这张脸孔，纵然墨色的水道道流淌，可那之下若隐若现，白雪如凝的脸孔与记忆深处那张脸孔越来越重合，端木卿绝一双手按住念沧海的双肩就将她按入水中，“不要……唔唔！！”

窒息袭来，她在他手松开的时候从水中甩头跃出，所有的墨色从脸上洗净，露出半张惊世绝艳的脸孔……

“离……阿离……”

端木卿绝失神低喃，“我不是！！”念沧海怒声大喝，身子猛地被他从水中捞起，推倒在地上，伏在地上残喘……

湿透的身子显出玲珑的曲线——

他终于知道端木离为何会将她赐婚于他，又将她的美貌隐藏，因为这张脸孔，他在用这张脸孔狠狠揭开他的伤疤，用这个长得和阿离相像的女人将他再一次推入地狱深渊！

休想！

休想用一个残次品再次摧毁他，笑话！！他为何要为了一只破鞋，一个怀着孽种的脏女人动怒！

“起来！！”

端木卿绝逼近，一把拽起念沧海，宽大的魔掌冷不防地勒住她的脖子将她抵在床架子上——

这张脸让他厌恶，让他痛恨！

凭何，凭何这个贱妇长得一张同阿离一模一样的脸孔。

“你没有资格和她拥有一样的脸孔！”

他低喝着，念沧海再次从他的眼中看到了唾弃，他从未真正在乎过她，她只是个遭他践踏的玩物……

心撕裂地痛！

“痛了么，见着一张背叛你的脸，你的心——痛了么？！”

激怒着端木卿绝，既然已被伤到体无完肤，她还有什么好畏惧的，既然被他瞧见了这张脸孔，既然他如此憎恨她，她就要死在他的手中了，她该笑的……该大声地笑的！

“念沧海，贱人！！你不配，你不配知道孤王的心！！”

失去理智的怒火迫使端木卿绝长指扯住念沧海半张红瘢覆盖的右颊狠狠一撕，既是那涂满的炭色是假，那这红瘢也假的！

“啊！！”

尖叫撕破喉咙地灌满整间屋子，皮肉生生扯断的痛，迅速麻痹了整张脸，鲜血淋淋，念沧海痛得捂着脸孔跪地惨吟。

端木卿绝捏着那块血淋淋的皮肉圆睁着双目，定在了念沧海的身前……

不是假的……

她的胎记……？

身子在抽搐，无助地颤瑟，画面，触目惊心，残毒丧性，一双迈入屋内的腿儿顿在屏风边，“小姐？！小姐？！！！”是小幽的嘶吼，她的身边还站着醉逍遥和景云。

“不要！！不要这么对我的小姐，不要！！”

小幽哭红了眼，为了小姐，她拼死去找醉逍遥，她想看到的不是这样的一幕，不该是这样的一幕。

屋内死寂一般，除了女子的呻吟就是女人的哭喊，没人敢靠近一步。

小幽撕了心裂了肺地喊，她要冲上前，手腕却被逍遥狠狠拉住，“混蛋，放开我，我要你救救小姐！救救她！”

越是挣扎就越是被握得紧，醉逍遥不见笑意的脸上表情复杂，没有人看得透他在想什么，他的眼神落在那个蜷曲在地上嘶吟的人儿身上，满地的鲜血，染红着他的眼眸……

当他知道念沧海有了三个月的身孕，他就猜到这一幕的发生，只是九哥的怒火比料想中的更为残暴。

一定不仅仅是因为她怀了端木离的孩子……

"放开我！我要救我的小姐！"

小幽哭闹着，甩不开醉逍遥的手就咬他的手背，咬出了血，他也没有松开手，他的眼看着一个人——他身边的景云就这么走了过去，在端木卿绝的脚边将念沧海抱了起来，"景……景云？"

念沧海捂着脸靠在景云的怀中，那一刻醉逍遥双瞳瞪大，那张脸……那半张颜……

莫离……

她竟真与忘莫离……生得一模一样……

"景云……景云……"

泪水道道滑过眼角，念沧海是感激地落泪，景云就这么当着端木卿绝的面将她放倒在床上，温柔无比地为她盖上锦被，"没事的，太医来了就没事了。"

"不要走。"

景云刚一转身，念沧海就抓住他的手，她紧紧地不松开，她好怕，这个时候她的眼中只有为她挺身而出的景云，含泪脉脉的眼睛在说话，在哀求：不要走，求你不要走……

"小幽，还不去找太医过来？！"

景云喝着，趁着醉逍遥慌神之际，小幽推开他就跑向了御医院……

在这修罗宫中从未有人敢违背端木卿绝，景云是第一个……

醉逍遥震惊之余，屋中的端木卿绝却是不知几时消失了踪影……

太医很快来到小筑，给念沧海上了药，包上了纱布，连带左臂上的伤一同重新包扎。

屋中，景云陪同念沧海到了深夜，小幽才放心回去。

"谢谢你……景云……"

榻上，念沧海微弱发出气若游丝的声音，榻边景云握着她的手，对她展开温暖的笑颜，"小娃娃……没事了，真的没事了……"单纯如他，他不懂九哥为何要如此欺凌一个小女孩，即便她真的有了那端木离的孩子……

大手抚着她的发，像兄长一样地宠溺，景云从小性情耿直，对他好的，他就会十倍百倍地相报，她以性命相救，他亦能为她顶撞九哥。

“谢谢你……谢谢你……”

“傻瓜……睡吧……”

泪水断了线地涌落，念沧海不曾想过有人会这样保护着她，“不要走，今夜不要离开……”心从未有过的安心，念沧海始终不曾放开景云的手，他笑着点点头，但是窗外杵立的黑影仿佛穿墙而过，来到景云的身后——

冰冷的视线落在他们相握的手上……

哧啦一声！

不等景云反应过来，已遭昏厥一击——

“景云？！”

才要陷入梦境的念沧海猛地睁开双眸，映入眼瞳的银铜面具犹若一场噩梦降临——

“救——！”

命字无缘落出口，端木卿绝一下点了她的哑穴，“唔唔——！！”无边无疆的恐惧一寸寸地吞噬念沧海的四肢百骸，景云不见了，漆黑的屋中只有那个魔鬼压上榻上，跨坐在她的身上。

她喊不出声，没有人再来救她了，没有了！！

“挣扎什么？！孤王说过你要为你做出的一切付上代价，今夜就是撒谎与欺骗的代价！！”

冰眸金瞳流溢着如墨如魅的流彩暗光，就像躲在暗处的猎豹张开了利齿，逃不了了……

一双手被绑在了床头，身下那一双魔鬼的手在撕扯着她的衣衫。

她的美只能属于他，为什么……为什么被那个男人触碰过，占有过，甚至在这儿落下了他的血脉！

只要想起她的每一寸肌肤都残留着端木离的索要……

端木卿绝就怒火难遏，今夜他会让一切都见鬼去！

“孤王要抹去那个男人留在这个身子上的所有痕迹，将你灵魂深处都抹得一干二净！！”

她是毒！

沾上了就让人欲罢不能的毒……

端木卿绝的眼前满是她含情脉脉地凝望景云的一幕，揪痛着他的心，这双眸子是他的，他端木卿绝的，他不准她看他以外的男人，谁都不准！

一个个鲜红的牙印刺入她的肌肤，要她痛，要她恨，要她永世都不能忘记他！

端木卿绝蛮横地进入念沧海的身子，而就那一刹，他知道了——

她……仍是处子……

皎亮的月光铺洒在念沧海后背，那右肩下一颗艳红如红豆的朱砂痣强烈刺目地落入端木卿绝的眼眸。

就在这一刻，它正在一点点地消失……

那不是生来就有的朱砂痣，而是她的守宫砂……？！

端木卿绝的心就像被什么东西狠狠掐住，脑海一片混沌，身子情不自禁地缓缓俯下，动作很轻，轻到身下人发出微弱的嘤咛，心就狠狠地一个抽痛。

当眸眼逼近她的右肩，当他的唇落在那点朱砂之上，唇舌惜疼一吻，那颗红色守宫砂就这么在他的吻下消失了踪影……

是他错了……

“我非处子！”

新婚夜，念沧海信誓旦旦冲着他挑衅的那句话跳入脑海，“你又骗了我，念沧海……”

他喃喃自语，愧疚……不舍……疼惜……爱怜……口吻掺杂着太多太多无法说清道明的情愫，双唇在那朱砂消失的四周落下一个个疼楚的碎吻，就像得到了世间罕有的瑰宝一般，一双大手扶着她的腰，不敢妄自乱动一下，每一个动作都小心怜惜到了极点。

他是她的第一个男人……

“畜……畜生……生……”

念沧海浑身四肢百骸都像被一把利刃割着、砍着，可笑的是她竟死不了……

冰眸金瞳蕴着温柔的暖光，俯下身向她靠近，她嫌恶地侧开头，“别……不许你碰我！”

恨意不需解读，她已在他强占她的一刻将他打入了十八层地狱……

也好……

这一刻她的心离他是这么远这么远，即使不能做她最爱的那一个，就成为她最恨的那一个吧……

“恨吧……恨到最深最痛，一辈子都不要忘记……”

端木卿绝的唇落在念沧海的唇边，他的气息灌入她的口中，一如平日的强势独霸，但深处却攫着揪痛人心的哀求……

哀求……？

念沧海只觉自己可笑，魔鬼只会摧残，毁灭，践踏她，又怎会哀求……哀求是因为不舍……因为怜惜……因为放下高高在上的自尊，只为他深爱的那一个……

他只有恨她，恨到羞辱她，侮辱她，凌辱她……

因为她是个残破的贱妇……

思绪在颓丧绝望地抽离肉体，清泪如珠地一颗颗悄无声息地涌落眼角打湿白洁的枕头，念沧海再无气力，怕是下一刻她连哭都望尘莫及……

端木卿绝凝着她的眼神从未有过的深情脉脉，“不是……我不是忘莫离……”双唇倔强地动着，声音根本发不出，而他却听懂了，俯下身吻着她的侧脸，吻着那被他狠心撕开的那道伤疤，“孤王知道……沧海……你是孤王的沧海……”

为什么要用这样深情不舍的声音念着她的名字……

“我不是……我不是……放……放……”

气若游丝，念沧海低低嘤咛，端木卿绝拥着她，亲吻着她的发，她的泪……

夜是如此寂静……又是如此美丽……

晨曦的光，洒入屋中，放下幔帐内旖旎犹在，魁梧的身子疼惜地搂着怀中娇小的身躯……

念沧海醒来见自己被端木卿绝搂着当即怒火中烧，“滚，不要碰我！！”

推开端木卿绝，念沧海一跃下床，却是双腿无力跌坐地上，一件锦袍跟着落在她的肩上，端木卿绝倾尽温柔地将她从地上抱起，“小心孩子……”

什么？！

他温柔而道，视线落在她的小腹上……

念沧海半张着口，讶异难言，他仍旧以为她有孕在身？！

他……昨夜是他强夺了她的清白，被褥上还落着她的处子落红，他却以为那只是他强夺所致么？！

念沧海心好痛，说不出的郁塞堵在心口，眼神扫向榻上，可榻上的被褥……

被换过新的了……

突然，好像暗处有双手将她推入了万劫不复的深渊……其实她不该奢望的，不该奢望被他强占了身子，他就会以为她是清白的，他已在她的身上烙印下了贱妇的烙铁。

右肩下的守宫砂已经不见了，她还能拿什么来证明自己的清白……

“滚——你滚——！！”

念沧海猛力地推着端木卿绝，他却像高山一样纹丝不动，双手轻而易举地攥着她的双腕，“躺下，不许闹！”他将她的身子放到床上，为她盖上锦被。

“别碰我，杀了我，你杀了我吧！”

满腔的恨冲上心头，念沧海浑身被包裹在锦被之下，双臂被端木卿绝死死按着，独独自由的眼中是对他褪不去的恨。

他不语，她眼中的恨更似汹涌波涛朝他袭去，“你若不杀我，我也会寻死！”

“谁许你死了？！你要敢死就试试看！你是孤王的，没有孤王的准许，阎王也妄想与孤王夺人！”

冰眸金瞳怒张着压人的气魄，就只会威胁她，他以为得到了她的身子，她的心也会跟着屈服么？！

“无耻！卑鄙！肮脏！”

“骂啊，还有什么？！恶心，肮脏，不齿？你想骂什么都可以，即使诅咒孤王都好，孤王独独不会准你去死！”

端木卿绝被激怒了，从枕下拿出昨夜捆绑她的绳子，“不要，端木卿绝，不要！”他的手才抓住她的手腕，念沧海就惊恐地喊了起来，“不要的话，就乖乖地睡……不许起来……不许伤害自己！”

面具迫近，他的唇几乎贴上她的唇——不许伤害自己？！

他是故意吓她，他是不舍她伤害自己？！

不懂为何，念沧海竟在这一刻不敢倔强，不敢反抗……而他想要吻她，她立刻侧开脸躲开了……

一缕失落从端木卿绝的脸上闪过，他没有强求她，他知道她的心终究仍在排斥他，但只要不伤着自己就好，眼神流连在她的右脸和左臂上，深处淌着不舍和疼惜。

“等下会有女婢过来为你上药，沐浴……”

端木卿绝从榻边站起身子，穿上衣衫，她一直缄默不语，“别想着逃，别想着死，你知道妄自乱来，孤王会让你付出什么代价。”

留下警告，他离开了屋子……

就在他合上大门的一刻，屋中碎了心的哭泣嘤嘤响起，骨节分明的大手握着门梢一点点收紧……

终是又松开，拂袖离开……

等了一夜，玥瑶兴奋得一夜都辗转难眠，一大早她就在北苑外转悠，却没有等到念沧海被赐死的消息，反而撞上了迦楼，她借故将昨日的事都告诉了他。

迦楼一听念沧海有了身孕，还是三个月，脸色突然就变了，她要是怀了端木离的孩子，端木卿绝一定不会放过她的！

眼前愣是窜起一幅血腥的画面，画面里念沧海满身是血，有气无力地躺在端木卿绝的脚下……

“不……不可以！”

迦楼转身疾步如飞，玥瑶勾着唇角讪讪而笑：去吧，也许还能见她尸首最后一面。

“沧海！沧海！！”

三两个侍卫不敌迦楼的硬闯，他跑入小筑厅堂就焦心重重地大喊，迎面便撞上了——端木卿绝……

“沧海呢？！”

这是第一次，迦楼没有唤他一声九爷，就先问及了另一个女人……

也是十五年来，第一次……眼中仿若剔除了他端木卿绝的存在……

端木卿绝眼神深沉，攫着迦楼那对关切焦急的双眸，那不是“姐姐”关心妹妹的眼神，而是一个男人关心着一个女人……

端木卿绝没有回答，连开口的意思都没有，眼神沉得流光暗闪，一个凌空响指，四大暗卫刹那就从四面如影闪现，将迦楼包围在了中间，与端木卿绝的眼神对视了一下，左右两个人立刻架住了迦楼的双臂——

“做什么？！放开我！”

迦楼怪力发作，双臂猛地甩动，两大暗卫竟一时差点钳不住他，索性另两个人立刻挡在了他的身前，拔出腰间剑架在了他的胸前。

来真的？！

迦楼妖媚的水眸泛着星星点点的冷光，十五年来，端木卿绝向来放纵自己，即使自己犯了多大的错，他也不曾责怪。

然而现在为了一个女人，他竟对他刀刃相见？！

如此百般紧张，万般在意地说明着什么，难道沧海还活着？！

“沧海！！沧海！！沧海！！”

花瓣粉嫩的小口突然疯了一般地撕心大喊，那声音洪亮通透，一道道袭向院子里，端木卿绝心下感到不妙，眼神一动，示意暗卫们立刻将迦楼拖下去，“沧海！”他还在扯破嗓子地喊，纵然怪力在身，身子却被暗卫们架着向着门外。

不是他斗不过而是他并没打算硬碰硬，迦楼悄然拿出怀中上了毒液的暗器，要叫他们一刹毙命，可就在这时——

“迦楼……迦……楼姐……姐……”

穿着单薄的衣衫，念沧海一跌一撞地从里面跑了出来，双腿一个无力踉跄跌坐地上，她气喘吁吁，一脸病态的惨白，是个人都看得出她病得厉害。

“沧海！”

瞬间，怪力爆发，迦楼不顾架在胸前的两把长剑，顶开那两个碍眼的暗卫冲到了念沧海的身边，还撞开早他一步已俯身在念沧海跟前的端木卿绝，一把将她扶住搂入自己的怀中。

“迦楼姐姐……迦楼姐姐，救救沧海，救救我……”

念沧海就像抓着救命稻草一样紧紧搂着迦楼的脖子——

完全不在意那个顿在一边蓦然僵化的男人，那包着白纱的脸埋在迦楼的脖颈之间，一时之间，迦楼有些恍惚，因为她的颜，方才她跑出来俯着身，他还没来得及看清她的脸孔——

而这一刻……

这张冰清玉洁的娇颜染着丝丝缕缕的病态，却丝毫掩盖不了她的惊艳妩媚。

冰凉的面颊摩挲着他的锁骨，这般的细致凝滑，犹若浑然天成的白玉，几日不见她一身黑炭的肌肤成了一袭白璧胜雪的馨香。

这是怎么回事？

好像在哪儿见过似的，迦楼失了神，张着口哑然了半晌。

而她的触碰仿若点燃了他男儿本性的一面，整个身子都沸腾起一股热血，只是他并不自知自己是怎么了，唯一清楚的是，这依赖在怀中的小身子，他这双手是放不开了。

他紧紧地搂着她，越来越紧，两人的距离几乎相贴，没有间隙。

亲昵再亲昵，不舍再不舍，他的额抵着她的额，若非双双同为女子的装扮，那深情交缠的画面定难免让人误会。

可可笑的是，他确实是个男人，他们相凝着的深情眼眸就像一对生死不离的恩爱眷侣，而那个站在他们身边阴沉缄默的男人就是个棒打鸳鸯的刽子手。

端木卿绝垂于身侧的双手径自握紧成拳，阵阵怒颤难遏。

他算什么？！

一个可有可无的影子？！看着自己的女人靠在另一个男人的怀中泪光闪闪，暧昧相拥，而他在她眼中就只是透明的空气……

无视身边那道越来越阴沉的黑影，念沧海靠在迦楼的怀里哭，他俯下的唇擦着她的额，仿佛在不经意下在那白洁的肌肤上数度落下零星的碎吻，妖异的眼瞳倾洒出冷鸷阴霾的冷光，那女人是他的，谁都不可以亵渎半下！

危险的脚步在迫近，再多一刻都无法忍耐！

端木卿绝怒气勃发的冷眸落在念沧海的脸上，正巧，她转动眸子怒视着他，直直不讳亦不惧地瞪着，恨着，眼角还泛着挑衅的冷光。

她是在挑衅他，激怒他，漠视他，无视他。

一双炯亮如黑曜石的眸子哭到红肿，却削不去那孤傲凌人的锐气，她在向他宣战！

念沧海就是故意亲昵难分地搂着迦楼，因为她绝不示弱，哪怕这身子痛得走一步都心如刀割。

她也容不得自己乖乖地躲在屋子里委屈哭泣，不会再有下一次了！

他休想再碰她一下，她不会再让自己默默忍受那欺人暴虐的凌辱，休想，休想再对她兽性掠夺，多一次都妄想！

该是她反击了，昨夜她所受到的耻辱，她定要千倍万倍地还给那个畜生！

念沧海满眸子的都是恨，她恨端木卿绝，她恨这个毁了她一生清誉的男人，她恨不得立刻将他横尸万段！

以为她会乖乖待在这里么？！

呵，别做梦了，她要杀了他，一命抵一命也在所不辞！

对峙的眼神之间，端木卿绝明白了有种叫做钻心之痛的东西从里向外凿着竟是能痛彻心扉的。

不过一个转身，她又在想着逃离他？！

只要念沧海的一个眼神，他就知道她在想着打什么主意。

威吓还是吓不倒她，她恨他，恨到了极点，恨不得立刻杀了他，哪怕搭上自己的性命也不惜！

心又憎又恨地拧着，却终究抵不过这一刻对她无尽的不舍，看着她满身被他施虐的创伤，想着昨夜强占她处子之身的快感，万千滋味绕着端木卿绝的心坎。

女人对他来说，向来招之则来，挥之则去，上一刻还炽烈相拥醉生梦死，下一刻他便能毒手如刃取其性命。

可对她……仅凭那张朝思梦想的颜就已乱了他的狠心。

仅仅是因为阿离么，还是他对她产生了别样的情愫……？

十五年了，他以为已经死了的心为何跳得如此铿锵有力，又深又重，竟敲得他心口生生痛楚。

这颗心不该再为任何一个女人感到痛楚的，而她却一次次叫他破了例……

男人的怜悯不是无止尽的，特别是端木卿绝这样捧着冷酷无情为信条的男人。

“迦楼姐姐……带我走，带沧海走，我不要待在这儿，不要……”

念沧海哀求着迦楼，声泪俱下，不在乎端木卿绝就在身边，甚至故意扯着嗓子，灌入他的耳朵，叫他听得一清二楚。

“别怕，迦楼姐姐在这儿，谁都不能欺负你。”

非一般的气魄，迦楼说得出就做得到。

彼时，他已抱着念沧海站起，冷眼斜视扫过身侧的端木卿绝，眼神不屑不惧，嗔色暗闪出慑人冷光，一个对视都能叫人心口颤瑟。

从没人敢轻视九爷，更没人敢当着九爷的面抢夺他的女人。

四大暗卫面面相觑，眼前的七姑娘就像变成了另一个人，一个强大无比的魔王！

他漠冷着脸步步向着厅堂大门，纵然四大暗卫心生退缩，可身为铮铮男儿，身为誓死对九爷效忠的忠臣就绝对没有望而却步的道理，他们齐齐拔剑冲了上去，却听端木卿绝咆哮一喝：“散开！”

迦楼紧闭的双唇借着一股内力吐出四支肉眼难辨的毒镖擦着他们四个的身侧而过——

哧啦哧啦，四道刺耳惊悚的声音落在耳边，四大暗卫被刺穿的衣衫瞬间溃烂冒起了浓浓白烟，试想那四支毒镖若是刺入他的身子……

四个人同时皮肉上激起一阵战栗。

迦楼是来真的！

媚态的水眸灌满杀手无情的冷漠，如同十五年前面临大敌毫不慌张的那个桀骜少年，被摧毁的心智就这么因为一个女人而复苏了？

端木卿绝睨着迦楼前行不停的背影，就这么放任他抱着念沧海迈出了庭院小筑……

“九爷，臣等立刻追去。”四大暗卫作势要追，“不用。”端木卿绝表情沉霾，因为他知道，若是迦楼觉醒，即使他们四个联手对抗都绝不是迦楼的对手。

凤雀楼内，迦楼抱着念沧海回到二楼他的屋子，动作轻柔地将她放倒在榻上，“迦楼姐姐……”念沧海拉住迦楼的手，仍有泪水的眼中隐隐闪着几缕不安。

“早就警告过你不要招惹九爷，现在后悔了吧？”

迦楼一番温柔的模样，语气极重地训斥着她，杏眸含着委屈亦倔强的泪，念沧海松开手，迦楼却一把紧紧握住她，她诧异地圆睁双目，他在床边坐下，纤长的手指将她额前微微凌乱的发捋向耳后……

那映入眼瞳的美人脸孔，那温柔如水的关切眼神，无不触及她软弱的心弦。

是啊，都是她不自量力，触怒了那她不该触怒的男人，白白搭上了她再也换不回来的清白之躯……

念沧海嘤嘤地抽泣，越哭越凶，清泪落下的每一滴都勾得迦楼的心口作痛，若是那日他就将她从庭院小筑里带回他的凤雀楼就不会发生这样的事。

根本无需他开口问，他也猜得到昨夜她究竟经历了一场怎样可怕的噩梦……

他看见了，她没有扣紧的领口下，白洁的玉颈上满是狼狈不堪的又红又紫的爱痕……

九爷要过的女人能还活着就是个奇迹……

“这个孩子……还是拿掉吧……”

迦楼从未有过的认真，念沧海愕然停下哭泣，孩子……？他也以为她有了孩子？

这修罗宫内什么秘密都瞒不住，一夜之间，怕是所有人都认定她是个不守妇道，怀着他人骨血的贱妇了吧……

念沧海有着说不出的委屈，她很想一股脑儿地告诉迦楼，在昨夜之前她仍是处子，她是被人陷害才莫名“有喜”，可是说了……迦楼会信么？

即便信了，又能怎样？

那太医定和陷害她的人站成一线，若那个人是玥瑶，端木卿绝定会护着掩着，而那个人若就是端木卿绝，她就是跳进黄河都别想洗干净自己。

迦楼要是去闹，端木卿绝定会倒打一耙说她是在勾引男人，为她平反，到时只会让她输得更难看，更无颜见人。

“不拿……我就要留着他。”

倔强如她，有老天为她佐证清白，到时她要让端木卿绝无从抵赖，还要揪出那个陷害她的人将他碎尸万段！

念沧海是吃了秤砣铁了心地要复仇，迦楼沉着眼眸将一切收入眼底，傻子……明知道是鸡蛋碰石头，为何还要傻傻的飞蛾扑火？

“你若想要保着他，九爷定会做出比昨夜更残忍的事。”

沉静的声音萦绕在耳边，是种告诫，告诫着她不可天真地硬碰硬，抱着侥幸的心理去挑战她不可战胜的对手，“这宫里没人是九爷的对手，包括我。”

他是在暗示，即使他将她从庭院小筑里救了出来，若是那魔鬼来要人，他同样是无能无力？！

昨夜的一幕幕轮番映现在脑海里摧残着念沧海。

她听得懂迦楼话中有话的意思，她知道只要端木卿绝想要，谁都阻止不了他再度那样对她，可是为什么？

为什么一个两个都是这样，明明一副敢为她不惜触怒端木卿绝的样子，可在她最需要的时候，却又对他惧怕不再向她伸出援手。

“即使如此，我也要留着这孩子，你若怕他，大可以将我送回那鬼地方，我不怕他，我不怕！！”

“光凭嘴说就真的做得到了？！只知道死鸭子嘴硬，以为这样就能博得九爷的怜悯？任哪个男人都不会让自己的女人诞下另一个男人的孩子，你若不想噩梦再降临，就乖乖拿掉这个孩子！”

迦楼清脆如铜铃的声音随着咆哮越来越似个暴怒的男人。

有那么一瞬间，念沧海觉得他和端木卿绝好像，她从来没有深究过他到底是端木卿绝的什么人，她只知道他爱慕着端木卿绝，可当下，他明知她和端木卿绝有了肌肤之亲，却因为有着端木离的孩子惹来杀身之祸，他应该高兴才对。

若是他的心还爱着端木卿绝，那他应该帮着端木卿绝除却她才对。

哪怕他为了自己不被毁容而留着她的命，也该劝她留着孩子才是，只有留着孩子才好激怒端木卿绝，看着她被摧残，他才更高兴不是么？

“为什么，为什么要救我？！你忘了我下毒害你，因为你怕我死了你会毁容，你才救我，对不对？你要我拿掉孩子一定有着其他目的，对不对？！”

惶恐像一望无际的海从四面八方涌来，将念沧海沉溺其中。

她可以信谁，她可以向谁求救，而谁要害她，会将她拽入另一个不得翻身的地狱……

“不许怀疑我！”

“那是为什么，为什么你那么害怕我会被端木卿绝再无情摧残？！”

“因为我介意！”

迦楼破口而出，念沧海傻了眼地看着他，他抓着她的双臂，身子在一点点俯下，唇一点点靠近，就如端木卿绝每一次强吻她都是这样的开头。

一张危险的网笼着念沧海，四肢百骸不觉地绷紧，她刚要喊，迦楼脸一侧靠在她的肩头——

“不要问我理由，我也不知道自己是怎么了……可我的心……介意……我不想让九爷碰你……我不想……”

有种被爱，被宠溺的错觉绕上念沧海的心，她究竟该将迦楼当做一个“姐姐”，还是另一个能如同端木卿绝一样撕毁她的恶魔……

“把孩子拿掉，不然九爷会做到让你落胎为止……”

迦楼紧紧爱怜地搂着念沧海，淡淡的声音弥散在她耳边，叫她心儿一颤，这一刻她才知道昨夜端木卿绝为何对她那么残忍——

他是要杀了这个孩子，因为他恨端木离，恨她怀着他的骨血，所以他才不顾她的哭吟嘶喊也不放开她……

一个人究竟冷酷无情到何等地步，才能残忍地对一个有孕在身的女子做出那样令人发指的事。

脑海里满是端木卿绝彻夜暴风如狂地掠夺……

“就当我疯了好了，我不拿，我定要留着这个孩子。”

“因为他是端木离的种，因为你深深爱着那个男人？”

迦楼坐起身，不可置信地看着念沧海。

“是，我爱他，他是比我性命更重要的人。”

“可他对你呢？！一个男人若是深爱着一个女人，即使死也不会将她拱手相送给另一个男人！”

傻女人！

为什么连这么个简单的道理都不明白呢？！

对着迦楼怒不可遏的双瞳，念沧海很想吼：阿离是有理由的！！

可……

阿离，是你骗了我么？

终究是我信错了你么？

第十四章　视而不见

夜幕降临，念沧海躺在陌生的床榻上辗转反侧，头下的白枕被泪打湿了一半，侧眸能隔着屏风瞧见迦楼躺在长椅上护着她。

纵然迦楼凶神恶煞地斥责她，但他始终寸步不离地守着她，只是今夜……

念沧海好怕昨夜相同的一幕再度发生，而就在她合上双眸向床里一个转身的刹那，一轮黑影向着她压了下来——

“谁？！”

念沧海被激出一身冷战，黑暗中，有人躺在了她的身边，一双粗壮的臂膀从后圈抱住她，“还痛么？”

“端木……端木卿绝？！”

念沧海一手立刻按住那不安分的大掌，贴在她脖颈上的薄唇皓齿随即咬住她的肩头，就好像一种回答似的……

“畜生！端木卿绝！如果你要用强的，最好点住我的哑穴，不然我就要喊了！”

舌尖的濡湿勾起念沧海满心的嫌恶，她敏捷地一个转身，双手抵在端木卿绝的胸口。

他知道她一定会喊，因为这屋子里还有迦楼，只是——

“迦楼醒不过来的。”

唇角勾起，妖异的瞳中闪着得意的笑光，“你对他做了什么？！”就像昨夜打晕了景云一样，他将迦楼也给弄晕了么？

念沧海紧张地跃起身子朝向屏风张望，谁想人还没看清，端木卿绝一个翻身就将她压在身下，“你就那么在意他？”

静谧的空气中飘散着危险的醋意，念沧海的心猛地一收，“呵，和王爷最爱的美人共处一室，让你的心不好受了？！”

她故意笑话他是个断袖癖，他则不怒反喜，“是不好受了，想要孤王证明给爱妃看，孤王到底是哪儿不好受么？”

紧紧拥着她，用一身的火热告诉她——他绝对是个真男人！

“无耻！”念沧海抬手挥去，可手擦过他的面具，连同另一手同时被他抓住按在枕上，魁梧的身子跟着压下——

他整个身子都烫得惊人，念沧海被迫接受着端木卿绝的体温，被他扣在掌心下的双手握紧成拳，咬着牙瞪着眸，整张脸都狰狞了起来。

“把孩子拿掉，不然九爷会做到让你落胎为止……”

迦楼的警告乍现耳边，念沧海又恨又怕，他是来杀死她腹中胎儿的！

“脸上还痛么？这红瘢是生来的胎记么？”

就在念沧海混乱无措的时候，端木卿绝忽地开了口，口吻怜爱，眼神疼惜地绕着她受伤的右颊——

真是可笑，这个时候他这是在装什么好心佛陀？！

他忘了他亲手撕下她皮肉时的鲜血淋淋，和她的撕心痛吟了么？！

“是不是胎记都与你无关！”

“孤王可以治愈你的伤口。”

如果不是她撒谎骗他在先激怒了他，如果他早知那红瘢是真，他也不会盛怒之下错手伤了她，“哼，伤口已在心上烙下了，王爷是一辈子也补不回来的，沧海不怕破颜，破了颜更好，以免有人总是认错！”

她不仅嫌恶他，还唾弃他，收起那伪善的假好心，她念沧海不稀罕！

圆睁的眼中积满的只有恨，她厌恶被他当做忘莫离，少了一块皮肉又如何，她恨不得这张脸彻底毁了才好，那就没人可以再在她的头上强加上别人的影子。

“别用这种眼神看着孤王，孤王可以弥补你，你想要什么，孤王可以许你！”多年来，这是端木卿绝第一次对女人低声下气。

“我想要你死！”

“你恨孤王？”心里的某根弦在痛。

“这还用我说么？”

原来即便早就知道答案，可亲耳听到心还是会痛。

“休想再碰我！”

端木卿绝的沉默不语逼得念沧海自乱阵脚，混乱下放出顽抗豪言，“容不得你说‘不’！”端木卿绝倏地躺下身子，双臂霸道地将她圈住扣入怀中——

这是做什么？！

念沧海刚要挣扎，警告的鬼魅声音立刻钻入她的耳朵，“不许动！你若再不睡，孤王可不保证不做别的。”

“你——”

压不下蹿上心头的火，念沧海却是一个收口，他那话是什么意思？

只要她不动，乖乖睡，他就不会像昨夜禽兽不如地摧残她了么？

他会这么好心？！

眼神诧异地对峙着，一道妖娆的黑影缓步向榻边逼近，“九爷，夜深了，您该回修罗殿歇息了。”

寂静中，迦楼的声音清冷得像一支暗处射来的箭直中端木卿绝的心房。

迷香竟失效了？！

端木卿绝转身就瞧迦楼站在榻边，妖媚的水眸嗔光流溢，冷艳的脸孔配着冰霜的冷漠，浑身怒张着旗鼓相当的气魄，哪怕与他视线碰撞，也是连个畏惧的眨眼都没一下。

“九爷，夜深人静，扰人清梦可是罪过。”

迦楼眼中赫然写着鄙夷二字。

他千算万算都不会算到九爷会使出用迷香弄晕他，借机轻薄沧海这么下三滥的手段。

“迦楼姐姐……”

念沧海坐起身，茫然的眼瞳里又惊又喜，迦楼瞧了她一眼，视线重新落回端木卿绝的身上，“九爷，请吧……”

放眼修罗宫里只怕也只得迦楼一个敢这么不逊地对坐拥这宫殿的男人下逐客令。

床上，念沧海坐在端木卿绝的身后，床前迦楼一步不退地站着，怪异的战局，没有硝烟的战场，两个男人之间淌着一股微妙的危险气流，念沧海不敢轻举妄动，甚至是喘息都不觉地放慢了下来。

这一刻，她只有静待他们决出一个你死我活，可眼神交战了半晌，端木卿绝竟真的从床上起来，他不紊不乱地理了理微微乱去的衣衫，眼角神色复杂地扫了眼床上的人儿，叫念沧海心里一震，不懂他这是要做什么。

然而他什么也没做，就像什么也没发生过一般，衣袖擦着迦楼的手臂而过，就走出了屋外。

就这么走了？

念沧海傻了眼的视线追着端木卿绝的背影出了屋，“你是在可惜么？你要乐意，我可以为你把九爷请回来。”

迦楼沉着脸，不快的声音打断了念沧海还未收回来的眼神。

“谁说我可惜了？”

念沧海白了迦楼一眼，真是弄不懂这个家伙，那话说得就好像他在吃醋一样。

不觉想起夜里他靠在她的肩头说他介意的模样，心口就这么不安分地躁动起来，难道迦楼姐姐真的对她起了男女私情？

“好了好了，这张臭脸要摆到什么时候？我本还想好好谢谢姐姐又救了我一回，可现在我才不要。”

念沧海故意要起孩子脾气，躺下就侧过身去，心口却在扑通扑通地跳，生怕迦楼会又靠近过来。

只是飘到耳边的却是他冷冰冰的声音，“好好收起你的狐狸尾巴，男人都是禁不住诱惑的。”

“所以呢，你也禁不住了么？”

对着端木卿绝不敢释放的盛气凌人一瞬爆发，念沧海按捺不住地跳起身，半开的窗外倾洒了一地旖旎的月光，皎亮的朦胧银光勾出迦楼半张精致绝伦的脸廓，而另半张容颜被夜色所遮去……

说不上的鬼魅……

“我没理由为了个傻子丢了命，下次九爷再来，你若犹豫不决地推不开他，那休想我再出手救你！”

这么说，端木卿绝钻入她的被子，在她耳边低喃的每一句他都听到了，或许他从一开始就在装睡，存心故意地给端木卿绝机会欺凌她？

“既然那么怕死，刚才索性让端木卿绝要了我，要到让这个孩子落胎，也好带着我一命呜呼！”念沧海又羞又愤，亏她还以为他是对她起了男女私情，他竟一点都不在乎她被端木卿绝羞辱。

“我不准你死！”

“为什么？！”

“不知道，可我知道只有你活着，我才能找到答案。”

“……”

兜兜转转，气氛又因一句话绕回到暧昧的起点，对视着，念沧海这才发现迦楼的眼神如海深邃，情不自禁间，会让人不知觉地堕入其中，沉溺难拔。

两双眸隔着月光交会，他不张口她也不动唇，就这么你凝着我我看着你，好半晌，念沧海先败下阵来，垂下了头错开了眸，“夜了，我要歇息了……”

她说着就要躺下，可手刚拉起锦被的时候，一只比她略大的纤长玉手猝然握住了她……

“做什么？”

念沧海浑身一个绷紧，迦楼亦是堂皇难掩，看着自己握住她的手，脑袋里有点凌乱，他这是要做什么？！

就连自己都不知道，是手不听他的话，看着她赌气背过身去就着急地伸了过去——

“不要死……我可不想做你的陪葬。”

硬邦邦的声音别扭地轻柔了下来，就没见人这么不会说贴心的话，明明他还是关心她的，就像个姐姐一样……

只是真的就只是姐姐的话，为什么他的一个字一句话能挑起她心跳乱了秩序？！

半张脸捂在被窝里，念沧海半是含羞半是不自然地看了迦楼一眼，轻轻从他掌中脱开手放入被窝，轻若蚊蝇的声音掩在被子下传来：“知道了……”

迦楼微微一愣，看着落空的手：“那好好歇息吧……有事就喊我的名字……”

眼神眷恋不舍地从床上收回，迦楼转身走过屏风在长椅上躺下，他望着屋梁一手不觉地抚着心口：可恶，别再跳了！自己是疯了么，这一夜的，他都在胡言乱语什么……

几日过去，端木卿绝都没有再去过凤雀楼。

庭院小筑内却是每日门庭若市，玥瑶隔三差五地找上门，景云也是不分昼夜地闯进来。

因为念沧海有孕的事传到了朝政之上，大臣们都在议论端木卿绝会如何处理，答案很简单，端木卿绝以王府需要香火的理由允许念沧海生下孩子，这个决定自然激怒了玥瑶，她精心策划好的一切，到头来只是竹篮打水一场空。

凤雀楼外绕着湛蓝映天的皓镜湖，湖上架着一座凉亭，凉亭内坐着两个俊逸非凡的男子——

醉逍遥走入庭院小筑的时候，端木卿绝一语不发地从他身边走过，他一路跟着他，便来到了这儿……

端木卿绝没有同他说过一句话，他也乖乖地处在他的身后没有开过口，直到那凤雀楼上大开的窗户边出现一轮娇倩的身影——醉逍遥唇角微勾，这才找到了答案。

原来是她……

九哥是为了能见到她吧……

也不知道是那个女子的出现，还是当头日照的暖阳，银铜色的面具被勾勒出了一轮柔和的暖光，妖异的金瞳深情脉脉，一眨不眨地凝着那个方向。

想要靠近又不能靠近，就只能这么遥遥相望——

越过湖，这凉亭和那近在咫尺的凤雀楼就好像隔着无法逾越的万重山。

这些天来，端木卿绝每日这个时候都会来这儿，深邃的眸海是探不到底儿的，此刻他在想着些什么，没人知道。

眼神就像生了根似的一直绕着窗边的念沧海，直到迦楼出现在她的身边，亲昵关切地为她披上外袍，端木卿绝的表情才起了细微的变化，剑眉不悦地微蹙，冰眸流光闪烁。

“呵，九哥是在失落，被王妃抢走了爱慕的人？”

“……”

醉逍遥没心没肺地说起了风凉话，在这宫里，谁都知道迦楼一直爱慕着端木卿绝，只是从念沧海出现后，某些感情好像正在发生变化。

“她还是日日黏着迦楼不放么？”

清冷的声音从端木卿绝唇中落出，这几日，他没有去凤雀楼，全因他让醉逍遥日夜监视着那儿，一有动静就会向他回报。

“王妃是真的当迦楼为姐姐，这些天同他形影不离的。”

“就寝时，他也守在她的身边？”

纵然端木卿绝口吻淡淡，但是他在意，相当地在意这个问题的答案，只要想到每夜都有另一个男人守在他的女人身边，他的心就被什么东西狠狠地掐住，连呼吸都在痛。

“王妃这几日噩梦连连，迦楼若不在她的身边，她便不能入眠。”

那噩梦的根源指的就是他端木卿绝，对不对？！

某人心口狠狠一抽，那日他离开，不是畏惧迦楼的胁迫，而是不想与迦楼大打出手，乱中出错再伤及她。

他任由她耍着小性子待在凤雀楼好生静养，只是为了让她好好养伤，要说他的心，可是一天都容不得她待在那儿。

“九哥有没有想过，若是王妃可以让迦楼恢复正常，九哥舍得放手么？”

忽地，醉逍遥出人意料的一问教端木卿绝心口一滞。

惊愕的表情全然掩在面具下，“你想问什么？”

“王妃毕竟有了不该有的骨血，九哥若是不舍赐死王妃，这便是对她最好的‘惩罚’。”

“她是处子……”

端木卿绝回过身，薄唇翕动，跟前的醉逍遥猝然错愕，处……子？

“那一夜……？”

醉逍遥一时间头脑混乱，就连言语都组织不起来。

他知九哥在知道她有了身孕的那一夜定是强占了她，却万般也估算不到那一夜会是她的……初次……

“沧海根本没有身孕。”

惊愕未定，又是一个狂澜掀来，醉逍遥张着口好半晌才说出话来，“那是洛太医撒了谎？九哥既然知道王妃是清白的，为何……”

下面的话没有再说下去，端木卿绝不过眼眸对着他，他便猜到藏在那双眼底的秘密，“是玥瑶指使洛太医撒谎的？”

端木卿绝没有回答，又再背过身去望向凤雀楼，“玥瑶还小……”简单四个字，又怜又恨。

醉逍遥知道端木卿绝是因为愧疚二哥，所以才无法对玥瑶痛下惩罚，哪怕是个小教训他也不舍，可这样纵容，所有的责难便都落在了无辜的念沧海的头上。

“朝中大臣已经认定王妃有了端木离的骨血，九爷要怎么做？难道上演一场小产大戏？”

“不，弄假成真就好……”

“怎么个弄假成真？让念沧海怀上九哥你的孩子？”

醉逍遥问得直接，端木卿绝却是意料外的一番沉默，他远目凝望那窗边的人儿，眼中闪着一抹不确定。

古话有云，虎毒不食子，纵然端木卿绝冷酷无情，但他绝不会对自己的骨血下手，而一个将来要一统全天下的男人，是不该有任何牵绊的。

曾经的那个女人，几乎让他们鬼骑军全军覆没，也让端木卿绝去了大半条命。

十五年来的隐忍，就是为了将被夺去的东西重新十倍百倍地讨回，然而在就要见着复仇的曙光之际，他醉逍遥是不会再让历史重蹈覆辙，再度毁在另一个女人手中的。

“……”

端木卿绝明白醉逍遥的好心提醒，他不是个有资格拥有妻儿的男人，所以沉默是他这一刻唯一能应对这个问题的答案。

“九哥，逍遥能再问你一个问题么？为何你在大婚之夜初见时没有赐死她？”

“我曾下令，要你在狼林就了结她，是你给了她一条生路。”

仿佛是天意弄人，当初若不是他的善心，今日也不会造就他的不决，端木卿绝转过身，无论是口吻还是眼神都是纷繁复杂，就像在问：当时为何你又要救下她？

如果你答不上的话，那也绝对得不到我的答案。

凤雀楼上，念沧海视线落向那座凉亭，那道伟岸的背影落入眼眸的一刹，“砰”的一声，她重重合上窗，巨大的响声越过湖面穿入端木卿绝的耳，就在他转身、她合上窗的一瞬间，两人的视线有着刹那的交会。

当她终究消失在窗后，某人蓦然沉着脸，脚步迈开，再也不能隐忍下去。

“怎么了，好好的为何将窗关上了？”

不过是去吩咐映儿准备午膳，迦楼再走进屋子的时候就见念沧海面色慌张地背靠着紧关的窗前，他伸手要开窗，念沧海紧张地伸手搭在他的胳臂上，“不要开……阳光太刺眼了。”

表情猝然一滞，迦楼收回手，眉头蹙起一抹疑惑——

这些天都阳光明媚的，她总喜欢打开着窗，说是不喜欢将自己关在黑暗中，可这突然的怎么又会嫌弃它刺眼了。

“七姑娘，九爷来了。”

映儿跑得有些气喘，急急地在门边禀告道，那一句话叫握在迦楼手胳臂上的手愣是一颤，虽然念沧海对端木卿绝的到来并不感到意外，可心里的畏惧不是有所准备就能压得下去的。

她不想见那个人，“迦楼姐姐……”

她拉了拉他的衣袖，迦楼知道那恍惚畏惧的眼神是在向他求救。

“你待在屋里就好。”

他拉下她的手，说着走向映儿，脚步到了门边又停下，“把窗打开，没人能从那儿闯进来的。”

霸气的口吻叫念沧海莫名悬起的心儿点点落下，她知道就算端木卿绝来了，迦楼肯定也不会让他再靠近她的。

的确迦楼一出门，就见端木卿绝来势汹汹地从底楼而来，醉逍遥攫着淡淡笑意的脸孔紧随其后，“九爷。”他微微躬身，在楼梯口恭迎着他们，也可以说是堵着他们。

端木卿绝眼神先身子飘至念沧海的屋门外，可迦楼却是将他引入隔壁的厢房。

走入屋子，端木卿绝便发现两间屋子算得上是“相通的”，薄薄的墙上有扇菱形的窗户，透着这扇窗可以瞧见对面屋子里的动静，那人形高的屏风之后，他看到了那抹朝思暮想的身影——

她也正在看向这边，眼神就这么再度交会，然而她仍是立马转过身去，徒留背影对着他……

“王妃，如果你觉得不舒服，映儿可以将窗户上的小帘子给拉上。”

映儿扶着念沧海，她朝她淡淡地笑了笑摇摇头，“不用……”她并不是想透着那扇窗看到那个可恶的人，而是不愿让迦楼离开她的视线，迦楼是为了她才和端木卿绝争锋相对的，她不能不听不闻。

“九爷来我凤雀楼断然不会是为了找迦楼谈天喝茶吧，有话就打开天窗说亮话吧，迦楼洗耳恭听。”

几日不见，迦楼给人的感觉又有了一番绝大的改变。

纵然仍是一袭绝色妖娆，玲珑婀娜的女子打扮，可那口吻不再阴阴柔柔，那股架势也越来越男儿味浓。

“把映儿叫来，吩咐她去请王妃来。”

端木卿绝眼神冲着隔壁屋，声音故意亮了一亮，那屋子里的两个女子同时一惊，念沧海紧抓着映儿的手，她安抚地拍了拍她的手背，“王妃放心，没有七姑娘的吩咐，映儿不会过去的。”

虽然这宫里最不能得罪的是九爷，可比起九爷，映儿更怕的是迦楼。

“九爷已经下了决定了么？诸位大臣联名上书逼九爷赐死王妃，九爷这是来夺王妃的命的？”

迦楼气势咄咄逼人，端木卿绝透着窗，眼神直视那躲在屏风后的人儿，她因迦楼的问话，双肩猛地紧拢，一副惧怕的反应靠在映儿的怀中。

为何要惧怕，因为她深信他的确是来要她的命的？

端木卿绝只是沉默，而那盯着念沧海的视线着实让等着回答的迦楼不快，他借一步挡在端木卿绝的跟前，“迦楼只想说，王妃二嫁，错不在她，孩子是在嫁给九爷前怀上的，不是她红杏出墙。九爷若怒，可以让她拿掉孩子，抑或休了她。再不然，将她赐给迦楼，迦楼要她。”

气场凌人，说的是那样坚定，一点都不含糊。

隔着墙，念沧海听得一清二楚，身边的映儿吓得蹦出一句话：“七姑娘，这是连命都不要了么？”

照顾七姑娘那么多年来，只知道七姑娘一心想着和九爷修成正果，他喜欢的是男人，这突然的和九爷作对的，要个姑娘来是要做什么？

虽然听说过不少王妃的传闻，但映儿从不觉得王妃该和七姑娘有何交集，前几天七姑娘把她带回来，她已是相当诧异。

七姑娘可不是为了他人会给自己惹祸上身的好心人。

特别还是触怒九爷的人，他向来对九哥恭恭敬敬，百依百顺，为什么会要对这位王妃如此之好，他知不知道自己在说什么，那话轻则几十大板，重则可是要人头落地的！

映儿满脑子的担忧，焦心不安统统都写在了脸上。

念沧海将一切看在眼里，其实她也知道迦楼那话会给他带来如何的后果。

如果她就这么放任迦楼和端木卿绝对峙下去，端木卿绝会不会一怒之下就杀了他？

想起迦楼说过，谁都不会是端木卿绝的敌手，一颗心突然很害怕，迦楼要是因她身首异处，这辈子她都不能原谅自己。

悄然间，念沧海趁着映儿松开手的时候，已经疾步如飞地跑出了屋子，“哎，王妃，你要去哪儿？”

映儿一声大呼，惊动了两间屋子的人，端木卿绝听着脚步声，眼神转向被突然推开的屋门，“王爷要降罪妾身，处死也好，斩首也罢，妾身绝不逃不躲，但求不要牵连无辜。”

念沧海迈入屋子，就双膝落地跪下请罪。

她不知道这一跪教正向她逼近的男人胸口就像被一座重锤狠狠地猛敲一记，又痛又恼，就在脚步顿滞的刹那，迦楼如风地越过他，扶着念沧海的双臂要她起来，“胡说什么，让你好好地待在屋里，为何不听？”

“沧海不愿连累姐姐，姐姐已为沧海做了太多太多。”

她不起来，更不敢看迦楼怒然的双眸。

她没有资格让迦楼为了她走到不惜以命相博的地步，是她惹来的麻烦，就该她自己解决。

她也不能长久地躲在他的羽翼下，迟早她都要面对这一手遮天的魔鬼的。

反正伸头是一刀，缩头也是一刀，不如来个痛快点的。

这一唱一和，你情我浓的，好一个感情深厚，谁也棒打不得！

那日迦楼在他眼皮子底下搂着念沧海生死不离的一幕幕仿若又再重演，端木卿绝负于身后的一手握紧成拳，仿佛在遏制自己的怒火而阵阵颤动，“起来说话。”

他的威严，他的气场，刮起一阵寒风凛冽，整个屋子里骤冷的气氛可以冻僵在场的每一个人，“迦楼姐姐，你先出去，容我和王爷单独谈谈。”

念沧海起身，她给了迦楼一个“我可以一个人应对”的眼神。而他的手不放，眼神偏执，是定要留下陪着她。

醉逍遥这时从坐着的椅子上起身，走过门边也不知道在迦楼的耳边耳语了什么，迦楼紧攥着念沧海的手忽地失神松开，他便趁此握着他，将他拉了下去。

屋门从外合上，也许被锁上了也不一定。

念沧海的心好似跌入了谷底，她原本以为自己能承受得了，可屋子里只剩下她和端木卿绝，她才知道，见着这个男人，她只想逃，逃得越远越好。

“王爷有何降罪就请发落吧。”

她没有挪动一记脚步，后背紧贴着合上的屋门，就好像恨不得能穿门而过远远地逃开他。

端木卿绝再不能按捺的双手握住她的胳臂——

他好恨，恨在她的心里眼里，他端木卿绝就是个时刻夺她性命的人，她就不用脑子想想，他若要她性命，这几日她还能有手有脚地杵在那窗边赏风赏景？！

可不是只有迦楼才是那个护着她疼着她的人！

“同孤王回去。”

“回哪儿？牢狱么？”

“回小筑。”

“我不要！”

“既然连死都不怕了，还怕跟孤王回去？”

“王爷可是比阎王更可怕——呃嗯！”

话音未落，握在手臂上的力道就是凶狠的一重，“王爷要杀要剐，请给个痛快点的，要想废了妾身的手臂，就再用点力，折也好，砍也罢，别这样龌龊地吊着！”

念沧海羞愤怒骂，眼眶里含着痛楚的泪。

那泪叫端木卿绝一震，手跟着松开力道，“是你自找苦吃，明知一身病痛还处处顶撞孤王！”

他的心在疼，恨不得拆开她手上的纱布，看看她的伤口是不是又裂开了。

为什么就是这么不听话，若是什么都遵从他，他不会一怒之下总是错伤了她。

念沧海不领情，狠狠推开他从他的身边远远拉开好几个步子，不能和他靠近，一步都不能，她简直要透不过气来了，“王爷若是不杀妾身，妾身是死也不会离开这里。”

念沧海态度坚决，听得出，他来这里不是为了夺她性命，至少现在不是。

可她猜对了一半，端木卿绝不要她的命，可不会允许她再留在这里，“你当真死也不离开？你舍得放着小幽一个人留在小筑里，孤王可不保证她今儿个活着，明儿个还有命。”

“你要对小幽做什么？！”

退后的脚步迫不得已地逼近过来，给了端木卿绝张开双臂将她扣入怀中的机会，他捏着她的下颔凑近他的唇，“怕了？你要不回来，孤王就拿她来填命。”

“你——”

念沧海怒不可遏，他就只会强迫她，用她在乎的人威胁她，可——

脑海中灵光一现，因为他知道她怕小幽有事，才会拿她威胁她，而她总是求着他，所以便让自己处在了弱势。

“呵！”

忽地，念沧海冷笑勾唇，“小幽同我情同姐妹，我们早说好，同生共死，王爷真的要杀了她，有我这个姐姐做伴，她定死而无憾！”

那黑曜石炯亮的双瞳犀利，无畏无惧，就是准备好了与他抗争到底，他明白，她是倒过来威胁他，他要敢碰小幽半下，她就寻死相伴。

“你到底在气什么？孤王是强要了你，可夫妻不该有夫妻之实么？”

端木卿绝竟会软下强硬的态度，口吻掺着迷惑人心的温柔，魅惑得是人都难以抗拒。

这丫头的性子到底随了谁，那么倔那么不听话，他任由她耍着小性子，她怎么就没点感谢之心的觉悟？！

他捏着念沧海下颔的手邪恶地微微一抬，两人的唇就这么轻轻擦过，“唔唔！别碰我！”念沧海厌恶得猛地挣扎起来，他的触碰让她恶心，更教她颤栗，“妻子么？王爷的妻子不是只有忘莫离一个？！”

“呵，爱妃是吃醋了？孤王很高兴。”

端木卿绝眼眸一弯，邪魅的笑靥纵生，缠在她腰间的双臂是越收越紧，念沧海羞愤得涨红了脸，疯子，谁会吃她的醋，“吃醋的是王爷才对吧？！”

“孤王不否认。”

“你——不要脸。”

念沧海气得扭过头，眼前这男人简直就是个无赖，她作痛的双手使劲地掰开他的双臂，可那双大手能轻易放过她，就不是端木卿绝的了。

“回庭院小筑。”

端木卿绝是无赖到了底，环住那娇小的身躯一下都不准她动。

“做梦！”

念沧海唇一咬，不算长的指尖狠狠地刺入他臂上的肌肤，想要趁他作痛的刹那摆脱他，谁想他吃痛得眉头深锁，双臂是越收越紧。

一双手就像有生命的锁链一样，将她紧紧缠绕，铐上了就是一辈子纠缠不清。

“回，还是不回？”

揽在腰后的力道使坏一用力，念沧海整个身子都贴在端木卿绝怀内，那体温勾起那夜强夺的痛——

恐惧就像翻涌的浪涛冲上心头，她有得选么？她可以选么？！

“放开我！放开我！！放开我！！！”

她慌了神地捶着他的胸口，腰后的力道跟着一个收紧，“放开！放开！！”又捶了一下，还抬起瞪圆的乌眸怒瞪着他，端木卿绝竟幽幽地噙着邪恶的小脸俯下，眼看那薄唇就要迫降她的唇上，“好了好了，我回去！！”

念沧海被惊吓得脱出一句泄了底气的话，只闻那得意的笑声撒落她的耳边——

可恶！她是被他逼的！

“是你要我回去的，你可不要后悔！你最好不要睡着，不然我定藏好剪子阉了你。”

“阉了孤王，丢了幸福的可是爱妃你。”

“……”

端木卿绝攥着念沧海的手不放，既然她答应了，就要趁着她没反悔把她带走，可是被他拖着走了几步，她突然反握着他的手腕，“等一下。”

心一滞，“答应了可不能反悔。”

“我没有，不过我回去，你要答应我‘约法三章’。”乌溜溜的眼神里竖着道道防备。

“说。”

“不得同床，不得同屋，不得碰我。”

她溜口地说着，端木卿绝的表情立刻沉了下来，简直无理取闹，不能碰她？她还是没有她是他女人的自觉？！

端木卿绝立刻要驳回，可张开的口又收住了，这小丫头片子倔起来是十头牛也拉不动，瞧那双眼里根本没有讨价还价的余地，所以先把人哄回去就好。

到时他要反悔也没说不可以吧？

鬼魅的眸暗勾着狡黠的笑弧，“答应你。”

答应得那么爽快？

念沧海还是满心的戒备，可是手被端木卿绝攥着，她是想逃也逃不得，脚步不觉就被他拉到了门边，“哎哎，等一下。”

“又怎么了？”

“我要和迦楼姐姐道别，好歹他照顾了我这么多天，我不能就这么不告而别。”

端木卿绝表情很不乐意，但屋门突然从外被人猛地打开，“有什么道别就说吧。”顺着不悦的声音，就瞧迦楼黑着脸站在门外，他是都听到了他们的对话，对不对？

念沧海心里一震，就像被相爱的人抓奸在床似的很不安，很愧疚，“迦楼姐姐……”她才开口，迦楼就瞪了她一眼，转身就走。

“迦楼姐姐，听沧海解释。”

念沧海脱开端木卿绝的手，紧追着迦楼，一直走到尽头，“你想说，你们是分不开的？”迦楼背着身，声音好像受了伤一般，他竭尽所能地保护她，可她的心还是飞去了九爷的那里。

“我是我，他是他，不是什么‘你们’。”

念沧海分得很清楚，她才不愿她和端木卿绝被送作堆呢，“那你讨厌他的话，待在我身边就好。”迦楼一手不觉地握住念沧海的手腕。

“不管我在哪儿，重要的是我的心。”

她淡淡地说，有种刻意拉开彼此距离的感觉，迦楼能感觉得到，比起端木卿绝，她的心也并非他所想的那样愿意靠近他，因为她的心里一直藏着另一个人——

端木离，是那个人，那个才是她真正想要依靠的怀抱。

手，还是放开了……

迦楼性子里的傲慢在作祟，他不会挽留不属于自己的东西，人也好，还没弄懂的感情也好，“想走就走吧。”

他丢下话，转身迈入屋子，狠狠合上了门。

端木卿绝准许念沧海生下孩子的消息公告于朝，纵有诸多大臣不满也没有一个敢反对的。

回到小筑后，连着两个晚上，端木卿绝都没有来滋扰，念沧海多少有点意外，每日从罗汉床上醒来，视线总会不自觉地落向那拉下幔帐的床榻——

那夜被欺凌的画面好像好历历在目，佯装遗忘的心就会每每作痛。

“笃笃笃……”

有人在外面敲着门，拉回了她痛苦的思绪，“小幽么？”

念沧海抹了抹被泪水濡湿的眼角，从床上起来，落入眼帘的却不是小幽的面孔，“早。”晨光下的暖色金芒勾勒出一张戴着银铜面具的脸孔，衬得那唇角上的是笑邪魅撩人，“做什么？”

睡眼惺忪的小脸一下子就清醒了过来，没有丝毫痴迷，倒是满眸子的警戒和防备，一手抓着门预备着随时将门合上。

“想见你。”

一大早的来她这儿发什么浪？！

念沧海白了端木卿绝一眼，“我可不想见你！”说着就甩手合门，一只大手立刻挡了上来，脚步跟着逼进屋子，“喂——你出去！”

被端木卿绝逼得倒退着步子，差点一个踉跄向后跌倒，所幸某人眼明手快，健硕的猿臂揽上她的后腰将她牢牢固在自己的怀中，弄得她宁愿跌倒也好过被他抱着，“放开我。”

娇俏的身子在宽大的怀中闹腾，一大早就要与这辈子最憎恨的人亲密相拥，感觉他的体温，不如直接杀了她好了！

念沧海使尽全力地推搡，忘了其实每一次被他强拥，只要他想，她就是费尽力气，也休想逃出他的钳制。

“力气变大了，手臂上的伤好了么？”

“难不成一大早王爷这是要和妾身比臂力？”

她挖苦着，明显是讨厌被他抱在怀中，要他识趣放开，可端木卿绝使坏地手臂一用力，将她抱得更紧，别开的脸被迫只能贴在他的胸口，“喂，你——”

“别乱动，脸上的伤才结痂，要是裂开了可要留疤的。”

“哼！”

他在乱装什么温柔，不知道的人听了还以为他在心疼她呢，念沧海冷哼着，这脸上的红癞生生被他连皮带肉地撕掉，哪怕结了痂，日后恢复也是一条横长的疤痕——

是个长眼的都能看得清楚。

“用不着不屑，孤王说过可以治愈你的脸。”

说时，端木卿绝大掌展开贴着念沧海的后背上下摩挲。

“妾身不需要！王爷喜欢漂亮的女人大可纳妾，甚至休了妾身，妾身甘愿让出正室之位。”

念沧海态度强烈，只要他不碰她，她什么都答应。

端木卿绝的脸色越来越不好看，一大早地跑来看看她休养得好不好，结果还被这么嫌弃，这女人真当自己可以无法无天，他没法治她了？！

“爱妃是在试探孤王？”

“爱妃放心，孤王只要你——不过孤王的‘忍耐力’可不是很好，不要让孤王等太久。”

见她不说话，他加重着“忍耐力”三个字，唇瓣吻上她的耳侧，念沧海身子里就好像立刻被撒下了奇怪的毒，从脚心泛起一股激荡的潮涌直击上心头——

“王爷是想反悔答应了妾身可以生下这孩子？”

“孤王说话，一言既出驷马难追。”

“那王爷多少也该顾及妾身的身子，王爷该知道怀有身孕的女子不宜房事，若是强要怕是会一尸两命，王爷若真有心就不该碰妾身，而王爷实在真有需要，不是纳个妾更好？”

端木卿绝狡黠盈笑——

这小女人，简直就是只小狐狸，明知道自己没有身孕，还拿这个当挡箭牌。

“倒也是，所以孤王近来和好侄儿通了信，说是爱妃有了孤王的骨血，不便房事，好侄儿立刻回信说，已经在为孤王准备新妾，不假多日，就能送来十位绝世美姬。”

他将她怀有身孕的事告诉了阿离，还说那个孩子是他的？

那不就是在告诉阿离，她已经成了他端木卿绝的女人？！

“端木卿绝，你好卑鄙——”

“告诉你，对端木离那畜生趁早死了心，断了念——这辈子，你有生之年，就只能待在孤王的身边！”

指骨分明的大掌捏攥着她纤细易断的手腕，怒然的眸子里布满血丝，凶残冷冽，仿佛方才的温情只是一轮骗人的幻影……

“做你的春秋大梦，我念沧海即使死也要逃离你的身边！”

“是么？”

他只是阴冷地勾起唇角，划开一抹似笑非笑的弧度，紧攥的手腕被松开，念沧海本能地往后躲，他进一步，她就退一步——

那逼近过来的每一步都攫着死亡的味道，震颤人心。

“放了我……到底要我……如何做，你才能放了我……”

“放了你？直到这双眼，这颗心里再觅不到端木离的身影！”

妖异金瞳放肆着独占的冷光，一双纤细的小手握紧身下的褥子，好恨，恨到了心子骨，“端木卿绝，总有一天，我定要让你爱上我，然后离开你，要你一辈子都在痛苦中度过！”

念沧海已经预料到下一步端木卿绝会对她做什么，不过是那夜相同一般的事，既然逃不过，而这身子也被魔鬼玷污过了，一次和两次又有何差别？！

“呵，如果真的有那样一天，孤王也会把你抓回来，除非你死了。”

第十五章　他要杀她

端木卿绝用“身体力行”的法子惩罚了念沧海，令她数日都下不了床，女医师蓉拂晓为她开了药要她好生休息，因为给她搭了脉便知道她并没有怀有身孕，她有意帮她将事情告诉端木卿绝，可既是被有心冤枉，又何须他人替她说公道话。

“有劳医师了，没有身孕的事就不用禀告王爷了。”

“是，那王妃好好休养，我先告退了。”

蓉拂晓离开北苑，一直在北苑盯梢的玥瑶一路跟在了后头，混进御药房就在蓉拂晓给念沧海开的药中加入了什么东西，随即迅速地离开。

接下去的几天，念沧海依旧只能躺在床上，连一个坐身都能痛——

“自找罪受。”

静谧的屋中，一道突兀的冷声，念沧海朝门边看去，那人一袭浅蓝的衣衫倚着门架子，“迦楼姐姐？”

她迟疑地低喃，因为那身衣衫不再是女子裙装，而是男儿锦袍。

就连发式都变了，高高的马尾扎起，脸上的胭脂粉末都不见了踪影，俨然一个如阳朝气的少年，同样的俊美，不一样的秀丽。

当迦楼脚步来到榻前，念沧海是傻傻地挪不开眸子，“你这是养胎呢，还是养伤呢？”

冷冰冰的傲慢语调没有变，念沧海竟是一个失笑出声，只是表情却不含半分笑意，相反眼角点点湿润了起来。

“你来做什么？”

“来看看你死没死啊。”

迦楼毒舌地说着，却早在见着她眼角的泪时，心里狠狠一个抽痛——

“死了又怎样，活着又怎样，我的事不用你再管了。”

念沧海别过头去，一只纤细修长的玉手伸来就扳过她的下巴，“看着我！”

他的强势不容人拒绝，念沧海的泪应声掉了下来，“迦楼姐姐……”

她像个孩子似的无助地一声声叫着他，只是那个称谓和时下他的装扮显得是如此可笑。

“离开吧……我说过了九爷不会放过你的，即便他答应了让你诞下孩子，这个孩子也活不到诞下之日。”

“不……我不走。”

“你还想倔到什么时候？连这条命都搭上么？”

念沧海有口难言，如果可以，她当然会逃，可是这里有她没有完成的使命，还有小幽的性命。

“你要的到底是什么？”

“我不懂你的意思。”

“不懂？少跟我装糊涂，你来北域到底是为了端木离偷取什么？！”

原来能读懂她眼神的除了端木卿绝，还有眼前这个叫做迦楼的男人。

“如果……如果我要的东西等同于端木卿绝的性命，你会告诉他么？”

迦楼陷入了沉默，寂静的相对，仿佛能听到对方不安的心跳，念沧海不能相信自己就这么告诉了他，只要他告诉端木卿绝，不论是她还是小幽，必定客死异乡。

“你想要的是——丹书铁券？”

迦楼冷冷地问道，声音听不出高低起伏，更听不出他的丝毫情绪。

“你若想要这个，我可以为你偷来。”

就像幻听了一般，念沧海傻傻地眨巴着湿润的大眼，他说他要为她偷来丹书铁券？

“傻女人，我可以把你这个表情当做是受宠若惊么？”

迦楼用力捏了下念沧海的下巴，菲薄的美唇勾起一轮妖冶迷蒙的笑弧——他是当真的？

“迦楼姐姐，你知不知道你在说什么？丹书铁券不是普通之物，如果你被端木卿绝抓到，可是要掉脑袋的。”

他有心为她偷取，她自当感激，可要他搭上性命，她不要。

俊逸不凡的脸孔迟缓地俯下，越来越迫近她的唇前，念沧海恍然有个失神，虽说亲昵的靠近和拥抱早已不知几多次，可他以这英挺的男儿身还是头一遭——

“谁说我会白白帮你？”

迦楼纤白的手儿宠溺地抚过念沧海的面颊，修长的五指滑入三千青丝，他以额抵着她的额，他的触碰、他的眼神挑拨着她心口的跳动彻底乱了次序。

“不是……白白帮我，那你要我拿什么来交换？”

声音莫名有点羞怯的味道，迦楼一手勾起她的下巴，“我要——你的身子。”

“啪！”

手就这么应声甩上了俊俏的脸庞，“无耻！”念沧海怒然地瞪着迦楼，终究他也是男人，这是露出了贪婪的本性？

迦楼被打得侧着脸怔怔地摸上那微烫的地方，纤细卷翘的羽睫眨了又眨，忽地凶神恶煞地抓住念沧海的手腕：“笨女人，你为什么打我？！”

念沧海气不打一处来，亏得她一直以来这么相信他，到头来他也是个和端木卿绝一样的无耻之徒——

“你给我听着，我念沧海就算被凌被辱，也不会为了得到丹书铁券，交出自己的身子。”她是被端木卿绝玷污了，践踏了，但她绝不会为了得到那样东西出卖自己的肉体。

“交出身子对你有什么吃亏？与其让它情非所愿地承欢在九爷的身下，不如和我交换。”

迦楼是和念沧海卯上了，这丫头怎么就听不懂人话呢！

“你混蛋！”

念沧海恼怒地另一手又挥了上去，迦楼立刻别开脸敏捷地攥住她，“死丫头，你到底在恼什么？！我长得那么美，和我交换身子就让你这么冤吗？！”

和他交换身子？

念沧海挣扎的动作赫然停下，“你给我说清楚，和你交换身子是什么意思？”难道他不是要她的身子？

“就是把你的身子给我，我的身子给你啊！不记得我一直都想要易魂的么？反正你不爱九爷，留在他的身边也只有痛苦，不如把你的身子给我，反正我爱他，被拥着抱着可是我这一生所求。”

“原来……你说的是易魂？”

念沧海傻了眼，先前的愤怒一眨眼都成了可笑的笑话，“不然呢，你以为我什么意思？”

“我……”

敢情她这是“自作多情”，说出来还不给自己丢脸，“别管我怎么以为的，倒是你，为什么是我？为什么一定要和我交换身子，你不是讨厌像我长得那么丑的人？”

“倒是，比起美，你当然比不上我，可谁让你长得和九爷最爱的女人一模一样呢，有了你的身子，想要他的心易如反掌！”

迦楼得意扬扬地翘着嘴，念沧海听着那话心口莫名地隐隐抽痛——

是啊！

都是这张脸害的，好死不死偏偏和那个女人生得相似，那男人强占她，不过也是因为这张脸罢了，对不对？

如果她长得和那女子不同，他怕是连一眼都不会瞧她，甚至初见就会毫不手软地杀了她吧？

心口越来越痛做什么？

好笑，这患得患失的情绪她不该有，因为她不爱那个男人！

“那你学会了易魂大法？”

念沧海睨着迦楼，将所有情绪都收入面容之下，“你不是会吗？”迦楼反问得理所当然，念沧海一下子吃了瘪。

原来他是指望着她呢！

“我是会，不过我从没用过，怕是一个闪失会弄个你我魂魄四分五裂得不偿失的，保险起见，你最好还是去找那易魂大法的秘诀，藏书阁不是有么？”

念沧海扯着谎，谁想迦楼笑眯眯的那个贼，目光戏谑地凑近她，“你这丫头就倔这一张嘴，你还会易魂大法，就是没用过呢，你就吹吧！指望你我才是笨蛋呢！”

“哼，那这话的意思是你会咯？！”

没想自己的谎言会被拆穿，“现在还没，不过我从曼巧嬷嬷那里套出了话，所以今晚要出宫一次，九爷把易魂大法藏在了……”

“嘘——”

念沧海忽地捂住迦楼的嘴巴，只因她眼角的余光扫到门边倒映出一道慑人的黑影……

“迦楼姐姐，你今晚就留下吧，沧海好怕一个人睡，沧海要和你一起睡！”

念沧海忽地靠入迦楼的怀抱，还赫然大声地喊起来，就像存心要让整个小筑的人都听到似的。

迦楼纳闷地心口一震，心跳是错乱无序起来，“你这丫头是在做什么呀？谁要和你一起睡了？”

念沧海从他怀里抬起小脑袋，温怒地冲他拧着眉头，“轻点啦你，不要让他听见了。”

迦楼竖起耳朵立马听见了门边一闪而过的脚步声，是九爷？！

索性帮人帮到底，送佛送上天，迦楼一不做二不休，一把拥住念沧海，俯首轻吻着她的黑发，一边轻抚着她的后背，“真是个爱撒娇的丫头，迦楼姐姐今夜当然会留下，怎么会舍得留你一个人。”

终究，迦楼并没有离开，夜暗下，点起灯火，窗外就映现出一道威严的黑影——

该来的总要来的。

“搂着我！”

不等念沧海有所反应，迦楼跳上床，钻入被窝，也不管她答不答应就拥住了她故意放开嗓子大喊：“一起睡了，一起睡，沧海妹妹发香香，身软软，真好闻。”

呃，他这是在做什么？

故意激怒端木卿绝，要他进来捉奸么？！

念沧海窝在迦楼的怀里，满面无语，“别乱喊啦你！”她小声警告着，午后她的确有心利用迦楼气那个混蛋，可她才不想真的惹怒他，他要是借着怒火又闯进来强占她……

"别怕别怕啦，没事了，九爷走了……"

迦楼放开念沧海，她朝着窗边探头，的确那道身影不见了——他竟然丝毫不生气？就像什么也没听见似的，毫不在意地走开。

果然，平日一副吃醋的样子都是伪装出来的！

她终究不是他真正所爱的那个女人，这身子被别的男人拥在怀里，他也不会有什么感觉的。

"那他走了，你也可以走了。"

心里堵着一口闷气，念沧海没好气地把迦楼从被窝里狠狠地推下了床，他一屁股撞在地上，"你又在闹什么脾气，难不成怪我坏你好事？！我喜欢九爷，当然见不得他碰你了。"

"那你还不快去找易魂大法，我可巴不得早一点和你交换身子呢！"

"那好，我这就去，不过你要锁好门窗，连只耗子都不能放进来！"

"废话可真多，那么想要我的身子承欢他的身下，还在这里磨蹭什么？"

念沧海抓起枕头又要砸人，迦楼敏捷地往后退开三步，"我这就去，明日清晨回来，别到时又反悔哟。"

"才不会！"

好不容易才把迦楼给撵走了，念沧海这才熄了灯躺下，就觉得身后有什么东西杵在那儿，一回身竟是一道赤黑的身影，身披银色皮毛，面戴银铜面具，面具下一双冰眸金瞳凶残得泛着冷光，就像一双无情的狼目——

"你是鬼么，怎么进来的？！"

明明这么魁梧高大的，行步竟然一点声音都没有。

"如果是的话，做鬼也缠着你。"

没有温度的声音从两瓣薄唇里落在她的耳畔——

念沧海惊得坐起身，眼神布满戒备地瞪着他，掀开被子下床就径自朝向摆着油灯的桌子走去，她不能忍受和他处在黑暗之中，她害怕，很怕——

可纵然脚步再快，擦过端木卿绝的手边时，那纤细的胳臂依然被他霍然握住，"放开我！"

念沧海浑身一个激灵，他的触碰让她起了一身冷战，别说是忍耐着，哪怕是眨眼片刻她都受不了，"放开我，别碰我！！"

整个身子都在使劲地挣扎推搡，端木卿绝纹丝不动，抓着她的胳臂一扯，她就脚步不稳地撞在他的怀里。

好痛!

念沧海突然捂着小腹，整个身子都蜷缩起来，紧拧着眉头写满“痛楚”二字，那双腿之间，淌下了鲜红的血……

眼前一幕扎得端木卿绝心口一收，将她打横抱起，明明都过了五天，那伤口应该已经愈合了。

“不要……拿开你的脏手……不要碰我……”

念沧海一下子虚弱得连说话的气力都没了，但那瞪着端木卿绝的眼神却是憎恶得不减半分犀利。

就这张嘴巴厉害，为什么不懂求饶?

为什么一次次激怒他?

端木卿绝抱着念沧海迈出了屋外，怀中的人痛得睁不开眼，意识却很清晰，抬着没气力的手儿攥着他的领口又扯又捶，“放开……我……要去……要去哪儿?”

“你不是想死么?孤王这就亲手埋了你!”

“好啊，埋了我啊，我求之不得，死了更好!”

不停挣扎的身子靠在端木卿绝的怀中，郁气涌上心头，加之失血过多，忽地昏厥了过去……

浮浮沉沉，念沧海只觉自己好像漂浮在水中起起落落，她似乎仍有心跳仍有呼吸，只是眼皮很沉怎么都睁不开。

冷……

包裹着周身的温度如冰，“好冷……好冷……”小嘴喃喃自语，寻着一块发暖发热的东西而去，张开双臂缠绕而上，因为冷，所以整个身子都在贴合着它，越发抱得紧……

“冷……好冷……”

“搂紧孤王，就不冷了。”

恍恍惚惚的混沌脑海里突然闯进一张逼人惊恐的脸庞，念沧海猛地睁开眼，落入眼帘的不是别人，正是端木卿绝，“唔唔……放开我!”

“这句话该是孤王说的。”

循着端木卿绝傲冷的视线，念沧海低头瞧见自己竟和他正泡在上次被他扔入的冰潭之中，周遭氤氲缥缈，氤氲下单薄的衣衫紧贴着肌肤。

一股羞愤的热潮立刻从脚心蹿了上来，最要命的是自己的双臂正搂着他，确切地说是整个身子都倚在他的怀里。

念沧海恼怒得立刻松开手就从他怀里向后退，但是离开他怀抱的一刻，只瞧那邪肆的脸勾起鬼魅的笑，冰冷刺骨的潭水立刻将她拢住，冻得她四肢百骸好像要断裂似的——

身子就这么本能地又躲回端木卿绝的怀中，双手死死地环着他的腰不放——

不羁的冷笑立刻落在耳边，仿佛在嘲笑她的没出息——

念沧海恼得很，可又不敢松开手，这潭子里的水比冰窖更冷更冻，待上眨眼的工夫都能让呼吸停滞，唯独端木卿绝的身子炙热如火，只有倚着他才能安然无恙。

瞧了眼潭边，虽然距离这儿大约有三十来步，算不上太远，可要她松开他，自个儿游上岸怕是腿还没迈出去，人就冻成冰块了。

“端木卿绝，你不是说要活埋了我么？还不抱我上岸？！”

“孤王突然变了主意，冻死在潭子里不是更有意思？”

薄唇绽开妖冶的哂笑，念沧海搂在他腰间的手故意用力一掐，不算长的指尖刺入他的肌肤狠狠扣着，恨不得挖掉他的皮肉——

“继续掐啊，孤王的肉可还好好地在孤王身上呢。”

他挑衅，念沧海就瞪着他——

他要是嫌弃身上的肉太多，她不介意一块块地给他掐下来，念沧海像个闹脾气的孩子，搅在他腰间的手猛地又一用力却立刻被端木卿绝反手抓住扣在他的心口，“放开我！怎么了，痛了？！”

“孤王是怕爱妃心痛。”

端木卿绝幽幽笑着，大手抚上她裹着白纱的面颊，“为何还不拆开？这儿应该已经结疤了吧……”

“不用你管！”

又再装什么好心，她的脸上是结疤了，可她不想看见本就丑陋的红瘢上还多出一条横长的疤痕。

“拆开。”

“不要！”

端木卿绝说着就开始解白纱，念沧海急得双手去挡，岂料他转瞬狡黠勾唇，被她推开的双手藏入水下，探入她的腿心，“有没有觉得这儿好了很多？”

“你——！”

念沧海气煞，她根本就掰不动他那万恶的手，他到底要她怎么回答？

那儿怎么会不痛？！

只是，好像比起方才，真的不再那么痛了，念沧海只觉倚在他怀中的身子暖暖的，仿佛身上的伤口被周遭的冰水包裹着一点点在愈合似的。

别说是下身不怎么痛了，就连手臂上的伤也不痛了。

“这潭子里的水绝不是普通之物，对么？”

端木卿绝扬起赞许的笑，“爱妃果然聪颖过人，这潭子里的水汇流着雪山而下的千年寒冰之水，浸泡其中有愈合伤口之效，不过常人无法忍耐这刺骨的寒冰。”

所以呢？

她应该感谢他，为了她能愈合伤口搂着她一同浸泡冰水中受罪？！

“我可不会谢你。”

“孤王要的不是你的‘谢’。”勾着下巴的手朝向自己拉近，“那你要什么？！”

“你说呢？”

魅惑的邪笑，身子猛地和她贴近，“不可以，我那个来了！”

“哪个来了？”

他饶有兴致地逼问，见她刚要开口，他又立刻抢过话去：“难不成有孕在身的女人也能来月事么？”

“我……”

念沧海吃了瘪的语塞，她忘了她还假扮着有孕呢。

端木卿绝笑得越发得意，就瞧那张小脸恼怒地狰狞起来：“混蛋！你禽兽不如，不是人！”

“骂够了没？”

“没！”

“那请继续，打是情骂是爱，除了‘混蛋，禽兽，不是人’，还有什么可以用来称呼孤王的？”

“什么都可以，‘无赖，疯子，色魔，不要脸’，哪个都可以成为你的名字！”

她越骂，他笑得越欢。

“我要上岸，你快抱我上岸！”。

“抱你上岸，对孤王有什么好处？！”

“你——”

“乖，把白纱拆了，这潭水不仅能愈合伤口，即使生来就有的胎记也能变为娇嫩的白肤，这红癍也不例外。”

指节分明的大手捋上她的面颊，指腹轻轻摩挲着被潭水浸湿的白纱，“那不是胎记……”

“那是被人下毒？！”

靠在怀里的身子微微一震，“我不知道……”

念沧海低垂着眼眸，端木卿绝并没有追问下去，他知道她在撒谎，她定知道这红癍的来历，只是她不愿告诉他。

其实在看到白皙如雪的肌肤后，他就怀疑过她脸上的红癍绝不是生来之物。

“为什么要恢复我的容貌，是嫌这张脸还不够和那个女人一模一样么？”闷闷的声音从端木卿绝胸口处传来，“不许提她。”听得出来，他的口气很不高兴。

“怎么了，提到你的弱点了？！”

“住口！”

“我不要，你要真那么爱她，非她不可，为什么不去找她？！我说过很多遍了，我是念沧海，可不是什么忘莫离，我不是她的替代品，现在不会是，将来也不会！”

“女人，孤王叫你住口就该住口！谁说你是忘莫离了，孤王知道你是念沧海，别说是现在，就是这辈子也没人能替代她！”

“是啊，没人替代得了最好，所以别妄想恢复我的容貌！”

念沧海推开端木卿绝，也不管离开他的怀抱自己会不会冻死在这片潭子里，朝着潭边游去——

笨女人！

果真还没过眨眼的工夫，念沧海就冻得浑身一个畏缩，浮在了原地动弹不得……

念沧海再醒来的时候，已经是隔日的正午，小幽在床边伺候着，为她洗面梳妆，一句也没提及昨夜的事——

“现在是什么时辰了？”

“刚过午后未时。”

都未时了，迦楼答应她一早就会回来的，难道是出宫的路上碰上了什么意外？！

念沧海顿感心神不宁。

抬起步子就往屋外走，“小姐，你大病初愈，还有孕在身，这是要去哪儿呢？”

“让我一个人出去走走，待在屋子里那么多天，人都闷得要发霉了。”

“哎哟，我的小姐，你就安生点成不？！你这是要跑出小筑呢？还不知道疼么？要是被王爷知道了，肯定又是顿责罚！小幽被罚跪也好，大板伺候也罢，都没关系，可小姐的身子要紧，怎么说这肚子里头都是条小生命，小姐不是爱皇上爱得至深？他可是皇上的血脉，既然王爷大发善心许了小姐生下他，你就不要再处处与王爷敌对了。”

念沧海瞅了眼自己的肚子，她哑巴吃黄连，是有苦说不出，这假扮的孕妇她都不知道要装扮到什么时候才好。

本想等个一两个月，用事实反击端木卿绝。

可现在看来，蓉拂晓为她把了把脉就知道她并非真的有孕在身，她就不信那端木卿绝会不知道她根本没有身孕，那个混蛋八成早就知道她是遭人所害，只是一直有心包庇着那个人罢了。

“他想罚就罚好了，我不怕他！”

念沧海拉开小幽的手就跑出了屋去，她要是病着，小幽还能追上她，可她这身子好了，步伐矫健得很，小幽追了一会儿就给跟丢了人，“小姐！别闹了啦，快回来！！”

小幽站在苑外大喊，殊不知一道白影不知几时飘到了她的身后，“小丫头，王妃那是要去哪儿？”

“呐，醉逍遥？！”

小幽倒抽口凉气，回过身去，一张小脸立马僵直了起来……

“小姐哪儿也没去，不过是出了小筑散散步，活络活络筋骨。”

这主仆还真像得很，只要一撒谎就满面写得一清二楚，醉逍遥笑靥生花，并没追问下去的意思，“近来王妃可好？！昨夜九爷可来过？”

“问这个做什么？九爷的动向，醉大人应该清楚过小幽吧？至于小姐，醉大人为何那么在意小姐过得可好？”

小幽变相地套着醉逍遥的话，这些日子以来，他看似如友，但是需要他的时候，他总是站在端木卿绝的一边，不顾小姐的死活，她才不会告诉他有关小姐的任何一切。

他凑近，“呵，小丫头是在吃醋么？责怪逍遥只关心王妃一个？”

“才没有！”

小幽张口就否决，突然一个激动，张开的两瓣唇就这么擦过他的唇，小脸儿立刻扑腾地红了起来，踉跄的向后退开几步。

恍然还记得，之前他曾强吻过她，虽然他是喂她服下迷药，可……

“如果醉大人没别的事了，小幽就先告退了。”

小幽说罢就溜也似的从醉逍遥的手边跑进了小筑，远眺着她跑远的身影，瞧那慌张的模样，九哥昨夜肯定还是来过这儿的。

醉逍遥笑靥纵生的脸庞沉了下来——

要说念沧海卧床不起的这些天，九哥上朝之时都阴郁着脸，大臣们个个出言谨慎，谁要敢说错一个字，就是大刑伺候。

往日九哥冷静独断，而这些天是暴躁如雷。

能让九哥这么反常的理由，只有这个女人，而一个来日要执掌天下的男人，若被一个女人牵着情绪走，结局注定只有失败！

所以这个女人若是留着，只怕日后终究会成为一个祸端……

同一时间，念沧海跑到了迦楼的凤雀楼，“迦楼姐姐？迦楼姐姐？！”

推开屋子，并不见人。

“王妃？”

正要回身离开，映儿端着午膳来到了门外。

“映儿。”

“王妃，这是来找七姑娘的么？”

“嗯，不过七姑娘还睡着，我就不打扰了，你也把午膳放在门边，不要打扰他了。”

念沧海方才进屋时就注意到了门外放着没动过的早膳，估计迦楼姐姐离开前肯定交代过映儿不得擅闯他的寝屋，他是悄悄地出宫，肯定不想让任何人知道的。

“七姑娘还在睡么？他是病了么？昨儿个七姑娘就怪怪的，要映儿今天不用来伺候他，也不准进他的屋子，可映儿担心七姑娘，早上送来了早膳，可怎么都没动过呢？！”

映儿作势就要推开门闯进去，念沧海心下一紧，果然迦楼姐姐是有心瞒着所有人的。

“好映儿你就别担心了，你看这开春的天，人本来就容易犯困，迦楼姐姐不过是贪睡罢了，我刚才进去还被他恼了一顿，他这才刚睡下，你要是再进去惊醒了他，迦楼姐姐发起脾气来，连我也保不了你呢……”

被这么一说，映儿还真的有点怕，想想七姑娘的确每天都睡到日上三竿才起来，今儿个不过多睡了一个多时辰，应该也无妨吧……

离开凤雀楼，念沧海忧心忡忡地边走边想，身后突然有人叫她，“迦楼姐姐？！”她一回头，“呃，是景云你呀！”

“怎么了，不是七姑娘让小娃娃你失望了？”

景云撅起嘴，一脸受伤的模样，念沧海扯出一抹笑，“才没有，这些天你都上哪儿了，都没瞧见你呢。”

“该说这话的是我才对，为了你这小娃娃，我三天两头地往小筑里跑，没见着你，倒是被九哥赶我出宫呢。”

“赶你出宫，怎么回事？！”

“别提了，倒是你，瞧瞧你的脸色，是不是九哥又欺负你了？！

景云大手捋上念沧海的面颊，眼神疼惜，动作细柔，瞅瞅——这脸上还包着白纱，脸色是虚弱的苍白，真是不懂九哥在想什么，成天欺负这么个漂亮的小娃娃，他就不心疼么？

“没有，没有……王爷没有欺负我，你不用担心。”

“都是我不好，那夜我要是不是那么不经用，你也不会被九哥……”

“都过去了，别说了。”

念沧海别过脸去，那一夜的噩梦，她是再也不想提半个字。

“其实那一夜，九哥真的要你了么？”

景云偏执地问，念沧海心下狠狠地抽痛了一下——记得上次他这么问她的时候，她回答“是”，那时只是一个谎言，可不承想，那个谎言现在却成了真。

“我真的不想再提那夜的事了，你若再提，我可就不理你了。”

“小娃娃……你知不知道以前被九哥要过的女人都过不了第二天？”

“知道。”

“那你知不知道以前九哥只在圆月之夜才需要女人？”

“圆月之夜？此话何意？！”

那样的话是闻所未闻，念沧海抬起错愕的眸子看着景云，然而他正要说什么的时候，身后一股阴寒的气息如离弦的箭，径直逼了过来……

醉逍遥面带邪笑来到念沧海的身后，一声“王妃”惊得她后脊梁骨一凉，“醉大人？”她一个激灵回过身去，表情错愕，眼神防备——

“是逍遥打扰了王妃和世子的谈话了么？”

醉逍遥说时还有礼地微微躬身，念沧海摇了摇头，景云却把话抢了过去，“是呢，我正有话和小娃娃单独说，不带十哥你。”

景云一手将念沧海拉到自己的身侧，仿佛有什么重要的话要说，在戒备着醉逍遥。

“可逍遥亦有重要的事和王妃单独说，望世子殿下谅解。”醉逍遥悄然伸手拉住念沧海的胳臂，又将人给拉回了他的身侧。

景云当即不高兴了，一手伸了过来又要把人给拉回来，醉逍遥自然不放人，手也不放——

念沧海两只手臂就这么被两个男人握住，他们彼此使着内力抢人，念沧海只觉两股不同的气流在她的身子里碰撞，搅得她五脏六腑都在翻江倒海——

念沧海难受得脸色顿白，整个身子在气流里震颤，别瞧醉逍遥那看似纤瘦的身形，掩在白色锦袍下的身子实则精壮夺人，内力更是深不可测，只僵持了半晌工夫，火候不够的景云终究败下了阵来，被他强大的内力气流一下子顶开，踉跄地向后退了三两步跌坐地上。

“十哥欺负人，不带这样的！”

景云像个输了比赛又不肯认输的小孩子，冲了过来就又攥着念沧海的手不放，“我不管，我和小娃娃还有话没说，谁都有个先来后到，不带十哥这么用武力压人！”

“景云！”

醉逍遥脸庞上的笑容有着刹那的拢合，他忽然低沉的声音就像是一种警告，警告着景云不得多言，最好立刻消失。

然而景云视若无睹，他不让他和小娃娃说，他偏要说——

“九哥每逢百日的圆月之夜都需要女人，过了那夜的女人无一例外都是身首异处，小娃娃，再过不多久又是百日圆月之时，九哥若是召你，你可千万不能去。”

每逢百日的圆月之夜都需要女人？

念沧海明显感觉到醉逍遥的表情随之变化，她刚想追问景云些什么，身周只听“轰隆”一声，绽开一团迷雾，耳边只有景云焦急地喊着她：“小娃娃，小娃娃，你在哪儿？！”

“景云，我在这儿！”

她喊着，被身周的雾气呛了好几口，身子好像被什么东西拉扯着飞速游走，待她挥着袖子拨开遮挡视线的“云雾”之时，竟已来到曾和迦楼去过的荒地之上——

身边站着的人只有醉逍遥独独一个……

莫非方才那是瞬间移步？！

就像在梦里一样，这儿距离北苑少说也有半个时辰的路，怎么一眨眼就来到了这儿，念沧海瞠目结舌简直不敢相信——

一双黑亮的眸子正对着醉逍遥，那张俊逸的面孔仿佛只是张带着狐狸笑脸的面具，气氛相当诡秘，四周空旷无人，浅薄的氤氲飘摇，好像踏足了什么仙境抑或是地狱的边缘。

明明是白日，天却赫然被片片黑云笼罩，她从他的眼中看到了重重杀气，她能感觉到他是来者不善，“你想杀我？”

一股强烈的感觉驱使念沧海产生了这个念头，醉逍遥一步步靠近过来，勾着唇角扬着鬼魅缭绕的笑弧，“为何不逃？”

念沧海心里一震，难道是她知道了不该知道的秘密？那个圆月之夜肯定还藏着更深的秘密，“呵，能激起人逃跑的念头，对方必当是个强大到无法抵御的人，可既然是无法抵御，逃了又有什么用？！”

她当真不怕？！

醉逍遥笑里藏刀的眸子流光暗闪，他又逼近一步，她却是一步都不挪，脚步定定地杵在原地，视线直直地对着他俯下的眼眸。

“生死有命，逍遥给了王妃太多次机会，这一次休怪逍遥下手无情！”

他动作快得眼睛跟不上，但有了感觉的时候，念沧海的脖子已经被醉逍遥捏在了手心，瞬间被掐断了气息，呻吟是本能，念沧海双手攀上他的手想要掰开，却好像听到骨头咔嚓咔嚓地作响，若是颈骨断了，她必死无疑——

“王妃终究是怕了？”

念沧海双目瞪得澄圆，凝着跟前美得犹若不真实的男人——真是好笑！

都要被他杀死了，还被他的美貌所迷惑，“给……给我个理由……为什……什么要杀了我？”

就算是要死，也得让她知道自己到底因何而死吧？

念沧海凭着仅剩的力气气若游丝地问道，醉逍遥唇角一勾，眼角一勾，妖媚无度，就像染着剧毒的刺扎入人心，不痛不疼，反教人上瘾如麻，“只是时候到了罢了……”

说得就好像她的生命伊始与结束都由他所主宰，念沧海一张脸因为被掐断了气息，憋得通红，脑袋越发模糊，只觉勒住脖子的力道猛地一重，整个身子便瘫软了下来——

没有了呼吸，没有了心跳，没有了意识……

堕入了无尽的混沌深渊……

第十六章 逃跑之念

“不……醉逍遥……不要！！”念沧海惊呼着从睡梦中醒来。

“小姐，小姐，你做噩梦了么？不用怕不用怕……没事了……没事了……”

“小幽？”

念沧海怔怔地看着身边的小幽，就像从没见过她似的，她不是被醉逍遥杀了么？怎么会回来了？！

“我活着么，小幽？！”

她问着奇怪的话，可把小幽吓坏了，这是做了什么样的噩梦都让人胡言乱语起来了？

“小姐，你别吓小幽呀，午后的时候，你到底是去了哪儿，小幽找遍了整个北苑都不见你，回到小筑时就见你躺在床上熟睡……”

“是谁把我送回来的？！”

“没有谁，不是小姐自己回来的么？”

“没有谁……”

念沧海眼神傻傻地看着自己，捂着小腹的手摊开，不知道在寻觅着什么。

“小姐，你到底是怎么了？别吓小幽了，告诉小幽，你是做什么噩梦了？！”

“噩梦？”

她分明身穿和午后一样的衣衫，身上也没有血，没有伤，刚才看到的那些东西就只是一场噩梦罢了？

醉逍遥要杀她是假的？！

“小幽，我好像去了阴曹地府一次。”

“不要多想了，小姐，你定是做了一场梦罢了。”

“小幽，你说那梦会不会变为现实？！”

不知怎的，念沧海的心到现在还是惶惶不安……

而就在这时景云突然来了，他是担心醉逍遥有没有为难她。

既然他这么问，也就是醉逍遥要杀她，勒住了她的脖子根本就不是梦？！

"醉大人没有为难我，他没带我去哪儿，和你分开后，他就走了。"

念沧海随口扯了个谎，"真是个怪人！我还以为都怪我和你说了九哥在圆月之夜需要女人，他会对你……"

景云爽直地说着说着突然一个收口，"是不是圆月之夜藏着什么秘密？"念沧海没有放过追问的机会。

景云显得有些为难，"快说啊，遮遮掩掩的还不如开始就别告诉我。"

"其实我也不太清楚，但是九哥和十哥都不准人提及圆月之夜的事，反正神秘得很，听收尸的太监说，那夜承欢过后的女子身上都有触目惊心的伤口，就像被扔进了狼林被一群狼儿撕咬得面目全非。"

"所以你才觉得奇怪，为什么王爷抱过我，我还完好地活着？"

"嗯，这些年，真没见过九哥平日里要过什么女子，北苍送来的那些美姬，有的还没见过九哥，就被扔入了蛇坛，只有那一夜来临才是个例外。"

终究在北苍听到的那些传闻仍是真的，那男人根本就是个魔鬼，念沧海不自觉地伸手抚上面颊，是托这张脸的福吧？

就只是因为有了这张脸，她才能躲过一劫又一劫……

莫名地念沧海心情很是烦躁，"对了，景云，你不是说王爷要赶你出宫？"

"是，九哥是要送我去东炙。"

"那个沙漠之国？！"

"小娃娃，你知道东炙？"

"嗯，从书上看到过。"

东炙，沙漠之上的一方大国，充满了神秘色彩，听闻他们很少和外界接触，说是那儿的人的祖先都是从北域逃亡而去的妖怪，"那你想不想去？！下个月我就要出宫了，你要想去，我就悄悄地带着你一起去吧？！"

"不可以，若是被人发现，我会连累你的。"

念沧海怎么都没料想到景云会这么说，"怕什么，把你藏在我的箱子里，看哪个狗胆包天的敢翻我的东西，才不会让他们发现了你呢。"

"就是这样，我也不能跟你去，我不能让你冒险。"

"为什么？！难道你就喜欢待在宫里老被九哥欺负？！我是真的担心小娃娃你，你不顾性命救了我一次，难道我还怕为你冒一次险？"

景云是个念情、重情的人，他是不会忘记念沧海用整个身子为他挡开那一箭的。

"就当我乐意被王爷欺负好了，我是他的妃，生是他的人，死是他的鬼。"

“可闷在宫里一辈子多可怜，还不如和我出宫，远走天涯，你就不想知道‘自由’的滋味？！”

念沧海细细地睨着景云，这张脸真的越瞧就越像御大人，简直就像是一个模子里刻出来的，看着这张脸，她就会觉得亏欠了他什么，“景云，你是独子么？！家里还有没有其他的兄弟姐妹？！”

“没有，就我一个。”

“那你和玥瑶一样，是鬼骑军里某个将领的亲人？”

“不，我只是个战火遗孤，九哥说是在战场上把襁褓里的我给捡回来的。”

难怪他的姓氏是跟着端木卿绝姓端木的，会不会是御大人的胞弟，只是在战火中失散了？

“景云，你觉得这个世上会不会有个人和你长得一模一样，也许是你的兄弟，又或者是和你完全没有血亲关系的人？”

“当然会啊，你和莫离姐姐就长得一模一样，不过我觉得你比她更美。”

景云笑得天真憨厚，念沧海面色一沉，那个名字为什么就像个魔咒一样，一直跟着她，“我和她可不像！”

“是有点不一样，她性子和你不同，我也说不上哪儿不同，反正你们长得再像，我也觉得你们是两个人。”

“当然是两个人，难不成我还是她么？！”

“也有可能啊，莫离姐姐已经死了，说不定你是她的转世再生呢。”

念沧海心里打了个激灵——转世……再生……

恍然想起她曾听到身子的深处有个女人的声音，难道她真的是……

“好了好了，你就别再胡言乱语了，什么转世再生，她要真的是我，还真是投错胎了，变得那么丑，人见人怕！”

“都说你不丑了，在我眼里，小娃娃可美了。”景云双手捧起她的小脸，仿佛那包着的白纱一点都没妨碍她的美丽，反而让人遐想，要是拆开纱布她会是多么惊艳天下的美人。

而此时，门外突然来了个不速之客，念沧海只觉大难临头，怎么偏是这种时候被他抓个正着。

景云收回手赶紧解释：“九哥，你别欺负小娃娃，是我硬闯进来的，不关她的事……”

话还没说完，身后闪现的两个暗卫就把他给拖了下去，连同着小幽一起给拉了下去。

“别为难他们！端木卿绝，我和景云是清白的！”

“孤王说过你们方才是在苟合么？”

他唇微动，一开口就是刺怒人心的讥讽，念沧海从他手心挣脱开，“王爷没那么想就好。”

“哼，伤好了，就能走能跳了是么？！”

他逼近过来，双臂霸道地从后圈住她，俯着身双唇贴着她的面颊，冰凉的温度从他的唇面上渗入她的肌肤，挑拨着她的每一寸都凌乱起来，“王爷难不成是要妾身一辈子都躺在床上么？”

“能这样不是最好，那爱妃你就什么地方也逃不走了。”

“哼，想得美！就算只剩下一条命，妾身也会逃，逃得离你有多远就多远！”

“既是如此，为何要拒绝景云的好意？跟着他逃出宫，就能尽享自由，不是么？”

“倒是，王爷要是答应，妾身这就去和景云说，我变了主意——唽？唔唔……”

话还没说完，身子已被端木卿绝扳正向着他，他如风地倾下身，双唇向着她的嘴，她就这么倒抽口凉气，又惊又乱地闭上双眸，“呵，爱妃闭上眼做什么？以为孤王是要吻你么？”

念沧海涨红了脸，睁开眼就要开骂，谁想他趁此俯下头，长舌以破竹之势侵入她张开的小口，纠缠着她的小舌痴缠厮磨起来——

一吻作罢，念沧海已经红透了脸，“爱妃这是害羞？！孤王当真不知爱妃的心原来生死都不愿和孤王分离，孤王很开心。”

端木卿绝唇边衬着笑整张银铜面具鬼魅撩人，他听到了，连那一句“生是他的人，死是他的鬼”也听到了……

“王爷肯定会错意思了，妾身是恨不得王爷死了，就算以死相伴也值得！”

她怒着脸却消不去脸上的羞红，端木卿绝没一丝的怒意，反而唇瓣上的笑盛开得更艳，“爱之深，恨之切！爱妃恨不得孤王死，就是爱孤王爱到死，不是么？”

晨曦的日光洒入屋子，微风轻轻吹动的幔帐里是男人搂着女人，端木卿绝修长的指套弄在念沧海脖颈间的链子上，拇指与食指的指腹摩挲着小巧精致的同心锁，指背似若不经意地划过胸前，惹得睡梦中的人不得不清醒过来。

“你做什么？”

念沧海下意识地一躲，“已经卯时了吧，不早朝么？”她“体贴”地提醒，但他知道她这是赶他下床。

“知道同心锁的意思么？”

他黏着不走，搂得更紧，手指勾着坠子，“在其上刻上彼此的名字，沾上圣洁的灵水，从此就能生生世世永结同心。”

“那这上面刻着你我的名字？”

她心一惊，立刻拿起坠子仔细翻看里面是不是刻着什么，她都不知道这上面还可以刻字。

端木卿绝很喜欢听她在同一个句子里说“你我”，那仔细寻觅的表情更是动人可爱，不过，他包裹住她忙碌的小手：“孤王可没那么傻在上面刻上孤王的名字。”

戏谑的声音如一桶冰凉凉的水浇上她的心头，那一闪而过的感觉叫做失落么？

切，说得谁好像稀罕似的！

“那妾身应该谢谢王爷，妾身知道同心锁的意思了，日后定要刻上自己心上人的名字，阿离……阿离就是个不错的名字。”

“你敢？”

猿臂霸道地立刻扳过她那小身子压在身下，她那松了口气的小庆幸可是让他有点受伤。

“有什么不敢？王爷把妾身一个人锁在锁里，自己的心却早已埋在冷冰冰的坟土之下伴着另一个人，妾身难耐寂寞，当然得找个伴。”

“呵，原来爱妃如此爱吃醋，难怪昨夜如此热情。”

眼对着眼，鼻尖抵着鼻尖，唇间呼吸交缠，气氛怎么说都是暧昧煽情，“住口，都是你逼我的！”

脸微红，念沧海捂住端木卿绝的嘴，手心立刻被什么东西濡湿地划过——是他的舌尖舔了她？！

“你——”

她收回手，脸上的颜色又赤红了一分，“愿者上钩，榻上的事也有强求的么？爱妃忘了是自己主动献吻，还……”

不安分的手邪恶地抚弄上她的腰。

总有一天她会因为羞愤而死的，念沧海小脸蛋烫到不能再烫。

“少啰嗦，还不快起身了，别赖在我的床上！”

端木卿绝离开后，好多日都不见人，是在为那句话生她的气么？

念沧海看着廊道的尽头，“嘿嘿……小姐是在想王爷么？”调皮的声音落在脑袋上，抬起头，是小幽坏笑的小脸蛋，“切，谁稀罕，他不来倒好——清净！”

念沧海抹去脸上挂念的颜色转身向着院外走。

“哎呀，小姐你别走呀，还说没在想王爷，你一口是心非就不敢看人的眼睛呢。”

“谁说我不敢看你眼睛了，我就压根儿没想着他，他冷血又无情的，杀人还不眨眼，我干吗要想这么个魔鬼？！”

“是么？九爷若是听到王妃这么说他，会不会一怒之下也处置了王妃？”

醉逍遥来无声地出现在念沧海的身后，把两个小女人都吓了一跳，小幽本能地将念沧海拉向自己的身后，“不要，醉大人，小姐她是在说笑，你别误会了……”

“呵呵……逍遥是把小幽丫头给吓到了？”

白面美玉的俊脸笑花邪肆，一步靠了过来，两人的距离有些近，有些暧昧，小幽后知后觉地一愣：“呃……醉大人……莫非只是在说笑？”

“呵，不然呢？”

他抽出袖中玉笛轻轻敲了下小幽的脑袋，眼神向着满眸防备看着他的念沧海，“逍遥可否借一步和王妃说话？”

又想和她单独说话？

“小姐……”

气氛流淌着微妙的味道。

“醉大人随我去院子吧……”她不想和他待在僻静的廊道上，若是他要对她不利，还是待在四面相通的院子里喊救命有效。

醉逍遥乖乖地跟在身后，两人走到院中亭子下，“醉大人可以说了。”念沧海有意识地拉开距离道。

“王妃果然是人中金凤，逍遥还担心王妃会怕死而不敢和逍遥再亲近。”

说时，醉逍遥脚步隔空，眨眼工夫就紧贴到她的身后，念沧海一个侧首惊颤得后脊梁骨一凉，狼狈地向后退了几步，这人真的不容小觑，这功夫实在吓人，一个不注意就会赔上小命。

“醉大人有话就直说吧，若是又是来取沧海性命的还请下手利索点，王爷随时都会来，要是撞个碰巧，怕是不好交代。”

“王妃这是在恃宠娇纵？”

“醉大人要是想以此治沧海的罪，沧海也不会反驳什么。”

“怎敢？逍遥一介微臣，怎能治王妃的罪，何况王妃可是九爷的宠姬。”

桃花眼暗闪着妖冶鬼魅的笑光，戏谑赫然地加重那“宠姬”二字，是恭维是嘲弄，她一时分辨不清，这个男人比想象中更为神秘难测，心事自然不是一个表情一句话就能参透的。

“醉大人就别和沧海绕圈子了，有话直说吧。”

“爽快！其实逍遥想知道的很简单——王妃究竟所为何来？”

“醉大人以为呢？沧海从北苍远嫁过来，为妃为妻，只想安分度日罢了，可来到北域的北苍人，说是没目的也没人信吧？”

“王妃似乎对逍遥心存芥蒂……”

这不是明知故问么？

昨天他将她带去荒地，毫无理由地勒住她的脖子要杀了她，就算不是她，换做任何一人面对一个要杀了自己的人，都不会一笑了之，当什么也没发生过吧？

“不如这样问吧，得到自由和身处情爱的纠葛之中备受束缚，王妃的心会选择哪一个？”

他的双眸就像拨开云雾深蕴神秘的湖泊，若隐若现探不到深处，却又情不自禁被吸引。

回答自由既是有背叛端木卿绝的嫌疑，回答身处情爱纠葛之中又会是对端木离念念不忘。

“王妃还记得逍遥说过，如果你想要逃，逍遥可以帮你。”

“但是你也说过，我已经是王爷的人，你帮不了我。”

“所以王妃想要的还是——自由，不是么？”

轻易地，醉逍遥就在念沧海不设防的片刻套出她心底的话，“是，醉大人聪明过人，一套就套出沧海的真心话，沧海要的简单，就是——自由！”

“所以只能换得自由，就算日后端木离会被囚、被杀，王妃也不会在乎？！”

心弦就这么被生生剥断，念沧海心口一滞，囚禁阿离，杀了阿离？！

他们这群北域叛贼果然一直觊觎着那高高在上的皇位，从未放弃过谋反！

“呵，他的生死与我何关？”

扬起冷冰无意的笑，念沧海不知道自己的笑有多不自然，醉逍遥魅眼眯起迸出一道锐冷精光，“王妃说的当真？逍遥可要验证一下。”他一步逼至她的跟前，长指不是勒住她的脖子，而是暧昧地扣起她的下颌……

念沧海是第一次那么近距离地看着醉逍遥的眼，银绿的眼珠子像极了凶残的毒蟒，是的，是蛇，它颤瑟着蛇信，张开蛇口咬住了她的心，一圈圈地缠绕，要逼到她窒息为止。

“蛇……”

念沧海唇瓣翕动落出一个极轻极轻的字儿，醉逍遥眼神猝然起了波动，但是极其微小，微小到失神的念沧海根本来不及察觉，“十爷，这是要趁机轻薄王妃么？”

两人停滞在暧昧的姿势上，一道妩媚傲冷的声音自半空中劈来，念沧海顺着声音抬头寻去，僵直的小脸立刻喜笑颜开，“迦楼姐姐？！”

俊俏的小郎君一袭银白相间的锦袍悠悠然地坐在青葱的树上荡着修长的腿儿，眼神犀利如刃，一个华丽跃身从上跳了下来，不偏不倚地落在念沧海的跟前，迫使醉逍遥不得不向后退开一步——

“多日不见七姑娘，还以为七姑娘得了嗜睡症醒不了，昨儿个还和九爷商量要不要找个太医过去凤雀楼瞧瞧。”

醉逍遥眼角绽着狡黠的精光，好像话中有话地要挟着什么——

九哥向来将迦楼记在心里，日日都会询问他的动向，然而三天前，他去到凤雀楼就见映儿哭丧着脸抱膝在楼梯上号啕大哭，说迦楼躲在屋里两天一夜都不出门，她在屋外喊他也不应，她实在担心他会不会是病了，才大着胆子闯进屋子，结果屋里竟是空无一人。

他直觉迦楼肯定是擅自出宫了，所以要映儿守着口不能走漏风声。

“不劳十爷担心，迦楼好得很，也许迦楼是蛇吧，会春眠，所以近来懒洋洋的，睡了几天都不够。”

迦楼英姿挺拔的身子挡在念沧海的身前，好像很不乐意醉逍遥靠近她半步。

春眠……？

蛇不是只会冬眠，哪来的春眠？迦楼姐姐他是胡扯什么？他失踪了那么多天，就不怕被人识破他是擅自出了宫？

念沧海忧心忡忡地看着他，没有瞧见醉逍遥的表情再次有些诡异，念沧海小手悄悄拉了拉迦楼的后襟，像在提醒他，不要拿鸡蛋碰石头，这个时候招惹醉逍遥不合适。

迦楼面上不动声色，自信凛然的眼神威风凛凛，不惧也不退让，就这么对着醉逍遥浅浅盈笑的眸子不放了，有什么好遮掩的，醉逍遥是个怎样的角色？

他每日为九爷看着他，他失踪了那么多天，他又怎么会不知道？

但是他要有心告诉九爷的话，他一早就被一堆官兵在宫外围追堵截了吧？

“那春眠醒了，七姑娘定是有很多儿女私房话和王妃倾吐，逍遥这就不打扰了。”

他就这么走了？

念沧海直觉醉逍遥还有别的事要逼问她，不过都因迦楼的出现而被打断。

"色丫头，人都走了，眼珠子再这么跟着可要掉出来。"

迦楼煞是不快念沧海追着醉逍遥背影的视线，他这么个大美男放在她眼前是假的么？

"我爱看怎么了？掉了也不要你管。"

念沧海冲着迦楼做了个鬼脸，他屈起手指一个爆栗就落在她的脑门，"死丫头，都说不许翘着狐狸尾巴勾引男人了，招惹了九爷还不够，这是要再凑个十爷，你是嫌脑袋不够掉么？"

"是不够，要砍我的脑袋，我就拉上你充数，哼！"

一见着迦楼，念沧海小孩子似的小性子就都跑了出来，肆无忌惮地气着他，一点都不怕他会真的生气。

"果然是个狼心狗肺的丫头，枉费我吃了那么多苦在宫外寻找易魂大法，弄得是满身创……"

"伤"字还没落出口，念沧海就抓着迦楼两只胳臂，小身子凑近他的胸前，微微踮起脚儿，"怎么了？是不是哪儿受伤了？！"黑亮的杏眸写满了焦心担忧，他们脸凑着脸，挨得是那么近——

迦楼"咚"的一声听到了自己的心跳，喉头赫然觉得好干渴，生生吞了口口水，拉开她的手，别过身去，"臭美，谁会为了你这么个丑丫头受伤。"

俊俏秀丽的脸颊上好像微微蹿升着奇异的温度，心啊心，怎么越跳越快，迦楼搞不懂自己是怎么了，这一刻他竟然不敢看念沧海的眼睛，连靠近她一点都觉得呼吸好困难……

"那倒是，我就说你怎么会那么积极地想要我的身子，还不是为了得到端木卿绝那混蛋的宠爱，说得自己那么伟大，受了伤也是你自找的，你根本就是为了自己得到他的——"

念沧海心儿有些小受伤，半是生气半是打趣地背对着迦楼说道，谁想某人突然冲了过来，从后将她搂住："我想要你的身子，是因为我讨厌你的身子被别人碰，谁都不可以……"

"……"

就像是什么此生情不移，只爱一佳人的山盟海誓，念沧海心口处的跳动有点怪……不……是很怪……非常怪……

见鬼了，她这是在感动着什么？

那话里的意思不就代表着他……喜欢她？！

心弦被什么东西狠狠地拨动了一下，有点痛有点惊，好像踏足了不该被触及的禁区……

“发什么浪呢！！放开你的手，谁准你碰我呢？！”

念沧海拉开迦楼的双臂将他狠狠推开，“切，反正这身子迟早都是我的，这是提前适应我这个主人的抚摸。”

迦楼火上浇油，听着的人是起了一身鸡皮疙瘩，“叫你再胡言乱语，看我不打断你的肋骨。”

念沧海小拳头一挥直击迦楼的腹上，谁想他当即痛吟一声捂着肚子跌跪在地，“你个死丫头，下手怎么那么狠？！”

念沧海悔不当初，蹲下身来，小手抚在他的手背上，她能感觉到他腰间缠着厚厚的白纱，他个傻瓜，明明就受伤了为什么不告诉她，“死鸭子嘴硬，都怪你惹人生气，活该痛死你，快起来，我带你去冰潭……”

念沧海将迦楼带到了冰潭，经过半个时辰的浸泡，他身上的伤口果然愈合了，不一会儿竟生龙活虎地追着她打闹起来。

念沧海跑着，一不小心撞上了什么东西，感觉非常不对劲。

“沧海，有没有撞伤哪儿？”

迦楼跟了过来，越过那人，手儿毫不遮掩地抚上她的后腰，念沧海却是被吓得三魂丢了七魄——

端木卿绝死死地盯着她，就好像恨不得在她的身子上凿出孔来……

落入他一双琉璃妖娆的眼瞳的小身影是湿了一身，优美玲珑的胴体贴合着丝薄裙衫若隐若现，站在她身前的男子亦从头湿到脚，紧贴的衣衫勾勒出诱惑窒息的曲线……

不过几天不见，她就在他给她的妃子阁里和别的男人追逐嬉戏，眸子一沉，绽开触目的杀气，“来人，押七姑娘回楼，听候发落！”

四大暗卫如影出现，在迦楼还未反抗之前先点了他的穴，将他带了下去。

“你不要罚迦楼，他要做错了什么，也是因为我！”

“爱妃这么说，就是认了他擅自离宫，也是你指使的？”

“才不是，迦楼好好地待在宫里，你凭什么说他擅自出宫？他是受了伤，我才会带他去冰潭，事出紧急，他腹上受了严重的伤，妾身脑海里唯一记得的就只有王爷带妾身去过的那冰潭，也谨记你说过那潭水有愈合伤口的功效，所以才……迦楼都已经受了伤，王爷就不能饶了他一回？”

“擅自离宫，目无王法，是他自己犯下的罪，就要付上同等的代价，莫不是连这份罪，爱妃也要替他认下？”端木卿绝眼神直直地对上念沧海，她心下一个堂皇，心虚得不敢与他对视。

“还望王爷明察秋毫，擅自离宫既然是如此大罪，就该调查清楚，迦楼是不是当真离了宫，据妾身知道，迦楼这些天只是身子不适所以都在凤雀楼静养着。”

“昨夜有人擅闯天祭神庙，那人腹上中了五箭却逃出了鬼门关，这是从他衣袖里落出的帕子。”

一条染着血的手绢从端木卿绝的怀间晃到了念沧海的跟前，那手绢上赫然绣着“迦楼”二字，人赃并获这事赖也赖不了。

“不要奢望任何异想天开的念头，去告诉迦楼：人生来只得一个灵魂，一个灵魂到底也只能依附着原本的肉体，一旦脱离就只有枉死一个下场。”

念沧海总觉得端木卿绝说的这些话都是冲着她的，他看透了她，他估准了迦楼学来易魂大法便是想与她交换身子……

“明个儿是天祭，好生打扮着，随孤王出宫。”

端木卿绝扫着念沧海怔怔惊惶的脸庞突然岔开了话题，“天祭？”她不明白那是什么奇怪的东西。

“天祭是北域人朝圣的日子，在神庙里举行，神庙里到处是凶神恶煞的神兽像，爱妃到时可别被吓坏了。”冰眸一眯迸出戏谑的精光，“会么？它们有比你更可怕的么？”

“女子不可露脸，得头盖白纱，记得了……”

天祭——

北苍时常流传着北域神秘诡异是个妖孽丛生的地方，听小幽说，这儿的人不少都认定自己是妖神的后裔。

他们将妖推崇为神，最崇敬的是妖狼王，亦是这北域开国国君，北苍人说他满口狼牙凶神恶煞，以食人杀戮为生。

而在北域人的口中，他是个霸气云天的一国妖王，生得神祇俊容，完美无缺，幻化成人形时更是惊为天人，银丝万缕，金眸惑目。

只要见过他的女子都对他神魂颠倒，仰慕成灾。

据闻萦绕着妖狼王还有个凄美的爱情传说，传说妖神之间战役不断，身负重伤的妖狼王藏身于森林之时被一人类女子所救，女子容貌悦人，气质如兰，心地善良，妖狼王对她暗生情愫，幻化为人，为了能与她长相厮守，便建造了这北域之国。

诽然，两人恩爱有加，妖狼王治国有道，带给百姓安逸富裕的日子，深得民心，却也遭到了邻国的妒忌和戒备。

某日，不知道被哪个小人知晓了妖王的真正身份，小人便将妖狼王是妖不是人的传闻散播天下，称妖孽为王必当为祸世间，今日的恩惠是为了明日的蚕食，造成百姓躁动，被百姓群起攻之，他们举着火把冲入皇宫，一把火烧了宫殿，当时身为王妃的女子已怀有身孕，被活生生困于其中烧尽成灰。

妖狼王悲痛欲绝，暴怒之下屠杀天下百姓，这才有了之后的传说，说是几方大国的巫师联合毕生的灵力才将妖狼王给封印在了神庙之中。

在端木卿绝来到这里建造一方大国之际，雄伟的神庙早已存在，只是尘封多年很多地方都成了残垣断壁，神庙是一直居住在北域的世代祖先建造的。

是为了忏悔他们对妖狼王犯下的罪孽，忏悔他们恩将仇报，为了一己私利被谣言蒙蔽了双眼而亲手杀害了他们的仁君。

他们恳求新来的王为他们重建神庙，端木卿绝爽快答应，俘获了不少子民的心。

甚至紧跟着立下朝圣日，成了百姓心中妖狼王的再现，他们对妖狼王敬意崇高，对端木卿绝亦是如此。

端木卿绝被赶至北域之后，就有一大批人从北苍迁徙逃亡而来，他们和北域百姓相处甚好，个个都说端木卿绝才是真正的仁君，就与妖狼王一般，是被小人暗地中伤才蒙上了叛国谋算的恶名。

他应该受到敬仰，甚至应该杀回北苍，夺下那原本就属于他的天下……

端木卿绝，你到底是个怎样的角色？

若是骗，怎能让全北域的百姓都对你一条心，个个都愿意为你赴汤蹈火……

夜幕降下的时候，小幽将一套崭新的锦裙拿了进来，颜色很素很朴实，却看得出做工精湛，后背上用银蓝的线绣着百花齐放，煞是巧夺天工。

两人正闲聊时，小幽提及了念沧海的肚子，问她为何都将近四个月的身孕了，为何肚子都不见长，而就在这时，念沧海察觉到窗外有人在偷听，她立刻找了个理由支开了小幽。

她来到桌边有心吹灭了油灯，“御大人，你可以进来了。”

不重不轻的一声，只听窗口边发出吱呀吱呀的响声，那人已经站在了她的跟前，虽然彼此只能依靠着微弱的月光看着对方，可念沧海还是知道来人就是御景秋。

“景秋护驾不周，还望娘娘降罪！”

御景秋当即单腿跪地，念沧海手足无措，“快起身，你何罪之有？”

“娘娘有了身孕，景秋却没能在娘娘身边保护，这孩子定是皇上的，端木卿绝他知不知道？不，他若是知道了，肯定会对娘娘不利，不行，景秋不能再让娘娘在这儿多待一天了。”

御景秋站起身握住念沧海的手就往屋外走，“不，御大人，不可冲动，端木卿绝没有为难我，他知道我有了身孕，却准许我生下来。”

念沧海反握住御景秋的手，就知道他刚才肯定都听到了。

“娘娘，既是那端木卿绝答应你生下，景秋也不信他会那么好心，只怕他定酝酿着什么可怕的事儿，想要掠杀你和皇子。”

端木卿绝对女人的残忍可谓教人发指，哪怕告诉他，端木卿绝会对个怀有身孕的女人开膛破腹，他也定然相信。

“不会的，端木卿绝答应了就不会反悔！”

“娘娘不用再找拒绝的理由，景秋今夜定要带你离开，这孩子是皇上的骨肉，北苍皇室的血脉，景秋即使拼上命也要护他周全，将你们母子安全送回北苍。”

“可是我还没拿到丹书铁券，如此回去，不明不白，到时只怕太后会更加刁难，甚至陷我们母子于不利。”

灵机一动，将太后搬了出来，念沧海只求御景秋能冷静下来。

的确一提太后，就如一单灵丹妙药，御景秋确实停下了脚步，太后是个问题，极大的障碍——

“娘娘出嫁一个多月，腹中胎儿已近四个月，太后就是要污蔑娘娘，也实难落下证据，反正血脉是皇上的，只要诞下皇子，滴血认亲，身为长子皇子，皇上定会立他为太子，相信母凭子贵，太后反而不能再牵制皇上，皇上亦能封娘娘为后。”

皇族纷争若真的能因为一个孩子就能轻易平定，阿离聪颖过人，当初便能想到这个法子，就是强占她也会让她怀上孩子，不是么？

“太后非同等闲，她稳坐一国之母的宝座，难道还会被一个孩子给绊下马？”

“多了这个孩子，现在回去只会给皇上徒增牵绊，我的身份已是北域王妃，拖着怀有身孕的身子回去，不管我是不是清白，人多口杂，流言飞语而起，怕是不用太后动一根手指头，也能要了我们母子的命。”

不给御景秋说话的机会，念沧海又接着道：“待我偷到丹书铁券再回北苍，好不好？”

“娘娘你偷不到的，丹书铁券兴许藏在宫外，你根本无法触及。”

“宫外？你知道是在哪儿？”

“天祭神庙里藏有万千宝物，那儿的守卫比皇宫更甚百倍，机关重重，景秋前夜曾潜入查探，但是任凭小心谨慎还是踏足了机关，所幸及时从绳索中脱身才没有受伤，可那夜也有人同我一样潜入神庙却是身负重伤，腹上连中五箭，一路染血地逃走。”

腹上连中五箭……

那不就是迦楼么？

“既是机关重重，守卫森严，潜入偷取肯定是行不通，御大人，皇上忍痛送沧海来到北域目的就在于丹书铁券，太后也承诺只要我拿到丹书铁券她就罢手，所以给我一些时间，明日我会随端木卿绝去到神庙，我可以借机寻找一探究竟的机会。”

“娘娘明日会随端木卿绝出宫天祭？”

御景秋的表情似乎很讶然，念沧海不明白他为何一脸的不可置信，“是啊，有何不妥么？”

“端木卿绝从未带着女人进入神庙，女人同男人朝拜通常都是夫妇。”

“那我也算是他的正王妃，有何奇怪？”

“娘娘……你老实告诉我，端木卿绝有没有轻薄你？”

那言下之意就是她是不是成了他的女人？

“御大人，你到底在乱猜忌什么？你以为我会背叛皇上？！”

念沧海故作气愤，背过身去，她知道她不善谎言，所以她不能让御景秋看出她脸上的破绽。

“娘娘请勿动气，伤着胎气就是景秋的罪过了。”

“那你不许再提那样的事了，我心只许皇上一人，决不会和端木卿绝有何瓜葛。”

心扑通扑通地跳得更加猛烈，仿佛不止是她一个人的心跳，肚子里还有一道……好奇怪，为何她会觉得肚子里有道心跳，她又不是真的怀孕了？！

“景秋知罪，绝不再提。”

御景秋表情凝重，他记得，端木离决定要将她送去北域的时候，他极力反对，不懂端木离为何要如此残忍，将自己最爱的女人送去白白送死，那时端木卿绝若有所思，久久吐出几个字：只有沧海可以。

他现在才明白，也许只有她才能令魔鬼也动心。

御景秋终究被念沧海说服，可劝走了他没想到又撞上了醉逍遥，他开诚布公地问她，“王妃是不是因为有致命的牵绊才迟迟不离开北域？”

念沧海并没有回答，醉逍遥却自问自答：“是因为小幽中了六月榴花毒，而王妃手上只有暂缓毒发的解药，不知逍遥说的可有错？”

“你怎么会知道？！”

念沧海大惊失色，眼前的男人始终神秘盈笑，她恍然想起初来的那一天，是他捡到了她丢失的小幽的解药，难道那个时候，他就知道那根本不是什么风寒药。

“逍遥再给王妃做一道选择题：一、带着小幽离开修罗宫，过着自由自在的日子不得再回北域同北苍半步；二、逍遥挖出你同小幽的心脏，永眠蛇坛。”

他是说真的，银绿色的眼眸凶残如魔，没有一点情感的涌动，念沧海就好像再次看到一条张开蛇口的巨蟒朝着她的脖子袭来致命一击。

“明日是天祭，醉大人请给我三天的时间，到时沧海定给你个满意的答复。”

“好，逍遥就许了王妃这个请求，但就只有三天，多半刻代价就是小幽的心脏。”

第十七章　妖族狼王

天祭神庙建在一方广场之上，八角形的主神庙，十六座四方的小神庙，好像天上的紫薇星，金黄色的瓦砖，交错屹立的四方圆柱，仿佛耸入云天般的雄伟，教人莅临跟前肃然起敬。

广场上人头攒动，熙熙攘攘，马车一停在广场前，成千上万的百姓刷的一声自然而然地让开一条通向主神庙的路。

端木卿绝从马车上而下，肩上的雪狼尾随风飘然，银铜面具在耀目的日照下夺目生辉，王者气息锐不可当，四面八方传来热情高涨的欢呼，百姓们纷纷跪地朝他膜拜，“修罗王万岁，妖狼王后世嫡传，与天齐寿，与日月同辉！！”

高呼浩荡，震耳欲聋，念沧海跟在后面俨然被眼前一幕给震惊到了，那一望无垠密密麻麻的人群将眼帘填得满满当当，百姓对端木卿绝的崇敬完全超出了她的所想。

他们果真是将他崇敬为神的，这场面岂止用壮观惊人来形容。

众目睽睽地仰望着同一个方向，哪怕是跟在他的后面都觉得压迫逼人，迈出的每一步都需要深呼吸才能压下急促的心跳。

一行人带着近千人浩浩荡荡地走入神庙，神殿之上气氛凝重逼人，四周是诸神的神像，仰头而望，一座座高不可攀。

只是这诸神的模样和北苍神庙里看到的大不一样，一个个凶神恶煞的，长得都好像妖魔鬼怪。

念沧海不敢看那些神像，惶惶不安的心跳斐然，她不喜欢这里，不喜欢站在端木卿绝的身边，一切的一切逼得她就要喘不上气。

神庙很大，大得好像没有尽头，入目的只有数不尽的圆柱和千奇百怪的神像，不知走了多久，跟着端木卿绝的步伐愕然停止，身前猝然扑来一股难以抵御的气流，抬头望去，是一尊伟岸高耸的妖狼王神像——

妖狼王神采奕奕，气宇轩昂，身披战甲，雄威凌人，他就好像浴血奋战在沙场之上的神将守卫着他的子民，他的国家，然而格格不入的是，他的怀里躺着一个女子，她紧闭双眸美若天仙，却是浑身染血如风中凋零的残花……

若是没有猜错，那女子定是他最爱的那位王妃，那位身怀六甲却被活生生烧死在宫殿里的人儿。

那双狼目凶光残暴，深处却依恋着对怀中女子的恋恋痴情。

念沧海心口猛地很痛，那是因为感觉到了悲伤……

“感到罪过了么？”

冰眸金瞳蕴得很深，他看到她脸上写满了伤感，是那样地扎眼。

蔑视的质问蹿入耳朵，念沧海不屑地瞪了端木卿绝一眼，为什么她要感到罪过？！

又不是她杀了那个女子，抑或是那妖狼王。

可……她的心，的确萦绕着一种负罪感，她无法解释，仿佛因为是北苍人，所以她觉得自己没有资格站在这神殿之上。

人们都说妖狼王是被小人迫害，那端木卿绝莫不是被阿离迫害？！

心乱的次数逐刻递增，朝圣次序井然地开始，所有人向着妖狼王神像单腿跪地，一手捂着心口垂低下头，穿着土色长袍的神使围绕着妖狼王神像开始朗诵佛经。

气氛庄严肃静，念沧海听不懂，他们到底在念着什么经文，但是能感觉到那是人们的忏悔。

深长的神殿之上，再也寻不到一丝嘈杂的声响……

念诵之后，端木卿绝首先站起，走上神像前的神台，他气宇轩昂，霸气云天——

那肩头上长长拖到地上的雪狼尾和妖狼王神像中的雪狼毛有着异曲同工之妙，百姓都说他是妖狼王的转世，此刻念沧海凝注着端木卿绝，竟然突然幻想到那银铜面具之下的脸孔是张雪狼之颜。

啃？！

身子不由自主地猛然倒抽口凉气，念沧海被自己所看到的幻象吓得魂不附体，那就是端木卿绝不愿让她摘掉面具的理由？

他不是人，而是妖？！

疯了疯了，她怎么能有如此荒诞的念头？！

这神庙让人变得奇怪，念沧海逼自己停下胡乱的猜想，然而就在这时，一阵奇怪的狂风从四面八方而来，将女子们的纱巾纷纷吹起，女子们一个个都惊慌失措地牢牢抓着纱巾包裹着脸，生怕纱巾被吹开会诋毁了妖狼王，惹来杀身之祸。

混乱之中，看着端木卿绝失神的念沧海全然没有防备，身后的玥瑶却是眼露凶光，找到了教她出丑的机会，她伸出手攥住念沧海飞扬起来的纱巾一角就是猛力一扯——

“沧海！！”

那是迦楼的声音，念沧海恍过神来，一个回头才发现自己的纱巾正从自己的脸上掠过，不！！

她不可以让包着白纱的右脸落入众人的眼中——

惊恐写满了黑亮的杏眸，玥瑶露出狡黠的佞笑，念沧海却是右手机敏地一揽，攥住了纱巾的另一角掩在自己的右颊上，只露出完美无缺，天仙琼姿的左脸，顷刻间，骚乱的神殿之上，本该让所有人惊愕的容颜换来的是一声声失神的惊叹——

不论是男人还是女人都被念沧海倾世倾国的容颜所倾倒，“美人……”

“好美的人……”

所有人都像受了蛊惑一般，傻傻地定着眸子，灵魂仿佛抽离了肉体，找不到更适合赞许念沧海的言语，只是觉得那人儿太美了，美得任何词汇都配不上形容她……

白白给了她机会向世人炫耀她的美貌，玥瑶恨得双手握紧成拳，长长的指甲刺入自己的掌心都不知痛，那些人的眼神还是痴痴地定格在念沧海的身上，有人缓步来到了她的身后，大手捋起那白纱为她遮上——

“王爷……”

身子被扳过，朝向他的怀中，念沧海怔怔地凝着端木卿绝，她能看到他眼中的怒意。

就像在责怪她不安生，引起了这骚乱。

她就像只美艳的狐狸，哪怕浑身带着毒，也能诱惑得男人个个甘愿臣服于她。

端木卿绝大手不知几时握住念沧海的手，他握着的力道有些大，硬是拉扯着她转过身同他并肩而站，就好像讨厌让她对着那成百上千的人，站在他们跟前的神使也都因为端木卿绝怒然凶狠的眼神而都低下了头，谁都不敢窥探念沧海……

谁都不敢再多言一句，整个神殿之上仿佛都笼罩着端木卿绝的压迫，他的气势，他的气场，无人可以比拟，这一刻的端木卿绝不比小筑楼阁里幔帐内煽情温存的他，让人畏惧，让人颤瑟，让人不敢违抗……

朝圣继续着，大约一个时辰后结束。

一个男子来到端木卿绝的身边和他耳语了两句，同他走入了神庙的更深处。

“王妃，接下去是百姓朝圣的时辰，咱们可以去别的神殿参拜了。”

醉逍遥来到念沧海的身边，不远处，端木卿绝回过头来，精锐的眸子捕捉到了那一幕……

同端木卿绝一起离开的男人是神庙的祭司，皇族朝圣后，是百姓的朝圣，皇族可以自由参拜神庙中其他神殿里的诸神。

念沧海的身后起初总是萦绕着很多人，仿佛是想要再伺机窥探她的真容，然而不知道是谁在暗中引起了骚乱，一群女子将念沧海包围其中，混乱了旁人的视线，“丫头。”有人鱼龙混珠来到念沧海的身边，一手抓住她的手腕就将她拖到了隐蔽的某个暗处……

“迦楼姐姐？”

念沧海不曾想到迦楼会如此大胆，更想不到放眼都是人群的神庙里还有可以躲藏的地方——

“丫头，轻点儿，别让人听见了……”

迦楼做了个噤声的动作，念沧海立刻压低了声音，“你做什么？若是被人发现我不见了，又要引起骚乱了。”

“可人家有重要的事和你说，瞧瞧这个。”

迦楼从胸围的丰腴之中拿出一本陈旧的书籍，“这是……？”念沧海伸出手，犹豫着要不要拿过来，那上面好像还残留着他的体温，而且还是那里的温度。

“色丫头，你看哪儿呢。”

迦楼顺着念沧海定定的眼神，故作羞涩地掩着胸，“掩什么掩，又不是真的！”

她不屑地努努小嘴，她就好奇他怎么会有这么水灵娇嫩的双峰？

明明男儿装时根本是个平胸嘛。

“嘿，谁说不是真的？乳沟嘛，挤挤总会有的。”

说着，迦楼嬉笑邪佞的双手挤了挤胸，弄得念沧海一阵无语，这男人不是一般的不正常。

“好了好了，不用演练给我看了。”

念沧海从迦楼手中抽过那本书籍，翻看了几眼，“这到底是什么？为什么都是梵文？”

“哎？你个小丫头看得懂梵文？”

迦楼不免一惊，随即喜笑颜开，她要是读得懂这梵文，那事情就好办了，“不懂，只是知道这些文字应该是梵文。”

“这就是易魂大法秘籍，你要是不懂，那可得找个认得梵文的人才行了，可这人要到哪里去找呢，找不好走漏了风声，可是会坏了你我大事。”

迦楼当即失望了起来，念沧海是听得云里雾里，这本残破的书籍就是那易魂大法？

“迦楼，你是从哪里弄来的？”

“嘿嘿，不就是这神庙里，中了五箭还不捞点好处也太亏待自己了吧？”

亏他说得那么轻巧，还这么得意，他知不知道要是再多几箭，他可是连命也不保了。

“可是现在你我也都不懂这梵文，易魂的事就先搁置吧。”

“不行，耽搁不了，我要你尽快离开修罗宫——”

“王妃姐姐，王妃姐姐……”

“嘘——”

就在争执渐起的时候，玥瑶的声音从不远处传来，她是看到了迦楼将她拉来这儿？

“迦楼，你先从那边离开。”

“怕她做什么？”

“你不怕我怕，你是想让她去告诉端木卿绝，我们躲在这暗角里偷会么？”

“哼，你小心提防着她，那丫头可不是省油的灯。”

“知道了。”

迦楼从另一侧闪身离开后，念沧海就自自然然地从暗角走了出来，踱步来到玥瑶之后，轻轻拍了她的肩，“郡主。”

“王妃姐姐，我真的没看错了，你真的在这儿。”

“郡主找我有何事？我正在参拜神像。”

“给，这是我为姐姐求的平安符……”

玥瑶从怀中拿出一个香囊模样的东西放入念沧海的手心，只是那么一刹，她就闻到了诡异的味道……

一股浓烈的香气扑鼻而来，是麝香？！

念沧海机警地猜到了香囊中放着的许是麝香，她心下一惊，玥瑶果然是为她“想得周到”。

她曾从医书上看过，麝香性温，香气独特，放在身上或是寝屋中，能催男子动情，只对自己宠爱有加。

当然玥瑶这丫头又怎么会给她制造端木卿绝对她痴迷的机会？

这麝香还有另一个作用，那就是能使女子宫寒从而避孕甚至落胎。

她定是怕她会怀上端木卿绝的骨血吧？

这一环扣着一环的，这丫头还真是蛇蝎歹毒，给她弄了出怀孕大戏，现在还费尽心思要“弄死”她的孩子。

“呵呵……多谢郡主厚爱，沧海定会好生收着。”

念沧海不露声色，当做什么也不知道，将手中的香囊收入怀间，玥瑶见她傻乎乎地收了起来，嘴角自当不自觉地立刻上扬了些许。

“这是玥儿特意为姐姐求的，里面缝着祝福的咒文，在祭司大人念诵下得到诸神庇佑的，所以姐姐千万不可以拆开，不然平安符就失灵了。”

她顿了顿，又继续道：“九哥也知道这平安符，所以姐姐就是为了腹中的皇子，也不能拆开，知道么？”

“知道，郡主的一番心意，沧海定不会辜负。”

念沧海很清楚玥瑶的心机，其实她大可以拿着这个平安符去找端木卿绝告玥瑶一个大状，但是这样一来，在端木卿绝肆无忌惮的索要下，她怀上孩子就是迟早的事。

手儿不自觉地抚上小腹，这儿……她是决不能允许怀上端木卿绝的骨血的，所以……

要想在端木卿绝的眼皮底下弄到避孕的草药，除了顺水推舟地收下玥瑶的平安符外，没有比这更好的法子了——

别怪娘亲无情，是娘亲真的不能要你。

念沧海对着自己的小腹在心间伤感地自言自语道，就好像是在对那抹总是奇怪出现的心跳声说的……

“姐姐明了玥儿的用心就好，玥儿就不打扰姐姐继续参拜神像了。”

念沧海视线跟着玥瑶的背影走，那丫头就这么放心她不会拆了她的平安符？

收入怀中的香囊又拿了出来，放到鼻前又闻了一闻，“的确是麝香呢……”

“王妃是在喃喃自语着什么？”

身后突然出现了一道声音，念沧海平白吓出了一身冷汗，立马将香囊给塞入了怀内，回过身去，“醉大人。”

来人正是醉逍遥，他笑嘻嘻地打量着身前的小女人，纱巾遮挡着她的容颜，却也能看清她略显不安的眼神。

“王妃，知道么？狼是这世上最深情的动物呢。”

“哎？”

他借一步走过念沧海的手边，仰头望向跟前的蛇头人身像。

念沧海跟着回过身去仰头看着那神像，蛇头巨大，张着倒钩形的蛇牙，怎么看都惊悚吓人——

他这是又突然扯到哪儿去了？

方才她差点以为她的小伎俩要被他识破了，要是他多嘴告诉端木卿绝，她好生收着麝香，那后果简直不堪设想……

“不知道，醉大人怎会知道？”

“狼一生只有一个伴侣——一生一世，一生一次，不离不弃；从一而终，坚贞不渝，生死与共。”

他回过头，眼神直直地凝注着念沧海，那一字一句莫名地教人动容，眼前竟不自觉地浮现端木卿绝的一颦一笑，狼儿……真的是那么深情亦痴情的动物？！

念沧海不知自己眼神深处闪动着悲恸哀切的流光，醉逍遥突然逼近一步，“不过蛇与狼不同，即使伴侣，为求独活，也能将对方吞噬下去。”

心猛地一震，念沧海眼前又闪现出狼林中，巨蟒生生吞噬马夫的画面……

“别碰我！”

脚步猝然踉跄地向后倒退数步，其实醉逍遥并没有碰她，但是方才那种感觉就好像被一条蛇缠在了身上，莫名地惊恐，脑海中唯一的反应就是——逃走。

“王妃刚才是看到了什么？”

醉逍遥逼近过来，他的表情有些奇怪，不，是现在的这个样子好奇怪，好可怕，念沧海只觉有张逃不开的网跟着她将她牢牢拢住，“看到什么，我能看到什么？！”

念沧海不停地退着步子，喊出的声音无不带着颤抖的惊恐。

赫然间，对着醉逍遥的视线里却出现了一望无际的冰天雪地，远处，空气中传来小女孩天真甜美的欢笑声。

是谁？

谁在笑？

念沧海不自觉地畏惧那道声音，有点熟悉有点陌生，她很想要从那一片白雪皑皑中找到那声音的所在，“呵呵呵……呵呵呵……”

女孩子的笑纯净如水，就像天上而来的天籁之泉，“卿绝，卿绝……”

她突然叫起了一个名字，那是端木卿绝的名字——

竟平白让人觉得嫉妒。

她是谁？

究竟是谁可以那么亲昵地喊着端木卿绝的名字？

一片白茫茫的眼帘中晃过一个穿着红白相间巫女袍的小女孩，她正朝向一个男孩子而去，男孩子年纪不大却像极了一个大人，他负手站在雪地上，面戴着银铜面具，冰眸金瞳从镂空的眼窝处迸出慑人的凶光，却在小女孩跑入他的视野中时——

倾情如痴，柔情似水，能将一切融化似的，那才不是端木卿绝呢，平日里的他从未用那种眼神看过她念沧海……

“王妃刚才看到了什么？”

醉逍遥的声音惊现，念沧海眼前奇异的影像顿然化为泡影，她浑身一个激灵，眼神木木地看着他，“狼认准了伴侣，真的一世都不会变的？”

“是。”

“即便那个人死了？”

“是。”

那两声“是”就像两支利箭接连刺入念沧海的心，教她没有生还的余地。

她不喜欢那两声“是”，那仿佛是醉逍遥从开始就在暗示她，端木卿绝心尖儿上的人除了忘莫离，就再无他人。

是他让她看到了那些奇怪的幻象？！

是他想要让她死了逗留在端木卿绝身边的心，才让她看到那些绞痛她心的画面？！

“我离开主神庙太久，王爷若是见不着我会担心的。”

“九哥当真会担心么？”

那一句问得转身就走的念沧海就像是灰溜溜逃走的胆小鬼，是啊，那个男人怎么会担心她，他满心只有那个死去的人，又怎么会在乎在他身边活生生的她？

“醉大人所做的这些若是想要让沧海尽早就离开，那醉大人就不必多此一举了。”

“王妃的意思是三日后定会离开？”

“……”

念沧海心里打了个咯噔，她刚才都说了什么，这不是被自己给逼上了梁山，没有回绝的余地了？

念沧海的心口就像堵着什么让她很不甘，不仅仅是因为她还没有偷到丹书铁券，而是别的，她说不清楚是别的什么，她不愿就这么离开，一点都不想。

“小幽的时日已无多。”

“你这话是什么意思？”

醉逍遥再次岔开的话题教念沧海折回了逃远的脚步，“王妃想必一定还被蒙在鼓里，端木离骗了你，狠狠地骗了你。”

“不要跟我打哑谜，告诉我小幽究竟是怎么了？是你对她做了什么？那一句时日无多是什么意思？”

念沧海激动难耐，任何劫难发生在她的身上她可以默默忍受，但是她容不得丝毫的伤害再降临在无辜的小幽身上。

“意思是六月榴花毒根本没有解药，而小幽被下的药，药量过多，毒性散布得很快，根本不需要六个月的时间就会猝亡，只怕端木离也有料想到这一点，王妃手上的解药，顶多只能帮着小幽勉强撑过三个月。”

“你撒谎，你骗我，不可能的，阿离不会这么对小幽的，他不会骗我的！”

念沧海不敢相信自己听到的每一个字，那一字一句都太残忍了，御景秋说过阿离之所以会对小幽下药是情非得已，是太后所逼，阿离给了她解药，待她偷取丹书铁券回去后，他就会给她剩下的解药还小幽一命的。

怎能说根本就没有解药呢？！

醉逍遥的脸上依旧噙着笑，“逍遥欺骗王妃可以换来什么？！只要三日后王妃不愿走人，小幽的那条命，逍遥随时随地都唾手可得。”

是，他没有撒谎的理由，哪怕他想要的是她念沧海的命，她也逃不了。

可——

“畜生！你就没有心么？你早就知道的，你早就知道我的解药根本没有用，为什么要等到这个时候才告诉我？你知不知道小幽她对你……对你……”

“对你有心”四个字，终究落不出念沧海的口。

如果说端木卿绝冷酷无情，但他的心曾为一个叫做忘莫离的女人痴情守候，而眼前的醉逍遥，他就像条无情无心的蛇，他怎会懂得情和爱？

哪怕知道小幽对他有心又如何？

他还是会眼睛也不眨一下地杀了她。

“既然小幽迟早会死，你失去了要挟我的砝码，我又作何要离开这儿？”

“因为你一定要离开！为了小幽，为了她仅剩下一个半月的性命也要放她自由，北域宫里是不会对北苍人心存慈悲的，难道你想她的尸骨到时被无情地扔入蛇坛之中？！”

“既然你们北域人那么恨我们，何必搞得那么复杂，来啊，杀了我，然后再杀了小幽！”

如果连小幽都要从她身边抢走，她独自活下去还有什么意义？

“念沧海！别在我的耐心消失之前再多说无用的话，不杀你是我最后的仁慈。”

这是醉逍遥第一次连名带姓地呼喝她的名字。

他那银绿色的眼中有着不可让人参透的情愫，不是男女之情，也不是友人之情，更不会是亲人之情，很矛盾，明明一点都不合适这双冰冷无情的眼睛，但她看到了他的确是动了情才放她们走。

动情，到底是动了什么情……

“告诉我什么地方能找到为小幽解毒的良药？！”

念沧海凝眸定定地看着醉逍遥，他脸上的笑骤然变了味道，就像被她看穿了所藏的秘密一般。

“我说了，六月榴花毒这个世上没有解药。”

说时，竟是醉逍遥先错开了交会的视线——他在撒谎，很明显，他是存心故意不让她知道救小幽的法子。

“小幽与你无冤无仇，你就不能给她一条生路？！只要你告诉我，三日后我定会随你带着小幽离开修罗宫。”

念沧海抛出致命的诱惑，“听闻一望无垠的沙漠之中的沙漠之河中盛开着一种花，花蕊能解天下奇毒，即使死了也能起死回生，可那仅仅只是传说，从未有人真的得到过，人们都说那不过是海市蜃楼，只是人们饥渴时看到的幻影罢了。”

“哪怕是幻影我也要得到。”

念沧海那炯炯黑亮的眼神寓意着她定说到做到。

“既然王妃心意已决，三日后丑时过半，逍遥回来接你同小幽离宫，王妃切勿临时悔改。”

“一言既出驷马难追，醉大人不要到时不见人才好。”

夕阳西下，天际的光为尘世渲染上夺目的色彩，橘色与深蓝交相生辉，照耀在萦绕着神庙的月兔河，相传妖狼王深爱的女子名叫月兔，所以这条河就以她的名字命名。

朝圣之后，皇族都会搭船泛舟河上，将鱼饵播撒在河中，以此祈祷北域江山，繁荣盛世，千秋万代。

比起人满为患的船头，念沧海更愿意待在人少的船尾。

她径自走到护栏边，全然没有注意到她的身后跟着一个人，她向着栏杆外探出身子，清澈的河面映照出她的身影，还有她身后的……那个人，“你——？！”

念沧海刚要喊什么，就听“扑通”一声，有人从她的身边翻身从栏杆上跳了下去，重重地跌入了水中，溅起偌高的水花之际，“救命！！九哥，救我！！”

那是玥瑶的声音！

她在水中挣扎，嘶吟，不停地拍打着双臂，一口又一口地被河水呛到，念沧海傻傻地站在护栏边，她不懂玥瑶为何要在她的身边跳入河中，她若是求死又何必求救？！

“九哥，九哥！！”

电石火光之际，一道矫捷的身影不知从哪儿飞身而来，没有一下的停顿跃身跳入河中，“玥儿！！”端木卿绝揽住玥瑶的腰肢，将她紧紧钳在自己的怀中，玥瑶双手搂住他的脖子，靠着他嘤咛无助地哭泣了起来……

“九爷！”

四大暗卫跑到了念沧海的身边，景云、迦楼、醉逍遥也相继跑了过来，诸多双手将端木卿绝和玥瑶拉上了船，湿透的两个人坐在甲板上，玥瑶虚软无力地靠在端木卿绝的怀中只是哭泣，“玥儿，方才发生什么了，你怎会掉下河？”

“呜呜……我不知……我只是想站在护栏边看看河中的鱼儿，身子就突然被什么东西给推了一下，翻下了船。”

玥瑶哭诉着，端木卿绝抬起一双怒然的凶眸，站在离他们最近的念沧海成了众矢之的——

她成了这一刻最为突兀的一个人，这船尾，除了她就没有别的人了，玥瑶虽没说是谁推了她，但是除了她，还有谁能被冠上“罪魁祸首”的罪名？！

“是谁落下河了？是谁落下河了，小娃娃，是你么？”景云紧张地喊。

“是玥瑶不小心跌下河还是有人有心为之，孤王自会明察决断！”

端木卿绝如鹰猛鸷的眼瞳自始至终都没离开过念沧海，看似平静，深处却涌动着激荡的怒火。

他抱起玥瑶走入了船舱，谁人都不准进来。

过了一会儿暗卫来到还怔怔杵在原地的念沧海身前，“王妃，九爷请您进去。”

景云下意识地握住了念沧海的手腕，似乎察觉到这一去是有去无回，倒是念沧海镇定自若地拉开他的手，“我没事。”

舱内，端木卿绝将玥瑶放到床上，她留恋不舍地不愿松开揽着他脖子的双手，“玥儿……松开……”

“不要……玥儿怕……九哥不要离开玥儿……”

她越揽越紧，拉着端木卿绝，身子又压低了些许，两人的距离挨得是相当近，他的唇就近在她的眼前，“九哥……”玥瑶痴痴地低唤，手上力道一重，端木卿绝的唇就这么向着她的唇而去，谁想男人却是敏捷地面孔一侧，冰冷的面具就这么划过她的脸颊，那双唇连碰都没有碰到她的肌肤……

“河水冰寒，得赶快脱下湿衣。”

端木卿绝何曾对她说过此等煽情的话?

才心头染上失落的玥瑶，心头又是一喜，孤男寡女共处一室，九哥是终于领悟到不能失去她，所以决定“要”她了？

“九哥……”

她的声音更娇媚了几分，满面是含羞的绯红，“我……我……”她心悸得竟是小鹿乱撞，说不上话儿来……

“把手儿松开，玥儿……”

邪魅的声音再次袭向她毫无抵抗力的心儿，松开……她当然会松开，不然她怎么能让他为她解下衣裳？！

玥瑶面露喜色，半是含羞，半是期待，一双手缓缓地从端木卿绝的脖子上挪了下来，只瞧他坐起伟岸的身躯，一手解开自己的锦袍，黑亮有神的眼睛不离方寸地凝视着她……

心跳从所未有地猛烈过，一下强烈过一下，仿佛再一下就要撞出身子，玥瑶既兴奋又期许，半是含羞地闭上了眼眸，幸福的笑靥盛放整张绯红的小脸。

她最爱的男人正在看着她，她最爱的男人正在脱下他的锦袍，她最爱的男人正在向她靠近，他会为她除下这多余的衣衫将她紧紧拥抱在怀中……

“九爷，王妃带到。”

就在玥瑶沉陷无穷无尽的幻想之际，暗卫一声通报给了她无情的当头一棒，“谁？！”她惊愕地瞪大眸子，不敢相信地从榻上跃起，只瞧舱门打开，念沧海端着步子走了进来。

“九哥？！”

玥瑶一双水眸狰狞成憎恶的弧度看向端木卿绝，为什么叫那个女人进来？！

“王……爷……？”

念沧海朝向聒噪的源头扫了一眼，只瞧玥瑶紧抓着自己的领口，满面通红，再看了眼端木卿绝，他竟然脱下了锦袍，长长的雪狼尾湿漉漉地淌着水渍落在他脚边——

这算什么？

方才她是错过了什么榻上旖旎大戏？

那丫头全然一副被人坏了缠绵好事的表情，“王爷若是没有紧要事的话，妾身就先告退了。”念沧海转身就走，说不清道不明的怒火直逼心头，她看不得他拥着别的女人，冤枉她推人下河不算，还要她站在这里继续看大戏羞辱她么？！

“停下。”

端木卿绝不过动了动唇，听不出高低起伏的二字却是不怒而威，念沧海当即收住了脚步，她背着身，一双手握成拳头强抑着堵在心口的怒火，“王爷若要降罪，妾身领命就是了。”

背过去的身子没有转过来的意思，她的愤慨，她的倔强，倒是勾起那一双冰眸金瞳的深处绽开一抹意味不明的笑靥。

玥瑶坐在榻上，看着端木卿绝面朝向着念沧海的背，她虽看不清他的表情，但是她能看到他的唇角微微上扬，又是在笑？！

只有对着那个丑八怪的时候，九哥才会毫不吝啬他的笑容。

“九哥……玥儿好怕，玥儿现在除了九哥谁都不想见……”

玥瑶从榻上跃下，双手环住端木卿绝的腰，又哭又泣，她不能就这么放弃，她一定要逼端木卿绝砍了念沧海的脑袋，只有她死了，她才能安心！

端木卿绝却是淡淡地将手搭在她的双臂上，那一双狡黠的水眸一转，来了一招苦肉计，佯装伤心到无力，双腿一个虚软瘫倒，“玥儿！”端木卿绝随即侧身敏捷地将她打横抱起——

念沧海发誓她根本不想看，可脑袋微微一侧，眼睛就这么捕捉到了那一幕……

心跟着狠狠一抽，瞧瞧那个没有心的男人竟然那么紧张，那么在乎？！

傻子也看得出来那个顾玥瑶就是在装，可只有他，只有他，是视若无睹，宠之溺之……

端木卿绝将玥瑶抱上榻，这一次她是死都不敢松开环着他脖子的手，“玥儿，松开……”他低沉威严的声音是如此温情似水，一声声地钻入念沧海的耳朵，就像千百只白蚁在啃咬着她的四肢百骸——

“我不要，九哥……”

念沧海倔强地一直背着身，该死的！她就一定要这么站在这儿听他们你情我侬，彼此缠绵么？

“过来。”

一声令下，他温情似水的声音只剩冷冽如冰，背着身的女子知道那是冲着她的，可让她过去做什么，看着他们亲昵搂抱？她要逃，她要离开这该死充满了他们呼吸交缠的地方！

“过来。”

又是一声，似有些怒，又似语调轻柔了几分——

终究抵不过端木卿绝无法抵御的气场，念沧海犹豫了半晌还是转过了身走到了榻边，首先入眼的是玥瑶，她紧紧环着端木卿绝的脖子，一双眼像滚着刺的刺猬瞪着她，这像是刚落水被救的人么？

端木卿绝，你为什么不长眼看看她这嚣张跋扈的模样？！

念沧海很想呐喊出内心的愤慨，谁然端木卿绝亦看着她，并未注意玥瑶，他看着她，那种眼神就像在向她求救，让她将玥瑶的手从他的脖子上拿开？！

“郡主说了这会儿见着谁都怕，王爷还是独自好好劝慰一下郡主吧。”

回过身，头也不回地就走，“念沧海！”端木卿绝的声音有些急了，拉开玥瑶的手就从榻边跃起，“九哥！”玥瑶立马坐起身拉住他的手，“玥儿落水……九哥你说过定会为玥儿找出罪魁祸首的。”

逼上梁山，玥瑶不得不提醒端木卿绝她可是被人推下河的！

第十八章　置他死地

“是啊，应该还郡主一个解释，不能让郡主白白落下水，是谁推了郡主下水，抓到了罪魁祸首一定要严厉地查办，砍手砍脚，再剁下脑袋！”

念沧海说着残忍血腥的话，回过身来，眼神不畏不惧地直视着玥瑶。

老虎不发威，她还以为她是病猫么？

两个女人视线相撞，就像汹涌澎湃的海要破开坚韧不摧的山，“玥儿自小身子骨娇弱，不得受寒，她现浑身湿透，烦请爱妃为她更衣。”

什么？！

两个女人同时错愕地看向端木卿绝，“九哥？！”

玥瑶无法接受，她才不要那个丑妇给她更衣，她要他为她更衣，她要他治她的罪！！

“郡主看上去能走能动，靠自己更个衣应该无须妾身插手。”

想要她为她更衣——没门！

念沧海语气愠怒，端木卿绝知道她在气，气他偏袒玥瑶，还气得不轻——

“可孤王只相信爱妃更衣的手法，让人安逸又舒心。”

玥瑶一愣之间，他的身子来到念沧海的跟前，俯下身双唇附在她的耳边，不过呼了口气，就叫她眼前闪现那日清晨她为他更衣的煽情的一幕幕……

“玥儿落水受了惊，爱妃身为皇嫂就迁就她一下吧……”

又是极其温柔的一声，念沧海读不懂端木卿绝唇角上愈渐散开的笑靥，他是不是觉得戏弄她很好玩？

心里纵然有一千个不愿，她还是镇定了下来，脚步朝向榻边而去，“郡主……”

手刚触碰到玥瑶的领口就被她嫌恶地一手拍开，她转头看向端木卿绝，拉着他的衣裳，“九……”娇嗔的抗议还没能将称呼给完全喊出来，端木卿绝就回以玥瑶一记眼神——

那眼神不怒自威，犀利如刃泛着胜过冰点的冷冽，惊得玥瑶顿然就不敢闹了。

玥瑶觉得自己就像瞬间被打入了十八层地狱，她要怎么才能忍得下这口气，她怎么能容许这个机会就这么同自己失之交臂？

“郡主，请起身……”

念沧海给玥瑶解着扣子脱下一件件衣衫，端木卿绝从榻边退开五六个步子，转过身以背对她们——

他真的只是担心玥瑶的身子才让她进来给她更衣，不是为了羞辱她，也不是为了和玥瑶缠绵？

念沧海，你休想逃过我的五指山，这一次我定要逼九哥治了你的罪，让你再无翻身之日！

玥瑶从床上站起身，任由念沧海褪尽身上的衣衫，露出白璧无瑕、软香玉嫩的娇美身子。

念沧海倒是奇怪，她怎么会这么乖乖配合，眼神就这么面对面的一触，只瞧玥瑶嘴角勾起一轮毒恶的笑，那美若花瓣的小嘴翕动着摆出“我要你死”的口形，随即手儿从如瀑的黑发中掏出一根银针直扎自己后颈上的大椎穴——

“顾玥瑶！！”

念沧海怒然大喝，她知道她是嫌方才栽赃她推她下河还不够，她宁愿自己扎下致命的穴位也要拉她下地狱，要她跳到黄河也洗不清。

“玥儿？！”

端木卿绝听到念沧海的呼喝就立马转过身去，如风飞去，指间一动迅捷地点了两道穴位，一股真气将那扎在大椎穴上的银针顶了出来，落在地上，玥瑶猛地咳出一口血来：“九哥……九哥……救救玥儿……”

纤白的双臂抚在端木卿绝的心口，修长的十指紧抓着他的衣衫，玥瑶气若游丝，可怜楚楚的眼神愤恨地扫向站在一边的念沧海，“是她……是她……”

端木卿绝跟着阴鸷凶狠地瞪了过来，就凭她一句话一口血，她就又背负上杀人的罪名？！

念沧海再也忍无可忍，“顾玥瑶，你含血喷人，那银针不是我的，是你自己——”

“九哥……九哥……呜呜……”

玥瑶用呻吟盖过念沧海的自辩，她容不得给她解释的机会，仰头一声声地痛吟，悄然按在自己的腕上打乱自己的血脉，平白又咳出两口血来。

“顾玥瑶！既然你那么想死，我念沧海就送你一程！”

反正她是有理也说不清了，念沧海羞愤成怒，一手拽住玥瑶的胳臂将她从端木卿绝的怀中拉起，一手点向她后颈的大椎穴，要她死，那她就拖她为伴！！

“不要，九哥救我！！”

玥瑶是急得不顾自己是“有伤在身”，屏足力气从念沧海的掌中脱开，而反手又给她一掌，直击她的心口，“唔嗯！呕——”一口鲜血如赤红的霓裳从念沧海口中咳出，她倒在地上，泪水盈眶。

“沧海！”

端木卿绝越过坐在地上的玥瑶，抱起受了重伤的念沧海，动作如影地封住她的穴位，“不会有事的。”他抹去她唇角的血，黏稠的血液触碰到他的指腹刹那，竟是让他的心狠狠地揪痛不住。

“王爷……妾身没有伤过郡主，半下都不曾……”

念沧海学着玥瑶的苦肉计，含泪默默地凝着端木卿绝的眼睛。

打从一开始，她就没有想要点玥瑶的大椎穴，她只是吓吓她，吓得她露出真面目，瞧她给了她的这一掌，哪像是个就要死的人能使出的劲儿？！

事实胜于雄辩，如果走到这个地步，端木卿绝仍旧偏袒那个丫头，那她再做同归于尽的打算也不迟。

“念沧海，你好无耻！九哥，你别信她，她这是在卖弄伎俩，博取你的同情！”

好个狡猾的女人！

玥瑶傻了眼地看着一切逆转，所有对她有利的矛头都倒过来指向她自己，仓惶地跑了过来搂着端木卿绝又哭又喊，船舱内是混乱一片……

念沧海自中了一掌后，人都是昏昏沉沉的，她不怎么记得自己是几时睡去的，然而再醒来，睁开的眼帘中倒映的是寝屋里的床榻、寝屋里的幔帐，还有……还有……什么东西抚弄在她的胸口？！

顺着那只按在她心口的宽大手掌，是端木卿绝伸着手臂坐在她的榻边，自己正大开着胸襟，“端木卿绝，别碰我！”

她试图坐起身，一手挥了过来，“别动，孤王正为你上药。”端木卿绝俯下身子，完美无棱的俊脸迫在唇前，妖异的金瞳邪肆地绽放着诱人的动情火光……

念沧海整个脸庞都被他看得发烫如烧，脖颈与锁骨之间泛起层层绯红颜色，一股令人难以抗拒的迷香自胸口飘来，“端木卿绝，你给我用了什么药？！”

“催、情、药。”

“端木卿绝，你——”

她大惊失色，挣扎应声而起，痛苦也随即袭来，“不要动，孤王……什么也不会做……”

端木卿绝磁性魅人的嗓音融着温柔的热度熨烫在她的面颊，让人自乱了阵脚，忘了一刹前，那一句没有喊出口的谩骂，然而错过了挣扎就注定只能接受……

浑身都在痛，好痛，她的挣扎让她吃尽了苦头，所以她不再挣扎任由他抱着，只是为了让自己不再痛了。

仅仅是不想愚蠢的硬碰硬徒增自己的痛苦罢了……

她才不是贪婪他的拥抱，他的体温……她是多么多么厌恶他的触碰，她只是……只是被迫的，无奈地接受着罢了……

两天的休养，念沧海的身子好了一大半，她亦能下床走动。

最奇怪的是，打那日拥着她入睡之后，他就再也没提及过那日的事，一点都没有追究她的意思，似乎真的相信她绝非推了玥瑶。

仔细想来，两个月的相处，其实她一点都不了解他。

那个叫做端木卿绝的男人，时而冷怒，时而温情，说是笑那笑里却藏着一把刀，不知道那刀口几时会落下，这才是让人最惶惶不安的。

难道，他会是比醉逍遥藏得更深的人？！

都说女人心海底针，可男人心，深不可测变幻莫测，才叫真的可怕吧……

“小姐，你怎么又下床走动了，身子还没全好呢。”

小幽端着食案从廊道的另一头走了过来，那么老远就看见念沧海一个人倚在门边发愣，这身子骨要是再着凉了该怎么办？

“没事没事，我身子都好了，不用瞎操心呢……”

她笑得没心没肺，“哎……小兔和小狼都比小姐你懂事呢，一点都不知道照顾自己的身子……”小幽叹了口气，看向跟在身后的小狼和小兔，念沧海嘿嘿地笑着蹲下身去，“小东西们，这些天你们有没有调皮？是不是在担心姐姐，姐姐没事哟……”

修长的指点点小狼的鼻尖，又捋了捋小兔的脑袋——

想到明日丑时过半就要随醉逍遥逃宫，这两个小家伙该怎么办？

端木卿绝会不会迁怒它们，将它们活生生给扔入蛇坛？

“小姐，小姐……？”

“怎么了？”

“这是蓉医师今早刚送来的四物汤，小幽煲了好几个时辰，小姐先趁热喝了吧。”

四物汤？

念沧海心里打了个咯噔，一手摸了摸自己的小腹，“小幽，那天从船上回来，你有没有瞧见我的衣衫里有个香囊模样的平安符？！”

“没有呢，王爷将小姐送回来之后就为小姐你上药了，要是真有什么东西从衣衫里掉出来可能是丢在了半路上了吧？要不……是王爷给收起来了？”

念沧海心儿蹦到了嗓子眼，一手抓住小幽的肩头，要是那香囊被端木卿绝捡到，要是被他知道包在里面的是有避孕作用的麝香的话……

“小姐，你这是怎么了？那平安符很重要么？小幽只是那么猜，并没有亲眼瞧见。”

“小幽，跟我进屋。”

念沧海忽地将小幽拉入屋，神情慌张地四周张望后将门合上，“怎么了，小姐？”

“今夜我们要逃！”

“为什么？小姐，难道你是要逃回北苍？皇上不会认这个孩子的，你知不知道自己在做什么？！”

“我不回北苍，我要带着你远走天涯，你忘了我们当初出宫就说好了，要自由自在的四海为家？”

“可小姐，我们现在已经身处北域，单凭你的功夫独个儿逃定是没问题，可你要带上我，现在你腹中又多了条小生命。”

“没有孩子！我根本就没有怀有身孕！！”

小幽倏地呆若木鸡，“没……没有……？小姐……你没有身孕？！”

念沧海将事情的原原委委都告诉了小幽，小幽简直不敢相信自己的耳朵都听到了什么，这一场怀孕都是被人设计陷害的，难怪都四个月了，小姐的肚子一直都不见长，“难道王爷都没发现不妥么？”

“他早就知道了，只是有心包庇玥瑶罢了。”

“那他为何又要给小姐喝四物汤，难道是让你弄假成真？”

念沧海周身猛地一怔，“我不会有他的孩子的，就是有了我也不会要！好了，别说这些了……过了今夜，丑时过半的时候我们就逃。”

抹去眼中的疼惜和不舍，有的就只有毅然决然。

从落日申时起，念沧海就数着时辰而过，酉时……戌时……足足还有两个半时辰才到和醉逍遥约定的时间……

虽说醉逍遥说会支开端木卿绝，他今儿个一定不会来她的小筑，让她大可安心。

可是夜幕刚降临，他竟然来到了她的屋外。

她满面写着为何你会出现在这儿的表情，“爱妃，怎么了，好像见着孤王很不高兴，是不是又悄悄瞒着孤王什么？”

端木卿绝蓦地俯下身附在念沧海的耳边，让她本来就乱的心跳更乱了，“瞒什么？王爷从脚到头都对妾身疑心重重，就是不瞒，王爷也觉得妾身在瞒，不是么？”

“那爱妃是在责怪孤王疑心重？”

“不敢，妾身哪来的斗胆责怪王爷？”

“爱妃为何总是戒备着孤王，动不动就皱着眉头？”

端木卿绝猿臂一揽，从后环住念沧海——

他是怕她逃了，还是怎么着，跟个牛皮糖似的这么贴着她，黏着她？！

“不对你皱眉头，戒备着你，难道还要对你笑啊？”念沧海白了他一眼，谁料那俊脸就候在她的脸侧，她一扭头差点主动送上唇，“唔……你……”

念沧海不自觉地抿唇收紧，那想怒不敢怒的小模样像极了欲拒还迎的挑逗，着实让人把控不能，端木卿绝一手来到她的颚下扣起凑近他的唇前，“孤王可是救了爱妃一命，爱妃就这样回报孤王？”

“妾身又没求王爷救，王爷不是说了妾身要是死了，你也不会心痛，何必多此一举？”

“你在意？”

“在意什么？我才不……呃……”

后面的话全数封锁在他强势压下的口中，他一手绕过她的后颈，修长的五指没入她如瀑的黑发中，一手揽着她纤细的柳腰……

这一吻是强势的，唇齿渴望着紧密的贴合……

“海儿，你知道孤王现在从你的眼中看到了什么？”

亲吻间隙，他突然问道。

“……”

“你在害怕，你在畏惧，你什么也瞒不了孤王，你在想什么，孤王都知道——你想逃。”

难道醉逍遥露了马脚，让他知道她今夜就会随他而逃？！

念沧海怔怔地看着他，一时半会儿反驳不了一个字。

不行，她要冷静下来，不能自乱了阵脚。

“如果我真的要逃，你会怎样？”

端木卿绝一手来到她的唇上，指腹摩挲着她的唇瓣，随即出其不意地再度吻住她的唇。

“这就是答案——如果你逃走，孤王一定会把你抓回来，铐上枷锁，锁上脚链，把你囚禁在不见天日的地牢里，日日承欢于孤王的身下，这辈子直到死都不能离开……”

他说的从不容人怀疑，她若是逃走，他一定会这么去做，所以她更是要逃走，哪怕是逃到天涯海角，宁死她都不会被他抓回来！

杏眸炽烈，蕴藏在深处的坚定教端木卿绝确信，这丫头真的起了逃的念头。

不只是嘴上说说，她的心，她的人都时刻预备着逃离他——

原本他捡到“那个东西”的时候，以为那只是个误会，以为她是个受害者，可现在……也许从一开始他就不该如此仁慈地待她，任她妄为，让她将他给予她的宽容狠狠践踏，她以为那是取之不尽的么？

“所以这个东西，你逃走的时候，是不是想要随身携带？”

端木卿绝从怀中拿出一个东西，明黄色的，香囊模样的，那不就是——

玥瑶给她的平安符？！！

“海儿，你知道这里面藏着的是什么么？”

她的反应，她的表情，甚至她微弱的一记羽睫轻眨都教端木卿绝的心一下下堕入冰寒的地窖，她是知道的，她明知道里面藏着什么却还放在怀中，最贴近她小腹的地方——

“你要是敢伤我，你会后悔的！”

念沧海猛地弓起腿抵在端木卿绝压下的小腹上。

“你有了？”

他惊诧，问得认真，念沧海一怔，有了？有什么？

她从他眼里看到了他的怀疑，难道他以为她是有了他的……孩子？

“王爷莫不是忘了，我可是怀着阿离的孩子，你说过你会保我们母子平安的。”

真是个撒谎精，她以为他不拆穿她，她就可以靠着这个谎言过一辈子？！

端木卿绝眼神沉得更深更重，目光犹若凌迟缓缓扫向她的平坦的小腹，他的大掌抚摸而上，来回摩挲，“都过了四个月了，为何这孩子还不见长？”

这口吻，他果然都知道。

“端木卿绝，你混蛋！你明明知道我是被玥瑶诬陷有孕还包庇她，你明明知道我从未和阿离，你还诬赖我……”

“诬赖什么？你又和端木离从未如何？”

他眼中猝然跃上一丝笑靥。

念沧海一口闷气堵在心口，这该死的混蛋！

他根本不止清楚她从未有孕，还知道那一夜她仍是……处子……

他知道的啊，他什么都知道的啊！

她恨他误会她，她恨他以为她是不洁之妇，这强忍的眼泪是因为感到了……委屈。

那闪闪晃晃的泪软化了端木卿绝冰眸里的冷冽，大手顺势抚上她的眼角，轻轻一拭的同时扳过她的脸，口吻也跟着柔和了几分：“回答孤王，玥瑶给你香囊时，你知道还是……不知道里面藏着麝香？”

“王爷几时信过我，方才不是已经定了我的罪？说我亲手扼杀自己的骨血，可王爷又想如何罚我？强索求欢？这样就不是亲手扼杀自己的骨血了么？！”

端木卿绝竟是一时语塞无言以对——

瞧她如此痛恶的模样，难不成真的是为了保护孩子？掐指算来，离他初次抱她已有一个月……

“海儿，你当真有了？”

俯视投来的视线异常温柔，他在高兴什么？他真的想要她怀上他的孩子？

念沧海心头有点乱，却又拉回自己的理智，她现在想的是如何逃，“即使有了，王爷会认他么？王爷不是说妾身是被皇上玩腻的破鞋，破鞋怀上的骨血，你才不会疼惜——唔嗯……嗯……”

话还没说完，端木卿绝俯身而下以吻封缄，就像含在口中的蜜糖，不舍一下子吞噬，怜惜地层层吸吮……

辗转间他将她带上榻，好听羞人的呻吟从交缠的口中溢出，念沧海伸入枕下摸到银针布袋的手顿然乱了节奏——不可以沉沦在他的吻中，不可以跟着他的节奏走，银针在哪儿，银针在哪儿？！

她嘤咛着，手下的动作越是焦急越是凌乱，端木卿绝的吻前所未有的痴缠，她想要逃，想要断开这该死的吻——

难道她令他误会自己有了，反倒让他更加兴致勃勃了？

银针，银针！

快一点，她要立刻摸到银针制止这该死的禽兽才行！！

“呃嗯！”

慌乱中，念沧海摸到了银针，却是指尖被针尖儿扎了一下，端木卿绝顿了顿动作，松开的唇，痴缠的眸，“怎么了，弄痛你了？”

温柔得判若两人——

念沧海傻傻地眨着眼，眼前的男人又使出温柔的杀手锏迷惑她？

“是痛了，很痛！心痛，身痛，被你碰过的每一处都在痛！！”

“当真？这儿痛了，这儿也痛了？”

她娇嗔大喝，端木卿绝直起身笑得邪恶勾人，修长的指抚在她衣衫凌乱的身子上游走——

“端木卿绝，我要杀了你——”

念沧海抓着端木卿绝的双臂又打又捶——

某人但笑不语，权当她的抗拒是撒娇，“杀了我，孩子可就没爹了……”

“你——没有你才好，你会伤着他的！！”

念沧海简直要被逼疯了，若是他真的有点点在乎她怀了他的孩子，就该收手的，可——

“温柔一点，伤不着孩子的……”

十五年来，端木卿绝何曾在榻上对一个女人如此温柔到难以言喻，生怕一个微重的动作就会伤了她，伤了孩子……

摩挲着她平坦的小腹来来回回，她的肌肤就像是上等的丝绸，好摸得让人无法罢手——

他吻上了她的小腹，“扑通”一声——

她又感觉到了那诡异的跳动……

“孩儿，你要乖乖地待在娘亲的肚子里，不可以让娘亲受苦，不然爹爹可要好好罚你！”

温柔到让人不可置信的声音吻落在她的腹上，那异动的跳动又再猛烈地一撞——那无法解释的强烈的感觉，难道……难道她真的……有了……

乱了，疯了，念沧海就像风中飘摇就要断了线的风筝……

是错觉，是错觉！

“明个儿一早孤王就宣蓉拂晓来为你诊脉，若真是有了身孕，以后大大小小的事都交由下人去做，知道么？”

修长的指穿梭于她乌黑的发中，另一手轻轻爱抚……

端木卿绝对怀中佳人没有任何防备，而念沧海一手悄悄没入枕下，半眯着的眸子剜去了迷蒙忧虑，清冷的锐光攫着深不见底的杀气，指间一动，她夹住了三根银针——

“海儿……？”

她正要抽出手的刹那，端木卿绝突然唤了她一声，念沧海一惊勾着他的脖子妩媚浅笑，“卿……卿绝……”娇吟的一声惹得男人情迷凝神，全然没察觉她勾着他的身子俯视而下是为了让另一手趁势绕至他的背后——

气流猝然阴冷，端木卿绝恍然后脊梁一冷，“海儿，你在想些什么？”他逼近她的眼眸，从她的眼中看到了恨意和——银针？！

“我想要你——死！！”

金瞳一怔，躲闪却是措不及防，念沧海指间三根银针狠狠刺入端木卿绝颈后致命穴位，男人闷哼一声，魁梧的身子倏然僵直朝她压下，念沧海巧劲儿一推，端木卿绝侧倒在榻上动弹不得——

“念沧海！”

一张冰冷的面具脸孔面目狰狞，“呵，叫得好，你就该连名带姓地叫我的名字！”念沧海唯恐不及地跃下床。

她眼神焦急地找寻着什么，翻开他落在榻边的锦袍，从里抓起那麝香香囊！

“念沧海，你——”

“我什么？！端木卿绝，你也有今天，你以为这场游戏只能你说了算么？！告诉你，你赐予我的痛苦，我要十倍百倍地讨回来！”

念沧海从枕下抽出一整个银针布袋，指间动作如影，转眼六根银针又落在端木卿绝胸前的几处致命穴位上，他咬着牙强忍钻心的痛楚，却是丝毫没有盛怒的痕迹，反倒突然咧唇大笑，“想要孤王这条命就干净利落地拿去，别手软了！”

他还有胆量挑衅，知不知道她只要再下一根针就可以要了他的命？！

夹在指间的银针朝他的脖颈而去却是蓦然停止于他的肌肤之上……

他的表情不为所动，他凭什么那么笃定？！

而她为何下不了手？！

“端木卿绝，你强占得了我的身，永远别想践踏我的心！你若要恨就该恨你那个好妹妹——顾玥瑶，我真是该感谢她送给我这个，我就是要戴着它！它就是我摆脱噩梦最好的利器！我根本就没有怀上你的骨血，即使我真的有了，我也要让他胎死腹中！”

念沧海朝着榻上的男人，咆哮出堆积心头久日的仇恨！

那一句胎死腹中挑拨起端木卿绝锥心的刺痛：“杀了我，念沧海！不然被孤王抓住，孤王定要将你碎尸万段！”

“小姐……”

这时小幽轻轻地唤着，抱着两个包袱轻手轻脚地跑了进来，因为丑时将至，她已经做好了逃宫的准备，只是当她跑过屏风看到了榻上的男人——

他衣衫凌乱，胸前后颈扎着根根晶亮的银针，褥子上一摊深红色的血迹，“啊？！王爷？”

小幽倒抽口气，两只包袱“扑通”落在地上，难道王爷知道她们要逃所以突然跑来小筑，又对小姐强行索欢？！

“小幽！”

“是！！”

榻上的男人一吼，小幽吓得三魂丢了七魄，“拦着她，只要将她拦下，孤王可以饶你欺君犯上之罪！”他暗自运气，稍加片刻就能冲破被封穴位——

小幽为难地看了眼念沧海，“扑通”一声，朝着榻前跪下，“对不起，王爷！恕小幽不能听从，小姐对小幽恩重如山，小幽宁死也不能负了小姐……”

“小幽，和这个疯子说什么对不起，起来，我们走！”

念沧海抓起地上的两个包袱拉着小幽就跑，谁想耳中敏锐地捕捉到榻上不一样的动静，“念沧海！”低沉的怒喝自身后刺来——他是冲破了她封住的穴位？！

想起新婚之夜雕虫小技根本抵不过端木卿绝的念沧海摸出怀内一根银针转身之际刺入朝她扑来的端木卿绝的心口——

这一下刺得很深，不是封住他的穴位，而是置他于死地！

银针深入三寸，交会的视线中，他眼中的是怒，而她眼中的却并不全然是恨——

她的手在颤抖，在他惊怒地瞪着她的刹那就颤抖着松开，银针叮当落地，端木卿绝捂着心口五指收紧，用力之大，似要刺入自己心脏般的紧紧攥着，他眼中的怒如一头失了控的猛兽，他会杀了她，他会毫不怜惜眼睛都不带眨一下地将她撕扯成四分五裂。

念沧海眼落他指间缓慢流出的血，这一针……她不是有心的……她并不想走到这一步的，“端木卿绝，再见了！！”

她喝着，推开端木卿绝，魁梧高大的身子狠狠撞在床柱上——

十多年前被背叛的一幕幕落在怒火澎湃的脑海，那个女人挖走他的心，而她亦刺入他的心要置他于死地。

为了同一个男人，为了那该死的——端木离！！

端木卿绝在一刹间又落入了地狱品味了一次水深火热的摧残，“再、见？念沧海，孤王定会同你——再见！”

他瞪圆的冰眸金瞳怒不可遏地射出如箭的精芒，射入女子的灵魂，眼前映出一只血手掏入他的心口，那是谁的记忆，谁的惊恐，谁的追悔？！

再见？

再次相见，她忘了这个词语还有另一个含义，念沧海心中惶恐，抓着已经傻愣住的小幽转身就跑，凝着那仓惶的背影，平静的夜空下是端木卿绝声声能将人吞噬的咆哮！

念沧海很乱，她从未这般心绪无措过。

即使被逼远嫁北域，她做好了出逃的准备也不曾慌张过，而现在她好迷茫，就像在人群中迷失的孩子一般无助。

逃开他，一辈子再也不相见是她一直迫切期许的，根本已近在眼前，她的心却好像遗落在了什么地方，没有跟着她一起跑，一起逃——

他会不会有事，他会不会死，那一针，她惊慌下扎下的那一针会不会要了他的命……

泪水不知几时模糊了念沧海的眼，她不允许自己回头，不允许自己停下，一路朝着和醉逍遥约定好的荒地跑去，在踏出北苑的时候，整个修罗宫就沸腾了起来——

侍卫们阵阵的吼声紧随其后，端木卿绝不会放过她的，所以说……他应该还活着？

“呃嗯！！”

就要跑到荒地的时候，念沧海突然小腹一阵绞痛，蹲跪在了地上，“小姐，你怎么了？”

“我没事……”

她倔强地摇头，手心紧攥，“小姐，你手里拿着的是什么东西？！”明黄色的，透着阵阵教人迷乱的香气。

麝香？！

念沧海这才恍然惊觉自己一直攥着那个香囊，难道是它，是它在作祟让她的小腹犹若被活活剜去血肉？

孩子？！

难道她真的有了孩子？！

一手捂着小腹，眼泪如珠滴滴落下：对不起，孩儿，对不起，娘亲说要让你胎死腹中不是真的，不要离开娘亲！

这莫非就是女子生来的母性，这一刻，念沧海心如刀绞，悔不当初，她从未那么强烈地畏惧着失去什么，即使这是那个男人的骨血，亦是她自己的骨肉，不是么……

“小幽，扶我起来。”

“是。”

要逃，不能在这里停留片刻，侍卫的脚步声已经就要逼到身后，可身子站直的刹那，一股温热的鲜血从腿间淌下，“孩儿……不要……”

她低喃着，拆开香囊将里面的麝香扔掉，小幽这才顺着视线看到那沾着点点鲜血的裙摆，“小姐，你流血了。”

“别管我，跑起来，醉逍遥就在那里等着我们！”

念沧海一手捂着小腹，忍着痛跑了起来：孩儿，原谅娘亲不能停下，娘亲不能容你成为那个魔鬼的奴！

“小姐……”

小幽不敢跑得很快，因为念沧海的状况很糟，一张脸刷白如雪，“醉逍遥……”望了眼不远处的荒地，落入眼帘的是一抹银白色背影，“醉大人！！醉大人！！”

不顾身后追兵，小幽大喊起来，只瞧那抹耀目的身影一个回身就如影朝他们而来，“娘娘！！”

“景云世子？！”

小幽不敢相信自己的双眼看到的是谁，可下一秒，男人紧张得一下子就将念沧海打横抱起，“娘娘，景秋绝不会让你和皇子有事！”

御景秋的手触碰到了她被鲜血染红的裙摆，念沧海痛拧着眉头，“你怎么会在这儿？！别管我，快跑，端木卿绝的追兵就要来了！”

耳边是从四面八方而来的呼喝，还有入眼刺目的火把——

“小姐，醉逍遥根本不见人影，难道是他骗了我们？！”

是醉逍遥骗了她！！

不然他怎么会不牵绊住端木卿绝，让他突然出现在小筑，是她自己愚蠢，以为他会真的帮她，竟是帮着他，自己愚蠢地上演了一场触怒端木卿绝的出逃大戏？！

“放开我，御景秋，别再管我！”她咆哮着，不想御景秋因她搭上性命，“不！景秋绝不会丢下娘娘不管！”

“不，我命令你，带着小幽逃，我要你保她平安！”

念沧海在御景秋的怀中挣扎着，对于死，她早有觉悟，只是她从未想过竟要自己的亲生骨肉共伴黄泉！

“不要！！”

小幽几乎是与御景秋同时嘶鸣起来，而御景秋抱着她半跪下身子，指间一动点了她的穴，止住了她的流血。

“娘娘勿用担心那些追兵，醉逍遥不会让他们靠近过来的！小幽和娘娘你，还有你腹中的皇子，景秋定能平安带你们回北苍！”

御景秋话音才落，绕着四周的山林一阵轰天震动，跟着震动而起的是蹿入天际的火焰，她听到了火焰中掺着群蛇发出的嘶嘶声，随即是好多人悲鸣的呻吟而起——

是谁放了蛇？

袅袅飘曳的火焰氤氲中走来一道银白色的纤瘦身影，“醉……逍遥？”念沧海不可置信地凝望那个男人，他们相距数十步距离，他没有再靠近过来，手上打了个动作，是向着御景秋而来？

“娘娘，我们走，小幽紧跟着我，别走散了！”

御景秋又再抱起念沧海，他就这么堂而皇之地在醉逍遥跟前逃跑，回想方才他说的那一句“醉逍遥不会让他们靠近过来”，曾在狼林被醉逍遥所救的画面重燃脑海，狼群见他畏惧，群蛇听命于他——

难道……难道醉逍遥竟是北苍的奸细？！

御景秋抱着念沧海绕入山林，小幽紧随其后，单凭她没练过武的身子怎么跟得上御景秋健步如飞的步子，穿梭在夜色下看不清去路的山间，脚下踩到了什么泥泞的东西，一个打滑就跌倒了下去，“呃啊！！”

一声惊叫，紧跟着是嘶嘶的蛇鸣声，“小姐！！救命啊！！”她踩着的竟是一条花色妖冶的巨蟒，而她倒在圈圈绕绕的蛇身中间，蛇头伸出深黑的蛇信，红色掺着银绿的蛇目晶亮发光，“景秋，停下！！”

跑在前的念沧海突然攥住御景秋的肩头惊叫起来，御景秋一个停步回首望去，他们相差二十多步的距离，要救她并不难，可托着念沧海腿下的手上浸透了鲜红的血液——

即使他封住了她的穴位，可她仍在流红，再有迟疑，这腹中的皇子定是不保！

“娘娘，恕景秋不能。”

他用着极低的嗓音说道，耳后是小幽猝然而起的惊叫声，念沧海不敢相信他会违背她的请求，“小幽！不要！！”她撕心裂肺地叫着，御景秋抱着她又疾步跑了起来，最后一幕是蛇头袭向了小幽娇瘦的身躯……

“救……救她！”

她抓着御景秋的袖子，御景秋不得不放下她，拔剑即要过去，却见小幽倒在地上，张开的巨大蛇口就要咬住她的脖子，倒钩的尖牙下一秒就要跟着刺入她的血脉，一阵诡异的狂风而起，地上的落叶和碎石螺旋而起，不间断地划过巨蟒的身躯。

猩红蛇目露出大怒的凶光转向那人，朦胧的视野中，狂风的中心勾勒着一道熟悉的银白身影——

来人不畏巨蟒朝他袭去，幽幽地从袖中拿出那支玉笛，如剑挥摆，不过是随手在空中比画了几下，就见纵生的银亮白光在巨蟒的身子上切开道道血口，不费吹灰之力地就将其剁得四分五裂——

刺耳的嘶嘶悲鸣阵阵震天，放眼的是蛇身横断，漫天的鲜血和漫天的血肉——

“醉……醉逍遥？”

念沧海不敢相信是他救了小幽，可那银绿的眼中没有一丝真情。

冷冷冰冰的如那亡故的蛇目，惊悚可怕，他究竟是敌是友，是北苍安插在端木卿绝身边的奸细，还是设下陷阱引他们全部入网，再一网打尽？！

御景秋将念沧海抱起，双目对着醉逍遥，他的眼却是定格在她流红的下体，乳白色的衣衫被鲜红染得犹若盛开着一朵朵凋零的花，无情的眼神似乎被激起异样的潮涌——

“放……放过小姐……”

脚边，昏昏沉沉的小幽无力地攥住他的锦袍，泪眼蒙蒙地哀求着他。

漠然地落在她血红一片的胸口，倏地尊贵的身躯蹲下身去将她打横抱起，“醉……”对着他的眸，小幽还未来得及喊出他的名字，就被他怒然一瞪，忽地就晕了过去。

“醉逍遥，你要带着小幽去哪儿？！”

念沧海眼见醉逍遥抱着小幽转身离去，在御景秋的怀中又是不能自已地挣扎开来，“带她走！杀了她腹中的孩子……”

目光如刃射过来，念沧海只觉有把匕首活生生刺入她的小腹，“呃嗯！！”她仰天痛吟，不要，不要带走我的孩子……

“娘娘！”“醉逍遥，你对娘娘做了什么？！”

御景秋焦心怒骂，葱郁的林间迷雾顿起，银白的身影融在其中，回眸留下比刀刃更冷的笑，渐行渐远消失在了其中……

“呃唔……救救我的孩子……”

“娘娘，忍着点儿，景秋不会让你和皇子有事的。”

……

第十九章　回到北苍

再后来的事，念沧海什么也不记得了，因为她昏厥在了御景秋的怀中，待醒来的时候，已是躺在颠簸奔驰的马车中。

他说他要带她回北苍，所以去过北域只是一场梦而已么？

她昏昏沉沉的眼皮觉得好沉，只是闭合上的一刹，她又猝然惊醒似的攥着御景秋的衣襟，“孩子？我的孩子……”另一手捂着平坦的小腹，满目是无尽的惊恐和担忧。

“没事……逗留在客栈的一夜，景秋为娘娘找来了大夫看过了，皇子无事……”

念沧海喜极而泣，眼角涌出点点濡湿的泪水，只是喜悦的笑才跃上唇角，如果孩子并不是一场梦，那北域发生的一切都不是梦，“小幽？我的小幽呢？！”

“娘娘，你冷静点！小幽姑娘被醉逍遥带走了，恕景秋不能弃你于不顾救回她。”

“不，你怎么让小幽一个人留在北域，端木卿绝不会放过她的。”

念沧海不敢想下去，“停下，将马车停下！”

“娘娘，小心身子，你别忘了你有孕在身，不顾及自己也要护着孩子啊！”

垂眸凝着小腹，滴答滴答的泪落在腿上，所谓的心力交瘁也无外乎如此——

她的决定都是错的么？

对小幽，对孩子……

为什么，为什么偏是在这个时候怀上了他的孩子……

孩儿，教教娘亲，娘亲究竟该怎么做……

念沧海泪落伤心，御景秋扶着她的双臂，“娘娘勿用担心小幽，醉逍遥若是会伤害她，自当不会救下她。”

“醉逍遥到底是什么人？他是北苍的人？！”

“……”

“为何不答？！醉逍遥究竟是什么人？！”

“醉逍遥答应过皇上会保娘娘周全，不被端木卿绝染指。”

御景秋并没说醉逍遥是北苍的奸细，只是吐出个模棱两可的回答。

“还有多久我们能回皇城？”

“连夜赶路，半个月就可以回到皇城，景秋已经给皇上飞鸽传书，一到皇城就有人来接应我们了，娘娘无须担心，皇上一直心心念念娘娘，谁都不能再伤害到你了。”

“你将我怀有身孕的事告诉了……他么？”

“娘娘？”

“这孩子不是端木离的。”

念沧海唇间一动将不该说的秘密说了出来，她不善谎言，更不会为了这个谎言去遮掩。

如果这个孩子不是皇上的，那言下之意就是——端木卿绝的？！

“端木卿绝，不会就这么算了的。”

他会追来北苍，他定会来追她这个背叛了他的囚奴。

抚着小腹的手又是一紧。

御景秋注意到了她说这话时的这个小动作，那一句“这孩子不是端木离的”又上心头，难道，难道……

他不敢想下去，“他休想再纠缠娘娘！他若真敢追来北苍，那就是他自取其亡。”

御景秋从手边的一个包袱里拿出一块烧红镶着金边的拱形铁块，那上面刻着密密麻麻的字，念沧海赫然双目圆睁，“这是……丹书铁券？！”

“是，景秋已为娘娘偷到丹书铁券，日后太后再也伤不着你，皇上更是会封娘娘为后，从此只对娘娘宠爱有加。”

念沧海目光凝注在御景秋手中的丹书铁券上——

这就是她能换取自由的东西，这就是将她拽入地狱深渊的东西，就是为了得到这块废铁一般的东西，她失去了所有，赔上了小幽。

想来真是可笑，究竟是景秋太过单纯，还是她的心变了，太后会因为这种东西就不再刁难？

接连赶路，七日之后，马车进驻复州城，听闻这里有个码头，有船可以离开北苍……

其实念沧海根本没想过要回北苍，所以在客栈落脚休息一日的时候，她有心支开了御景秋，离开了客栈。

念沧海疾步如飞，御景秋的武功了得，若是被他知道她逃跑了肯定不费吹灰之力就能赶上她，所以她必须快一点找到码头搭船离开才行！

一路向百姓打听问路，只是她明明顺着百姓指的路走，可是这通向边郊的小径越走越奇怪，大白天的突然的是哪来的白雾氤氲？！

直觉不妙，头顶上突然振翅飞过好大一片不知名的鸟儿，难道真的是走错了路？

僻静的气氛让人心生不安，而这个时候，隔空她好像听到了玉笛忧伤的旋律，那是谁在吹……

为什么脑海里会冒出那个男人的名字，双脚情不自禁地追着笛声而去，不出数十步的距离，那抹熟悉的银白色的身影当真闯入了眼帘——

“醉逍遥？！”

念沧海简直不敢相信，那人背对着她，身子缓缓转过来，“不要……”

念沧海低喃着已转过身就逃，身后人是疾步如风，凌云几个步子就追上了她，一步拦在了她的跟前——

“不许伤害我的孩子！”

念沧海护着肚子，她还清楚记得，那日亲耳听到他说了一句“带她走！杀了她腹中的孩子……”

醉逍遥要御景秋杀了她腹中的孩子！

笛声绕耳，她听不见那人的声音，甚至一抬眸，那人就杵在身前，可白雾氤氲绕着他，只依稀能瞧见他的脸廓，五官若隐若现煞是不真切。

唯一熟悉的是他唇角微扬的那丝丝缕缕的笑。

“你到底想怎么样？！”

“……”

“是端木卿绝派你来的？”

“……”

她慌乱无助地向后退，他便步步紧迫地向前逼，那日他没有带着小幽回宫，而是跟着追来了北苍？

他到底是北苍的人，还是北域的人，是替端木离谋害她的孩子，还是替端木卿绝抹杀他不容她留下的血脉？！

脚步退到无路可退，再一步就要跌入斜坡之下，念沧海一手抓着身边的树干，一手悄然掩在身后，袖中滑落几根银针夹于指间，等着眼前那个男人步步逼近——

他勾着唇，依旧不语，就只是笑，笑得让人厌恶，痛恶！

“醉逍遥，拿命来！”

那人脚步刚止步于跟前的一刹，念沧海一手就朝着他的心口刺去，机会就只得这么一次，失手的代价就是她们母子二人！

“呃嗯！”

一道冲天呻吟震响整片林子，男人出手疾风如蛇攥住她的手腕，暗劲一动震开她指间夹住的银针，一个反手推向她的小腹，“不要！！”

呻吟变为了惨叫，念沧海跌跪在地，捂着绞痛而起的小腹，双目圆睁泪水生生被逼了出来，“想要自由就要付出代价……”

那男人终于开了口——

念沧海扑通倒在地上昏厥了过去，林间迷雾四散，越发的浓稠，伸手不见五指，一阵诡异的风吹着一曲忧伤的笛，马蹄声阵阵，嘶喊声连连——

有人来了，有人在喊，有人心急如焚——

“海儿，海儿？！”

是谁在叫着她的名字……

宽大的掌，修长的指，指节分明，纤白如玉，他的掌心很温暖，轻轻地抚着她的面在叫唤着她，是谁……是谁呢？

仿佛从无尽的深渊中被那只手揪扯了回来，念沧海迷迷糊糊地睁开眼，她好像从混沌的另一个国度又死而复生，黑亮的眸子仍蒙着一层灰暗的纱，恍惚的视线里是一张既近又远的脸孔——

她伸出手去抚摸他的脸廓，“端……端木……卿……”

“海儿，我是阿离啊！”

端木离打横将念沧海抱起，幽绿色的眼瞳里落满无尽的疼楚和宠溺，“备轿，送娘娘回宫！”

“是！”

身后一班庞大的侍卫队齐齐应声，侍从生怕一个动作慢了就会掉脑袋地赶紧将马轿的车门打开，有侍卫跟过来想要接过念沧海，可是被端木离掠过，亲自抱着念沧海上了马轿——

堂堂天下之君，何曾为了哪个女子此等细心焦愁？

此情此景，是个傻子都能看出来，皇上是有多在乎这个女子。

跟在身边的林公公是明了得很，能让皇上接到飞鸽传书就立马出宫、快马加鞭地赶往复州城，那心中的女子必定是三个月前被送往北域的娘娘——

她名叫念沧海，虽未正式册封，却是独占皇上心，亦是这北苍日后的一国之后。

一路颠簸，念沧海再醒来的时候整个身子都窝在端木离宽厚的怀中，他猿臂环着她，护着她，唇瓣抵着她的额，时不时地落下碎吻——

她免不了惊异端木离的忽然出现，而他在她耳边倾吐着他收到御景秋的飞鸽传书之后的决定，便知道他是连夜赶来了复州。

瞧他满心焦愁的模样，似乎对她没乖乖跟在御景秋的身边一点都没有恼怒，原因就在御景秋替她揽下了所有逃跑的罪责，说是自己没有尽到职责，半路遭到抢匪袭击，让抢匪给劫走了她——

“皇上，你会如何处置御大人？”

“他疏于职守，没有尽到护你周全的职责，害你被抢匪扔在郊外林间，差点夺去你的性命，你说他该当何罪？！”

言下之意就是人头落地？！

“不要，皇上息怒，御大人一路奔波，仅靠一人之力将沧海救出北域已是不易，加之连夜逃亡，体力耗尽，他亦是人，他亦拼死保护沧海，皇上能不能看在之前的功绩上，将功赎罪，饶了他？”

“海儿，你是不是有什么瞒住朕？！”

端木离忽地捏住念沧海的下巴，用力不算大但亦充斥着不可小觑的威迫，眼神情非得已地对着他的眸，好像什么也逃不过这双幽绿的眸子似的，突然会想到醉逍遥，如同蛇一般冷情的眼。

“莫不是沧海为御大人求情几句，皇上就以为沧海和御大人有染？！”

念沧海露出心伤泪光，拉开端木离的手，跟着小身子推开他的怀抱，全然由心动怒生气的模样，“不，朕怎会这样以为？朕让你吃了那么多苦，可不容你再推开朕。”

端木离一下拉住念沧海的双腕又将她揽入自己的怀内，紧紧地用力地，用不舍的体温包裹着她。

贴在他的胸膛，念沧海有种热泪夺眶的冲动，曾经心心念念的男人拥着自己，自己却只觉自己很是卑鄙——

这根本就不是她想要的结果。

她撒了谎，利用端木离对她的情谊扭转了方才的窘境，这是不是该拜谢那个男人？

多亏那张冰冷面具下的种种威迫，教她学会了如何抵御，所以还有什么可以令她感到惧怕？

阿离向来温柔待她，他用再冷漠的眼神，她也能看清他始终对她温热的心……

她为何平白想起那个男人？

念沧海手儿不自觉地抚上小腹，孩子还在，遇见醉逍遥仿佛就只是一场梦，而御景秋似乎也没有对端木离提她怀孕的事。

如果阿离知道她已有身孕，必定知道她早已非处子，若是知道了，又岂会是如此平静……

已经回不去了，再也回不去了……

念沧海其实并没有打消逃跑的念头，只是下一次的逃跑，她知道注定要翻过那威严耸天的宫墙。

八日后，他们回到了皇城，刚入城门，百姓们就排成了长龙迎接他们的到来，马轿外人山人海，人声鼎沸，睡梦中的念沧海不由得一惊。

许是有孕，念沧海总是昏昏沉沉地陷入在睡梦之中。

“皇上，外面发生了什么？”

念沧海微微拉开车帘，就听街上的百姓赫然惊叫起来，“皇妃，快看！皇妃挽起帘子了！”

放眼密密麻麻的人，一只只手指向自己，念沧海“受宠若惊”得当下放下了帘子，一手情不自禁地抚上裹着白纱的右颊，她可不愿让人瞧见她这副人鬼不是的模样。

不对，他们在喊着她什么？

一张笑脸吓得刷白如纸，神色陷入费解，慌张，焦虑之中，只闻身边的男人忽地浅笑盈盈，“皇上，你做了什么，竟让百姓一早就恭迎在城门之下？”

“唤朕名字。”

他不喜欢她那么生疏地叫他，为何那么多日过去，她还是一会儿亲昵一会儿疏离的，以前，只有他们两人的时候，她都亲昵地喊他名字——

念沧海凝着端木离专注的眸眼，心底有着一丝犹豫，她不愿喊他阿离，是怕自己再度迷失，只是眼下，他的偏执竟和那个男人有着异曲同工之妙，一个恍惚失神，小嘴半张竟吐出了一声“卿绝……”

他的海儿竟如此亲昵地喊着皇叔的名字？！

端木离忧虑的眸子猝然圆睁，眼底狞光如刃，不可置信地盯着念沧海——

怎会情不自禁地喊出那个男人的名字……

念沧海只觉大难临头，忽地那一双黑眸子一亮，“不要！皇上救我——”

羸弱的娇躯犹若一只受伤的娇弱雨蝶扑入端木离的怀中，全然地受惊过度，身后就如同被一群野狼追逐般的惊恐，浑身都在抖瑟，震颤。

端木离被怀中的小可怜一惊一乍弄得不明就里，只听她哀求着，呢喃着：“不要打我，端木卿绝，我喊，我喊你的名字就是了，卿……卿绝……卿……呜呜……不要打我，不要！”

念沧海窝在端木离的怀中呜咽起来。

是皇叔打过她？

他怎能忘记九皇叔就是个凶残病态的疯子！

“没事了，没事了……海儿，是朕，是你的阿离，我在你身边，我保护你，端木卿绝再也伤不着你了。”

端木离心急如焚，搂着怀中的小人儿轻轻地拍着她的背，安抚着她。

全然不知这只是怀中佳人的一场戏。

念沧海靠在端木离的胸膛里暗自舒了一口气，好歹她的装疯卖傻起效了，总算是又躲过了一劫——

念沧海心里既是愧疚却是换来了暂短的安逸。

端木离的确是宠她至深，一点儿都不怀疑她突来的“发作”，相反更加地紧拥着她，待她佯装镇定下来之后，还告诉了她——

在收到御景秋回禀他们已经安全回到北苍的书信后，他就亲自提笔向天下昭告他要册封念元勋长女为妃。

不是将她远嫁给端木卿绝时所用的念元勋幺女的名义，而是长女。

念沧海不免心里惊诧。

爹爹终于肯承认她这个女儿了？

从出生，爹爹就将她幽禁在念府深院，根本从未想过要让她踏出过念府一步，她知道他是颜面至上的男人，身为北苍国堂堂镇山大将军，他怎会承认一个似若怪物的丑妇是他的长女？

“皇上，宫门已开。”

林公公的声音从马车外传来，马车已经行驶到了皇宫之外，端木离牵住念沧海的手，她从包袱里抽出一条纱巾盖着头，才允他抱着她下了马车，“恭迎圣驾，恭迎皇贵妃。”

放眼打开的宫门内齐齐站着探不到底儿的奴婢侍从，这岂止是对一个妃子的恭迎——

皇贵妃？

念沧海愣在原地，纱巾下的面容惊色大过于喜，端木离莫非是册封了她皇贵妃的封号？！

“娘娘。”

走神间，林公公来到念沧海的跟前卑微地俯着身伸出手，她向端木离看了眼，他温柔的笑眼相对，示意她照着林公公的牵引即可——

她将手搭在了林公公的腕子上，顿然所有的奴婢侍重又再齐齐高呼：“恭迎皇上，恭迎皇贵妃娘娘。”

她简直就像成为了一国之后，甚至是皇后之上的皇太后，放眼宏伟壮观的场景，叫人喉间干渴，念沧海生生咽着口水，迈开的步子不能享受到丝毫欢愉，只觉得沉重如山，如同被牵引而入的是一条通往地狱的亡路……

御景秋不知几时护驾在了身边，念沧海无意地与他对视了一眼，她还以为端木离会为难他，既是允许他出入宫中，那就是不再追究了？

念沧海有好多话想要问他，然而他的眼神黯然，在他们目光交会的一刹便先岔开了视线。

既来之，则安之。

眼神朝向了另一侧伴在身边的端木离，她回到了最初的地方，回到了她曾最爱的人的身边，可放眼周身一座座威迫逼人的红砖金顶殿宇，她才发现天下之大，其实从未有过她念沧海的容身之所。

回到北苍，不过是跳入了另一个惊恐的北域，不比它安逸，反而步步惊心，一个行错踏错就是一尸两命。

合欢宫，自古以来只有皇帝最宠爱的妃子才可以入住的宫殿。

念沧海还记得自己被鞭打得不成人形，就是躺靠在这寝宫的寝屋里，念雪娇还嚣张跋扈地闯进来对她嘲笑凌辱，推开寝屋的门，迈入其中，环顾四周。

回荡在脑海里的画面都是不愉快的种种，端木离一路伴她而来，站在她的身侧凝着她微微凝眉的小脸。

她是想起他曾残忍地囚她于地牢，将她鞭打得满身疮痍、血痕累累么？

“皇上……”

林公公跟在他的身后，似乎想说什么，不想端木离当即厉眸瞪了他一眼，之后的话便一个字儿都无缘尘世，“退下。”

端木离挥挥手，守在外面的一班奴婢侍从都安静地迅速离开。

念沧海没有注意偌大的屋子里就仅剩自己和端木离，她朝着床榻走去，她还记得离开这儿的那一夜，小幽那丫头坐在那儿叠着一堆纸钱，说是上路会用着——

傻丫头，谁叫你触自己的霉头，所以才被醉逍遥那混蛋给抓了去……

傻丫头，你现在还好好地活着么……

想着，失了神，泪水不觉打湿眼眶。

端木离靠过去从后拥住她，“对不起……”

“卿……”

那个不该喊的名字差点又不听话地落出念沧海的口，所幸她气息极低才及时收住了口，没有让端木离起疑，“为何要对我说对不起？”

“靠在我的怀里哭吧，让你受苦了，所有都……对不起……”

扳过她的身子，端木离用情至深地拥着她，他以为她是在为他赐予她的伤痛而哭？

“阿离，我倦了，想要歇息了。”

“海儿，你当真要这么拒绝朕？”

她推开他，他缠着她，双手握着她的双腕不怎么用力，却是容不得她甩开。

“皇上您误会了，海儿只是真的有点倦了。”

他的拥抱总是能暖入她重重设防的心，可他若是想要“那种”触碰的话，便只会激起她满心的反感——

“倦到连个吻都不行？”

端木离的声音猝然有些努力，动作也跟着蛮横起来，一手揽住她的后腰，下一刻不由分说地咬住了她的唇——

第二十章　抗拒恩宠

很痛！

让念沧海畏惧的却不是这份痛，而是……而是……

端木离单手扣着她的后颈，一手揽着她的腰际，强势的态度让人感到惊恐，健硕的身子紧贴着她，似在逼迫她回应他——

“够了，阿离。”

她推开他，不是很用力，她尽可能装作羞赧的模样，可她脸上丝毫没有半点儿羞红的颜色，“还在气朕？”端木离神情紧张，这是他唯一能想到她推开他的理由，“如果你恨朕不该将你送去北域，就狠狠地打朕，骂朕！”

他拉着她的手捶打着自己。

“够了，阿离。”念沧海从端木离的掌中抽回自己的手，她侧过身去，不让他看到她脸上显露的堂皇。

“海儿……看着朕，看着我！在北域的时候，那个肮脏的魔鬼是不是对你——”端木离一下子抓住她的双臂，将她的身子扳正，他在质问，却是连质问都没能问得完整，堂堂一国之君竟然在怕……

他怕问出那个不堪的问题，她给出的答案会教他无法接受。

“皇上想问什么呢？九王爷有没有碰过我？”

念沧海开了口，出奇的淡然，淡定，好像一点都不害怕被他知道，她没能为他守身如玉，“海儿……”这样的眼神代表着什么，端木卿绝真的碰了她了？！

心就像要被从嗓子眼里掏出来，“海儿……”

端木离拥住念沧海，就好像拥着稀世罕见的珍宝，不敢微微用力，又怕搂得不够紧而让她从身边溜走，“朕不会放过他，他给予过你的痛，朕会全数讨回来！”

连带她失去的女儿贞节也能讨回来么？

她应该愤怒的，仅仅为了那个魔鬼对她的施虐，掠夺，她都该愤愤不平，可是……

可是别说是怒气了，现在，这一刻，她的心就是连一丝怨气都难寻踪迹……

小东西，是因为有了你么？

摊开的掌心贴着自己的小腹，漠然的脸上才多了慈爱疼惜的神色，小东西，因为你也流着那个大混蛋的血液，所以才叫娘亲恨不起来了么……

“阿离……什么也没发生过……他什么都没对我做过，我长得那么丑，他一见我就唾弃我，所以打开始他就让我住在残破的院子里，只给我破旧的衣衫，过着和奴婢一样的日子。”

“那么他为什么打你？”

端木离心头燃起一丝希望，他将她送去时她非但有着半张丑颜，更是涂黑了自己的脸孔，端木卿绝又怎么会对一个丑女感兴趣？

可是，他记得她亲昵地喊出皇叔的名字，还惊恐地躲入他的怀中，寻求他的保护，“因为我顶撞他，不乖乖地像个奴婢一样听命于他。”

念沧海说得委屈，连撒谎都不带眨眼一下，眼睛里还落满数不尽的伤痛。

因为她感觉到端木离对她的怀疑。

为了腹中的孩子，她不能冒险，不能任性妄为，与其让他知道她有了身孕，还不如在肚子显形之前尽量拖延时间，制造逃跑时机为好。

“对不起……都是朕的错，朕再也不会让你受那样的委屈，朕保证，朕定会铲除北域，取他项上人头为你消气！”

项上人头……

脑海里拉开一幅端木离和端木卿绝刀剑相见、血肉飞溅的画卷，想到端木卿绝会死在端木离的剑下，念沧海的心口竟狠狠地揪痛起来——

可恶，她为什么要在乎那个魔鬼，即使他真的会死在端木离的剑下，也是他活该！

靠在端木离的怀中，念沧海又一次主动地环抱住他，紧紧地，小手攥着他的臂膀，“只要能回到你身边就好……阿离，只要这样就好了……”

凤寰宫内，李公公打探了消息而来，“太后。”

她媚眼如丝半眯着和李公公对视了一眼，随即动了动手指示意身边的奴婢都退下。

“皇上将那个念沧海接回了合欢宫，方才惊动了整个后宫的奴婢恭迎，那架势简直是恭迎未来的皇后呢。”

几日前皇上突然昭告天下要迎娶念元勋长女为皇贵妃，太后还以为他终于兑现诺言要迎娶念雪娇雪妃娘娘，可谁想竟是那个被下嫁去了北域的念沧海。

“太后，看来这次皇上是动真格的。”

皇甫静婉久久的沉默让气氛就好像一直绷在弦上的箭，李公公连大气也不敢喘一下地端倪着她。

仿佛在等待了一场骇人暴风雨的降临，谁然抹着艳红口脂的两瓣唇却是勾出一抹煞是缭绕的笑弧，“皇上是长大了，再不需要本宫这个娘亲为他操心了。”

傻子也听得出这是话中有话，李公公不敢附和，连表情也生冷得僵住了——

自打太后嫁入宫，他就跟着她，三十年下来，他最了解太后的性情，皇上明着是北苍一国之君，可垂帘之后还有个执掌一切的女人，那就是眼前的太后——皇甫静婉。

当年先皇执政的时候，太后的铁腕就让人知而敬畏，若非女儿身，说不定那金灿灿的龙椅就是太后的。

她虽对皇上宠爱有加，可也时刻控制着他，从不允许他做出违背她意旨的事，所以这一次——

太后定是动怒了……

倾香殿内，念雪娇的嘶吼能吓得树上的小鸟儿振翅逃亡，“人呢？人都上哪儿去了？”

浓妆艳抹，娇艳欲滴的小脸写满了狰狞，一身大红绫罗绸缎，今天原本可是她念雪娇入主合欢宫的大日子，可谁知道……

偏是这个时候杀出一个程咬金——那该死的丑八怪竟然安然无恙地回到了北苍，皇上竟昭告天下要迎娶她，可恶，该死！！

“娘娘，雪妃娘娘，您别气，人都去宫门那儿恭迎……恭迎皇贵妃娘娘了。”

婢女翠荷急匆匆地从外面跑了过来，跪在念雪娇的身前，怯懦得都不敢抬头看那张狰狞得要吃人的脸孔，“皇贵妃娘娘？！谁许你叫那个丑八怪为娘娘的？！你在高兴是不是，你主子回来，所以你也可以回到她身边了？！”

那个封号根本是踩着了念雪娇的要害，怒火一触即发。

皇上的眼为何就只容得下那个丑八怪？！

她不过回来罢了，凭什么要让整个后宫的奴婢都跑去恭迎她，该死的！那可是本该收入她囊中的封号，那个女人一回来，就不费吹灰之力地将一切从她的手中给夺了去。

“没有，奴婢没有。”

翠荷急忙摇头，始终不敢抬头对视念雪娇。

“没有就好，别以为本宫会放人，就是打死你们也不会让你们回去伺候她，她要是想要，本宫就给她送一堆白骨！”

念雪娇吼得可怕，随手打掉桌上的茶杯，砰的一声，上好的玉瓷杯碎得四分五裂。

“那些个妃子也去恭迎了吗？”

“几位嫔妃娘娘去了，柔嫔，丽嫔，悦嫔等等”报得上名字的都可以说是皇上身边的红人，个个都受过皇上的恩宠。

皇上可真是把那个丑八怪捧在至高无上的位置上，就连那些个女人都只能恭恭敬敬地跑去。

要知道那些女人平日里可总是惦记着和她争风吃醋，从未对她有半分敬意，虽说她是妃，她们是嫔。

念雪娇心口堵着一口闷气，“姐姐回来，就连嫔妃都去了，本宫这个做妹妹的也该去恭迎才是——摆驾，合欢宫！”

翠荷蓦地面色如纸，“……是。”

念雪娇来到合欢宫外时就遇见了守在外面的林公公，林公公一见她气势汹汹的模样，虽是微有顾忌，还是拦住了她，“雪妃娘娘。”

他身子挡在她的跟前，很明显是不愿她推门而入，因为——皇上怕是就在里面伴着那个丑妇吧！

“林公公，您这是做什么？听闻姐姐回来了，您这是不让本宫这做妹妹的一见？”

林公公附和着笑，没有立刻作答，谁都知道自打她入宫，就甚得太后的宠爱，就是皇上的人也要敬她三分。

知道林公公是故意不答耗时间拖着，念雪娇朝着殿内就大喊起来，那嗓门的气势简直可以将屋顶给掀掉，“谁人在殿外喧哗？！”

端木离微怒的声音从里传来，念雪娇立刻柔和着答道，顺理成章地越过林公公推开殿门，“皇上，是妾身。”

女人的眼睛是敏锐的，一个细小的动作都逃不过她的眼睛。

护着小腹，有喜在身？

许是察觉自己护着小腹的动作引得念雪娇怀疑，念沧海故意踮起脚儿附耳对端木离低语：“皇上，今儿个沧海身子不便，就让雪妃娘娘伺候吧。”

面色羞赧，声音低低的却是能教念雪娇听得一清二楚。

她当下暗骂自己一句：白痴，多心！那丑妇不过是月事来了腹痛而已，她是瞎猜着什么？

端木离能感觉到两个女人之间微妙的争夺，念沧海的主动出击让他颇为欣悦，一个女人若是为了一个男人吃醋嫉妒，那她的心肯定在他的身上。

“姐姐见外了，姐姐远赴北域，谁人都知北域王性情暴虐，对女子心狠手辣，姐姐虽是平安归来，可那日日又夜夜定是面对了不知多少的非人凌辱，而皇上也为姐姐常受相思苦折磨，此番回朝，妹妹又怎能打断皇上同姐姐互诉相思的良辰？”

念雪娇是存心故意当着端木离的面，暗示念沧海根本是个遭人凌辱、身子肮脏不堪的不洁之妇。

“既然雪妃如此深明大义，那今晚朕就留宿合欢宫，小林子——送雪妃娘娘回宫！”

端木离逮着机会自当好生利用，根本就不给念雪娇说“不”的权利。

林公公默契地应了声迎了上来，念雪娇一时气得脸孔扭曲。

看着她含恨投来的目光，念沧海也是心急如焚。

事态根本朝着她预想相反的方向走，她方才那一句话不过是为了打消念雪娇的猜疑，却忽略了那亦是对端木离的邀请，他会错以为她是吃醋较劲，争宠夺欢。

他若是留下的话，务必会想要她，只要想到自己会承欢在他的身下，四肢百骸就如同被白蚁啃咬着般教人无法忍耐。

眼看念雪娇被逼得转身离开，念沧海只觉心口在被什么东西一寸寸地挖开，就在这时端木离的手搭在她的腰间，向上一点向下一点都是危机四伏，叫她一刹绷紧了整个身子。

“皇上……”

念沧海本能的反应就是拒绝，端木离却是俯下身靠在她的耳边道：“好生休息吧，你也倦了。”

她一愣，点点头——

从重遇开始，他便无时无刻不蠢蠢欲动，到了这会儿他反而要放过她了？

“小林子，把那些人带上来！”

端木离朝着殿外喊道，林公公立马带着数十个奴婢和公公整齐排列站在殿外，“海儿，这合欢宫没了你冷冷清清的，朕为你挑了些奴婢和公公，你瞧瞧还满意吗？他们若敢伺候得不好，朕定严惩厉罚！”

话中满是宠溺，也满是威迫，殿外的那些个奴婢公公听着都是胆战心惊。

这些天有关皇上宠溺皇贵妃的流言可是整个后宫满天飞，谁就是吃了熊心豹子胆也不敢得罪了这位娘娘，难道不怕掉脑袋？

念沧海瞅了瞅殿外，没有一张脸孔是熟悉的，“原先伺候合欢宫的那些丫鬟们呢？”

她不是没留心看方才跟着念雪娇的那个小丫头，只是那丫头一直低着头，她也不敢确定那就是曾伺候在她身边的翠荷。

“你不在，所以本来伺候你的奴婢公公们都分去了别的宫阁。”

端木离眼珠子一转轻描淡写地略过，他心是清楚得很，那些人都是被念雪娇给要了去，而沧海是个念旧重情的人，若是知道了肯定会将他们给全都招回来。

他既不想不顺着她的意，但又不得不顾及若是将那些奴婢公公都给招回来，只怕念雪娇会大闹天宫，一点小事她都会在母后面前搬弄是非，所以他自当不愿为了些低贱奴婢被太后抓了小辫子。

“那个丫头……林公公，那个跟在雪妃娘娘身后的丫头是不是翠荷？”

念沧海不问端木离看着林公公，“是。”

“皇上，沧海要翠荷和小达子，小幽不在身边，在这宫里，只有他们是照顾我最久的人了。”

一回头，念沧海用满心期待的小眼神看着端木离，这让他如何拒绝得了？

也罢，“好，朕答应你，小林子立刻去安排！”

“是。”

只要能讨得念沧海的欢心，端木离不介意耳根子边不得清净，“海儿，这些天舟车劳顿，你要好生休息，养好身子，知道么？朕为你觅得了一种奇花，它生长在沙漠之中，花蕊能解天下奇毒，你这脸上的伤是被人下毒所致，只要服下它，就能恢复你的容貌。”

大手抚着念沧海的面颊，她简直不敢相信自己的耳朵听到了什么。

简直和醉逍遥曾经说过的那些话是如出一辙。

沙漠里的奇花，能解天下奇毒？！

“皇上怎知沧海是中了毒才会落下这红瘢？”

念沧海记得清楚，她从未向任何人道出过自己在出生之日被人下毒的事。

这个问题似乎让端木离略有堂皇，但他面上扬着笑，“朕曾向华太医提及过你的伤，他一听就说你是中了毒，所以朕早在接你入宫前就派人去了沙漠寻觅那花，虽说寻觅多月是全军覆没无功而返，但是兴许是朕对你的情意动天，东炙王近日来函，说是要参加我北苍大业千年的国宴，献礼便是那沙漠红花。”

东炙王？

景云说要去往东炙的东炙国国君？

“那花真的可以治疗我脸上的红瘢？”

念沧海紧张了起来，那眼中的殷切不是为了自己，而是为了小幽，她带着小幽逃就是为了得到那奇花，若是那花远在天边近在眼前的话……

“一定可以，红花能解天下所有奇毒，朕向你保证！”

“谢皇上恩典。”

念沧海第一次真心真切地展露笑颜，这叫得来全不费工夫？

孩儿，为了小幽姨娘，原谅娘亲定要留下拿到那奇花再带你出逃。

北域

林间的小草屋里，简朴的木榻上躺着双目紧闭的少女，少女一袭单薄的白衣，胸襟大开，可以瞧见有只温润如玉的大手在她的胸口揉抹着，修长的指间弥漫着股股清雅的药香……

有点点痛，有点点痒，有点点……

昏睡中的小幽迷迷糊糊地睁开眼，视野很是模糊，依稀能瞧见一道朦朦胧胧的身影，他有点像……

“醉……醉逍遥？！”

就跟见鬼了一样，小幽惊叫着跳坐起身。

“呵，逍遥可以理解为这是小幽姑娘见着我太高兴了吗？”

小幽眨着大眼眸，顺着他那流里流气的视线垂下头看了自己一眼——胸襟大开着……

“混蛋！”女儿家的本能，她一手抓着领子，一手挥了过去，“这就是给救命恩人的回礼？！”

如玉长指握着她纤细的手腕，醉逍遥唇角绽开更绚烂的笑——

小幽扭动着腕子，奈何他力道怎么那么大，怎么都脱不开他的手，而他不过微微用力拽了下，她那小身子就整个撞入他的怀中——

“放手！小姐呢，你要救了我，那小姐呢？”

“小幽丫头这是在脸红么？”

醉逍遥变本加厉地没正经着，她越是垂着头，他越是缠人地捏起她的小下巴——

一双圆亮的明眸，像条小溪在深处传流般清澈无瑕，脸颊绯红扑扑，白嫩玉莹，高挺的小鼻微翘，两瓣唇薄薄如花，好像刻印在上好红玉里的小美人，一个小羞涩都有着万千风情……

“谁脸红，臭美！”

“小幽丫头可是变了个人，以前吻你时，分明脸红红的很可爱。”

“你——”

“你刚才……说救我，为什么要救我？”

脖子一扭，不愿让自己的下巴在他的掌中多待一秒。

现在她想知道的就只有小姐下落如何，她若还留在北域的话，那小姐和御大人呢？

“听闻有人逃宫，逍遥一路追赶，就见小幽丫头被蛇缠在脚下，为了抓活口回来领命，逍遥自当得救。”

只是为了抓活口才救了她？

小幽的心口狠狠揪痛起来，本以为可以假装毫不在乎，可是那份痛却袭向了四肢百骸，侵占着每一寸肌肤都泛起狞痛的轮廓。

“那为何不把我关入大牢，听候王爷发落？！”

“既然都是抓我回来邀功，是死是活又有何差别？你放手，放手！带我去见王爷，我这就自己去见王爷领罪，就是死，我也不要你的施舍！”

小幽使劲推搡起来，只是微微一用力胸口就痛得无法忍耐，就好像骨头断裂了一般，攥着胸口的手早已松开，松松垮垮的衣衫顺着肩头滑落下去，“啊——”小幽羞赧的一喊，抱着胸的时候，醉逍遥双臂一环将她搂在满怀，“闹脾气的小幽丫头更讨人喜欢呢，在生气我刚才说的话？小幽丫头的唇可是我的，算起来，你可是我的女人，所以我怎会见你死在蛇口下而无动于衷？”

“不许胡说，我才不是！”

紧抓着正在剥离肉体的理智，小幽又再次顽劣抵抗，可是下巴被一只大手一扣，那人的唇霸道地就跟着覆了上来，娇小的身子“扑通”被压在了身下……”

“醉……醉逍……唔……不……”

他的吻就像一条蛇信在口中纠缠，用力地吸吮着她的呼吸，身子变得无力，一双小手软绵无力地挡在胸前，捏着他的肩头，真是好难受，放了她……

求他放了她……

羞愤之情就这么涌了上来，小幽狠狠推开他，可身子才抬起半分，又被他俯下的身子逼迫得只得乖乖躺着——

“要是敢下床，除了这唇，我会让你全身的上上下下，都成为‘我的女人’。”

那一双眼简直如同几双手在她的身子上游移，就像他的吻那样霸道，容不得她的抗拒，她若是敢说个“不”字的话……

小幽虽还是个孩子，可再过一个月她也满十五及笄之年了，伴在小姐身边的这大半年，多少男女榻上情事，她也不是没看见过。

小幽相信他是个言出必行的人，所以她不敢反抗了，可难道这一夜就要这么被他压在身下，盯着，看着，用眼神囚困着？！

榻上躺着丰盈稚嫩的白衣女子，身上压着白面玉郎的俊美男子，这是何等春光旖旎的风景，若是有人就这么堂而皇之地闯了进来，算不算是坏了人家情意正浓的好事？

一道威严伟岸的身影倒映在门边，攫着一股迫人的气流袭向木榻，醉逍遥敏锐地一震，眼朝门边扫去，一手已放下幔帐，一跃下了床。

“九哥。”

他似乎有点堂皇，很少有这样的表情出现在醉逍遥的脸上。

“王爷。”

小幽比醉逍遥更慌张，端木卿绝的出现简直如同冥界死神的踏至，那张诡异的银铜面具此刻越发地恐怖。

穿好了衣衫慌慌张张地从床上跃下，不等端木卿绝越过醉逍遥，她已跪在地上。

某人立刻回过身来，总是盈着笑的脸上笑靥一收，被令人不可置信的紧张取而代之……

端木卿绝不动声色，眼瞳一转，睨了醉逍遥一眼——

有意思，蛇也会……情动？

“起来。”

小幽周身一震，小姐为了和她逃走，在王爷的身上扎了数根致命的银针，那最后一下更是触目惊心，她可是记得，那银针狠狠刺入王爷的心口，鲜血也溅了出来。

“王爷……对不起……小幽没有遵从王爷的命令，王爷要罚要杀，小幽都领罪。”

小幽重重一下，额头磕在了冰凉坚硬的地上。

她没有想要逃脱，只求将一切罪责给担下来。

因为小姐她……她可是有了王爷的孩子，能见着王爷安然无恙就好，总算小姐情急之下没有犯下不可挽回的大错。

不然那个孩子可就没了爹爹……

“王爷，千错万错都是小幽的错，是小幽怂恿小姐出逃的，因为小幽时常被嬷嬷们欺负所以就想要逃宫，小姐疼惜小幽，将小幽视作亲妹妹，为了我她才会逃宫，小姐对王爷犯下的所有的错都是情非得已，望王爷放过小姐，不不不，是求王爷定要去北苍将她带回来。”

小幽揽下所有的罪过，只要王爷还愿给小姐一次机会，留在北域，总比待在北苍好上千倍万倍。

“孤王为何要去北苍找回那个叛贼？”

“王爷不追定会后悔，因为小姐……”

似乎猜到小幽就要说出那个秘密，醉逍遥猝然插话道：“九爷自当会追，不过！王妃擅自逃宫，携北苍大臣私奔，犯了叛国之罪，王妃现在已是北域的叛贼，再不是北域的王爷正妃！”

小幽傻傻地对着醉逍遥俯视而下阴冷如箭的眼神，他为何要急急地打断她的话？

小姐才没有要回北苍，御大人出现只是个意外。

“王爷……误会了，肯定是误会了，小姐她和御大人才没有男女私情。”

“那和端木离呢？”

端木卿绝冷不丁的一问让小幽愣是语塞，那认定小姐有罪的眼神教人无力辩解，难道……难道连他也不再护着小姐了吗？

就算小姐怀了他的孩子，他也不留情？

“王爷，那夜小姐出逃的途中才知道……”

“不要再为叛贼狡辩了，小幽，九爷知道你是被念沧海怂恿，你是护主心切才说出方才那些揽下罪名的话，只要你愿意心归北域，九爷绝不会重责。”

为什么又阻拦她把真相告诉端木卿绝？

“醉逍遥，你到底在说什么？我不需要你的解围，我要的是小姐平安无事。”

“所以为求她的平安，就可以撒任何谎欺骗九爷，骗取九爷的怜悯？”

“你——”

这个男人到底是怎么回事，好像就是故意阻止她和端木卿绝解释清楚，就是要端木卿绝误会小姐，最好追去北苍，和北苍大战，杀了小姐，也杀了端木离。

她好像依稀记得，他对一个人说：“杀了她腹中的孩子。”

是的，那句话定是他对御大人说的，目标就是小姐腹中的孩子……

难道从一开始王爷就知道小姐怀了皇上的孩子是假，有了他的孩子是真？

他是故意指派醉逍遥追杀她们，谁想小姐被御大人救走，现在不过是借刀杀人，有了借口可以追去北苍，又能杀了小姐，还能要了皇上的命？

他对小姐的“宠爱”根本是幌子，他就只是想要一个杀回去的“理由”？！

小幽突然就用极其唾弃的眼神投向端木卿绝——

“既然王爷不信小姐，那要杀要剐悉听尊便，王爷要是不杀小幽，小幽可是定要回北苍，小幽要保护小姐，再也不指望那些冠冕堂皇的‘小人’！”

小幽倔性子起来，和念沧海可是出奇的神似，端木卿绝一怔，她越过他手边的一刹，“站住！”

小幽发誓，她想跑，跑得越快越好，可是脚却不听她这个主人的话，被端木卿绝一喝就这么停了下来。

为什么腿就是动不了呢，连死都不怕，还怕端木卿绝的一声吼么？

可是身子真的动不了，就像被看不见的银丝缠着身，越动就会收得越紧，这世上怎么会有这样教人由心畏惧的男人存在，难怪就算是天不怕地不怕的小姐也难御他的威逼。

“扑通”一声，小幽跪在端木卿绝的身前，抓着他的裤腿儿央求：“王爷……小幽错了，小幽错了，求王爷让小幽将功补过，若是王爷要追去北苍抓回叛贼，请让小幽陪同前往，小姐向来待小幽视同亲姐妹，小幽甘愿为王爷担当引诱小姐现身的诱饵。”

说着违心的话。

她是多么鄙夷这个男人——

一个连对自己的女人，自己的孩子都没有怜悯的男人不值得任何哀求，可是为了小姐，为了那腹中可怜的孩子，只要能跟着他们回到北苍，她什么都可以为小姐忍耐。

看上去傻傻笨笨的单纯丫头，狡猾起来一点都不逊色于她的主子。

小幽虽是竭尽全力地去演，还愣是逼出几道男人见着最容易软化的泪水，可那压根儿骗不倒见多了尔虞我诈的端木卿绝。

“小幽，多说无用，你且是待罪之身，岂有央求的资格？”

醉逍遥再次截断小幽的念头，澄大的黑眸瞪着他是有怒不敢妄自发泄，他是要和她对干到底么？

究竟是端木卿绝有问题，还是一切事情都是他捣的鬼？

原本一开始就是他设下圈套说要助小姐逃宫的，他根本是共犯，她要告诉王爷知道，让他也变成阶下囚，“王爷……”

小幽用力攥住端木卿绝的裤腿，谁想正巧对上他俯视而下的眼眸，透着冰冷诡异的面具，那双冰眸金瞳像极了一头傲立雪顶的雪狼，有种本能的畏惧教她小手一抖愣是松了开来。

“九哥……”

扫了眼小幽瞬间木讷的模样，醉逍遥立刻轻唤了声，就像在阻挠着端木卿绝那具有破坏力的眼神。

九哥的眼神非比寻常，视线触礁的刹那就能震断人的神经，甚至可以教对方当场毙命。

那夜他瞪小幽的那一眼，已经伤及了她的神经，才导致她昏睡了那么多天，就凭她那大病未愈的身子是绝对承受不住九哥的震慑了。

作何那么紧张，难不成是“心疼了”？

端木卿绝收起眼神，转而抛给醉逍遥一记疑心四起的凶光，玉面郎的俊脸上难免闪过一抹堂皇，“九哥……”醉逍遥似是欲言又止地看了小幽一眼。

是顾忌她的存在，他才一副吞吞吐吐的模样？

小幽暗观着两个男人无声的争斗，总觉得气氛微妙，莫不是醉逍遥才是真正的始作俑者？

又或者他们根本是两两演技精湛，存心故意在她面前故弄玄虚？

端木卿绝亦暗自扫了小幽一眼，他没有说话，银铜面具散着阵阵阴冷的气息，他转身迈开了步子，朝向屋外走去，醉逍遥默然地紧随其后。

小幽自当不会傻傻地愣在原地，她追了上去，但是追到门边，前脚先踏出去的醉逍遥转身，敏捷地将门合上，随即就听锁链的声音——

“醉逍遥，开门，醉逍遥，你把门打开！！”

任凭小幽心急如焚地嘶喊，得到的是醉逍遥异常冷然的一声低喝：“再出声就割掉你的舌头！”

果然榻上的那番柔情蜜意都是用来骗人哄人的。

小幽没有出声，立刻跑到了窗边，她只能这么看着那两个男人，一前一后地往林子的深处走去，她听不到他们在说什么，连身影都是渐行渐远，直到连影子都消失了踪迹……

林间深处，数不尽的青竹直耸入天，交融其中的是两道矫捷英挺的男儿身影，“给孤王一个合理的交代？”

端木卿绝的问题不待人有一刻的停顿，冷眸投过来，醉逍遥悠悠地摆开笑脸，“九哥是问为何要将小幽丫头扣下来？”

他明知故问。

那双金瞳直视着他银绿的眸子，他似乎没有和他说笑的心情。

“就像小幽丫头自己说的那样，逍遥扣下她，是因为她是王妃的软肋，有她在手，不怕王妃能逃出九哥的掌心。”

“孤王几时可怜到需要靠个丫头抓回自己的女人？！”

对，是他端木卿绝的女人。

不是什么叛贼，他不记得有说过念沧海是叛贼，更没说过她是和御景秋私奔。

端木卿绝早就知道醉逍遥是北苍派在他身边的“细作”。

因为这个计谋是他的构想，他知道端木离不会放任他执掌北域，好有朝一日养精蓄锐足够和北苍对决。

所以他静待着他主动出击，果不其然他找上了逍遥，他便命逍遥佯装应允，引端木离上钩，端木离并非是个那么容易上当的傻子，他知道端木离一直送来美姬就只是为了试探。

试探他是否暴虐成性，嗜血凶残，他笃定端木离迟早会派人来偷取丹书铁券，而他才会放任醉逍遥暗中帮助御景秋在修罗宫中自由出入，那块假的丹书铁券就是他故意允许逍遥告知御景秋，好让他成功偷取带回北苍。

而他随即便能以追杀偷盗贼人的幌子，正大光明地杀回北苍。

只是为何一切偏偏都发生在那一夜？

他全然不知醉逍遥安排御景秋偷到丹书铁券的那一夜，竟就是念沧海出逃的那夜，怎会那么巧，御景秋就好像在那儿接应她一起出逃一般。

只要回想那夜，就会发现诸多蹊跷——

那夜，逍遥像是有心支开他处理奏折，若非他心绪难定去到庭院小筑，也许念沧海的出逃就是神不知鬼不觉……

对于御景秋，他容许他放走，可是他从未说过，他可以将念沧海也一同放走……

“九哥是在责怪逍遥将王妃给放走了？还给王妃安了个叛贼的罪名？”

“孤王倒是想听听你的解释。”

“因为舍不得孩子套不到狼，呵。”醉逍遥没心肝地仍在嬉皮笑脸，端木卿绝冰冷的面具依旧没有赔笑的打算。

他眼中的疑光越渐浓烈，他以为他很了解这个从小一起长大的好友，可现在看来，他越来越对他感到陌生，他好像瞒着他做了很多……很多他不知道的事……

这一世，他端木卿绝最恨的就是谎言，背叛，先斩后奏！

“你该知道，孤王的事，为国，为人，都不容任何人左右！”

狼的目光一旦凝固，仿佛一把坚不可摧的利剑能刺入人的心扉，任何谎言都会被揭穿，还会索要对方的性命，作为应有的代价。

端木卿绝的警告，醉逍遥听得明白，明了得透彻——

没人可以替他做主做任何事，若是敢越雷池一步，那就要想好致命的后果是否担当得起……

“逍遥谨记。”

他没有任何抗拒，只是谨慎地敛起脸上的笑意躬身道。

“那个丫头……孤王不管你动那个丫头什么主意，在抓回那个女人之前，没有孤王的允许，谁都不准动那丫头一根毫毛。”

言下之意，就是你醉逍遥也不行！

端木卿绝眼前闪现的是方才木榻上男人压着女人的一幕，立夏五月是蛇的发情期。

一个男人对一个女人有所欲望是无可厚非，可他可以对任何女人发情，泄欲，唯独那个丫头不行……

因为蛇会发情，却从不会动情。

“逍遥谨记。”

仍是服服帖帖地谨遵意旨，醉逍遥的脸上除却剜去了笑靥，并不见他与平时有何不同。

倒是端木卿绝心底微震，他在做什么？

自己竟然会插手男女私情，即使逍遥有心玩弄那丫头，也与他毫无干系，何况对方只是个卑贱的奴婢，可是……

因为那个女人，因为那丫头是那女人的奴仆，被她呵护在身后，视作亲妹妹的人，所以——不行！

第二十一章　两王相争

端木卿绝要重回北苍的传闻一经传开就炸开了锅，玥瑶第一个冲去庭院小筑兴师问罪。

但只要看到她的脸，端木卿绝就会想起是她送了念沧海麝香香囊。

十六年来，他一直呵护着她，不论是出自愧疚还是歉疚，哪怕是她做错了什么，他也给予包容。

但是这张纯真的皮囊中竟包裹着一颗狠毒凶残的心，还将毒手伸向了他的骨肉。

他无法原谅！

这一生，他最痛恨的就是女人的伪善、谎言、欺骗！

“孤王重回北苍，你有何不满么？”

“九哥，那个丑妇都背叛了你，难道你还对她念念不忘，她还怀着端木离那狗皇帝的种，令你颜面扫地，不要去，不要去北苍，不要去见那个女人，她怀的不是你的孩子，就让她回到那个狗皇帝身边，好不好？”

玥瑶哭得梨花带雨，而每一滴泪都无法融化那双冰眸中的冷漠。

“她当真怀了孩子？要不要将洛太医挖出来，对质一番？！”

端木卿绝此话一出，玥瑶当即怔住。

九哥，莫不是都知道了？

“九哥……”

声音变得卑微似在哀求，“别碰我！你该好好反省究竟做错了什么。”端木卿绝金瞳散着厌恶的冷光，攥住她的另一只手不让她触碰自己。

“我什么也没有错！我就是诬陷她也是为了九哥你，她不洁，她是个被人玩弄的贱妇，她没有资格成为九哥你的妻子！”

“所以你就在她的药里下药，让她不孕；逼她喝下落胎红汤，还将麝香缝制在平安符里送给她，让她即使有了也神不知鬼不觉地落胎！”

那夜她佯装不适跟着蓉拂晓回到医馆，在给念沧海的药里动了手脚，蓉拂晓是知道的，随即便禀告了端木卿绝。

初初他让蓉拂晓保持沉默，暗中将药掉了包，也命小幽要千万小心熬制补身汤的过程千万不得走开。

他之所以一次次没有拆穿她是因为太过宠溺她。

可这份宠溺让她越来越胆大妄为，目中无人！

“九哥是在责怪我，让她怀不上你的孩子，可你知道么，就算没有我给她的麝香，九哥以为她会生下你的骨肉么？！”

“端木卿绝，你强占得了我的身，永远别想践踏我的心！你若要恨就该恨你那个好妹妹——顾玥瑶，我真是该感谢她送给我这个，我就是要戴着它！它就是我摆脱噩梦最好的利器！我根本就没有怀上你的骨血，即使我真的有了，我也要让他胎死腹中！”

那夜念沧海出逃时的嘶吼回响耳边。

每每只要想起她吼出的那句“让他胎死腹中”，端木卿绝的心就像是碎裂一般的疼！

“九哥，你还为她找什么庇护的理由？！她满心想着逃，迫不及待地跑回北苍那狗皇帝的身边，她都跑了那么久，指不定早已承欢在他的身下，做尽肮脏的苟——”“啪！！”

端木卿绝一巴掌落在玥瑶的脸上，他无法忍受随着那番话勾勒在他脑海里的画面。

他容不得念沧海被端木离触碰一下！

玥瑶木木地摸了摸自己发烫的左颊，水眸盛着泪地看着跟前怒不可遏的男人——

这个从小宠她疼她惜她爱她的男人，就为了那个女人打了她……

“玥儿……”

心底终究仍是浮起一丝歉疚，玥瑶摇着头，双手握成拳打在他的胸口，“我恨你，端木卿绝，我恨你！”

“我都是为了九哥，我这么做都是为了九哥……她不是个好女人，她是端木离派来的细作，她是来索要九哥的性命的，九哥……你忘了你心口的那一针是扎得有多深，有多致命了么？”

玥瑶靠在端木卿绝的心口哭问，她明显感觉到男人猝然一震。

“九哥……玥儿知道自己擅作主张是错，可是事实证明玥儿是对的，不是么……玥儿这么做……就只是……因为太爱九哥……容不得九哥被任何人伤害……”

端木卿绝沉默不语。

可是当他的大手又再揽住她的肩头，玥瑶知道她又赢了。

狡诈的笑浮上容颜，“九哥，请带玥儿一起去北苍，玥儿不要与九哥分开，若有人对你不利，玥儿愿用自己的身子为你挡死。”

“玥儿……”

女人的眼泪总是男人最难挡的利器：呵，念沧海，走着瞧，待我去到北苍，定要你死在那儿，休想再踏回北域一步！

北苍，合欢宫——

明月悬空，戌时刚至，桌上刚摆满丰盛的晚膳，端木离就突然驾到。

念沧海直觉不妙，端木离才迈进寝屋，就支开了所有下人，随即便将她打横抱起压在了榻上，“阿离，不要。”

纵然念沧海拒绝，端木离却并未停下索要的动作，情急之下念沧海悄然从发髻中抽出几根银针，正朝着他的脖颈就要扎下时，外面传来了一道声音——

“皇上，北域来函，万分火急。”

端木离同念沧海皆是一震，男人俊美的脸上乍现慌乱无措的神色，他唯恐不及地一跃下床，又在床上一个顿步，回过身来——

念沧海敏捷一变，将夹着银针的手藏于枕下，“离……”

“海儿，你先休息，朕一会儿就回来。”

龙景宫中气氛异常。

林公公手中拿着刚从北域送来的书函递送到端木离的手中，他拆开信一扫其上寥寥的几行字，气宇轩昂的眉眼狰狞，一双深幽的绿眸绽开触目惊心的凶光——

林公公只觉后脊梁阴冷，实在事出突然，方才有人将书函送来，他一瞧是北域来函，双腿就不自觉地打颤起来。

谁不知道北域和北苍已断绝往来十五年，其间北苍送去诸多美姬，诸多大臣，不是死的死，就是伤的伤，谁没有听过有关九王爷的传闻。

他简直就是个非人非鬼的怪物，饮血为生，杀戮成性。

皇上同太后几番想要铲除他，却不得不顾忌九王爷手中握有先帝御赐的丹书铁券。

然而眼下的北域神秘莫测，听闻军力雄厚，已能与北苍一较高下，那九王爷此次突然来函，莫不是向皇上下战书？！

"皇上，是否需要宣召镇山大将军念大人入宫觐见？"

端木离不语，手中的书函已被拧成了一团，他转身坐在龙椅之上，神情凝重，那书函根本不是什么战书，甚至都攀不上挑衅二字：北域王·端木卿绝七日后造访北苍，参加北苍千年大庆之国宴——

该死，端木卿绝你到底在盘算着什么？

端木卿绝要来北苍参加国宴成了皇宫里人尽皆知的大头条。

不论是奴婢、公公，还是妃子、侍卫，只要是有人的地方都在碎碎念着他，只因以往那些悚人的传闻已深入人心，他可是传说中的大魔王，闻名就能让人丧胆的地狱魔鬼。

现在整个皇宫可是都陷入了人心惶惶之中，念沧海一夜转辗反侧，因为昨夜林公公说的那句"北域来函"，即使端木离彻夜未归，她仍心有余悸。

早晨，当她心绪复杂地掀开被子，双脚才落下地，翠荷就端着早膳走了进来，"娘娘，娘娘你知道么？北域九王爷七日后就要造访北苍，说是要参加十天后的国宴。"

念沧海才拿起衣衫的手止不住一抖，"你说什么？端木卿绝是要来参加北苍国宴？"

端木……卿绝？！

沧海娘娘真是女中豪杰，这宫里，谁敢这么对那个男人直呼其名的，哪怕是皇上都要恭敬地尊称一声"九皇叔"。

"是，九王爷就是来参加北苍国宴的，不过……不过大家在说……"翠荷犹豫着支支吾吾，看着念沧海的眼神分外奇怪。

"大家都说什么？"

念沧海很是心急，那男人痛恶北苍，除非铲平北苍，他就是烧坏了脑子也不会来的。

"大家都在说九王爷是来抢人的——"

抢人？

指的是……她念沧海？！

"再、见？念沧海，孤王定会同你——再见！"

脑海里生冷地就冒出那一句愤慨的低喝。

她还记得那男人的眼神炽烈如麻，仿佛能刻入人的灵魂，教她轮回转世也不能忘却。

是的，他不会放过她的，她差点儿杀了他，还被他认定是为了逃回阿离的身边背叛了他，他绝对……绝对不会放过她的！

念沧海是如坐针毡，脑海里浮现的画面就是那男人掀翻整个皇宫都要将她找出来的模样。

翠荷抚着她的后背，“娘娘勿用担心，皇上会护着娘娘，不让娘娘再被九王爷所伤了。”

皇上对念沧海的宠爱是所有人有目共睹的，就算她曾下嫁九王爷，可是皇上已经昭告天下要册封她为皇贵妃。

也交代了他们所有人口径一致，不得泄露念沧海就是当初下嫁九王爷的女子。

她时下的身份是“念海儿”，念元勋念将军的长女，再也不是九王爷的正王妃，和那个男人根本毫无瓜葛了。

念沧海从翠荷的口中得知被改了名叫做“念海儿”，只觉可笑之至。

否认她的身份，将她下嫁北域的一切当做什么也没发生过地抹去，那根本就是胆小鬼的行径。

“皇上的这个决定，太后和雪妃也愿意配合么？”

“皇上都下了旨，还有谁敢不遵。”

别的人遵从她不惊讶，那两个心地邪恶的女人也愿意乖乖守口如瓶，那反而叫她更加不安。

她们一定是在等着什么时机好一并除却她。

端木卿绝就是最好的借刀杀人的刽子手。

念沧海越想就越焦灼难安，现在摆在她眼前的没有一条回头路，若是被端木卿绝逮住，他定会要了她的性命，可是……

可是她有了他的骨肉，她不能让这无辜的小生命同她陪葬。

一边是忍辱负重为得到沙漠红花冒险留在宫中，另一边又不舍腹中的孩儿不受牵连平安诞下。

念沧海独坐寝屋中，思量了一整个午后，最终决定——暂且逃宫。

比起端木离，端木卿绝才是教她畏惧的存在，只有避开他，才能保全孩子和小幽，她知道一条离宫的暗道，不用丝毫武力就能平安离开。

七日后

北域而来的皇室礼队是浩浩荡荡的，排场大得惊人。

光是陪同端木卿绝来的侍卫、侍从等一行人就有千人之多，不知道的还以为他是新人主北苍皇宫的一国之帝。

百姓们统统望而生畏地拥挤在街道上远观那最为耀目的金顶马轿，好多人都在窃窃私语，谁都想一睹那马车中的人，都说北苍九王爷被驱赶至北域，成了人不人鬼不鬼的大魔王，此番觐见是来宣战的么？

瞧那些身强力壮的护卫侍从，一个眼神都能将人吓得三魂丢了七魄。

一道明黄色的身影杵立宫门之上，端木离不敢置信落入眼帘的那条长龙，那哪像是丢了丹书铁券、失魂落魄的人该有的架势？

他是来夺回属于他的东西的，这个皇宫，这个天下，还有……那个女人！

“皇上，皇上，大事不妙了。”

端木离眉头不悦地紧蹙，林公公突然行色匆匆地跑了过来，“慌慌张张做什么？！”

“皇上，刚收到边境快报，安置在边境的军队亲眼目睹，九王爷安排了十万大军涌向边境，大有随时开战的意思。”

“什么？！北域军是否已经越了界和我军起了冲突？”

“不，北域军没有发起攻势，但是十万大军迫在眼前，给我军军内造成相当的压迫，营中气氛异常紧张，领军的萧将军请求皇上速速支援。”

端木离倏地一拳打在廊柱上，可恶的畜生！

他带着千人礼队而来还不够，竟在边境设下十万大军候着？

虽不是曾经那让人闻风丧胆的鬼骑军，可光是那庞然的数字就足够震慑人心，谁知道他还在哪儿埋伏着什么。

端木离望向那已经逼近宫门的礼队，那伟岸的男人迈下马车，立刻掀起势不可挡的喧嚣，当他抬起那张冰冷的面具，诡异妖冶的金瞳绽开比烈日骄阳更璀璨的金芒。

与他四目相撞的瞬息间，端木离直觉四肢百骸被无形的利器眨眼斩断。

宫门大开，一群朝政大臣毕恭毕敬地排成两排尊迎这十五年未曾归朝的九王爷——

端木卿绝一袭镶着金线龙案的蓝袍在身，王者威严锋芒尽显，一张诡异的银铜面具，肩上雍容尊贵的银狼尾，大臣们大气也不敢喘一下，齐声恭迎道：“九王爷千岁，千千岁。”

没人敢抬头看他一眼，当他越过大臣们的身前，每个人都难逃心跳顿滞的洗礼。

当林公公一声“皇上驾到”悬空亮起，大臣们纷纷向后让开一步，那沉闷的气氛简直像绷紧在弦上的箭，“皇上，万岁，万万岁。”

两个男人越走越近，眼下的景象，仿佛龙虎之争即将拉开序幕。

“九皇叔。”

“皇侄儿。”

两个男人都是盈着笑，一副笃定悠扬的大将风范，可谁更胜人一筹，那就是仁者见仁智者见智了……

照理端木卿绝既是一国王爷见着一国之君也该行躬身礼，可那威严伟岸的身影英挺不拔，别说是躬身，那腰杆是挺立得要多笔直就有多笔直。

仿佛他端木卿绝才是这北苍的正主。

无形迫人的霸气教谁都不敢轻举妄动，怕是一个差池，自己就成了那倒霉的池鱼。

端木卿绝长长的护卫队伍跟在他之后，丝毫不畏端木离的侍卫队布满整个皇宫，寸步不离地护在端木卿绝的身后。

两个男人一前一后地走着，路径小道的花花草草后都躲着人，奴婢们、嬷嬷们、公公们，甚至是有头有脸的妃嫔们——

“瞧瞧，瞧瞧，那个戴着面具的男人就是九王爷？”

“肯定是他，果真和传言里说的一样，那面具好像一只雪狼，真吓人呢。”

“可是……吓人归吓人，你瞧他的眼，含着金色的冰蓝色，好像世间罕有的宝石，好美……”

说话的女人露出一脸娇羞，显然已经拜倒在了端木卿绝绝世倾城的俊颜之下。

虽说被那诡异的面具吓倒的有不少，可是畏惧中却又带着迥然的殷切，迷倒的女人何止那一个，躲在树丛后的女人们是一个也无法将视线从端木卿绝的身上挪开。

十五年后的重逢，礼节上的“挂念寒暄”是少不了的。

对于端木卿绝的傲慢无礼没有人敢提出任何异议，包括端木离。

端木卿绝被安排在承景宫，此宫曾经是端木离小时候住过的，老一辈的人都知道，这里亦是被废弃的太子殿，因为皇上不喜欢这里，在登基之后曾命人焚烧这里，烧尽一切，不许任何人靠近。

然而七日前，他又命人连夜赶工重建这儿。

就是现在他们在殿上“闲话家常”也能随风闻到一股浓郁的烟熏味，不过女人们不在乎，坐于殿上两侧的女子皆是端木离几个月前甄选入宫的宫女，她们有可能会成为端木离的嫔妃，不过这一次她们被邀来恭迎九王爷的到来。

这算得上是北苍皇室的一种礼仪，若是“贵宾”相中其中一位，那那女子便是北苍王朝赠予贵宾的“献礼”。

端木卿绝明白得很，他的好侄儿很体贴他的床笫之事，他才回宫就已准备好了各色美人，迫不及待地送上他的床。

瞧瞧，她们有的清秀碧玉，有的丰盈闺秀，个个五官惊艳，都是一等一的大美人，男人见着要是不动心不见怪，不动欲那就不正常了。

“美人……果然还是北苍的最诱人。”

端木卿绝金瞳眯出一条好看妖冶的线条，女主们心里小鹿乱撞，尽量含羞地保持着大家闺秀的风范，微垂着眸，以笑附和。

愚昧！

没人察觉得到那冰眸中的讥笑。

因为她们不知道端木卿绝说笑是件多么骇人听闻的事。

静观一切的端木离心生狂澜，这男人变了？

在他的印象中，那男人是沉默寡言，甚至是惜字如金犹若哑巴，他竟会笑，竟会恭维女人，那句话的意思不就是他很乐意接受他的“好意”？

那副有头无脑的好色模样是当真的，还是用来迷惑他的？

反常，不，是连反常都不足够拿来形容这一刻的端木卿绝，他一定在暗地里打着什么主意，挖好了陷阱等他掉以轻心跌下去粉身碎骨。

“皇叔若喜欢，便让她们都留下来侍奉吧。”

菲薄的唇勾起魅惑无边的一抹笑，“皇侄儿的眼光，向来最贴皇叔的心，不过皇叔担心在外风流若是被你皇婶知道了，怕是她会不高兴。”

他的眼神邪魅诡秘，凶残与笑靥交融，让人看一眼心里都能发毛。

皇婶？

他指的是海儿？

海儿都逃宫回到他的身边了，他这是在开的哪门子的玩笑？

竟还装起了怕老婆的窝囊废？

端木离焦躁难安，那双冰眸金瞳藏着让人探不到深处的秘密，那男人的心思让人捉摸不透，他不按常理出牌，是存心故意这么做，好让他端木离在混乱中自乱阵脚？

“看来皇叔对皇婶是一往情深。”

“那是当然，你皇婶现在可是有孕在身。”

端木卿绝出其不意的一句直教端木离猝然语塞，虽是很快就憋出一抹笑掩饰过去，可却没有逃过端木卿绝的眼。

他不过是随口胡诌，为的就是刺激他，想一睹他惊愕慌张的表情——

刚才的反应是相当的好！

他会让他知道就是那个女人逃回他的身边，她也不属于他。

她浑身上下都烙满了他端木卿绝的印记，谁都无权触碰他的所有物，他若敢触犯禁忌，他会让他一品什么叫做万劫不复的滋味。

冰眸金瞳蕴得极为深沉，他仿佛能透着空气闻到那股逃离他的气息，只有她的身子上能散发出的独一无二的香气让他热血沸腾……

念沧海，你藏在哪儿，孤王都会把你给挖出来！

“那皇叔定是着急着回去吧。”

端木离逼着自己定要冷静，端木卿绝不过是在利用着离间计想要挑起他对海儿的猜忌、怀疑，他不会上他的当的。

他应该笑，笑他是如此可悲，让海儿逃回了他的身边，他满口胡话不过是因为他狂妄自负，不愿承认输在了他端木离的手下！

“不，皇叔不心急，皇叔顺道还要追一只逃家的小野猫。”

端木卿绝洋洋懒散地眯着眼，就像只看似犯困的猎豹，对应的却是端木离猛地一怔，“她性子烈，不听话，还多次抓伤孤王，孤王定要逮着她，好生让她知道抓伤孤王的代价。”

端木卿绝笑得妖娆，俊颜当前，女人们陶醉得心花怒放，全当那只是个玩笑，原来传言冷血凶残的北域王竟是如此风趣幽默的男人。

她们一个个笑出声，唯独端木离的心冻结了起来——

他是来找海儿的，他是要将她绑回北域的！

合欢宫里，念沧海焦躁地来回踱着步子，因为她知道那个男人来了。

就是这宫里最清寂的合欢宫都能听到外面喧哗嘈杂的熙熙攘攘，她就是聋了瞎了也知道是那个男人来了，真的来了！

哪怕也许此刻的他并未在伸手可及的地方，但是从早上开始，她就浑身不自在，总觉得他的气息就萦绕在她的身周，逼得她心悸惶惶。

既然宫里的人都心神涣散地关注着那个恶棍，这岂不是她逃宫的大好机会，念沧海转念藏好银针，预备着就是要杀出一条血路，她也不要坐以待毙——

推开窗，一手夹住几根银针对准那些个侍卫的后背，“娘娘……”

刚要一甩手，翠荷端着午膳走了进来，念沧海猛地一个侧手只能将手藏于袖中，“翠荷，不是说了我没胃口，不用给我上午膳了么？”

“翠荷知道，可是娘娘近来胃口不好，吃得越来越少，翠荷实在担心娘娘的身子，这不是平常的饭菜，是那日太后娘娘送来的当归给熬的药汤，兴许能给娘娘开胃。”

“放下吧。”

冷冷一应，念沧海向着窗外根本没有想喝的意思，翠荷缓步来到她的身边，“娘娘，翠荷知道自己只是个丫头，没有资格多言，可是娘娘近日胃口不佳是不是都是因为九王爷今儿个来到了宫里，虽说大家伙儿都在传他是来抢人的，可也不尽然，翠荷方才听到了风声，皇上给他安排了几位美姬，他来之不拒地都收下了她们，今夜陪宿。”

厚颜无耻的——

“混蛋，淫虫！”

念沧海的心狠狠地酸了一下，她才离开他一个半月，他就管不住他的下半身了？！

“娘娘，你冷静。”

翠荷吓了一跳，急忙安抚情绪激动的念沧海，虽说皇上有令不得任何人在娘娘的面前提及北域的事，可是再傻的人不问也猜得到娘娘在北域是遭遇了何等非人的折磨。

很多人也都背地里说娘娘肯定被九王爷糟蹋过了，皇上是爱她至深才包容她，原本她不信，可是现在瞧娘娘那破口大骂的样子，就好像想起了被九王爷凌辱的回忆似的。

“我没事，翠荷，就是替那些个丫头不值，好好的一生就要被那么个厚颜无耻的混账给摧毁。”

“娘娘，息怒，其实听闻那些个女人还是争先恐后地抢着去呢，方才跑去偷看的女婢们，回来都说九王爷生得特别俊，高高的个子，朗宽的肩膀，魁梧的身躯，一身的霸气，和俊朗不凡的皇上比起来丝毫都不逊色，反而还更胜一筹，特别是那双迷人的眼睛，罕有的冰蓝色的金瞳就像是异世来的王族，一点儿都不像传言里长着獠牙、张着血盆大口的魔鬼。”

翠荷说得绘声绘色，就好像跳入了另一个世界，小脸上到处绽放灿烂如阳的笑花。

是啊，那男人拥有一张绝世惊艳的脸孔，他的容貌又何须别的女人来给她形容？！

“他身子还好么？”

翠荷一愣，有点错愕，因为念沧海好像在关心着那个人。

“很好，九王爷看上去身子健壮得很。”

念沧海听着心里倏然仿佛有颗悬着已久的大石落了下来，总算那一针没有伤及他的要害。

可后一秒满脑子里都是他今夜左拥右抱的景象——

可恶！

她干吗要关心他的生死，其实在她走前，那一针应该下手再狠一点才对！

承景宫

夜幕降临，华灯初上，宫殿里乐曲绕耳，舞姿云天。

这是个热闹的夜晚，也是个火热的夜晚，被端木离安排留下的女人们换上一身赤红的舞衣，在端木卿绝的跟前竭尽所能地卖弄风情。

晚上的女人们和日间的她们判若两人，这是另一番活色生香的景象，暴露的衣着尽显妖娆的身姿。

端木卿绝端着酒杯，似笑非笑地凝着舞池，看着那四个女人渐近渐远地舞动着，步子绚丽夺目，华丽的转身甩出长袖，就像一只抛来的绣球甩向端木卿绝，他长指一攥攥住那袖口的一端，轻轻一扯，那一头身形轻盈的女子便裹着转动的长袖落入他的怀抱，“王爷……”

她娇羞一唤，他邪魅佞笑，她眼角猝放冷光，手中不知几时多了把刀子反手刺向端木卿绝的喉间——

“啊！！”

直逼青天的惨叫，刀子腾空飞起，只瞧一抹快如风的蓝影游刃有余地跃下金灿灿的座椅，就好像早已有所防备。

那女子猛地瘫倒在地浑身抽搐，只是那么一眨眼的工夫，其他三个女子眼珠子齐齐泛出诡异的红光，拔出冷亮的刀子就向端木卿绝刺去。

谁然他竟如同透明的一般被她们穿身而过，刹那间屋中震颤出五色夺目的轮轮绚烂光彩，染着血，染着叫——

三个女子齐齐倒在血泊里，美艳的大眼瞪着，张开的嘴淌着赤红的血，死相惊悚骇人。

“收拾掉，一个都不要剩。”

端木卿绝清冷的声音向着身后，“是。”醉逍遥仿佛隔空出现的神甫，踏着白烟氤氲越过端木卿绝的身边，停步在那四具躯体前——

那死去的躯体瞬间僵硬溃烂，从身子里爬出来数不清的黑色虫子，像是蜘蛛，又像是蜈蚣，它们张着一双双利刃般无情的眼睛，一个个朝向醉逍遥爬来。

那是蛊!

利用巫术饲养的蛊毒虫，可以操控人心，能让中蛊的人生，也能让他们死，反抗肉体会被蚕食，顺从灵魂会被消磨。

这是北苍人善用的诡计，这就是端木卿绝从未对那些送来北域的北苍美姬手下留情的理由。

她们被操控了，她们的使命就是杀了端木卿绝，不论办得到办不到，都是一死，而他赐予她们致命一击，可以逼出体内的蛊虫，至少可以让她们的灵魂重新附体，也好在流亡地狱时轮回转世，重获新生。

那些个面目可憎的蛊毒虫没有让醉逍遥露出一丝一毫的惊恐神色，相反当它们张开爪子一点点沿着他的腿爬上他的身，他唇角开始微微上扬，就像是一条就要品尝大餐的巨蟒——

嘶嘶嘶……

屋中突然惊现一道道令人闻之惊恐的蛇信嘶鸣声，接着是爬行动物身子被截断成两段的咔嚓咔嚓声……

端木卿绝背着身，冷漠的眸子放空，一秒，两秒，三秒……

当他转过身，一切都像是没有发生过一般，地上的四具躯壳化为了一堆粉末，那些毒虫不见了踪影，醉逍遥转过头来，银绿的眸子流溢着暗色金黄的流光，他与端木卿绝对视一眼，端木卿绝点点头，便扬手一挥，所有的一切都灰飞烟灭，消失得无影无踪。

“放火烧了这儿，就说那些个女人打翻了火烛。”

端木卿绝漠漠地开口，醉逍遥应了声“是”，然而当他们转身就要迈出屋子的时候，屋里的角落里发出一道桌椅被碰撞的声响——

屋里还有人？！

小幽从屋子的一角躲到了另一角，她不敢相信自己都看到了什么，醉逍遥……

他……他……

毒虫……好多的毒虫爬上他的身子却被他……

她抱着膝，整个身子都畏惧地颤动着，满目的惊恐仿佛什么也看不到听不见了，只是发抖，不停地发抖，与此同时两道脚步声越发临近地迫在眼前——

“小幽？！”

端木卿绝毫无表情的脸上终于滑过一抹惊诧，他明明让她好生待在侍卫们休憩的宫殿里，她怎么会擅自跟来了这儿？！

“她看到了……”

身后传来一道听似平静实则波澜万掀的声音，那是醉逍遥，他悠悠有余的笑脸被生生挖去了笑靥，端木卿绝第一次从他的眼中看到了害怕失去的惊恐。

“她都看到了，所以不能留！”

醉逍遥银绿的眸子倏然变化，像极了一双被激怒的蛇目，他俯下身去一手就勒住了小幽的脖子——

“放开她！！”

端木卿绝握住醉逍遥勒住小幽脖子的手，他在颤抖，他对任何人下手有几时是颤抖过的？

冰眸金瞳里倒映着醉逍遥骇人惊悚的面目，纵然狰狞可怕，可端木卿绝看到了他眼底的惊恐。

他在惊恐什么，因为被小幽发现了他的另一面？

因为她是特别的？

端木卿绝何曾见过这番模样的醉逍遥，他向来不懂何为在意，何为紧张，就是被人瞧见了，也毫不惊慌地抬手杀之。

小幽显然已经吓傻了，黑亮的大眸子填满着畏惧，怔怔地看着面目可憎的醉逍遥，“不……妖……蛇……蛇……”

她看到了，方才的那一幕犹若毒咒绕体，不停地在眼前绕，她看到了，她看到他的口中吐出了一条蛇信，他杀了那些可怕的毒虫，不，严格来说是吃了它们！

小幽不懂，小幽不知，她那颤颤瑟瑟、断断续续的每一个字都仿佛是一只手攥紧了醉逍遥的心。

这是他从未体会过的感觉，讽刺地扎着他的四肢百骸。

该死！

不要用这样的眼神看着我，是你不该看到的，是你逼我出手的！！

醉逍遥手中的力道猛地一紧，然而端木卿绝一掌打在小幽的额头，一股真气迸发，绽开紫色光轮将小幽撞倒在地，让醉逍遥用力的手落了空。

“小幽！！”

他嘶叫起来，扑过去将面色顿白的小人儿抱入怀中，那番怜爱有加的模样怎能同方才那个要亲手置她于死地的人关联起来？

“九哥……”

他看着端木卿绝，眼神煞是无助，端木卿绝走了过来从他的怀中将小幽抱起，“九哥，你要带她去哪儿？”他的眼神紧跟着，手也脱不开。

“她没有死，只是暂且晕厥了过去。”

端木卿绝迈开一步，“孤王说过，不准任何人动她一下，你太不冷静，今后不准再靠近她。”

“可——”

“孤王已消去了她的记忆，你勿用担心。”

消去记忆，是啊，他若想他也可以消去小幽的记忆，但是刚才那一刻他是怎么了？脑海里只有被她看到了真面目的惊恐，想到的就只有将她抹杀。

那份惊慌是手乱无措，他只是不愿被她看到他的那副模样。

呵，真是太可笑了！他何曾为了一个女子失去理性。

他是怎么了，自己是怎么了？

在醉逍遥奈何懊恼的视野中，端木卿绝抱着小幽渐行渐远，仿佛再伸出手去也抓不住，注定永世不见……

第二十二章　他的怀疑

夜半，御书房里气氛异常，端木离独坐龙椅，案上放着纸墨，他手中提着笔，表情凝重阴暗。

刚有暗卫回来禀告，承景宫里外都布满了端木卿绝的护卫，他们一般暗卫都没有机会潜入其中，没人知道那里面发生了什么。

他给那些个女人下了蛊，只要趁端木卿绝不备就能杀了他，然而若被他逃脱那就意味着是他端木离主动宣战，他做好了全宫戒备，要让那一千个跟入宫的北域人都做那个男人的陪葬！

只是……

他在犹豫什么，畏惧什么，丹书铁券已经在手，在情在理，他都可以毫不手软地杀了端木卿绝，可——

惊恐……止不住的不安，那个男人怎会如此简单……

就连派去宫里身手最了得的顶尖暗卫都无法突破承景宫，可见他培养的护卫足以以一敌十，甚至……

端木离不禁想到当年鬼骑军的战绩传奇。

不过千人军队竟能歼灭敌方十万大军，他若不能一举拿下端木卿绝的人头，一旦给了他通风报信的机会，边境大战一起，北域军定能轻松攻入，直逼皇宫，叫整个北苍手足无措，甚至就此沦亡……

是他太鲁莽了么？

他布下了棋局，但是这一步棋走得太失败了？！

“回禀皇上，方才承景宫有人来报，说是美姬们打翻了火烛，主殿里发生了火灾，所幸九王爷的手下已经将火扑灭，只是美姬们……没有逃过一劫。”

“咔嚓”一声，端木离手中的笔断成了两段——

他紧张得绷紧了脸孔，坐直的身子往后一倒，靠在椅背上倏然松了口气。

皇叔定是识破了他暗中指使那些女人暗杀他，但是他没有以此作为借口和他挑起战事，是因为他也有所顾忌？

“那是当然，你皇婶现在可是有孕在身。”

端木卿绝的那一句突然就冒在了端木离的耳边，这是他唯一可以想到令端木卿绝“顾忌”的理由，难道海儿她真的……

再也坐不住，端木离起身向着合欢宫而去……

端木离来到合欢宫的时候，寝屋里，念沧海躺着，翠荷站着。

翠荷手里端着一碗热腾腾的菜粥，在劝说念沧海就算吃不下也一定要吃下一些。

她的面色看上去有些苍白，有些憔悴。

这些天他忙于如何应对端木卿绝，都没有来过，端木离扫了眼屋外那密密麻麻的十几二十来个黑衣侍卫，早前小林子就和他通风报信过了，说那是母后安插的人手，是为了海儿的安全着想就命这些人看顾着她。

“海儿，你这是怎么了？”

端木离发出温柔的声音，这才让床边同床上的两个女人注意到了他，念沧海瞅了他一眼并没有回答。

翠荷放下手中碗，欠身请安，“回皇上，近日娘娘胃口不好，翠荷正劝娘娘吃下一些。”

胃口不好？

因为有孕在身？

端木离管不住自己的思绪，那个疑问就这么跳入他的脑海，他有意识地将视线落在念沧海的小腹上，她坐靠躺在床头，大半个身子被丝被掩着。

许是察觉到端木离的视线，念沧海只觉有道炽烈滚烫的东西誓要穿透她的肚子一般绕着它狠狠瞪着。

“皇上……”

念沧海不惊不慌，掀开被子下床就给端木离请安，但然身子一下屈膝的时候，整个身子跟着软了下去，眼看就要跌坐地上，翠荷惊得大喝，端木离早一步已托住她的双肩，单腿跪地将她稳当当地抱入怀中。

“海儿，身子欠恙还和朕拘泥什么礼节？”

那是多么甜蜜的责备，这相连的视线又是多么温柔的陷阱——

念沧海嘴角半弯扬起淡淡的笑靥，她这么假惺惺地扮演自己柔弱，一是她真的体力无多，二是为了打消他眼中的怀疑。

“妾身知错……”

念沧海侧开眸，似若歉疚地埋着头，她竭尽所能地摆出万分受宠的羞涩样。

端木离扣起她的下颌，不顾及身边还有翠荷和小林子就轻轻啄了下她粉白的唇，随即将她打横抱起，放倒在床上，还为她盖好了丝被。

“既然身子不好，朕这就为你请太医来，这一直吃不下东西可不好，饿坏了身子，谁来赔给朕一个天下独一无二的你呢？”

端木离调情的功夫可是一等一。

不知道他是有意还是无心，说话时大手已经抚在她的小腹上，他掌心的温柔一直都是温暖的，但这一次念沧海只觉好像有股冰流透着他的手心要钻入她的小腹。

扑通扑通！

念沧海的一下下跳得紧的心，就在从端木离的口中听到“请太医”三个字时，她几乎控制不住自己，差点惊慌大喊。

他为什么一定要执著给她找太医？！

念沧海脑海里兵荒马乱，怎样都料不到端木离会冒出这么一句，她若是摇头抗拒也找不到合适的理由，这个气氛，她唯有点头才能让一切毫无突兀。

“娘娘，皇上真的很宠爱你，近来为了迎接九王爷，整个皇宫都忙得手足无措，但是皇上一得闲还是来看你，一瞧你病了就为你请太医来，有了太医的诊断，对症下药，娘娘肯定就能药到病除，有胃口吃下东西了。”

翠荷兴奋地说个不停。

那一句“对症下药”莫名的让床上的念沧海惊恐焦灼，就像是热锅上的蚂蚁如坐针毡——

该怎么办？

虽然端木离站到了屏风外，可是翠荷还在身边，屋外又有那二十根木头。

就凭她的身子，和枕下的那些个银针，她根本无力对抗，难道就只能这么坐以待毙么？

滴答滴答……

念沧海默数着自己犹若水滴声的心跳，每一下都流走得很快又很慢——

扫了眼屏风后和小林子并肩站着，正在同他耳语着什么的端木离……

阿离，如果只有太医的话才能让你相信的话，那好吧，那就让太医告诉你实情吧……

女太医来了，翠荷退到了屏风后。

“娘娘，安。”

太医看上去三十出头，生得文文雅雅，应该不是个硬性子的人。

念沧海盈着谦逊有礼的笑脸，和她打了个眼神的照会。

不多言就伸出了手，太医搭在她的脉上为她诊脉。

屋外似乎有什么人来，正要走过屏风向着她床边而来的端木离顿住了脚步往屋外走去。

好机会！

念沧海黑亮的杏眸里绽出迥然的光亮。

太医搭着脉的手突然一重，脸上跟着出现了一抹又惊又喜的神色，她像是要高兴地宣布什么，然而就在那么一刹，她的手腕微微颤了一下，错愕的眸眼一抬和念沧海来了个四目相会。

只瞧念沧海的唇角勾起了一抹诡秘的笑弧，“太医，你若敢乱说一句话，本宫就要你看不到明天的太阳。”

垂眼落在太医的手腕间，是一根念沧海扎下的银针，银针下是赫然映入肌肤、顺着肌理散开的层层毒液……

屋外，来找端木离的人是御景秋，这些天他都领命在暗处监视端木卿绝，和随同他而来的那千人礼队。

“从随从的侍卫来看，并未见着醉逍遥的影子，也没查探到有其他和北苍有关联的人跟着的，都是一些面生的侍卫，实力皆与北苍禁军不相上下。”

“那日你将海儿救回，是真的有抢匪劫人，让你以一敌数，护驾不力？”

“回禀皇上，其实微臣救回娘娘时，没能保护好小幽姑娘，让她被醉逍遥给扣下，娘娘不知，在穿越狼林时体力不支而晕厥，待一醒来已随我回到北苍，她一见小幽姑娘不在身边，微臣也没有隐瞒，结果她心心念念放不下，担心小幽姑娘一个人留在北域会遭遇不测，皇上，你该知道娘娘有多疼爱小幽姑娘，她视她为自己的胞妹，所以她竟骗了微臣，将微臣支开客栈，自己跑了出去。”

对于端木离质问念沧海逃离客栈的事，御景秋早就做好了应对准备。

他猜到皇上不会相信那抢匪一说，所以唯有拿小幽姑娘当挡箭牌。

“皇上……”

端木离刚要再追问御景秋什么的时候，女太医来到了他的身后。

“太医，怎么说？”

深绿的眼睛看着脸色不怎么好的太医，“有什么就说，不用顾忌。”声音有点急，亦有点怒。

端木离一颗心悬到了嗓子眼，太医的脸色让他试图说服自己抹去怀疑的心在震颤，不停地、不安地猛然跳动。

“皇上，毋庸担心，娘娘食不知味，是因为长久的营养不良，只要多日多加调理，就能恢复过来。”

女太医“淡定”地撒着谎，面对一国之君说谎，谁不怕保不住项上人头，可是迫在眉睫的威胁更让人屈服，从被念沧海出其不意地扎了一针后，她就彻底慌乱了。

她搭出了她有了喜脉，要说一个妃子，一个就要被册封为皇贵妃的女人有了龙种是何等高兴的事，但是她竟出手相害，逼她帮她撒谎？！

能解释得通的理由只有一个——那腹中胎儿和皇上绝无关系！

“你此话当真？！”

端木离紧逼地又问了一句，眼睛直直地睨着太医，太医知道不容让他看出纰漏，眼神毫不避讳，点头还衬着笑：“娘娘身子底子不错，多加调理必当可以复原。”

念沧海一颗心紧紧悬着，竖着耳朵听着门外太医和端木离的对话，索性端木离没有多加刁难，他是信了吧？

他唤翠荷和太医回太医院去取为她调理身子的药剂，随即朝身后打了个手势，念沧海就瞧门外闪过一道熟悉的身影，他似乎也朝屋内看了一眼——

御大人？

念沧海不禁多张望了一会儿，察觉到靠近的脚步声，她才收起了视线。

是端木离来到了她的床边，他坐下拉过她的手，大掌抚着她的手背，“海儿，是朕让你受苦了……”

心口一紧，念沧海无法松懈下来，不懂他的温柔是唱的哪一出。

“若不是朕逼你远嫁北域，你也不会遭遇那等迫害，你在那儿定三餐不饱，还每日如牛如马地干着粗活……”端木离说着，大掌一直摩挲着她的五指，她的手纤白如玉，娇嫩丝滑，一点都不似干过任何粗活的样子。

他的眼神悄悄有了改变，脸上却始终盈着温润的笑，歉疚的话也没有停下：“都是朕不好，都是朕让你受苦受累，才令你的身子变得如此单薄。”

“皇上言重了，是妾身任性才多番惹怒九王爷，皇上勿为妾身担心……”

端木离很不喜欢从念沧海的口中落出那“九王爷”三个字，他不喜欢她提及那个男人，就如那日她看着他喊出了那个男人的名字，让他的心很不好受。

端木离另一手伸去抚上她的面颊，拇指来回摩挲，眼神深蕴像躺着一条忧伤的河。海儿，你曾允诺过对朕不会撒谎，所以……这一切都不会是谎言的，对不对？

承景宫别苑

已是入夜时分，端木卿绝坐在榻前，榻上躺着的是小幽，她仍昏睡着，怕是方才的刺激太强，一时半会儿还未能恢复过来。

“九爷，那个死不要脸的狗皇帝可正往别苑来。”

有人倚着半开着的门边，声音脆生如莺，一袭紫蓝色锦袍随风飘扬，扎着高高的马尾辫，面容精巧，五官精致，大大的眸，薄薄的唇，有着女子的阴柔，也有着少年的英气，那人儿邪笑勾唇有着教人无法分辨男女的美……

“你先退下。”

端木卿绝放下幔帐，吹灭桌上的火烛，迈出屋子将屋门合了起来。

他向着偏殿而去，眼神留心着逗留在屋外的迦楼。

这一次来北苍，他本不同意他跟着来，但是他一哭二闹三上吊，他也便随了他，但是条件是不得换上男儿装。

他答应得快，也一路谨记遵从，但是今夜，他竟换上了男儿装——

迦楼，你这是要做什么？

难道回到了北苍，回到了这皇宫，被掩埋的回忆也跟着回来了？

端木卿绝是有心将迦楼“藏起来”的，他容不得北苍的人见着他。

因为纵然十五年过去，他那张惊艳四座的俏颜并未留下任何岁月的痕迹，要被那一群丧心病狂的人认出来并不是难事，特别是那个端木离，如果他知道迦楼从未死的话……

端木卿绝匆匆赶到偏殿，端木离正巧也刚到，“皇叔。”他迎着笑脸一唤，端木卿绝一手负在身后，一笑照应。

端木离身边的林公公不禁敬佩端木卿绝那迫人的气场，一举一动，一笑一颦明明招人恨，可是却又不敢对他怎么样。

其实方才在皇贵妃娘娘那儿，他以为皇上会留下陪娘娘，但是没想皇上会马不停蹄地来到这儿。

皇上分明是想在今夜利用那些美姬暗杀了九王爷，可被九王爷“化险为夷”，皇上难道这又是想到了什么别的法子？

“朕听闻正殿发生火灾，所以立刻过来看看皇叔，皇叔可曾被伤着，朕立马命人为你宣召太医。”

端木离“满心”的担忧。

“不必了，这么晚还惊动了皇侄儿，皇叔真是过意不去。”

端木卿绝脸上的面具在清冷的月色下勾出一条极细的银边，就像一条能将人无形勒死的绳索，林公公一见他唇角勾着的笑，心里就是一阵阵地发毛。

原来皇上匆忙赶来是为了上演一出戏，想要放出暂且休战的暗示？！

毕竟九王爷可不是一个好对付的角色。

怕就是没那千人礼队跟着，他一个人也能让整个北苍皇室畏惧，至少从他入宫之后，太后那边都安静得异常，换做平时，一向横行皇宫的太后早就出面了。

“都怪朕送来的美姬笨手笨脚，没有令皇叔受伤真是万幸。”

端木离的假惺惺是一种讯号——

告诉他端木卿绝，朕要暂时与你休战。

“是皇叔年老无用，没能保住几位美姬的性命，该是望皇侄儿降罪才对。”

端木卿绝的话简直将跟着端木离一起来的侍卫吓得腿打飘，齐齐都不敢大气喘一下——

年老无用？

他生得俊逸不凡，身形魁梧挺拔，气场强大迫人，这叫年老无用，那什么才是年轻气盛？

降罪？

他这是又在说哪门子笑？！

谁敢对他降罪，很多传言都说他天赋异禀，从出生就戴着那诡异的狼面具就是因为他并非普通的凡人，和那醉逍遥一样是只妖，谁要是惹怒了他，还不被他的利牙给撕成两半。

“皇叔言重了，皇叔不放在心上才好。”

端木离衬着笑说道，心里却是咬牙切齿恨得很，他不是瞎子，那些侍卫脸上的惊恐可是看得一清二楚。

这就是他精心培养的禁军？

这就是他可以用来指望和端木卿绝一决高下的后援军？！

简直是个笑话，就是给他一个军队，这些个人也是无用的废物。

“时间不早了，朕就不打扰皇叔休息了。”

端木离说着，转身就要走，走过端木卿绝手边的时候，银铜色的狼面具好像咧开了一道骇人惊悚的笑弧，“皇侄儿，听闻再过不多日，你就将册封一个女子为皇贵妃，听闻她姓念，名……”

时间就像静止了，端木离的心跳也跟着停滞了下来……

“……名为‘海儿’。”

端木卿绝似乎有心放慢语速，吐出“海儿”二字是那么的亲热，眼神亦暧昧邪肆，端木离顿下的步子就像被点了穴似的，半晌才缓缓转过身来。

含着笑靥的冰眸金瞳映照着一张极为不自然的脸孔，他在怕，怕那个女人会被他抢走。

“是，朕的确近日就要册封皇贵妃。”端木离僵直着没有笑意的脸没有否决，他下令过的，下令不准任何人泄露这个秘密，是谁敢多嘴传入他的耳中，是谁？！

“那侄儿还真是见外，怎么不早告诉皇叔？不是怕皇叔会抢了那北苍第一美人吧？”

端木离一怔，脸色更为难看，而下一秒端木卿绝立刻朗声大笑，端木离才舒缓了脸上过于真实的嫉妒和憎恨。

可恶的混蛋！

他只是在逗弄他罢了，他在同他开玩笑，一个将他玩弄于他股掌之间、丑陋百态的玩笑。

“眼下北苍千年国宴第一，皇叔十五年未归朝，理应属举国同庆的第二件大事，至于朕册封皇贵妃，实在不足挂齿。”

端木离强忍满腔的怒火，并不愿这个话题继续下去。

“可是听闻皇贵妃乃念元勋的长女，她可是同孤王的沧海同为姐妹呢，就连名字都那么像。”

端木卿绝咄咄逼人——

在这个世上，他端木卿绝才是这游戏的主宰，他想要玩，他端木离就要舍命陪君子。

“是呢，念将军很疼爱长女和幺女，所以就连名字都情不自禁取得那么像。”端木离痛恨自己的窝囊卑屈，但是这一切都是为了忍辱负重，为了将他一举歼灭。

“不知皇叔可否有机会一见？”

端木离的心绷得越发的紧，仿佛再绷紧一寸，他就会被自己逼得窒息而死，“当然，国宴之后就是册封大典，皇叔若是不介意，可以留下参加。”

言下之意，他原本是要在国宴之后就把他打发回北域？

呵……

好侄儿，这个游戏既然开始了，皇叔可由不得你说结束。

合欢宫

念沧海也不知道自己是招谁惹谁了，还没入夜，她寝屋外就又密密麻麻的多了几十个人，一个个佩着长剑穿着铠甲，好像一副上阵杀敌的架势。

翠荷说，那是端木离调配来的人手，是为了更好地保护她。

他这算是保护她，还是软禁她？！

念沧海独坐榻边，沉下浮躁的心绪，一门心思想着如何应对眼下的危机，正巧翠荷这个时候进了屋，她端着煎好的药汤来到她的跟前。

“娘娘，趁热服用吧。”

翠荷说着侧身将碗放在了榻前的凳子上，念沧海眼神一动，迅速地从怀中掏出一根银针：对不起了，翠荷！

手上的动作快如影，不差分毫地落在翠荷正回过身的后脖子上，“呃……娘……？”她眼前一黑，“扑腾”朝着地上倒去，“翠荷。”所幸念沧海眼明手快将她抱住。

那一针不过是让人昏睡过去，念沧海将翠荷放倒在榻上，伸手解开她的外衣，随即穿上身，然后解开脸上的白纱，露出那半张被红瘢还有一条疤痕覆盖的脸，希望夜色下趁着昏暗的光线不会引得任何人的注意——

念沧海想到的法子就是装扮成翠荷的样子混出宫，毕竟以她现在的身子，要以一敌众根本是愚昧至极。

瞧外面包围得滴水不漏的架势，傻子也猜得到端木卿绝此次而来肯定是为了捉拿她，她要乖乖让他们保护，才是真的傻了呢。

虽是要冒着极大的危险，可除了投机取巧，眼下也没更好的法子了……

念沧海一不做二不休，在梳妆台前尽力用暗色的粉盖住自己的红瘢后便端着食案走出了屋去，扑通扑通，她数着自己的心跳，走过一个个形若石雕的侍卫。

仿佛所有人的视线都落在她的身上，脚步不自觉地加快起来，“娘娘服下药，睡下了么？”突然一个侍卫拦在身前，念沧海心里猛地一怔，托在食案下的手悄然夹住了一根银针。

“是，娘娘已睡下。”

她吊高几分嗓音，学着翠荷的声音说道。

“那你退下吧。”

所幸那人没有起疑，念沧海绷紧的神经倏然松下，趁此应了声“是”就快步从他的身边走过……

一切比想象中进行得更为顺利，但是那条直接通向宫外的暗道处在端木离龙景宫之中。

若是以这身女婢服走进去，别说这张脸了，就是这身衣服都会招来不必要的麻烦。

念沧海绕了个弯跑入了太医院，院内只有一间房还点着火烛，定睛一看便是方才为她诊脉的那位太医。

“咔嚓”一声，念沧海推开门走了进去。

“什么人？！”

太医紧张地收起手中的银针，念沧海扫了一眼，她这是在为自己诊毒吧……

“娘娘？！”

“嘘……”

太医一脸惊愕，念沧海立马对她做了个噤声的动作，“本宫向来说话算话，只要太医替本宫保守秘密，本宫定会告诉你解毒的方子。”

念沧海话语中的警告不言而喻，都说好了她只要保守秘密，她肯定会告诉她解药的方法，但是她急不可耐地就想自己解毒，肯定是想解了毒好去向端木离告发。

知道自己的心思被念沧海看透，太医的脸色僵了一下，随即扯开极为尴尬的笑——这皇妃的胆子怎么就那么大？！

到底是哪来的野丫头，就凭这张丑颜能得到圣宠已是三生修来的福气，可她非但身在福中不知福，还背着皇上红杏出墙，大半夜的穿着一身女婢服就追来了这儿，她到底是要做什么？！

“娘娘是想要堕胎药么？”

逼着她帮她一起撒谎，还半夜心急地跑来这里，她唯一能想到的可能也就只有这个了。

“谁敢碰本宫的孩子，本宫就要她的命！”

念沧海疾步如飞，低喝的同时一根银针已抵在太医的喉间，她听不得一个要伤害她腹中胎儿的字眼，太医吓得手脚发软，那手腕间的一针就已将她吓得不轻，这要再来一针，她还能活得过今夜么？！

“娘娘息怒，娘娘冒险来到这儿，肯定是有所求，娘娘想要什么，奴婢一定都为娘娘给备齐了。”

“聪明！好歹你不笨，本宫话说在前头，这毒可不是一朝半月就可以解的，要是随便乱服药，只会加快毒液扩散，要是毒气攻心，就是服下解药，本宫也救不了你。”

念沧海握起太医中毒的手腕，那黑色的毒液果然散开了不少，“娘娘饶命，请娘娘告诉我解药药方，我发誓定不会将今日发生的事告诉第二个人。”

“告诉你可以，不过本宫要以物换物——”

“娘娘要什么？！”

念沧海勾起邪肆坏笑，附耳对太医说了些什么，只瞧她听着时不时浮现惊诧错愕的神情，只因念沧海要的是两样东西——

一、针线、几块蓝色的布料。

二、人皮面具。

针线和蓝布，她倒是给她也无妨，可是那人皮面具，造价昂贵，制作费时，一般用于朝政暗杀，给杀人者易容而用，所以没有皇上的许可是不能擅自动用的。

太医想着推拒，但是念沧海可容不得她说“不”。

“若是没有人皮面具，那本宫就撕下你的脸面充数！”

“不不不，奴婢这就给娘娘拿来。”

太医不知道念沧海到底是要做什么。

就见她坐在桌边，缝制起了那些个蓝布，她手巧得很，几块蓝布这么竖竖横横的钩针引线，就成了一套天衣无缝的太监服，足以以假乱真。

随即她要太医拿过一面铜镜放在桌上，然后将人皮面具覆盖脸上粘合。

不出一会儿工夫一张俊俏夺人的少年面孔就呈现了出来。

她扎起头发，穿上太监服，俨然宫中太监的模样。

难不成这皇妃没入宫前是行走江湖的侠客？

太医心里是一阵阵地发毛，总觉得眼前的女子不简单得让人害怕。

如果对皇上撒谎隐瞒自己有身孕是为了日后的荣华富贵，她大可以把孩子神不知鬼不觉地拿掉，继续过她的安稳日子，可她易了容，还打扮成太监，是要做什么？！

能安全出入龙景宫还不让人起疑的装束就只有假扮成太监这唯一一条路子。

听翠荷说过，她不在宫里的这段日子，端木离身边的宠妃良多，不知名的小宫女更是无数，她只要随口捏造个小公公的身份造访，就能轻易混入龙景宫。

念沧海装扮完毕就起身走人，太医出声留人，她顿下步子来到桌边，拿过一张白纸，草草几笔留下一张方子，“这方子能暂时压下毒液，之后的方子，到时本宫自会用别的法子告诉你。”

念沧海唬人的本事好像是生来所有，其实那太医根本没有中毒，涂抹在银针上的“毒药"只是一种色素花，能让肌肤逐层变为黑色，之所以让人误解自己中了毒是因为她利用银针打乱了她的筋脉。

至于她写下的方子，不过是些清热解毒的药剂罢了，就算是太医，只要关乎于性命，还是同样会被骗的。

念沧海堂而皇之地走出太医院，不用躲也不用藏，心不虚也不惊，有了这张完美无缺的脸孔，她想要的自由就近在眼前。

"小东西，今夜娘亲就带你出宫！"

漂亮的小脸上堆满淘气的笑花，大步流星地朝向龙景宫而去……

承景宫别苑

待端木离离开，端木卿绝回到屋中的时候，小幽已经醒了过来，"那丫头的意识模模糊糊的，一点都记不起方才发生的事儿了。"迦楼倚在门边说道。

"知道了，你下去休息吧。"

端木卿绝越过迦楼的身边迈入屋里，迦楼眼神蕴得很深，似乎有什么想要追问，但是末了还是什么也没问。

端木卿绝来到榻边，榻上的人儿睁着大眼睛，纤长卷翘的睫毛一眨一眨，像是在思考，眼神却带着几分木讷。

"丫头，听得见孤王说话么？"

端木卿绝的声音很低很冷，但是听得出掺着几许少有的温和。

被真气震伤神经不是一时半会儿可以恢复过来的，她能醒来已算是不错。

其实他方才本可以用真气震断她的神经，教她忘却所有的事。

可是那样太残忍了，活在世上如果连深爱的人也一并忘却，那活着还有何意义。

如果被那坏丫头知道，他抹去了她心疼的妹妹的记忆，一定会更恨他吧？

听见了，好像听到谁在耳边低语，小幽缓缓地将头侧向端木卿绝，"你是……"她迟疑着，眼神似乎很模糊，有那么一刹端木卿绝很是担心，她忘却了北域的事，甚至更早之前的事。

她的声音是这样的虚弱，"王爷……你是王爷……小姐……王爷，我们几时去北苍？！我要见小姐。"

小幽突然激动了起来，大眸子瞪得澄圆，猛地坐起身子就要跃下床。

"你冷静点儿，你已随孤王到了北苍，这儿就是北苍皇宫！"

"这儿就是北苍皇宫了？我们几时来的？我怎么一点印象都没有？"

小幽傻傻地眨着眼睛，一脸的天真无辜。

端木卿绝悬着的心总算放下，大手捋了捋她的小脑袋，“你行路不小心绊了一跤，伤到了脑袋，所以影响了记忆。”

“原来是这样，那小姐呢？王爷你找到小姐了么？”

“她住在哪个宫？”

“出宫前，皇上安排小姐住在合欢宫。”

合欢宫？

北苍皇帝世世代代最宠爱的妃子才有资格入住的宫殿。

端木离，你当真将念沧海视作你最爱的女人？！

端木卿绝深冷的眼中含着鄙夷的笑，他的异常沉默让小幽觉得自己有所失言，自己这是怎么了？

那么毫无防备地就告诉了他，说起来她这一跤摔得可不轻，这会儿脑袋还是昏昏沉沉的，就像做了一场梦一样，她怎么就已经回到了北苍了呢？！

除却和小姐在狼林分别的记忆，之后的记忆也是零零散散的。

醉逍遥人呢？

当初可是他把她扣了下来才和小姐分开的……

“丫头，你家小姐还有几个姐妹？有否一个叫做‘念海儿’的姐姐？”

端木卿绝咧开薄唇，小幽愣愣地眨了眨眼，“念海儿？小姐的乳名就叫做海儿，没有什么姐姐来的，念家一共就三个小姐，除却二夫人生下的念雪娇、念雪蕊，就只有小姐一个，小姐说过她是大夫人廖媚伊生下的唯一的女儿。”

“那她不是念家的幺女，而是长女？”

“是。”

果然，那小兔崽子在和他玩文字游戏，端木卿绝猝然站起身来，“王爷，你这是要去哪儿？”

“去把你家小姐带回来！”

没了那些烦人的眼线，念沧海一路畅通无阻地向着龙景宫而去，路经御花园的时候却是一个止步。

她瞅了眼高高的假山，灵气的杏眸一转，转身走上了假山，不知怎的，越是靠近龙景宫，她心里越是不安。

所以她跑上山顶的凉亭里远眺那近在眼前的龙景宫，想要先观望一下，只瞧今夜龙景宫灯火通明，侍卫繁多，好像还看到不少穿着官服的人。

气氛莫名地很是紧张，端木离是在召集各位大臣共同讨论如何对付端木卿绝？！

寻思着，她心里猝然一紧，好像害怕端木卿绝会再遭他们暗算似的。

切，臭男人！

她才懒得管他的死活，她要想的是自己如何逃出去才对，可是若这个时候她假扮小太监，说是某个小妃子要求见皇上，会不会反而露了马脚？

念沧海心里渐渐起了焦急，望了望天，她能逃出宫的时辰无多，一旦日出东山，就是翠荷没醒过来，也会被人发现她不见了。

到时肯定是天下大乱！

“小东西，娘亲该怎么办？”

抚着小腹，念沧海左右为难，若只是自己，哪怕是会被活抓，她也会义无反顾地放手一搏，可是她有了孩子，得保护好他……

想着，肚子里的小东西竟然冷不丁地踢了她一下，这才两个月罢了，怎会有胎动？！

“小东西，难道你天赋异禀，生来神兵？”

脑袋里愣是冒出端木卿绝那张戴着面具煞是招人讨厌的脸孔，难道孩子像你，刀枪不入，针扎心口也死不了？！

不管了，留在宫里怎么都是在劫难逃，只有逃出去才有一线生机——

“小东西，要是娘亲没法将你带出去，那我们做鬼也不要放过你爹那个大混蛋！都是他害的，他要是不追，娘亲也不会被带回北苍，不回北苍，也不会被囚，不会被囚也就不用冒着险逃宫了，对不对？！”

念沧海像个闹脾气的小孩子，将所有的劫难都算在端木卿绝的头上。

反正都是他的错，她带着孩子生死一线，他却八成还搂着四五个美人在床上寻欢，要是她们母子活不过今夜，那她就咒他精气耗尽，浴血榻上。

看他还拿什么凶器害人，活该不得好死！

念沧海小嘴里嘀嘀咕咕，加快着步子就从假山上跑了下来，但是才跑出御花园就一头撞上了一堵人墙，“哎咦——”她被撞得七荤八素，仓惶地往后退了几步，怎么硬得跟石头似的，这倒是人呢还是石雕呢？！

“撞着人也不知道扶人一把，良心都被狗吃掉了么？”

所幸念沧海反应极快，相撞的瞬间就伸手攥住了那人的腕子，好歹没有一屁股坐地上摔个底朝天。

但是那人……

他不语，视线却像一张网将人拢紧，这种感觉就好像——

念沧海猛地一抬头对上那张冰冷的面具，一道月光皎白投来，勾勒出一弯清冷的银光，“王爷？！”

不会那么邪门吧？！

她是中了哪门子的头彩，好死不死偏偏踩到了魔鬼的尾巴？！

瞅着面具下比刀刃更冷的眼神，再扫了眼自己还攥着他腕子的手，念沧海唯恐不及地收回手，“奴才失言，望王爷饶命。”

念沧海随机应变，立刻学着太监的模样向端木卿绝请罪。

但是他仍旧不说话，纵然她垂着头，也能感觉到脑门子上定格着一道火辣辣的视线——

臭男人，太监有什么好看的，他倒是给句话呀！

王爷？

他喊他“王爷”？

端木卿绝双目微眯，只觉这太监很“好玩”，敢这么扯开嗓子骂，就像从没受过规矩似的。

方才他倒是想要好心拉他一把，奈何他自己伸手极快，攥着他的腕子不放，也没见撞伤他什么，还不依不饶地张口就骂。

是新入宫的么……

可是他都十五年未回宫了，这小太监看着也就十五六，也不是端木离安排伺候在承景宫的，所以没曾见过，他又怎会认得他？

王爷……

这声音、这口吻、这语调为什么能让他莫名地热血沸腾……

一只大手冷不防地来到念沧海的颚下，指腹沿着她的下颌轻轻摩挲，勾得人心扑通扑通地就要跳出来！

念沧海有心挣扎了一下，可是谁能抵得过他的“索要”？！

端木卿绝用力一紧蓦然捏起她的小下巴，一张俊俏甜美的脸孔应声落入冰眸金瞳中，下身竟立刻起了冲动。

端木卿绝情动的眼神，欲火勃勃的架势，她念沧海可是最清楚不过的。

哪怕是暗色的夜下，哪怕是中间还隔着能容得下一个人的距离，她也感觉到了危机——

混蛋！！

不是连个太监也不放过吧？！

他要敢在这儿就发情的话，她肯定会毫不留情朝着他双腿中间，一脚踢爆他的“害人凶器”！

念沧海越是顶撞，那倔强的眼神越是勾得端木卿绝逼近，再逼近，总觉得这人特别得紧，换做他人，怕是在开骂的同时就一掌死在他的手下。

可是这人，这人竟让他都忘了自己出来是为了什么……

“你长得很美，就像个女孩子。”

端木卿绝眼一勾，极为妖冶，极为缭绕。

恶心！！

这就是他的开场白？！

这只只用下半身思考的色魔，真是越来越饥不择食了，连个太监都不放过，“王爷美言，奴才从小净身进宫，就是被当做女孩儿养的，长得像女儿家让王爷见笑了。”

第二十三章　重逢相悦

这张小嘴，这张能说会道的小嘴很像一个人，非常地像……

端木卿绝猛地捏着念沧海的下巴向着自己的唇，“呃嗯？！”念沧海难免惊慌，一个眨眼的工夫都不到，身子就紧贴上了他伟岸魁梧的胸膛，双唇更是隔着稀薄的空气停在他的唇前。

他的鼻息扑面而来，凉凉冷冷地绕着她绷紧的脸上，纵然隔着人皮面具，那气息依旧能钻进来，丝丝绕绕地沁入她的皮肉，好像一根根看不见的银丝线层层裹住她的心——

就和他收紧在她后腰的双臂，他怀抱着她，光天化日下，不，光天化夜下……

他堂堂一国九王爷竟然厚颜无耻地搂着一个小太监，菲薄的唇还咧开一道惹人痛恶，却又能逼得人沦陷的邪笑……

不行，不行！

不能看他的眸子，不能顺从他的蛮横，不能就这么被他摧毁了所有的理智，念沧海抓紧脑海里仅存的一丝清醒，摊开的双手死死地抵着他的胸口——

掌心下能感觉到他铿锵有力的心跳，勾着她的心不自觉地悸动，够了够了，念沧海你要冷静，他就是个随地滥交的大混蛋，不值得你手下留情，得给他点颜色让他好好尝尝！

“王爷使不得，奴才是宦官，纵然长得像女儿家也没有女儿家的东西，即使王爷喜欢男子，奴才那儿也早没了男儿家的东西！”

抬起犀利的大杏眸，凶狠得好像要吃人。

傻子也听得出，这小东西的口气是极冲的，简直比方才骂他没良心时更嚣张！

有意思，当真很有意思！

他越是想他“使不得”，他越是想要知道究竟有什么是他端木卿绝“使不得”的？！

揽在她腰后的臂膀用力再用力，不缓不急地将人逼上绝境，他们的身子贴得紧不透风，他倒是能感觉得到他的腿心的确没有男儿家的东西，但是——

“孤王不介意……”

他俯下身，在她耳边吹着热气。

念沧海浑身一个哆嗦，他说得倒是轻松——混蛋，坏蛋，王八蛋！！他是故意的，对不对？

念沧海就像热锅上待人鱼肉的美餐，逃不过他强而有力的束缚，斗不过他厚颜无耻的两瓣唇，难不成……她就只有这么乖乖任他拆骨吞噬，吃干抹净？！

不成！

这脱了衣衫，她还不是原形毕露？！

何况，她可不喜欢那害人凶器触碰她，只是……现在……这一刻……那儿……是越来越热火……贴着她的小腹，似有若无地厮磨，“呕……”

完了！

害喜泛上，她好想吐！

这头随地发情的禽兽！

你要是敢伤着我肚子里的小宝贝，我就要你绝后——

“王爷既是不嫌弃，那就带奴才回宫吧，在这儿要是让人见着可不好。”

念沧海努力压着自己胃里翻江倒海的恶心，暗地里朝着端木卿绝翻了个大白眼，明里却是攥着他的胸口，垂着头一脸含羞的小模样。

“好，孤王应允你。”

端木卿绝答应得快，但是攥住念沧海的手腕时，一条怪异的黑线如蛇猛地缠住她的双手，就像铐住双手的手镣。

“王爷这是做什么？”

“孤王家里有只小野猫，生来就会抓人，还爱偷跑，所以孤王习惯了将人绑起来，这样谁都逃不了。”

他说着打横抱起她轻盈如羽的小身子，“喂，我又不是猫！”

急了，倔强的小性子都跑了出来。

“孤王知道你——不是。”

他笑得动人心魄，那眼神，这口吻，我的老天，难道他，早已认出了她？！

这下她还真成待人鱼肉的美餐，念沧海从来不知道原来端木卿绝的轻功这么好——

行步如飞，轻盈如燕，搂着他的脖子，靠在他的怀中，对着他的眼眸，时间仿佛停止流走，她都还没来得及反应过来，一晃神的工夫，她就被带到了四下寂静的某座宫里——

承景宫？

听翠荷说过端木离是给他安排了一座叫做承景宫的殿宇，但是这儿阴气好重，空气里还弥漫着浓浓的烟熏味，就好像刚刚发生过火灾似的。

念沧海被端木卿绝放了下来，双手上还“铐”着那诡异的手镣，她不自觉地环顾四周，脸上没有什么惊诧错愕，倒是蹙起的眉头像是在寻思着什么。

端木卿绝静观着他的每一个表情，每一个反应都与常人不同，区区一个小太监竟懂得如何勾引男人，还敢跟着陌生男人来到陌生的宫里丝毫都没点慌张？！

呵，就是个入宫几十年的老太监也没胆如此妖娆，他根本就不是什么太监！

面具下的眼倏地勾起一道冷光，他究竟是谁？

为何叫他感到如此熟悉……

好香……这人浑身上下都散着一股独特的体香，越是靠近就越是萦绕，仿佛要勾得人的魂魄都为之倾倒。

他记得他曾闻过，就在彼此交缠欢合的时分，她的肌肤贴着他的肌肤，她的体香层层沁入他的心脾——

坏东西，你就是个生来的狐狸坯子！

冷冰的金瞳眼底蕴起一轮妖冶无度的笑靥，像是猜到了什么……

当方才的那一瞬，他的身子快过他的念头，绑住她抱住她，他就知道自己一定没有认错……

他终于捉到了那只逃家的小野猫……

一只永远都学不乖，还越来越反叛、越来越淘气的小坏猫……

端木卿绝猿臂一伸，一手扳正念沧海到处张望的小脸，“王爷？！”视线猛地触礁，念沧海的心跳总是不能受控地加快起来。

“美人看什么看得那么入神，孤王可是嫉妒这四周的美景了，这双漂亮的眼应该看着孤王。”

极度暧昧的暖流随着端木卿绝倾下的身躯扑面而来——

呕！！

这恶心巴拉的哄人功夫是哪学来的，是那些端木离赐给他的美姬在榻上教他的么？！

“王爷，良宵苦短，我们先回屋如何？”

念沧海不缓不急，轻轻按着他的肩，像是算好了时间，刚刚好不让他的唇再靠近她的唇一分。

“美人不喜欢这儿？这儿是孤王的寝宫，没人会瞧见的，就是瞧见了，孤王也会教他忘了该如何说话。”

他说话狠烈，不留丁点儿情分，那对视的眼神就好像话中有话，那份警告是冲着她的，他要生吞活剥、割断舌头的人就是她——

“王爷就别在这儿磨叽磨叽了，不敢回屋是怎么地，难道王爷是——不、行、么？”

念沧海豁出去了，踮起小脚丫子，绑着“手镣”的双臂顺势妖娆万千地搂着端木卿绝的脖子。

她眉眼挑弄着，末了还娇羞地咬咬唇瘪瘪嘴的。

没错，她就是故意不怕死地挑衅着，还存心有意地要气死他！

银铜面具下的脸倒是没有半分怒意，眼底的笑却是不知不觉地加深了一个印记——

死丫头，等下把你压上床，看你这张小嘴再怎么使坏！

端木卿绝越加确信这主动扑入他怀中的小骚包就是念沧海。

敢对他出言不逊，还敢质问他“行不行”的，放眼天下，也就只有那个胆大包天的坏丫头能干得出来了！

二话不说，端木卿绝就又打横将念沧海抱了起来，她的身子轻盈如羽，这触觉这手感——

哼，坏丫头，今夜你哪里也逃不了了！

既然是“他”主动邀约，他端木卿绝又怎能不成人之美？！

端木卿绝抱着念沧海就向着自己的寝屋而去，怀里的人儿倒也是不闹不吵，靠着他的肩温顺得很。

这倔性子的丫头几时会这么乖了？！

“他”出奇的安静，极其的“配合”反倒是让人有些许不安。

来到屋前，端木卿绝一脚将门踢开，也不放怀中的小人儿下来就直冲榻边，他一不做二不休地将她放到榻上，这是要——直奔主题，让她绝无使出诡计的机会！

“王爷？！”念沧海有点惊慌，这男人是不是也太猴急了？！

他唇角半勾，一不做二不休地将她放倒榻上，这敢情是要直奔主题，绝不给她使出诡计的机会！

以为绑着她的手就能对她为所欲为了吗？

念沧海也不抵抗，索性连个挣扎也没有，还一脸的“享受”，任凭端木卿绝压下身来就“啃咬”着她白雪娇嫩的玉颈，很是配合地发出几缕娇娇羞羞的轻吟……

但是那被绑着的双手始终碍事地放在胸前，让那紧贴的伟岸躯体怎么都无法品到胸前的美餐。

端木卿绝能感觉到她佯装乖顺背后的小反抗——

终于装不下去，开始蠢蠢欲动的预备着金蝉脱壳了么？

可惜，到他手的猎物从没放过的先例！

金瞳泛起丝丝妖冶精光，端木卿绝大掌顺着她的臂膀来到她的腕上，五指有心厮磨着她的肌肤，在她的肤上点燃爱欲的烈火。

混蛋！

以为她会屈服在他的诱惑下么……

可是身子当真好热，一被他轻轻触碰就烧了起来，脖颈间有他粗重的喘息，和唇齿轮番的吸吮撕咬，身子本就已被点起一阵火，现在是越烧越烈——

好像被一团团的火给绕在了中央，念沧海不得不承认在榻上，她的身子早已剥离理智被他俘虏……

他是那么了解她的身子，就像对她施下了咒语，让她为他臣服。

可恶，可恶！不可以！

这种心里厌恶，身子却迎合的感觉让念沧海很是羞恼！

娇羞半睁的眸子好像看到那张妖冶俊朗的脸埋在她的锁骨间露出了那邪肆狂野的笑靥——

少得意！

休想这样就能征服我，我让你得意地笑，再等一下下，我定会让你再也笑不出来！

端木卿绝握住念沧海被绑住的双手缓缓举过她的头，她异常的乖顺，万事皆是软绵绵地顺应着他，胸前赫然再没有碍事的阻碍，他一手将她的双手桎梏在头顶，腾出一手来到她的胸前——

只要解开这衣服，她必当原形毕露——

念沧海整个身子都绷紧了起来，她从那双凝视的冰眸里看到了探不到尽头的欲火，若是他当真一做到底，那她腹中的孩子……

黑亮的杏眸浮现誓死一搏的锐光，看着端木卿绝大掌顺着她的手臂划过她的胸侧，再覆上她的丰盈……

那一寸寸的侵蚀就如一股电流直击心上，可是猛地被电得傻了眼的人却是——

怎么会是这样？！

覆在胸前的大掌猛地一抽，掌心的触感平整得没有丝毫弧度，和他预想中的完全不同——

这人儿没有胸？！

难道……难道这一切都是他的猜想，从头至尾他都认错人了？！

端木卿绝满眸子的讶异，错漏了念沧海此刻水灵的黑眸里亮起的淘气又邪恶的坏笑——

惊讶吧，端木卿绝？！

“王爷……”念沧海娇喘吟吟地低唤，煞是阴柔，煞是急切，那半睁的眼神完全是陷入情欲中的迫不及待。

念沧海从未觉得自己的演技可以这么精湛——

一切都拜他所赐，要不是被他逼的，她也不会学会如何撒谎。

嘻，其实她就是吃准了端木卿绝压根儿对男人没兴趣，就更别提小太监了，才会让他对她为所欲为。

她就是抱着赌一把的心态，看他摸不到她的胸是个什么样的反应，只要骗到他，怔到他，只要他一怒之下不解开她的衣衫，那自然就不会发现其实她是用了白纱束了胸。

端木卿绝是真的被怔到了——

就像当头一棒，正值欲火情满的时分，从头突然被一桶冰水给淋得冷彻心扉。

一股恶心蹿上心，如果当真是他认错，如果当真这人儿就是个小太监，那方才的温存，方才的亲昵，方才压着他在身下，痴缠吮吻着他的脖颈的每一下都教他恶心至极！

混账！

他怎会对个小太监起冲动？！

看着端木卿绝极度混乱的表情，恐慌恼怒的双眸，念沧海心里是那个说不出的爽快——

谁让你总是戏弄我，怎么样，知道被愚弄的味道不好受了吧？！

差点儿就忍不住淘气的笑靥，但念沧海却更早察觉端木卿绝正渐渐而起的怒火，被桎梏在头顶的手，悄无声息地从发髻上取下事先就在身上藏好的银针——

他要真敢突然对她动粗，那她也只好再扎他一针了！

念沧海仍是惧怕端木卿绝的，这男人的破坏力可不是她一介弱女子可以扛得住的，这一刻她更是惧怕他会伤着她腹中的宝宝，情急之下，腕间不得不先发制人地一动，然而就是那么一刹，肚子猛地痛了一下！

不是很痛，只是足以让她腕间的力道一松，不能将银针刺入端木卿绝的肩头。

孩子……？

那一下胎动就好像是孩子在恳求她不要伤害他……

小东西，你知道他是爹爹，你不忍心让娘亲伤着你爹？

这是一种很奇妙的感觉，不能解释，无法形容，就这么丝丝绕绕地缠着心，一下下地绕着她软下心来，无法再下手……

端木卿绝发誓，被他压在身下的这个小太监如果当真就只是个太监，他一定会眼都不眨一下的一掌要了他的命，但是——

就在念沧海恍神的片刻，端木卿绝的大掌倏地包住她夹着银针的右手，大大的手掌长长的五指将她的手包裹得滴水不漏，是这样地用力，他这是在做什么？！

那根夹在指间的银针肯定刺入了他的掌心！

可是他为什么连个眉头都不皱一下，漠然的脸上丁点儿的表情都没有，“快松开！！”

她急得呵斥，他勾起唇角：“为什么？！”

疯子，他还笑得出来？

什么为什么的？敢情他是猪皮做的么？都感觉不到痛么？！

念沧海脸上所有的焦虑担忧，端木卿绝看得一清二楚——

那刺入掌心的银针的感觉他再熟悉不过，死丫头，无时无刻不想着的就只有杀死他，可是想要杀他，为什么要犹豫不决的，还摆出万般不舍的表情？！

方才若不是无意察觉到她那古灵精怪的坏笑，他当真以为“他”就是个小太监——

差点就这么中了她的小伎俩！

坏丫头，顺从他，煽动他，就是为了把他当做傻子来戏弄！

呵，喜欢戏弄是吧……

冰眸金瞳眯成一条极为妖异的弧度，好啊，那他就奉陪到底，不过这次，他要让她好好品味被戏弄是什么滋味……

端木卿绝唇角上的笑越咧越开，像满坡盛放的花朵，而他的眼神，危险的眼神含着邪恶的笑，顺着她的手臂滑过她的脖子，绕着她平坦的胸口，再点点往下——

该怎么办？

他到底是怎么做到的，光是被他的视线扫着都能叫念沧海的每一寸肌肤如火烧，又羞又愤，身子里好像翻涌着澎湃汹涌的情潮，明明不该却又无法自抑。

额头上渗出了层层薄汗，不可以……不可以出汗，出汗会让黏在脸上的人皮面具失去黏性……

混蛋，人渣！！

她刚才就不该心软的！

应该毫不留情地在他的心口扎上一堆银针，反正他都不怕扎，混蛋！

小东西，你瞧见了吧，这就是你没心没肺的爹，就只知道欺负女人，欺负你娘！

端木卿绝的手顺着他的视线一点点向下，指背滑过念沧海细嫩如脂的肌肤，从她的手臂、她的玉颈，她的丰盈，她的柳腰，她的翘臀，她的……

念沧海倒抽口凉气，端木卿绝指尖来到那敏感的腿心之间，她的整个身子猛地一怔，双腿反射性地合拢屈起，“拿开你的脏手！”

果然，只要一试，她那爆裂的小性子就统统跑了出来。

“怎么了，美人？是在害羞么……孤王说了……这里没有男儿物，也不介意……”

端木卿绝俯下身使坏地在念沧海的耳边吐着热气，鬼魅的舌尖伸出，顺着她的耳郭吮吻着她的耳垂，还张开利齿咬了她，“呃嗯！”

痛！

他是故意的，他是在惩罚她！

双腿屈着，压着小腹，浑身紧绷着，怎么说，这样的姿势都对孩子不好，这么压着他，他会痛的。

可是，奇怪的是小腹竟然一点都不痛？！

还相当，相当的安静，就是连点儿恶心的感觉都不见了？！

小坏蛋！

你个小叛徒，你爹这么欺负娘亲，你都没意见？！

念沧海简直不敢相信，可是没有动静，会不会是因为她刚才猛地一弓已经伤着了小家伙？

念沧海混乱极了，然而探入深处的手并未停下，“孤王……不介意……”他像是怕她没听到似的，又低沉煽情地在她耳边低吟道。

“混蛋，你要敢再动一下，我定要你死！”

“好啊，美人是想用哪里‘弄死’孤王，这里么？！”

他邪恶咧笑，猛地压下。

念沧海的两颊烧得通红，纵然有人皮面具盖着，那绯红娇羞的颜色却是挡不住地渗了出来……

那半张迷蒙的黑亮眸子，含着润湿的水珠，极美……极美……

“他”的一颦一笑都透着股秀气劲儿，打从一开始“他”就错漏百出，“他”是逃不过他的眼的，就是贴上再多张人皮面具，他端木卿绝也能认得出她——

特别是这一刻……

在床上她亦倔强得像匹小烈马，可那情动的眼神却总是这么盈盈弱弱，只有这个时候她才会露出最脆弱的一面，诱惑着他，越陷越深……

坏丫头，别想用眼泪软化孤王的心！

他要质问“他”的有太多太多，他要慢慢品，细细地嚼，这才是个开始而已……

魁梧的躯体抵着她，而他的双手沿着她的衣襟流走，蠢蠢欲动地要解开她的衣衫——

不要这样，混蛋，你不可以碰我，会伤着孩子的……

念沧海整个身子都绷紧了，眼神无助忧挂地扫着小腹：小东西，娘亲有没有伤着你，为何娘亲感觉不到痛，还是你个小坏蛋，存心要联合你这坏心眼的爹爹欺负娘亲？！

念沧海动了下双手，可是动不了，这才抬头瞧见不知道几时被绑住双腕的手又被绑在了床头。"混蛋，死色坯！"

"小美人……辱骂王爷可是掉脑袋的大罪。"

我呸！

有本事就杀了她好了，她才不稀罕被他碰，他个疯子、恶心、死淫魔！！

念沧海漂亮的杏眸瞪得澄圆，满腔的怒火映着眼底简直能喷出火来，这表情却是勾得端木卿绝越发上瘾，着迷……

他还没跟"他"好好算账呢！

他差点被"他"那一针要了命，这不，他才小小戏弄了"他"一下，"他"有什么资格还跟他闹脾气……

宁死不屈是吧？

"美人要是不愿意，咬舌自尽也是可以的……"

冰眸金瞳狂肆地迸发笑靥——

念沧海如坐针毡，哭笑不能，看着端木卿绝蠢蠢欲动的手解开了她的衣衫，缓慢地拉开衣衫，一件……一件……

他在羞辱她，要是被他瞧见她胸前束着白纱……

念沧海不敢去想他一圈圈地解开她的束胸，这简直比凌迟还要教人痛苦！

扒光她，占有她，这就是只会强取豪夺的混蛋才会做的事！

念沧海使劲地挣脱双手，但是越是用力那绑着双腕的黑丝就越缠越紧，好像有着生命一般，比利刃还要坚硬，越勒越紧，嘶拉嘶拉地划破了那娇嫩的肌肤——

念沧海几近绝望，她费尽心机带着小幽出逃，结果害得小幽被醉逍遥抓走，而她仍旧逃不过被这丧心病狂的魔鬼压在身下……

不行，不可以……

水亮的眸子灵光一闪，"王爷……奴才是宦官，和奴才肌肤相亲可是会脏了王爷，皇上不是给王爷送了诸多美姬，难道她们还不能满足王爷么？！"

"哦？你知道？"

她竟然知道今夜端木离给他送了女人，所以她——一点都不在乎，他碰了别的女人？！

“知道，奴才还见过那些美姬，长得可美了，比起奴才，美姬们肯定更得王爷的心。”

她撅着小嘴，那口吻听着就像是打翻了一坛子的醋……

妖异的金瞳里邪笑肆意，俊美的脸孔倾下，鼻尖抵着她的鼻尖，薄唇突袭，吮住她两片粉瓣，“你——？！”怒斥给了那条邪魅的长舌长驱直入的绝佳机会，他的唇舌绕着她含香的小舌用力一个吸吮——

“孤王这会儿就想换换‘新鲜’的口味……”

混蛋！

他就是戏弄她上瘾了是么？！

念沧海猛力地挣扎双手，绑着腕间的黑丝就如刃更深地嵌入她的肌肤，刺啦刺啦地作响，艳红的鲜血淌了下来……

腥红的颜色让端木卿绝停下了动作，却没有离开她被吻得红肿的唇瓣。

金瞳向上探去，顺着她被绑在床头的手臂看到了那鲜红的血液流淌而下，心口猛地一绞，明明不该心痛的，但是心却背离他这个主人的意志痛得那么厉害。

绑在她腕间的东西叫做黑蚕丝，有灵气，有毒液。

是种拿来束缚敌人的致命武器——

越是挣扎就越是被伤得严重，那细嫩白洁的肌肤上被割开了道道触目惊心的口子，可见她想要挣脱的决心有多大……

大掌顺势就覆了上去，然而端木卿绝意识到自己想要为她松绑的一刹，又将摊开的掌心捏紧成拳——

这一次，他不会再那么容易地放过她！

呵，她那么讨厌他触碰她，亲吻她？！

她根本就不记得自己仍是他的妻子，而他是她的夫君！

端木卿绝眼底的深处有着蕴得极深、累得极沉的愤恨，为什么要挣扎，为什么要反抗，都因为那个男人，那个让她奋不顾身逃回北苍，独占她心，教她甘心情愿为他守身如玉的男人么？！

突现冷光的金瞳是极度危险的，端木卿绝魁梧的身躯突然挺身向上，银铜面具朝着她的腕间而去，伸出舌尖舔过她的血口——

“呃嗯！！”

好痛!

咸湿的舌尖一触碰到血红的血液，念沧海忍不住仰头痛吟。

额上满是细汗，眉头狰狞，可是听着她悲惨的痛吟，他的舌更重更深地舔吮着她的血口——“混……混蛋……”痛得连骂人的声音都细若蚊蝇。

念沧海死咬着下唇，再不许自己呻吟出声，她才不要博取这无情的魔鬼的同情。

他乐意折磨她，她就奉陪到底，休想她向他低头求饶!

睨着她一双水眸的金瞳看透她那烈性子，银铜面具顺着手臂向下，如蛇来到她的唇前就以吻封缄，他的唇舌来势凶猛，不费吹灰之力就顶开她自虐地咬着自己下唇的两排贝齿。

从唇上绽开的血腥味道侵入彼此纠缠的口中，他的吻比方才更狂野，更炽烈，不容她抗拒，不容她退缩，他的舌将她的舌逼到无路可退……

念沧海使尽全身的力气挣脱，然而好痛，手腕好痛，那越缠越紧的黑丝仿佛嵌入了她的血肉，再挣扎就会砍断她的手骨——

无法想象的痛从腕间绽开，蔓延着两条臂膀，布满整个身子——

血腥味越来越大，黑蚕丝没入她的肌肤深及骨头，她对他的抗拒，意念就这么强?

哪怕是会被砍断双腕，她也宁死不屈?

为了那个男人，就是自残自虐她都在所不惜？!

“念沧海，孤王教你的，你从来都学不会!”

端木卿绝怒然地扯开那被汗水浸透的人皮面具，面具之下露出一张煞白如纸的小脸，半张颜面被丑陋的红瘢覆盖，红瘢上还有着一道伤痕，那是他亲手留下的印记，是他残忍施虐的印记——

“怎么……了，对着……这张丑陋的……脸，做……不下去了么?”

念沧海愤恨地嘲弄怒斥，她的气息是这么乱，这么弱，可是她还是学不乖，也不愿学乖，她看不得他看着她半张丑颜的神情，凭什么摆出一副悲伤的模样。

就好像在怜惜她似的，混蛋，少猫哭耗子假慈悲，这伤就是他亲手“赠给”她的，难道他想装失忆么？!

都到这个时候，被伤得遍体鳞伤，这张嘴还是不依不饶——

嘲弄他，讽刺他，她就是要他冷血无情地施虐于她，她才懂得屈服，对不对？!

端木卿绝好恨，只要一想起她毅然决然地用银针扎入他的心口，眼不眨一下地要置他于死地，还头也不回的逃宫而去，都是为了那个叫做端木离的畜生，他心口的这口气就无法咽得下去！

她就这么爱他，这么爱他，非他不可么？！

“孤王当然做得下去，孤王还要慢慢地做，细细地做，孤王要好好验一验这身子上的每一寸是否只有孤王留下的印记！”

魔鬼说的话从来都是言出必行的。

一步步逼着她濒临疯狂，即使念沧海悬崖勒马也已经来不及，因为魔鬼从来也不会给人机会。

端木卿绝身上的衣衫一件件落下身躯，古铜色的健壮身型在摇摆的烛火下，说不上的鬼魅缭绕，动人心魄，任凭躺在身下的是什么那女子都会被心甘情愿地夺取灵魂，独独……

此刻被他压在身下的女子一颗心笼罩的就只有无止尽的惶恐——

当他金瞳蕴出流光四溢的冷光，当他俯下魁梧的身躯，当那压迫的氤氲笼着她娇弱的整个身子，念沧海委屈地闭上眼——

双手挣扎着，却是不敢再用力也用不上力，腕间痛得微微动一下都叫她无助绝望——

手会断掉的，会就这么被那黑丝给切断的……

我的孩子，不要伤害我的孩子，不要……

念沧海难过无助地被泪水模糊了双眼……

为什么那么痛苦，念沧海，做我的女人就让你如斯痛苦？！

端木卿绝暴怒愤然地痛着，绞着，他没能读懂那张狰狞小脸上布满的苦楚是因为她的腹中有着他的骨肉，全将她的怒骂、反抗、伤心痛苦更深地确认为是为了那个男人，都是因为那个男人——

“卿绝……不要……”

情急下，她喊出他的名字，泪光蒙蒙的眼睛有着软人心肠的魔力，端木卿绝心一滞——

念沧海，你这只狡猾的狐狸——

只有到了不可挽回的时刻，才知道求饶，这么亲昵地叫着孤王的名字做什么？

为了让孤王放过你，为了让你可以为那个男人守身如玉？！

“在他的身下，你也是这么露出这样的表情么？”

念沧海被折磨得脑海混沌，“孩……孩……”她不敢再与他斗气，她不敢拿孩子的性命做赌注，然而——

“孤王记得你说过，如果有了孤王的孩子也会让它胎死腹中！”

他的唇不知几时落在了她的腹上，怒喝的那一声教炙热的温度瞬间冰冷如麻，“可笑，这句话该是孤王说的！你只是个被端木离丢弃来的贱妇，像你这样的女人根本没有资格生下孤王的孩子！”

原来在他眼里，她从来就是个卑贱的女子，连只蝼蚁都不如。

他讨厌她，留着不杀她，全是为了强占她、羞辱她，这样才能让端木离蒙羞！

就是因为这么自私可笑的理由，他就这样毁了她的一生，难道只有他的心会愤怒，她的心就不会痛，不会受伤了么？

委屈的泪润湿了整个眼眶，模糊了双目的视线，“我是……没有资格……在你心里，忘莫离才有，对不对？你这么恨阿离，都是因为她背叛了你，选择了阿离！”

那声音是倔强的，那声音更是哽咽的，伤透了心的。

念沧海从不以为自己会为了他伤心，更不会为了他爱着别的女人伤心，可是她的心痛了，好痛，是这么痛，痛得钻心，痛得无法呼吸。

“不许提那个名字！！”

怒喝应声震入耳中，他不喜欢从她的口中听到她亲昵地喊着另一个男人的名字。

念沧海的心又被狠狠刺下了一道血口，这么愤怒做什么？！

阿离……这个名字就是个禁忌，越是不容触及就说明他越是在乎，是啊，他从来没有忘记过他的妻子啊，在他端木卿绝的心里就只有那个叫做忘莫离的女人才是他唯一的妻子。

她念沧海什么都不是，只是个被他拿来出气的替代品！

可是为什么这么可笑？！

为什么要她承受那女人对他的背叛的罪？！

念沧海突然笑了起来，眼中含着泪，笑得让人心都要碎了，“阿离爱我，非常非常地爱我，就是我怀着你的孽种，他也会爱我，如果你想让他痛苦，那就杀了我，这样才会让他痛不欲生！”

念沧海怒瞪着双眸，刺激着这个不容任何人挑衅的男人，明知道顶撞的后果只会让自己得到更残忍的折磨，可是她管不住自己的口，她好恨，好怨——

如果他对她没有一丁点儿的感情，那为什么还要勉强自己触碰她，占有她？！

如果只是为了羞辱端木离，方法很简单，他可以像杀死那些被端木离送去的美姬一样，杀了她就好！

“休想！孤王要你活着，孤王要你每一日都活在永不能和最爱的人相守的痛苦中！”

端木卿绝是被气疯了——

她说那个男人爱她，非常非常地爱她，爱到失去她就宁愿追随她而去！

他怎能容许他们生死相伴，她只能待在他端木卿绝的身边，不论生与死，这一生下一世，他永远都不会放过她！

掠夺的手渐渐向下，念沧海周身一震，“不要！”

“不要什么？只有端木离碰你，你才会说‘要’么？”

冰眸金瞳里找不出一丝冷静的理智，端木卿绝的脑海中只有念沧海和端木离日日相拥，夜夜合欢的画面，他曾以为也许是他误会了她，他曾想过给她一个解释的机会……

他曾相信就是她回到了北苍，也不会让端木离触碰半下……

如果她真的为他守身如玉，如果她说她的心里有他端木卿绝，他会选择原谅，他会将她护在怀里好好呵护，可到头来，一切都是他自欺欺人……就只是自己愚弄了自己。

端木卿绝终究强势地占有了她，一番折磨后，念沧海无力摇动的玉颈上有什么东西在闪闪发亮——

那是一条链子，端木卿绝伸手一勾，金瞳赫然瞪圆，没在脖颈下的项坠落入他的四指指腹上。

这是他送她的同心锁……

她还戴着……

一直都戴着？！

端木卿绝的脑海中半晌都是空白的，他不会认错的，这是他专门命人为她打造的，精致绝伦独一无二的链子，巧夺天工绝无仅有的同心锁。

这世上不会再有第二条的……

指尖拿捏着镂空的同心锁一转，里面刻着字，是两个名字——

“念沧海……”

“端木……卿绝……？”

冰眸金瞳绽开亦怒亦惊的火光，端木卿绝不敢相信这同心锁上刻上了她和他的名字，他还记得那一天——

“知道同心锁的意思么？在其上刻上彼此的名字，沾上圣洁的灵水，从此就能生生世世永结同心。”

“那这上面刻着你我的名字？”

“孤王可没那么傻在上面刻上孤王的名字。”

“那妾身应该谢谢王爷，妾身知道同心锁的意思了，日后定要刻上自己心上人的名字，阿离……阿离就是个不错的名字。”

“你敢？”

“有什么不敢？王爷把妾身一个人锁在锁里，自己的心却早已埋在冷冰冰的坟土之下伴着另一个人，妾身难耐寂寞，当然得找个伴。”

她淘气顶撞的声音还历历在耳，她是那么讨厌将她的名字和他的名字刻在一起，她说她要相守一生的人是端木离，可是这上面刻着的名字是他——端木卿绝……